LE ROMAN I

Geneviève Dormann est ne
écrivain et a obtenu en 19
de Paris, pour l'ensemble
Première Pierre *et des ron*
des Dames *(1964),* La Passi
terai des orages *pour leq*
Jurys en 1972, Le Bateau d *par le Prix*
des Deux Magots, Mickey, l'Ange *(1977),* Fleur de péché *(1980) et*
Le Roman de Sophie Trébuchet *en 1982.*

Elle avait vingt ans sous la Terreur, à Nantes.
Elle aimait les fleurs, les jardins, les livres, les secrets, les enfants et la liberté.
Elle était la fille d'un capitaine au long cours. Petite, jolie, avec des pieds et des mains d'enfant.
Elle savait ce qu'elle voulait mais comme elle était née sous le signe des Gémeaux, ce qu'elle voulait était souvent contradictoire. C'était une jeune fille aux idées avancées; elle lisait Rousseau, Voltaire. Elle n'aimait pas les prêtres mais elle était royaliste. Amie des Vendéens insurgés, elle épousa pourtant un capitaine républicain. Pour son malheur.
A Paris, sous le Directoire, elle rencontra l'amour fou dans un jardin en fête. Le général de La Horie était jeune, brillant et proscrit par Napoléon.
Pour le retrouver, elle parcourut les routes de France, d'Italie et d'Espagne.
Avec lui, elle complota contre le régime et tout cela se termina très mal.
Elle avait trois fils dont le dernier s'appela Victor Hugo. C'est à cause de lui que, pendant longtemps, on occulta sa vraie vie. Car, quand on est la mère d'une gloire nationale, il y a des choses qui ne sont pas permises. Surtout au XIXe siècle.

ŒUVRES DE GENEVIÈVE DORMANN

Dans Le Livre de Poche :

JE T'APPORTERAI DES ORAGES.
LA FANFARONNE.
LE BATEAU DU COURRIER.
LE CHEMIN DES DAMES.
LA PASSION SELON SAINT JULES.
MICKEY, L'ANGE.
FLEUR DE PÉCHÉ.

GENEVIÈVE DORMANN

Le roman de Sophie Trébuchet

ALBIN MICHEL

Pour Valérie,
mon enfant, ma belle sœur

« L'audace sert de rempart. »

SALLUSTE

Châteaubriant, 1795

Une nuit sur trois, la tête de Mlle de la Biliais, coupée net au ras du chignon, culbute lentement, très lentement, bascule indéfiniment, tandis qu'un voile de sang efface la bouche ouverte, les joues enfantines, les beaux yeux bleus exorbités et le front pâle. Alors, Sophie Trébuchet s'éveille en hurlant et il faut toute la patience de la tante Robin et de la vieille Péan pour calmer la jeune fille. Pour mieux la rassurer, Julie lui explique que la tête ne *peut* pas être coupée au ras du chignon pour une raison très simple : on coupe toujours les chignons, avant.

Sophie Trébuchet a vingt-trois ans. Elle est née à Nantes en 1772.

Le 19 juin 1772, les cloches de l'église Saint-Laurent de Nantes carillonnent pour le baptême d'une petite fille, née le matin même, à la pointe du jour, rue des Carmélites, dans la maison de son grand-père maternel, M. le procureur Le Normand du Buisson.

La jeune accouchée a supplié qu'on lui ouvrît la fenêtre car il fait déjà chaud comme au plus fort de l'été. Elle a demandé aussi qu'on la laissât seule pour se recueillir, tandis que, là-bas, on baptise son enfant.

De son lit, Renée-Louise aperçoit une touffe de buddleia en fleur dans un jardin avoisinant et, dans le ciel d'un bleu total, des hirondelles qui cisaillent en piaillant le vol lourd de mouettes égarées sur la ville.

A la première volée de cloches, un flot de larmes a inondé les joues pâles de la jeune femme. Epuisement? Elle pleure surtout d'avoir mis au monde une troisième fille. Elle voulait un garçon pour faire plaisir à son Jean-François qui, cette fois encore, est absent. Il vogue quelque part, du côté des Amériques, pour le compte de l'armateur Drouin. Déjà cinq mois qu'il est parti. Si les vents sont bons, il reviendra à Nantes en septembre ou même en août. Il sera là, peut-être, pour son anniversaire : le 29 août, Renée-Louise aura vingt-cinq ans.

Il y a moins d'un mois, elle est allée porter au port une lettre à l'adresse qu'il lui a laissée : *Capitaine Jean-François Trébuchet, chez MM. Bazelais, Drouin et Fagorie à Saint-Marc de Saint-Domingue.* La lettre le suivra à Port-au-Prince où la *Sèvres* doit mouiller quelque temps. C'est une lettre rassurante, joyeuse. Renée-Louise n'y annonce que de bonnes nouvelles : les pièces de guingan sont bien arrivées de Lorient. Selon ses instructions, elle en a acheté trois cents qu'on lui a cédées à bon prix. Elle s'est occupée aussi des barriques de sucre. Ainsi, il n'a pas de souci à se faire pour sa prochaine cargaison. Elle donne des nouvelles de leurs aînées : la coqueluche de Renée n'est plus qu'un souvenir et Madelon vient de percer trois grosses dents. Elle lui dit aussi qu'elle se porte le mieux du monde et qu'elle sent, aux mouvements de l'enfant que, cette fois, ce sera un garçon. Elle en est sûre. Elle le veut tellement.

A présent, tandis que les cloches sonnent pour la petite Sophie, Renée-Louise sanglote. Soudain, elle se sent misérable, abandonnée. A quoi bon l'amour d'un homme qui n'est jamais là? A quoi bon écrire des mots doux... « *je voudrais être éternel et te voir toujours...* » si, toujours, on s'en va? En sera-t-il ainsi toute la vie?

Il y a cinq ans, son père n'était pas joyeux de ce mariage. Il espérait que Renée-Louise épouserait quelque riche négociant et voilà qu'elle s'était toquée de ce Jean-François Trébuchet qui n'avait pas un écu vaillant. Certes, le jeune capitaine était beau gars et sa famille, originaire d'Auverné, honorablement connue, mais l'amour ne nourrit pas une famille. Le procureur avait prévenu sa fille : « Ta dot sera maigre, je ne puis faire mieux. Il me faut encore rembourser 3 500 livres sur ma propriété de Saint-Fiacre. »

Tout à la joie du consentement obtenu, Renée-Louise n'a pas prêté importance à cette histoire d'argent. Et quand Jean-François, un an plus tard, a embarqué pour l'Afrique, il l'a assurée tendrement qu'il allait faire promptement son chemin pour être ensuite avec elle plus longtemps.

Promptement, a-t-il dit, mais, depuis ce premier départ, combien de temps l'a-t-elle eu près d'elle? Un mois ou deux, par an, à peine. Et cinq ans plus tard, il n'a toujours pas fait son chemin. Les navires dont on lui confie la direction et les cargaisons qu'ils transportent ne lui appartiennent pas, à l'exception de quelques marchandises qu'il achète pour son propre compte et qu'il vend en arrivant en Amérique ou en Afrique. Comme tout bon capitaine, il trouve aussi un fret de retour : café, coton, indigo ou poivre. Mais ses mises de fonds sont si modestes que le profit l'est également.

Jean-François Trébuchet est loin de ces riches armateurs qui ramassent des montagnes d'or en transportant des nègres d'un bout du monde à l'autre.

Certaines cargaisons d'esclaves rapportent jusqu'à deux cents pour cent. Evidemment, il y a du déchet et des pertes. Les esclaves, entassés dans les soutes, meurent trop souvent du scorbut, du typhus ou, tout simplement, de peur et de désespoir. Il arrive aussi qu'ils se révoltent; on doit alors les jeter par-dessus bord pour sauver le navire. Mais, parfois, les pertes sont compensées par des naissances; la rudesse des voyages n'empêche pas que les hommes du bord, nègres ou Blancs, capitaine ou matelots, soient sensibles au charme des belles esclaves.

Le transport du « bois d'ébène » est vraiment la spécialité de Nantes. La ville fait mieux que Bordeaux, Saint-Malo, Le Havre ou Marseille. Environ dix mille esclaves par an, sur trente-six à quarante bâtiments. Ainsi, à l'île de Gorée, en face de Dakar, sur la côte atlantique de l'Afrique, on trouve d'excellents sujets. Les roitelets nègres les échangent volontiers contre des outils, de la verroterie, des tissus ou de l'eau-de-vie dont ils sont friands. Avec un peu de soin, on transporte la cargaison humaine, bien vivante et dûment vérifiée par le médecin du bord. Un nègre acheté de

700 à 800 livres peut être revendu 1 800 livres à un colon de Saint-Domingue. Une fois ôtée la part du capitaine et déduits les frais du navire, l'armateur récolte une somme rondelette qu'il investit ensuite aux colonies dans le sucre, le coton ou le café.

Tout le monde y trouve son compte car les objets d'échange qui servent à acquérir les esclaves font marcher les industries et les négoces du pays. Nantes et ses environs ignorent la misère. Les ouvriers, les artisans ne savent plus où donner de la tête : ils ont plus de travail qu'ils ne peuvent en faire. Ici, on fabrique des clous, là des faïences, des cordages ou des chapeaux. On tisse des étoffes, on distille des liqueurs, on raffine, on met le vin, le vinaigre et le sel en tonneaux. Sur le port, le trafic est incessant et des bateaux, chargés à ras bord, remontent la Loire, encore navigable, vers les vinaigreries d'Orléans.

Des fortunes colossales se sont ainsi établies dans la bourgeoisie commerçante, et la ville dorée attire les convoitises de l'Europe entière. On y vient d'Allemagne, de Hollande, d'Irlande ou de Suisse. Tout le monde veut être, à Nantes, banquier, armateur ou commerçant.

Seuls les marins comme Jean-François Trébuchet, de bonne famille mais trop pauvres pour investir les sommes nécessaires à l'établissement d'une fortune, ne rapportent des mers lointaines que des souvenirs, des couleurs et des histoires.

Et Renée-Louise, le visage enfoui dans sa courtepointe, se demande si l'argent ne serait pas le nerf de l'amour. Le découragement l'accable tandis qu'à l'église voisine, on adjure le démon de quitter le petit corps de sa fille nouveau-née.

Elle n'est pas au bout de ses peines. Dans les huit années qui vont suivre, elle mettra encore au monde cinq enfants que lui vaudront les retours de son cher marin. Des garçons, cette fois, car Dieu l'aura exaucée. Dont deux mourront en bas âge car le diable s'en mêlera.

Jean-François, pendant ce temps, courra les mers à la poursuite de la pitance familiale mais sans jamais attraper la richesse. Son visage se plissera aux soleils des tropiques. Ses yeux pâliront à force de scruter le cercle d'un horizon toujours recommencé. Il apparaîtra de temps à autre, dans la maison de son beau-père, rue des Carmélites, où Renée-Louise habitera souvent, par mesure d'économie, pour ne pas être seule et aussi parce que le logement des Trébuchet dans la Haute-Grand-Rue se fera de plus en plus étroit avec le nombre croissant des enfants.

Jean-François débarquera souvent à l'improviste, traînant des sacs et des cadeaux charmants et inutiles, les vêtements chargés d'odeurs étrangères. Il arrivera, étourdissant Renée-Louise de tendresse, affamé, pataud, maladroit, avec son désarmant égoïsme d'homme, s'extasiant de ne jamais la voir déformée par l'attente d'un enfant puisque Dieu veut qu'il la quitte à peine grosse pour la retrouver, des mois plus tard, délivrée.

On le verra surgir le matin, le soir ou à la nuit faite, ranimant de sa présence la sévère maison, escaladé par les enfants luttant, jaloux, à qui arrivera le premier, aux épaulettes du capitaine, à ses rudes joues.

Sophie, sa troisième fille, à ce jeu gagne souvent. La présence de son père la métamorphose. Elle rougit à sa vue, soudain timide et muette, elle si vive et si bavarde. Elle obéit et se tient coite, elle dont l'indocilité et la turbulence mettent les nerfs de Renée-Louise à rude épreuve.

Il y a, entre la petite fille et le marin, une connivence singulière. C'est elle, la première, qu'il réclame en arrivant: « Où donc est ma diablesse? » Et la diablesse, avec lui, a toutes les licences. Elle tire sur la queue de son catogan, enfouit son museau dans le fin jabot blanc, détache l'épée courte à la poignée d'argent. Elle l'envahit, le colonise, s'installe sur ses genoux, triomphante et, de là, nargue le reste de la famille, Renée, Madelon, les petits garçons qui braillent et même la douce Renée-Louise que le retour du marin émeut, à chaque fois, aux larmes.

Quand il raconte une histoire, c'est à Sophie que le capitaine s'adresse. Et, de toutes ses histoires, celle que Sophie préfère est celle du gros, gros poisson qui, l'année même de sa naissance, a failli envoyer par le fond la *Sèvres* et son équipage.

Le doigt de Jean-François se promène sur la carte marine, s'immobilise sur 25° de latitude nord et 32° 37' de longitude, au méridien de Ténériffe.

« C'était le 25 mai, commence-t-il. Il était onze heures du soir. Nous avions quitté Saint-Domingue depuis quelques heures. Soudain, une secousse terrible, baoum, nous fit frémir de la coque aux mâts. Nous crûmes avoir touché un caillou à fleur d'eau. Nous sondâmes à la pompe dans les profondeurs du navire. Il y avait beaucoup d'eau, trop d'eau. Alerte générale. Mais la nuit était si noire qu'il fallut attendre le jour... Alors, Sophie, nous vîmes à babord une chose, une créature de l'enfer, un poisson monstrueux tel qu'aucun de nous n'en avait jamais vu. Collé à quelques pieds au-dessus de la quille, il avait de trente à quarante pieds de long. J'ai donné l'ordre qu'on saisisse la bête avec un fort cordage arrimé sur un palan. Et trente hommes ont souqué dessus, en vain; le monstre ne bougeait pas.

» C'est un Anglais qui, pour une fois, nous a sauvés. L'*Anne*, capitaine Smith, qui croisait à trois lieues sous le vent, a répondu au signal d'incommodité que nous lui avons envoyé. Il daigna nous envoyer un canot et trois hommes. Nous virâmes sur le poisson ceinturé et nous le coupâmes. C'était vraiment une bête inconnue dans ces mers-là. Une licorne de mer égarée et qui avait percé notre navire au-dessus de la quille. La corne était restée plantée dans le flanc du bateau. Nous l'avons offerte à Mme de Luynes. Cette fois encore, mes enfants, Dieu, la Vierge et saint Yves nous ont protégés!

DIEU, la Vierge et saint Yves, auxquels croit si fort le capitaine Trébuchet, auront pourtant de singulières distractions dans leur protection.

Le 21 juillet 1780, Renée-Louise met au monde un huitième enfant qui va lui coûter la vie. Elle meurt, un soir, trois semaines plus tard, épuisée, en murmurant : « Dieu merci, la journée est finie ! » Elle a trente-deux ans.

Panique dans la famille. Voici le capitaine Trébuchet avec six enfants sur les bras (le petit Jean-Baptiste est mort du croup, deux ans plus tôt). L'aînée a douze ans, le dernier, quinze jours. Sophie, elle, a huit ans.

Les seuls proches parents qui restent à Jean-François Trébuchet sont son frère aîné, Louis, le maître de forge qui a hérité la maison familiale de *La Renaudière* au Petit-Auverné. Il y a pris sa retraite et mourra l'année suivante. Surtout, il a sa sœur aînée, Françoise, qu'il aime beaucoup.

Elle a cinquante-six ans et elle est veuve depuis deux ans de maître Robin, notaire à Saint-Julien-de-Vouvantes. Cette tante Robin est un personnage. Une « forte tête », dit-on dans la famille. Une originale. Jean-François, très pieux, comme tous les marins, est parfois effrayé par les idées avancées de sa sœur et, en particulier, par la manière irrespectueuse dont elle parle des prêtres et de la religion en général. Elle lit énormément et, malgré son veuvage, on la voit souvent au théâtre dont elle raffole. Mais elle est si bonne et si gaie que Jean-François lui pardonne ses manières voltairiennes et sa désinvolture. Il l'appelle la Robine.

Françoise Robin n'est pas démunie. Son mari lui a laissé une rente suffisante pour vivre. Elle possède aussi des terres dans la région de Châteaubriant.

Depuis son veuvage, l'aimable personne s'est arrangé une vie très agréable : l'hiver à Nantes, dans sa petite maison de la rue Sainte-Croix, et l'été à Châteaubriant où elle possède une autre maison dans la rue du Couëré qui est celle des notaires. De là, elle veille sur ses fermages et se rend très souvent à *La Renaudière*, sa maison natale du Petit-Auverné.

Le seul travers un peu agaçant de la Robine est l'importance qu'elle attache aux grands noms et aux titres nobiliaires. Au vrai, cette voltairienne est royaliste et la moindre petite particule la met en transe. Elle sait tout des mariages et des alliances dorées à vingt lieues à la ronde. Elle peut réciter la filiation des familles sur plusieurs générations et s'enorgueillit des relations de sa propre parenté avec les grands noms des alentours.

Elle procède, en cela, de l'esprit des bourgeois nantais de l'époque. Ces nouveaux riches sont férus de titres et de blasons qu'ils se procurent à grands frais en achetant des charges anoblissantes. Beaucoup troquent leurs noms roturiers contre des vocables ronflants et historiques, ajoutant souvent à leur patronyme le nom d'une terre récemment acquise. A la fin du siècle, à Nantes, une dizaine de familles seulement seront réellement héritières du nom qu'elles portent. C'est une société de « marquis de Carabas ».

De tous ses neveux et nièces Trébuchet, c'est Sophie que préfère la tante Robin. Depuis toujours. Mme Robin n'a plus d'enfants. Elle a perdu un bébé en bas âge et sa fille Françoise est mariée à un négociant de la ville.

Quand, à quatre ans, Sophie a failli mourir de la petite vérole, c'est la tante Robin qui l'a soignée dans sa propre maison, au mépris de la contagion. Pendant des jours et des nuits, elle est restée au chevet de la petite fille, dans une chambre tendue d'une étoffe rouge, couleur réputée atténuer les démangeaisons. Pendant des nuits et des jours, elle lui a raconté des histoires, chanté des chansons pour la distraire, lui tenant doucement les mains pour l'empêcher de se gratter le visage. Et c'est bien grâce à elle que le teint de Sophie n'a pas été irrémédiablement gâté par les redoutables cicatrices.

Evidemment, le capitaine Trébuchet a aussi son beau-père Le Normand mais les deux hommes n'ont guère de sympathie l'un pour l'autre. L'ancien procureur fiscal du marquis de Goulaine juge son gendre mou et rêveur. Il lui en veut d'être pauvre et d'avoir fait autant d'enfants à sa fille. Il n'est pas loin de le juger responsable de sa mort.

Le capitaine Trébuchet, de son côté, n'aime pas cet homme avide et dur en affaires. Il le trouve impie, trop adepte de ces idées nouvelles qui viennent d'Angleterre et ne supporte pas son anticléricalisme. Il ressent le dédain du vieil homme et le fait qu'il ait besoin de lui l'en éloigne encore davantage.

Après la mort de sa femme, Jean-François est resté à Nantes. Il n'a plus, dit-il, le goût de rien. Tout l'accable. Son âge d'abord; il a cinquante ans et il se sent fatigué. Les armateurs hésitent à lui confier un commandement, lui préférant de jeunes capitaines, et il y a deux ans qu'on ne lui a proposé un voyage.

Ses ressources s'amenuisent de jour en jour et il n'ose plus sortir en ville avec sa redingote râpée, la seule qui lui reste. Pour comble de chagrin, son dernier-né, de faible constitution, n'a survécu que trois mois à sa mère.

L'oisiveté pèse à Jean-François. Il n'est pas fait pour vivre à terre. Il navigue depuis l'âge de dix-huit ans et la mer, à présent, lui manque. On le voit, parfois, dans les estaminets du quai de la Fosse où le rhum magnifie les exploits des marins qui reviennent de loin.

Ou bien, il traîne comme une âme en peine, dans la maison de son beau-père. Un après-midi, il entend un vacarme épouvantable dans le salon. Les enfants, livrés à eux-mêmes dans le désarroi de la maison en deuil, sont insupportables. Ni Jeannette Marion, la servante, ni Rose, leur tante, ne peuvent en venir à bout. Cette fois, ils ont renversé les chaises et les fauteuils en deux tas. L'un figure un vaisseau français et l'autre une frégate anglaise qu'on s'apprête à prendre à l'abordage. Sophie, Jean-Louis et le petit Marie-Joseph sont les corsaires français. Renée, Madeleine et Auguste, les marins anglais ennemis. La bataille fait rage. Armés de tisonniers, de pincettes et de pelles à feu, les enfants se jettent les uns sur les autres en hurlant, indifférents au grabuge. Déjà, une chocolatière a volé en éclats et un écran de cheminée crevé gît, les pattes en l'air. Marie-Joseph, qui a reçu un coup de tisonnier sur la tête, pleure en bavant tandis que Sophie, surexcitée, dressée au-dessus du carnage, lui ordonne d'aller chercher des munitions.

Jean-François ne peut s'empêcher de rire en voyant les exploits de sa progéniture. Mieux, il se jette dans la bataille. « Pare à virer! Crochez par l'avant! » commande-t-il, à la grande joie des gamins.

C'est le moment que choisit le grand-père Le Normand pour faire irruption, attiré lui aussi par le boucan. Son apparition fige les combattants, M. Le Normand considère sévèrement le ravage de son salon et fait signe à Jean-François de le suivre dans son cabinet.

« Quel âge avez-vous? tonne le procureur.

– Cinquante ans, répond Jean-François naïvement.

– Ah! vraiment? Et vous êtes pire qu'un marmot! grommelle M. Le Normand. Cela ne peut plus durer! Vos enfants n'ont plus aucune direction. Ils sont trop nombreux pour qu'on les élève ici. Il faut prendre une décision et promptement. Les mettre en pension...

– Hélas! dit Jean-François, le moyen de payer la pension? Vous le savez, monsieur, la vente de mes effets et de mon mobilier ne m'a rapporté que 282 livres et 19 sols. La misère.

– Nous vous aiderons une fois encore, dit Le Normand d'un ton sec. Il le faut bien. D'autre part, je vous ai trouvé un embarquement. J'ai parlé, hier, à MM. du Collet et Paimparay. Ils préparent un convoi d'avitaillement destiné à nos navires et à nos troupes qui combattent en Amérique. Ce convoi sera protégé par des navires de guerre. Du Collet et Paimparay – qui ne peuvent rien me refuser – vous offrent le commandement du *Comte de Grasse*. Ce n'est pas un bateau tout neuf mais, ma foi, il tiendra bien encore cette fois. Vous transporterez à bord de la poudre et des boulets ainsi qu'une cargaison de vivres et de marchandises diverses. Il y aura pour vous cent cinquante livres d'appointements par mois mais il ne vous sera pas permis d'embarquer des marchandises pour votre propre compte. Vous ne pourrez pas, non plus, vous séparer de la division qui protège le convoi. A l'arrivée, il vous faudra débarquer au plus vite les effets du roi. Quant au reste de la cargaison, soit vous le remettrez aux représentants de vos armateurs, soit vous essaierez de le vendre au mieux. Bien entendu, vous toucherez une commission proportionnée aux bénéfices. Départ, fin juin. Si cela vous agrée, monsieur, je vous prie de vous rendre le plus vite possible chez MM. du Collet et Paimparay qui vous attendent. Ne me remerciez pas, c'est inutile. »

RENÉE, Madelon, Sophie, Jean-Louis et Auguste Trébuchet sont entrés dans le pensionnat de Mme Menant-Dugué. Marie-Joseph, trop petit, est resté rue des Carmélites avec sa nourrice.

Sophie est furieuse d'être enfermée dans ce pensionnat dont la discipline l'exaspère.

« Pourquoi, dit-elle à son père, pourquoi nous abandonnes-tu ? »

Alors, le capitaine tente de lui expliquer qu'il ne

peut pas rester à Nantes. Il est pauvre. Il lui faut encore traverser les mers pour rapporter de quoi nourrir ses enfants.

Mais Sophie, qui a dix ans, n'est pas convaincue. Elle ne comprend pas bien pourquoi, comment elle pourrait n'être pas nourrie dans cette ville magnifique où tout respire la prospérité et le luxe. Les maisons neuves de tuffeau blanc que se font construire les riches armateurs sont plus belles et plus somptueuses, dit-on, que celles de Versailles où habite le Roi. Sur le port, les navires déchargent les bois précieux venus des îles et des marbres que l'on sculpte sur place, dans les jardins. Des meubles de bois de rose, d'acajou, de palissandre ou d'ébène sont faits sur commande pour les belles demeures. La feuille d'or s'allie au cristal et à la soie. Partout, on peint, on brode, on cisèle, on grave, on forge, et de la richesse naît la beauté.

Les tables croulent sous les victuailles. Les vins sont exquis, les mets raffinés, la vaisselle somptueuse. Ne dit-on pas que chez le tanneur Le Roux, on ne se sert que d'assiettes d'argent, à cause de ses enfants qui cassent tout?

Des attelages élégants traversent les nouvelles avenues. C'est M. de la Villestreux qui passe avec ses laquais noirs en livrée jaune, importés de Saint-Domingue, ou les dames Grou dont les diamants sont, dit-on, de toute beauté.

Le soir, on entend la musique des concerts et des bals qui s'échappe des hautes fenêtres aux balcons galbés des hôtels du quai de la Fosse ou de l'île Feydeau. Les entrepôts sont remplis des épices rapportées du bout du monde. Les boutiques débordent de marchandises. Marmitons, négrillons et négrittes s'affairent au crépuscule dans des effluves de fricandeaux et de poulardes truffées.

Comment la petite Sophie Trébuchet pourrait-elle même imaginer ce qu'est la pauvreté dans le bruit de soie que fait cette ville dont l'air sent la vanille, la muscade et le café? L'année où la Loire a débordé, couvrant les quais et battant les ponts, elle a vu passer une barque fleurie et tendue de satin rose qui portait un riche bébé au baptême, jusqu'au parvis de l'église Sainte-Croix.

Peut-on n'être pas nourrie dans une ville où l'on tend des draperies aux fenêtres et au-dessus des rues, afin d'abriter les processions du soleil et de la pluie? Le moyen de douter du Ciel et de ses largesses quand la Fête-Dieu fait jaillir des fenêtres de Nantes une averse de pétales de roses et de genêts, au passage du dais? Quand le cortège bariolé du clergé et des notables, des corporations de métiers portant enseignes et bannières se rend en chantant sur un tapis de fleurs et d'herbes aromatiques jusqu'aux baldaquins somptueux des reposoirs? Peut-elle, Sophie, être inquiète, lorsqu'elle voit, derrière le gouverneur et ses hallebardiers, passer son propre grand-père, une branche d'oranger à la main, parmi les membres du présidial, tandis que tonne l'artillerie du château et se déchaînent toutes les cloches de la ville?

Comment pourrait-elle comprendre même ce qu'est la misère quand elle voit M. Le Normand avec son bicorne noir sur ses cheveux poudrés, sa redingote de soie ponceau, ses bas blancs, ses souliers à boucles d'argent et ses chemises de linon fin, lavées dans l'Erdre, la rivière aux champignons mystérieux qui blanchit si bien le linge? Les colons nantais de Saint-Domingue expédient leurs chemises sales par les bateaux pour qu'elles soient lavées à Nantes.

Sophie est encore une petite fille heureuse dans une ville heureuse. Et le bonheur de Nantes sera lié à jamais au souvenir de son père qui va bientôt partir pour toujours. Elle n'oubliera jamais les apparitions du marin qui la soulevait de terre et la serrait à l'étouffer. Ni le bruit de son pas. Ni son rire de grand vent. Ni les cadeaux surprenants qu'il rapportait du bout du monde : le petit singe blanc, lâché dans le jardin de *La Renaudière* et qui se mirait dans l'eau du bassin en donnant des soufflets à son image. Ni les yeux écarquillés du maque de Madagascar à la queue rayée. Ni le perroquet qui ameutait les alentours en criant : « Sus à l'Anglois ! » Ni les poules de soie venues de Chine et qui étaient comme de petits nuages de plumes blanches avec des pattes et un bec bleus.

Sophie boude. Le départ de son père la contrarie. Elle refuse de l'embrasser. Elle ne sait pas qu'elle ne pourra plus jamais le faire.

AINSI, le grand-père Le Normand a réussi à se débarrasser de son gendre. En novembre 1781, Jean-François Trébuchet signe l'accord de sa dernière mission. Où l'envoie-t-on ? Il n'en sera averti qu'au dernier moment. La Marine royale, méfiante et redoutant les attaques ennemies, ne révélera qu'au départ le secret de la destination du convoi. Cette fois, ce sera l'Inde où M. de Suffren combat contre les Anglais. A lui sont destinés les armes et les vivres convoyés sous la protection des vaisseaux de guerre.

Adieu, mes petits. Le convoi quitte Brest le 28 juin 1782. Le capitaine Trébuchet emporte l'image d'une Sophie boudeuse.

Le convoi fait route sur le sud de l'Afrique et arrive au cap de Bonne-Espérance, trente-six jours plus tard. Prochaine escale : l'Isle de France, dans l'océan Indien.

Tout va mal à bord du *Comte de Grasse*. Ce mauvais bateau dont ses armateurs ont voulu se débarrasser donne beaucoup de tracas au capitaine Trébuchet. Non seulement l'équipage est médiocre mais le « second », Dibet, est franchement hostile. Le navire subit toutes sortes d'avaries et sa mauvaise marche qui ralentit le convoi l'oblige à s'en séparer, malgré les instructions de Nantes, le mettant à la merci des pirates qui infestent l'océan Indien. Ce serait une bonne prise : outre les munitions, il est chargé de tissus divers, de cordages, de planches, d'eau-de-vie, d'huile, de farine, de vins, de suif, de bœuf et de porc en conserve.

Il parvient tout de même au Port-Louis, le 3 août 1782. Là, M. Chevreau, l'intendant royal, ordonne à Trébuchet de débarquer sa poudre et ses boulets. Les ennuis continuent. La cargaison est, en partie, avariée et ne peut être vendue qu'à bas prix. Trébuchet envoie à Nantes une partie de l'argent récupéré, fait part de ses misères, attend les instructions.

Le 5 décembre, le convoi repart pour l'Inde, vers Trinquemale, dont M. de Suffren vient de s'emparer, après quatre combats sanglants contre les Anglais.

Le *Comte de Grasse* est resté au Port-Louis. Jean-François, comme son bateau, est malade. Il souffre de conjonctivite et la mauvaise nourriture du bord a mis à mal ses intestins fragiles. Les contrariétés multiples n'arrangent rien.

Il reçoit enfin de Nantes l'ordre de revendre le *Comte de Grasse*. Il répondra – et ce seront les dernières nouvelles qu'on aura de lui – qu'il n'a pu vendre le navire, le prix fixé par les armateurs étant trop élevé. Il écrira aussi qu'il va essayer de rentrer avec un fret qu'il compte écouler sur les côtes africaines et en Europe.

On apprendra qu'il est mort à l'Isle de France, le 1er septembre 1783. Comment? Mystère. A terre et malade? En mer? A-t-il été assassiné à son bord par son « second »?

Le procès qu'intentera plus tard le juge Le Normand aux armateurs, au nom de ses petits-enfants, n'éclaircira pas grand-chose. On apprendra seulement qu'après la mort du capitaine Trébuchet, l'escroc Dibet a pris le commandement du *Comte de Grasse*. Qu'il l'a vendu avec ses marchandises, gardant pour lui l'argent. Qu'il a tiré des traites sur les armateurs pour payer l'équipage et qu'il s'est évanoui, à son tour, dans la nature.

Un père disparu dont le corps n'a pas été retrouvé met longtemps à mourir. Longtemps Sophie Trébuchet espérera voir revenir le marin tant aimé. Puis, les années passant, elle abandonnera son image aux vagues. On lui dira qu'il a donné sa vie pour le Roi, pour la France. Elle se persuadera qu'il a glissé, un soir, *dans une mer sans fond, par une nuit sans lune...* C'est une fin habituelle pour les hommes de son pays. Ses propres frères, Auguste et Jean-Louis, marins tous deux, périront ainsi, l'un à dix-sept ans, l'autre à vingt et un, à deux ans d'intervalle.

Les orphelins Trébuchet ne recevront qu'environ 3 500 livres produites par les gages de leur père et la vente de ses effets et instruments de marine. C'est trop peu pour qu'on continue à les éduquer dans une pension aussi chère. Surtout les filles dont l'instruction semble moins importante aux yeux du grand-père.

Conseil de famille. Les deux aînées qui ont quinze et quatorze ans sont recueillies par une tante Trébuchet. Leur oncle Le Normand, procureur à Rennes, contribuera à leur entretien. Jean-Louis et Auguste continueront leurs études chez M. Kerhervé, à Nantes. Le grand-père Le Normand se chargera du petit Marie-Joseph qui est son préféré.

Quant à Sophie qui a douze ans, elle échoit, pour la plus grande joie de l'une et de l'autre, à la tante Robin qui a soixante ans.

SOPHIE a quitté sans tristesse la rue des Carmélites et pour une bonne raison : elle n'aime pas son grand-père Le Normand. Le vieil homme impérieux et colérique qui mène sa nombreuse famille à la baguette, le procureur dont la sévérité est réputée au tribunal, n'admet pas qu'une petite fille de douze ans lui tienne tête. Le fait qu'elle soit orpheline ne la dispense pas, à ses yeux, d'obéir avec soumission comme le reste de la famille.

Or le moins qu'on puisse dire est que Sophie est tout, sauf une enfant soumise. En vraie petite Bretonne, elle n'en fait jamais qu'à sa tête et ne supporte pas qu'on la contrarie. Si on lui refuse quelque chose, vingt fois, cent fois, elle revient à la charge. Elle est capable de hurler à faire trembler les lustres et même de se rouler par terre de rage. Son orgueil peut aussi la mener à bouder durant trois jours d'affilée.

Elle tient beaucoup, en cela, de son grand-père, et leurs tempéraments irréductibles, inconciliables, se sont souvent affrontés. Mais la voix redoutée du procureur pas plus que le fouet et toutes sortes de punitions et de privations ne peuvent venir à bout de Sophie.

Aussi, M. Le Normand, qui a d'autres chats à fouetter que de se battre avec une enfant, a accepté avec soulagement la proposition de la tante Robin et la malle qui contient les effets de Sophie a pris la direction de la rue Sainte-Croix.

C'est la résidence d'hiver de Mme Robin. Elle y vit avec sa servante, Julienne Péan, qu'on appelle Julie.

Julie Péan, native d'un village voisin de Châteaubriant, a le même âge que sa patronne. Elles sont inséparables depuis leur enfance. Julie est entrée au service de Françoise Trébuchet quand celle-ci a épousé le notaire de Saint-Julien. Elle l'a aidée à ensevelir le bébé mort puis, l'année suivante, maître Robin. C'est elle qui a élevé Françoise, la fille de Mme Robin, qui est aussi la marraine de Sophie.

Julie est d'une superstition et d'une piété à toute épreuve. Elle se meut dans un univers où le maléfique et le bénéfique se détectent, s'imposent et se combattent à l'aide de signes, de gestes et d'incantations où le diable et le Bon Dieu s'entremêlent. Pendant dix ans, elle a enfoncé des épingles dans tous les calvaires qu'elle croisait sur son chemin, afin que Françoise trouve un mari. Tâche difficile car Françoise est aussi laide qu'elle a bon caractère et les galants, malheureusement, s'attachent davantage à une jolie tournure qu'à une âme honnête. Mais les épingles de Julie ont triomphé : Françoise Robin, à vingt-neuf ans, est devenue, enfin, Mme Mathis.

Sophie va donc grandir dans une maison de femmes. Deux femmes, à sa dévotion, sans compter sa marraine Mathis.

La Robine, avec sa nièce, joue à la poupée. Elle l'habille, la coiffe, lui apprend les bonnes manières et complète l'instruction très primaire que Sophie a reçue à la pension Menant-Dugué.

La tante Robin ne sait quoi faire pour distraire son enfant chérie. Elle émerveillera ses douze ans en l'emmenant, un matin de juin, voir s'envoler l'aérostat de taffetas verni qui emporte dans les airs l'extravagant Coustard de Massy et l'oratorien Mouchet. Ou bien, on part en excursion, en petit canot couvert qui glisse sur l'Erdre bordée de bois et de rochers. Sur les collines tournent les moulins. On arrive ainsi sur les coteaux de Barbin, pour goûter de caillebottes qui sont, là, délicieuses. Mme Robin a aussi emmené Sophie au château de Barbe-Bleue, le terrifiant Gilles de Rais dont les funestes exploits font trembler les veillées.

Dès les beaux jours, on quitte Nantes pour Châteaubriant. La tante Robin loue une voiture, et fouette cocher à travers landes et bois, jusqu'à la maison de la rue du Couëré. On ne reviendra à Nantes qu'après les vendanges.

Sophie que son exubérance fait étouffer en ville a une passion pour la campagne. Châteaubriant, pour elle, c'est la liberté. La famille Trébuchet est connue dans toute la région et, partout, Sophie se sent chez elle, en toute sécurité. Vêtue comme les petites paysannes, en jupon de futaine et en sabots, elle vagabonde dans les forêts avoisinantes, avec des enfants de son âge. On cueille des fleurs et des fraises des bois. On attrape des papillons. On joue à cligne-musette, à la marelle ou au volant. On vole des œufs de caille dans les nids. On pêche des carpes dans les étangs et des écrevisses dans les rivières, qu'on attire avec des chiffons rouges. On se roule dans la paille des granges, on barbote dans le grain sous les hangars des moulins. On boit, en passant, du lait dans une ferme. Sophie rentre le soir, fourbue, les joues roses, de la paille dans les cheveux, les mollets griffés et les jupons déchirés.

Julie Péan grogne à cause du ravaudage qui l'attend. Elle dit que Sophie ne se conduit pas comme une demoiselle. La tante Robin renchérit. En voilà, des manières. Et elle ajoute : « N'oublie pas, n'oublie jamais que tu es une Trébuchet ! » Elle dit Trébuchet comme elle dirait Rohan.

QUAND elle ne grogne pas, Julie raconte des histoires à faire dresser les cheveux sur la tête, ce qui n'est pas pour déplaire à Sophie. Julie, c'est simple, a les clefs de tous les mystères des alentours et des réponses pour toutes les énigmes. Les feux follets qui dansent, les soirs d'été, sur les tombes du cimetière, sont des âmes en peine qui réclament des messes. Ce bruit qui gronde au loin, alors que le temps n'est même pas à l'orage, c'est la bande hurlante des hommes changés en loups et qui poursuivent dans les airs une chasse de fantômes.

A entendre Julie, la « bête de Béré » rôde dans les halliers de Châteaubriant, dès le crépuscule. Le propre neveu de Julie l'a rencontrée une nuit alors qu'il revenait d'une noce. La Bête, il l'a vue comme je te vois. Ni mouton, ni chien, ni chèvre et tout cela à la fois. Avec des yeux jaunes. Elle était blottie comme une moins que rien, au pied de la croix, sur le chemin qui va du moulin à l'étang de la Forge. Et la voilà qui se dresse sur ses trois pattes arrière, comme un immense fantôme, aussi haut que les arbres du bois. Et elle a foncé sur le neveu qui a eu grand-peine à lui échapper.

Mais la Bête n'est rien à côté du Serpent de la Forêt-Pavée. Un monstre plus gros qu'une futaille. Julie se souvient que, juste après la Saint-Jean de 1775, il a dévoré la diligence de Nantes à Châteaubriant. On n'a rien retrouvé, ni des voyageurs, ni des chevaux, ni de la voiture. Dans ses moments paisibles, le monstre se contente de poser des questions difficiles aux passants. Si les réponses lui plaisent, il les relâche. Il lui arrive aussi de leur donner des gages tout à fait ridicules.

En tournant son fil de lin, Julie Péan évoque d'une voix sourde les lutins qui volent les chevaux dans les écuries et les obligent à galoper jusqu'à l'aube. Ou le chien infernal, caché sous le lit des mécréants à l'agonie. En bavant de convoitise, il guette l'âme qui va partir. Dès qu'elle s'échappe, il la prend en gueule et se sauve avec, dans une gerbe enflammée qui sent le soufre.

Un soir, rentrant avec Sophie par l'étang de Vioreau, Julie lui a fait remarquer l'ombre vaporeuse qui flotte sur les nénuphars.

« Entends-tu? lui dit-elle, entends-tu? »

Et Sophie, effectivement, a entendu une sorte de sanglot très doux, ininterrompu et qui se répercutait sur l'étang, à travers la brume.

« C'est Mlle de Foix, a expliqué Julie en pressant le pas. Elle était mariée à M. de Laval mais elle s'est prise d'amour pour le roi François le Premier. Alors, son mari l'a enfermée au château et l'on ne sait pas trop comment elle y est morte. En tout cas, elle pleure sur l'étang, malgré toutes les messes qu'on lui a fait dire! »

La tante Robin n'aime pas que Julie raconte ces histoires à Sophie. Elle dit que ce sont là des sornettes bien propres à lui troubler la tête. Et elle agite d'un air mécontent les clefs qui pendent à sa ceinture.

Mais plus encore qu'à Châteaubriant, c'est à *La Renaudière* que Sophie est heureuse. A trois lieues de la rue du Couëré, au Petit-Auverné, dans le pays de La Mée, *La Renaudière* est une jolie maison de schiste à toit d'ardoises qui appartient aux Trébuchet, depuis l'arrière-grand-père paternel de Sophie. Jean-François, son père, et la tante Robin y sont nés et y ont passé leur enfance.

A la mort du grand-père Trébuchet, la propriété est allée selon l'usage aux mains de son fils aîné puis de son petit-fils, l'oncle Louis, maître fondeur comme tous les hommes de la famille à l'exception de Jean-François, le marin.

L'oncle Louis, de santé fragile, est mort il y a trois ans, l'été 1781. La tante Louise, qui n'a que trente-cinq ans, n'arrive pas à se consoler. Elle habite *La Renaudière* avec sa fille Louise qui a huit ans et son fils René qui en a sept.

Cette tante Louise est une petite femme maigre et timide, très pieuse et toujours vêtue de noir. Etant l'une des filles du juge Le Normand, elle est deux fois la tante de Sophie. Comme toutes les filles Le Normand, elle a été écrasée, dès son enfance, par la tyrannie de son père et les adversités la trouvent sans défense. Quand on lui parle un peu vivement, on dirait qu'elle va détaler comme une souris. Depuis trois ans, elle fond en larmes à tout propos et vit avec un mouchoir en permanence sous son nez rouge. C'est pourquoi ses deux enfants sont enchantés quand ils voient arriver leur cousine Sophie et la tante Robin. La tristesse de la maison, soudain, s'envole.

La présence de la Robine réconforte leur mère. Louise, qui se noie dans un verre d'eau, n'arrive pas, c'est évident, à débrouiller les problèmes matériels qui lui sont posés depuis la mort de son mari. Sans parler de la gestion des métairies et des fermages auxquels elle ne comprend rien, une simple réparation à faire effectuer à *La Renaudière* l'affole.

La tante Robin, au contraire, est une excellente

femme d'affaires. En bonne veuve de notaire, elle gère avec autorité les biens qu'elle possède en Auverné. C'est pourquoi la craintive Louise l'attend toujours comme le Messie. Elle a, pour Mme Robin, une affection admirative et lui délègue tous les pouvoirs pour s'occuper de *La Renaudière.*

Tandis qu'elles s'enferment toutes les deux pour débrouiller leurs affaires, Sophie entraîne ses cousins à travers le jardin et autour de l'étang qui sert de vivier. On pêche, on se bourre de fruits dans le verger, on course les papillons et les petits lapins dans la garenne.

A part son grenier où s'entassent des vieilleries propres à toutes sortes de déguisements, la maison fascine moins les enfants que ses communs, construits au cours des âges et dont les enfants Trébuchet, à toutes les générations, ont fait leur quartier général. Il y a l'écurie qui recèle au moins un poney à leur taille, la gerberie où il fait si bon dormir les après-midi de canicule, l'ancienne salle d'armes, transformée en laiterie. Il y a le pressoir qui garde, toute l'année, l'odeur des pommes, et la buanderie, et aussi cette grange où le père de Sophie, autrefois, au cours d'une escale, a eu le caprice de faire installer un billard, ce qui a été jugé, dans le pays, comme une prodigalité quasiment royale.

L'ombre du marin disparu, qui a tant aimé cette maison de son enfance et à laquelle il rendait visite à chacun de ses retours, est particulièrement sensible à Sophie. Ce père qu'elle a si peu connu, c'est à *La Renaudière* plus qu'à Nantes qu'elle le retrouve.

La maison et les récits de la tante Robin lui restituent son père enfant, et ses jeux sont presque les siens. L'escarpolette sur laquelle Sophie se balance est encore celle de Jean-François. Elle a retrouvé au grenier ses toupies, ses balles, son vieux petit cheval de bois et ses cannes à pêche. A *La Renaudière*, le capitaine Trébuchet ne dépassera ses douze ans que le jour où le petit René découvrira, au fond d'une malle, un livre de bord rempli d'histoires de marins et de descriptions de pays lointains qui influeront sur sa destinée. René rêvera longtemps de naviguer comme son grand-oncle et de gagner les rivages de cette Isle de France dont il aura pressenti les parfums et les couleurs dans un grimoire de grenier breton.

Evidemment, sa mère, terrifiée à l'idée que son fils unique s'en aille périr en mer, lui fera jurer de n'être jamais marin. René obéira tristement mais il réalisera son rêve insulaire par un autre chemin. Il fera sa médecine et partira l'exercer à l'Isle de France[1].

C'est là, à travers les étés du pays de La Mée, dans le jardin de *La Renaudière*, que Sophie découvre le plaisir de la terre et des plantes. Toute sa vie, elle cherchera à retrouver ce jardin de son enfance et ses senteurs. Le parfum de vanille que donne aux roses-pommes et aux giroflées la rosée du matin. Les effluves de miel chaud que répandent à midi les buddleias hantés d'abeilles soûles. L'exhalaison violente des seringas, des tilleuls et du chèvrefeuille en fleurs, celle plus poignante de foin coupé à la fraîcheur du crépuscule ou, encore, les relents si troublants de la terre chaude et mouillée, après l'orage.

Par les greffes et les graines, par la poussée lente des saisons, la bouillante Sophie apprend la patience : dix jours pour une pousse de petit pois, trois ans pour une fleur de pivoine. Elle regarde, émerveillée, se défriper presque à vue d'œil la feuille exagérée de la rhubarbe. Elle tache ses tabliers au pollen des lis coupés en gerbes dont elle porte une partie à l'église voisine pour faire plaisir à sa pieuse tante Louise et met le reste des

1. Où il se mariera le 29 Prairial, an IX (18 juin 1801). Il fera souche à l'île Maurice où le souvenir de la famille se perpétue par le nom d'une ancienne plantation : Espérance Trébuchet.

pétales à macérer dans de l'eau-de-vie, sur le conseil de la tante Robin, moins pieuse mais plus pratique; elle sait qu'il n'existe pas de meilleur remède pour apaiser les brûlures et clore les plaies.

Au vrai, la guérisseuse de la famille, c'est la vieille Julie Péan. De qui tient-elle sa science des herbes? Qui lui a appris ces frôlements qui guérissent, ces manipulations qui soulagent, ces litanies bizarres, formulées à voix basse et monocorde? La tante Robin dit qu'il vaut mieux ne pas le savoir. Que tout cela n'est pas très catholique.

Dès juin, Julie bat la campagne, un panier au bras, pour récolter les plantes sauvages qu'elle passe ensuite des heures à faire sécher, bouillir ou mariner. Sophie trottine à sa suite. De Julie, elle apprend à débusquer au revers des talus la mille-feuille qui coupe le sang, le bouillon-blanc qui réduit la jaunisse et l'épine-vinette à quoi ne résistent les fièvres. Avec les bleuets des champs fondus dans la rosée, elle apprend à faire l'eau de casse-lunettes qui ôte aussi les bouffissures du chagrin. Inlassablement, la vieille et l'enfant arrachent aux vieux murs la chélidoine dont le suc jaune fait sécher les verrues, les fleurs de séneçon et celles de la rhüe.

A l'entendre, aucun mal ne résiste à Julie. Elle ne sait ni lire ni écrire mais sa mémoire est étonnante et il suffit, devant elle, de prononcer le nom d'une maladie pour qu'aussitôt, elle annonce le remède avec une assurance de vieil apothicaire. Miserere? Zeste de noix et vin blanc. Rache? Emplâtre de crapaud bouilli dans l'huile. Pierre des reins? Graisse de rognon de lapin et fleurs de mauve.

Sans parler des maux qu'on ne voit pas, ces fêlures secrètes provoquées par la haine qu'on ne peut conjurer ou guérir qu'avec des signes ou des gestes. Julie détecte à coup sûr les êtres qui, parfois même sans le vouloir, portent la malchance et la mort. Elle dit qu'ils ont « les foies blancs ».

Ce don des remèdes attire à elle nombre d'éclopés

qu'elle accueille avec une jubilation proportionnée à la gravité des cas. On vient à elle de Soudan, de Ruffigné ou de Moisdon. Plus le cas est sérieux, plus elle se rengorge, satisfaite, flattée. Colique graveleuse, venteuse, écrouelles ou panaris, rien n'arrête la vieille Péan qui distribue avec autorité onguents, tisanes et emplâtres. « Le miracle, dit la tante Robin, c'est que personne n'en trépasse. » Elle craint cependant que les activités de sa servante attirent sur sa maison un renom de sorcellerie. On rôtissait, autrefois, pour moins que cela.

Pourtant, si la Robine affiche un scepticisme railleur quant aux talents curatifs de Julie et à ses pratiques superstitieuses qu'elle appelle ses *manigances*, elle a conservé, de son côté, des croyances et des rites qui lui viennent de son enfance paysanne. Ainsi va-t-elle, sans vergogne, planter des cierges à l'église pour faire aller la vie comme elle l'entend. Elle ne supporte pas de voir le pain posé à l'envers sur une table, signe évident que, quelque part, un bateau coule. Elle disperse du sel brut pour conjurer les sorts contraires. Quand le jeune oncle Louis est mort à *La Renaudière*, elle a insisté pour qu'on voilât de noir les ruches des abeilles, qu'on arrêtât les pendules de la maison et qu'on retournât les miroirs.

En même temps, elle est loin d'être une paysanne naïve. Contrairement aux femmes de son âge et de sa parenté, elle ne manque pas d'instruction et se tient au courant des idées nouvelles. Avec le théâtre, la lecture est sa passion. A Nantes, comme à Châteaubriant, Sophie la voit souvent un livre entre les mains. L'hiver, elle est assidue à l'une des « chambres de lecture » de Nantes où arrivent les livres et les gazettes de Paris.

Rousseau, Diderot, d'Alembert et surtout M. de Voltaire dont elle aime à la folie les contes, les tragédies et même les poésies légères, agitent ses idées et lui forgent une opinion hybride, procédant de celle d'un monde qui meurt et des idées d'un monde qui se prépare. A la fois traditionaliste et ouverte aux courants nouveaux, pieuse et raisonneuse, royaliste et voltairienne, respectueuse des marques de la noblesse et agacée par ses privilèges abusifs, la Robine fait figure d'originale, suspecte aux vieilles perruques qui la jugent bien hardie dans ses conceptions et suspecte aussi aux jeunes qui se méfient de ses airs de duchesse.

Et, de cette femme qui lui sert de mère, Sophie héritera des idées dont le moins qu'on puisse dire est qu'elles sembleront souvent contradictoires.

A douze ans, Sophie n'aime guère la lecture. Elle déchiffre lentement, perd le fil des phrases et s'impatiente. Elle préfère mille fois écouter les histoires de sa tante et de Julie Péan. Jusqu'au jour où Mme Robin a la bonne idée de s'arrêter net au beau milieu d'un conte de Perrault, au moment le plus passionnant. Sophie, frustrée, insiste pour en savoir la fin mais la tante Robin demeure inébranlable. Elle pose le livre de contes sous les yeux de Sophie. La fin du conte est là. Elle n'a qu'à la lire elle-même. Et c'est ainsi que Sophie Trébuchet découvre que les livres racontent des histoires à volonté, inlassablement, de jour et de nuit, pour peu qu'on prenne la peine de les ouvrir. Désormais, elle ne pourra plus s'en passer.

A NANTES, à Châteaubriant, les saisons passent pour Sophie en jeux, en rires, en chansons, en apprentissages divers destinés à faire d'elle ce que sa tante appelle pompeusement « une jeune fille accomplie ».

Point d'épine et point de France, ourlets fins et nœuds de soie. Les enfants ne parlent que si on les interroge. Même s'ils s'ennuient. Et il n'y a que les ennuyeux qui s'ennuient. Il faut écouter les grandes personnes avec un air poli, même si l'on doit entendre à longueur de veillée un ancien combattant en perruque à marteaux qui radote, en fixant les flammes, sa bataille de Fontenoy.

On ne dit pas : je ne l'ai pas fait exprès; on fait exprès de ne pas le faire. On ne court pas dans la rue. On ne retrousse pas ses jupons pour sauter les ruisseaux. On ne saute pas les ruisseaux. On ne pleure pas devant le monde. On apprend le masque du sourire à poser sur le dépit et le chagrin. On fait la révérence. La petite, celle de tous les jours et puis la grande, la compliquée, trois pas, rond de jambe et plongeon, la révérence pour le Roi, sait-on jamais... Après tout, tu es une Trébuchet.

On ne coupe pas les peaux de ses ongles, on les repousse avec un bâtonnet d'ivoire. L'oisiveté est dangereuse. Une jeune fille ne porte pas de bijoux mais elle a tout intérêt à se mordre les lèvres et à se pincer les lobes des oreilles pour les rosir joliment. A la lune nouvelle, on repique les salades et l'on tortille ses cheveux pour passer les mèches à la flamme d'un rat de cave, ce qui les empêche de fourcher et les rend plus beaux.

Le diapason donne le *la* du piano-forte. Qui s'applique ne chante faux... *Ah, vous dirai-je, maman... Il pleut, il pleut, bergère... Malbrough s'en va-t'en guerre...*

Il y a des fous rires et les chuchotements avec Marie Le Maignan, l'amie très chère. Marie est la sœur du chevalier Le Maignan du Bois-Vigneau. Ils habitent à quelques lieues d'Auverné, au domaine d'Heurtebise, sur le chemin de Moisdon. Marie et Sophie, qui ont le même âge, sont inséparables dans les fêtes, baptêmes, mariages, feux de la Saint-Jean et vendanges. Elles apprennent à danser le menuet, la gavotte, la bourrée, la maraîchine et la guimbarde, le passe-pied et la gigouillette. Ensemble, elles rêvent, pouffent en regardant les garçons, échangent des rubans et des secrets.

Le chevalier Le Maignan est bien beau quand, fourbu, crotté, revenant de la chasse, ses vêtements déchirés par les ronces des halliers, il vient à *La*

Renaudière porter aux dames Trébuchet son offrande saignante de lièvre ou de marcassin.

Sophie, Marie grandissent. Marie, blonde, Sophie châtaine. Marie longue, Sophie petite et faite au tour. Les étés se succèdent et voici qu'elles ne chantent plus les mêmes chansons. Aux comptines ont succédé brunettes et romances. Cadet Rousselle et la Mère Michel cèdent le pas aux jeunes tambours qui offrent des cœurs et des roses, aux plaisirs et aux peines de cet amour mystérieux dont le seul nom avive les joues des jeunes filles,

Mais que fait la beauté
A mon cœur attristé
Quand des pleurs, je lis
Aux yeux d'Amaryllis...

« Ah! voilà qui n'est pas jeune, dit la tante Robin. Ma grand-mère, déjà, chantait cela! »

Et elle puise, dans sa petite boîte d'or, une pincée de ce tabac finement râpé qu'elle aspire par le nez, ce qui, dit-elle, outre le plaisir que cela lui procure, l'a toujours préservée de la maladie. Et, délicatement, elle boit une tasse de café, son luxe et son remède, avec le chocolat, contre la mélancolie.

Après les vendanges à Saint-Fiacre, sur les terres du grand-père Le Normand, quand la première gelée d'octobre aura rendu les nèfles comestibles, fouette cocher, adieu Marie, on s'en revient à Nantes par les chemins roux de l'automne.

La tante Robin sourit à l'avance des plaisirs de l'hiver. Julie Péan, qui n'aime pas la ville, fait la tête. Quant à Sophie, elle regarde sans la voir défiler la campagne. Elle rêve d'une de ces robes « à l'anglaise » si fort à la mode. Un modèle que Mlle Bertin a inventé pour la Reine et dont Marie Le Maignan a copié le dessin sur un journal de Paris. Une robe qui, bien entendu, fera hurler d'horreur la tante Robin qui ne se sent bien qu'avec ses « polonaises » relevées dans les poches. La jeune fille entend déjà glapir la Robine : « Une robe, ça? On jurerait une toilette de nuit, ma pauvre enfant! décidément, les femmes ne s'habillent plus, elles se déguisent! »

Tant pis. Sophie voit sa robe comme si elle la touchait déjà. Toute simple, avec une fine taille baleinée et une tournure légère. Un peu décolletée. Pas trop mais tout de même. Avec des manches bouffantes en mousseline. C'est cela : une robe d'armoisin à la couleur chaude qui hésite entre amarante et nacarat.

CHEVEUX brillants et rues neuves, taille fine et maisons blanches, Nantes et Sophie embellissent de jour en jour. En deux ans, le quartier de la Comédie a surgi de terre, à la voix du financier Graslin qui a fait fortune dans le café. On dit qu'il s'est battu ferme contre les capucins propriétaires de tous les terrains du quartier et qui ne voulaient pas en céder un pouce. Bien public, connaît pas.

Mais voilà : M. Graslin a gagné. Des rues claires ont remplacé les tortes ruelles et, sur les friches où couraient les rats, où croulaient des masures de bois, s'élèvent à présent des maisons de belle apparence. Avec un magnifique hôtel pour les voyageurs, non loin du théâtre de pierre blanche, tout neuf, avec son portique à huit piliers, sa grande salle ornée, dorée, qu'éclaire un lustre de quarante-huit becs : la fierté des Nantais.

On l'inaugure le jour de Pâques. Le soir, tout ce que la ville compte de plus huppé se presse sur la place illuminée où les carrosses déversent leur contenu soyeux. Il y a là les Petits des Rochettes, les du Cazaux, seigneurs du Hallay, les Montaudoin de Launay, les Perrée de la Villestreux, Bouteiller et Colas de Malmusse, les Le Roux et les Grou, M. de Kervegan et l'astronaute Coustard de Massy.

Tout ce qui vend du sucre, de la toile, du nègre ou de l'indigo, les banquiers, les armateurs et les industriels, tout ce gratin est accouru pour entendre chanter la Saint-Huberti, venue de Paris.

Sophie est là, timide et excitée à la fois. C'est sa première vraie sortie de jeune fille dans le monde. Elle a passé des heures à se parer, à poser des fleurs de soie dans ses cheveux, et voici qu'elle retrousse d'une main délicate la fameuse robe d'armoisin amarante, un peu décolletée mais pas trop qu'elle a fini par obtenir exactement comme elle la désirait. Elle suit la Robine qui, pour l'occasion, s'est transformée en un monument de brocart surmonté d'une coiffure si fleurie qu'on dirait un jardin suspendu.

Et Sophie n'a pas assez d'yeux pour dévorer le spectacle de cette foule brillante qui se bouscule sous le portique du nouveau théâtre. On se salue, on se congratule, on se fait voir dans tout l'éclat des équipages et des atours. Sur la place, l'embouteillage est grand. Les calèches, les carrosses, les voitures de louage parfois s'accrochent d'une roue ou d'un harnais. On entend des cris, des invectives. Les chevaux hennissent, les fouets claquent. Les flambeaux que portent les laquais font scintiller les poignées précieuses des épées, les boucles d'or sur les souliers, les diamants et les perles sur les gorges des femmes, les flots de satin, de taffetas, de drap de soie, les bétilles, les organdis, les mousselines, les cachemires, les dentelles tissées d'or et d'argent.

C'est l'une des dernières fêtes de Nantes. Déjà, le ciel de la France s'assombrit.

TOUTE la ville a suivi avec intérêt les bagarres de M. Graslin avec les capucins. Et tout le monde a applaudi à la victoire du financier. C'est que Nantes, ville bretonne et religieuse mais aussi ville protestante, est anticléricale et, surtout, antimonacale. La richesse et la morgue des nombreux couvents agacent. On en veut aux moines de couper aux impôts et d'en prélever pour leur propre compte. Ces riches propriétaires terriens, cramponnés à leurs biens alors même qu'ils ont fait vœu de pauvreté, engendrent l'indignation, la jalousie, et suscitent des ragots plus ou moins calomnieux sur leur dépravation et le luxe inconvenant de leur vie. On reproche aussi à ce riche clergé son manque de solidarité car il laisse croupir le bas clergé dans une misère effroyable.

Passe encore pour les capucins qui, du moins, servent de pompiers et d'infirmiers pour les pauvres. Mais il y a, à Nantes, une foule de bénédictins, de cordeliers, de carmes, de chartreux, d'oratoriens (qui couveront dans leurs maisons quelques sanglants révolutionnaires). Il y a les religieuses de Sainte-Claire, de Sainte-Madeleine, les carmélites, les bénédictines, les ursulines et les cordelières.

Ces ordres religieux s'opposent aux prétentions de la nouvelle *gentry* marchande qui les traite purement et simplement de gras fainéants, surtout les contemplatifs.

La tante Robin elle-même, qui ne manquerait ni une messe carillonnée ni une procession, assortit son vocabulaire de toutes sortes de sobriquets moqueurs quand elle désigne les religieux : moinaille, bramines ou coqueluchons.

Quand Sophie était petite et se conduisait mal, la Robine la menaçait d'aller chercher les Moines qui, comme chacun le sait, n'aiment rien tant que dévorer les petits enfants qu'ils emportent, cachés sous leurs robes. Plus tard, elle lui enseignera que, s'il est nécessaire d'avoir de la religion, il faut se méfier des prêtres.

Les seuls ecclésiastiques que tolère Mme Robin sont les humbles curés de campagne dont la pauvreté l'émeut. Quand, une fois l'an, elle va se confesser – il le faut bien – c'est à l'abbé Bédard, le vicaire d'Auverné, qu'elle s'adresse. Quand viendra la tourmente, on lui sauvera la vie en cachant à *La Renaudière* ce prêtre réfractaire qui échappera ainsi à la mort, avant de s'exiler en Espagne.

De toute façon, le mysticisme n'étouffe pas la jeune Sophie Trébuchet. Fille de son temps, avec les idées de son temps, les contraintes religieuses ne pèsent guère sur elle. Si elle va à la messe le dimanche, c'est davantage par respect d'une coutume que par conviction. D'autre part, elle ne comprend pas comment sa sœur aînée, Madeleine, a pu rejoindre sa tante Rose Le Normand, aux ursulines de Nantes. Ce n'est pas elle, Sophie, qui supporterait de vivre enfermée dans un couvent.

Sophie est une jeune fille aux idées avancées. Bien nantaise, en cela. Plus que toute autre ville de France, Nantes est un terrain favorable aux graines de la nouvelle philosophie. Dans les salons, dans les cafés, dans les cercles littéraires, dans les assemblées et les loges maçonniques auxquelles sont affiliés nombre de grands, moyens et petits bourgeois, on discute ferme, on s'enflamme pour la liberté, l'égalité. On parle de secouer les jougs, les contraintes, les préjugés contraires à la Raison, à la Nature. On imagine un bonheur terrestre et laïc, étendu au plus grand nombre. Un bonheur commun. On parle de philanthropie. On veut faire table rase des craintes et des brumes imposées par l'Eglise et la tradition. Au siècle de la lumière et des sciences exactes, on ne veut plus croire qu'en ce qu'on peut comprendre et prouver. On rêve de construire une société idéale, bonne, sensible, qui marcherait au progrès.

On ne supporte plus les tyrannies de l'Eglise ni la morgue de cette noblesse d'épée qui ne croit même plus en ses valeurs ancestrales, cette noblesse abâtardie par la vie de cour ou qui croupit dans ses châteaux de province, dégradée, appauvrie par l'oisiveté. Cette noblesse ne mérite plus ni ses privilèges ni son orgueil. Elle n'impressionne plus que les manants sur lesquels elle pèse avec le poids des siècles. Une ennemie implacable va se dresser contre elle : la bourgeoisie patiente, travailleuse, économe, tenace, instruite. La bourgeoisie mercantile et jalouse. La bourgeoisie méprisée, tenue en lisière, veut régner à son tour.

Il n'est pas question de désordre mais plutôt d'une remise en ordre. C'est ce qu'exprime très bien le grand-père maternel de Sophie : « La fermentation devient générale; il en sortira un nouvel âge d'or dans lequel le roi de France, en communion de sentiments avec les philosophes, gouvernera enfin une nation libre et non plus une race d'esclaves assujettis à de soi-disant nobles[1]. »

1. *Souvenirs de Pierre Fouché*, p. XVII, Plon, 1929.

« Croyez-vous, ma tante, que la Reine est aussi méchante, aussi égoïste qu'on le dit?

– Méchante, non. Je crois surtout que la pauvre est bien maladroite et bien imprudente.

– Il me semble que notre Roi, lui, n'a pas la fermeté qui conviendrait...

– Tais-toi, Sophie. On ne parle pas ainsi du Roi! »

« EXPLIQUEZ-MOI, ma tante... Je ne comprends pas. Cette page de M. de Voltaire que vous m'avez lue, l'autre jour. Cette page dans laquelle il s'élève vivement contre l'esclavage et la traite, vous en souvenez-vous? Pourtant, j'ai entendu dire à mon oncle Trébuchet que M. de Voltaire avait personnellement engagé une part de cinq mille livres sur un bateau négrier... Comment, dites-moi, ceci peut-il s'accorder avec cela?

– Oh! mon enfant, ce sont là contradictions de philosophe! »

Depuis la terrible sécheresse de 1785, on dirait que le ciel et les éléments sont fâchés contre la France. Tout va de mal en pis. Après les torrents de grêle qui ont haché menu les récoltes, le blé manque. La farine est rare. Le pain est devenu très cher. Trop cher pour les pauvres.

Un hiver épouvantable succède à un été pourri. Il fait si froid que les rivières gelées ne font plus tourner les moulins. On meurt de froid et de faim un peu partout. Des maladies inconnues emportent les vieillards et les petits enfants. A Châteaubriant, des loups sont sortis du bois; on en a abattu plusieurs.

Mais plus redoutables encore que les loups sont les bandes de mendiants affamés, menaçants, venus on ne sait d'où, qui pillent les fermes et attaquent les voyageurs pour les détrousser. On n'ose plus sortir, dès que le soir tombe. On se calfeutre à l'abri des murs, derrière les portes renforcées et soigneusement courail-lées, la fourche ou le fusil à portée de la main du maître. On lâche les chiens. Les amoureux ne se promènent plus à la brune dans les chemins creux.

Les dragons du Roi tentent bien de protéger les populations mais ils ne sont pas assez nombreux et les civils s'arment un peu partout pour se défendre tout seuls.

A Nantes où les mimosas et les palmiers ont gelé durant le terrible hiver, les vivres se font rares. Au début de janvier 1789, l'hôtel de ville a été envahi et les boulangeries pillées au cri de « Vive le Roi! »

La chandelle, l'huile, le sucre enchérissent, et le café et les volailles. Quand elle rentre du marché, Julie Péan n'est plus qu'une longue lamentation. Elle dit que la ville s'est peuplée de voleurs. La tante Robin perd son temps à lui expliquer que le mauvais temps est responsable de la cherté des choses, la vieille servante est persuadée qu'il s'agit là d'un complot d'affameurs. Encore un coup des Anglais, à n'en pas douter.

« Vous verrez, dit-elle, vous verrez qu'ils finiront par nous obliger à manger des pommes de terre comme les cochons! »

Mme Robin s'inquiète, ne sait plus que faire. Vaut-il mieux mourir de faim à Nantes ou mourir égorgées à Châteaubriant dont les forêts à ce qu'on dit deviennent de véritables repaires de brigands? La seule idée de prendre la route l'effraie. D'ailleurs, les voitures s'y hasardent de moins en moins.

Des rumeurs préoccupantes s'infiltrent dans la ville. Les colporteurs, les diligences et les voitures de poste apportent des nouvelles encore plus chagrinantes que les écrits des gazettes. On dit qu'il n'y a plus d'argent dans les caisses du royaume. Les guerres ont coûté cher et les impôts pèsent de plus en plus. On dit que la pénurie de vivres et la terreur des brigands ont fait lever des émeutes à Paris et dans d'autres villes. On dit que le ministre Necker s'affole et que le Roi est débordé.

La grogne a envahi les campagnes. Après la réunion des Etats généraux, les paysans s'étaient imaginé qu'ils n'auraient plus à payer ces impôts qui les écrasent. Pourtant, ni la taille ni la dîme réclamée par l'Eglise ne leur sont épargnées.

Tout le monde s'agite, tout le monde est mécontent, inquiet, agressif. A Nantes, comme partout en France, la bourgeoisie n'a plus qu'une idée : venir à bout de cette noblesse insolente et de ce clergé hautain qui la méprisent. La noblesse qui se sent menacée réagit avec une maladresse brutale et entend défendre ses privilèges jusque dans les détails symboliques. Ainsi, un scandale a éclaté sur la place Saint-Pierre, au passage du convoi mortuaire d'un conseiller au présidial. La famille du défunt avait osé faire figurer dans le cortège le cierge d'honneur haut de cinq pieds à plateaux étagés recouverts de velours noir galonné d'argent et surmontés des « armes » de la famille entourées de chandelles. Jusqu'alors, cet appareil honorifique était traditionnellement et exclusivement réservé à la noblesse. Or le mort de ce jour-là n'était qu'un grand bourgeois. La vue de cette usurpation a déchaîné la colère d'un hobereau ruiné que les Nantais ont surnommé Quatre-Sous, à cause de ses vêtements sales et négligés. Au passage du convoi, on a vu Quatre-Sous se précipiter avec fureur sur le cierge d'honneur et en faucher les bougies à coups d'épée ce qui a, bien entendu, indigné les assistants.

Au moment de la réunion des Etats généraux, la noblesse bretonne, alliée au grand clergé, a refusé de participer aux débats, préférant se priver d'une trentaine de voix à la Constituante plutôt que de s'abaisser à discuter avec le Tiers État. Celui-ci en a profité pour galvaniser la jeunesse contre les insolents.

A Rennes, le futur général Moreau a soulevé les étudiants. Il y a eu de sérieuses bagarres. L'un des orateurs est arrivé à Nantes où il a rassemblé des centaines de jeunes bourgeois qui se sont mis en marche vers Rennes pour châtier ceux qu'ils appellent « les laquais des nobles ».

La noblesse, évidemment, a riposté. Echauffourées et discours. Brochures et libelles s'impriment dans la fièvre. « Tous les hommes sont égaux, proclame une feuille bourgeoise; seuls, le roi du Maroc et les gentilshommes bretons ne soupçonnent pas cette vérité[1]. »

A quoi les nobles répondent que les bourgeois n'ont

1. Mellinet, *Histoire de la commune de Nantes*, t. VI.

pas à se plaindre. Ne sont-ils pas les plus riches et les plus favorisés? Bouteiller, par exemple, le plus riche négociant de toute la province, possède, on le sait, au moins six millions et ne paie que 1 340 livres d'imposition alors qu'un gentilhomme nanti de 150 000 livres de rentes doit en payer 3 600!

Fureur de Bouteiller qui affirme qu'en France et aux colonies, il verse dans les caisses de l'Etat plus de 65 000 livres de contribution. « En outre, dit-il, un négociant entretient une multitude d'ouvriers; il anime des fabriques, il forme des matelots, il vivifie nos colonies. »

Cet échange de gracieusetés est commenté dans tous les cafés, les cercles et les assemblées de Nantes. Sophie, parfois, voudrait bien courir aux points chauds de la ville où de jeunes hommes s'agitent, discourent. Non pas qu'elle ait la tête politique mais elle ne déteste pas ce remue-ménage qui rompt la monotonie de sa vie.

Mais la tante Robin, que son âge rend prudente, lui a carrément interdit d'aller se mêler aux bruyantes assemblées où les discussions, parfois, se terminent mal. Là n'est pas la place d'une jeune fille de dix-sept ans. Pourquoi risquer d'aller prendre un mauvais coup? Les nouvelles arrivent toujours rue Sainte-Croix par l'un ou par l'autre. Le jeune Jean-François Normand, fils d'un capitaine ami de Trébuchet et qui a tout juste l'âge de Sophie, vient parfois le soir raconter ce qu'il a vu, entendu. Le jeune homme, quelque peu exalté, rapporte en détail l'effervescence de la ville.

Sophie l'écoute en brodant au petit point le siège de son troisième fauteuil sur le thème des fables de La Fontaine. Et, tandis qu'elle enfile une aiguillée de laine écarlate pour mettre trois points de sauvagerie dans l'œil du loup qui guette l'agneau au bord d'un ruisseau turquoise, elle regrette de n'être pas un garçon pour suivre Jean-François dans les remous passionnants de la ville.

Soudain, en cette mi-juillet 1789, les événements se précipitent. Le 15, des nouvelles alarmantes arrivent de Paris. M. Necker aurait été renvoyé samedi dernier et remplacé par M. de Breteuil qui n'est pas du tout populaire à cause de sa manie de remettre en liberté de dangereux criminels. Les orateurs révolutionnaires du Palais-Royal ont vu immédiatement dans cette nomination l'annonce d'une « Saint-Barthélemy des patriotes ». Comme, d'autre part, le Roi, pour éviter justement toute effusion, a fait retirer de Paris et des environs les troupes qui protégeaient la capitale contre les brigands, ceux-ci sont devenus maîtres de la ville. On a vu des hordes parcourir les rues, armées de piques et de bâtons pour terroriser les passants. Une furie a voulu arracher au passage les boucles d'oreilles d'une bourgeoise. Comme une boucle résistait, elle a emporté le bout de l'oreille avec.

Les brigands ont incendié les barrières des octrois, dévalisé marchands de vin et boulangers et saccagé le Garde-Meuble. Ce déferlement d'ivrognes sanguinaires a tellement terrifié les Parisiens que personne n'ose plus sortir de chez soi.

Le lundi, dans la soirée, le peuple s'est repris. Puisque le Roi le laisse désormais sans défense, il va se défendre lui-même contre la violence des brigands. Une première milice de volontaires civils est organisée à la porte Saint-Martin. Douze cents citoyens parmi lesquels des bourgeois, des ouvriers, des artisans, des magistrats, des médecins, des pères de famille et des étudiants. On s'est armé comme on a pu mais les pistolets étaient interdits, considérés comme trop dangereux. Il n'a été question, dans un premier temps, que de faire peur pour que cesse le désordre. On a monté la garde, on a patrouillé.

Dans la nuit de lundi à mardi, les pillages ont repris

avec une telle violence que la répression de la milice bourgeoise est devenue plus sévère. Les fusils sont sortis; on a pendu quelques brigands aux lanternes.

A l'écoute de ces nouvelles, la fièvre monte à Nantes. On s'arrache les gazettes. On court à l'arrivée des voitures pour savoir ce qui se passe à Paris. Les bruits les plus invraisemblables circulent. Des groupes se forment dans les rues. Des orateurs prennent la parole.

Le 16, la nouvelle s'est répandue comme un trait de feu : à Paris, le 14 juillet, le peuple a pris d'assaut la grande prison de la Bastille. De bouche en bouche, l'information enfle, se corse de détails atroces. On dit que Paris est à feu et à sang, on parle de massacres et de milliers de morts parmi les prisonniers et les assaillants de la Bastille.

Il faudra longtemps avant que la vérité soit connue. On apprendra alors que ceux qui ont pris la Bastille étaient des citoyens de la milice, venus y chercher des armes, et des brigands qui s'étaient mêlés à leur troupe. Il n'était pas encore question de démolir un symbole du despotisme royal mais tout simplement de se défendre. D'ailleurs, la foule criait : « Vive le Roi ! »

On apprendra que la forteresse, au lieu d'être *prise*, s'était *rendue* après un combat sans grande envergure qui n'avait pas fait des milliers de victimes mais quatre-vingt-dix-huit parmi les assaillants et une douzaine d'officiers de la Bastille, parmi lesquels le gouverneur. Combat relativement calme puisque une foule de badauds étaient accourus aux alentours pour voir le spectacle, parmi lesquels beaucoup de jolies femmes qui avaient laissé leurs voitures à distance, pour mieux s'approcher[1].

1. Témoignage de Marat, cité par Funck-Brentano, *Légendes et Archives de la Bastille*, Hachette 1898, p. 265 : « *J'étais appuyé sur l'extrémité de la barrière qui fermait du côté de la Bastille le jardin longeant le jardin de Beaumarchais. A côté de moi était Mlle Contat de la Comédie-Française; nous restâmes jusqu'au dénouement...* »

Quant aux *nombreux* prisonniers libérés, ils n'étaient que sept : quatre faussaires, un assassin et deux fous[1].

Le 18 juillet vers la fin de la nuit, Sophie Trébuchet est réveillée par un bruit de cloches inhabituel et plus encore par une rumeur qui monte de la rue. On sonne le tocsin à tous les clochers de Nantes. Pour quel gigantesque incendie ?

Une porte claque dans la maison et Mme Robin fait irruption dans la chambre de Sophie, suivie par la Péan qui tremble de peur.

« Lève-toi, dit-elle à sa nièce. Il se passe quelque chose. Il vaut mieux que nous soyons habillées. »

Le bruit enfle dans la rue où le jour se lève. Des volets claquent, des gens courent, crient, des chiens aboient. On s'interpelle.

« Les régiments arrivent ! hurle une femme. Ils vont tout mettre à feu et à sang !

– Quels régiments ? De quel côté ? De quel côté arrivent-ils ?

– Où allez-vous ?

– Aux Halles. Il faut aller aux Halles. Ordre de Coustard !

– Pourquoi il donne des ordres, celui-là ? »

A ce moment, le marteau de la porte d'entrée fait sursauter les trois femmes.

« Seigneur Jésus ! jappe la vieille Julie. Les brigands ! »

Mais, de la rue, une voix familière se fait entendre.

« Sophie ! C'est moi, dit Jean-François Normand. Ouvre ! »

Jean-François est très énervé. Il parle si vite qu'il en bafouille. Il dit qu'il faut aller aux Halles. Tout le

1. A l'époque, on se débarrassait des fous en les mettant en prison, souvent à la demande de la famille.

monde y va. On ne sait pas encore exactement ce qui va se passer mais M. Coustard de Massy va parler. C'est l'insurrection. C'est la liberté. Il est venu chercher Sophie pour qu'elle ne fasse pas le chemin seule.

« Il n'en est pas question! » dit Mme Robin.

Mais Sophie a déjà enfilé jupon, caraco, châle et bonnet. L'excitation la gagne à son tour. Cette fois, elle suivra Jean-François, dût-elle, pour échapper à la garde de sa tante, sauter par la fenêtre.

« Et s'il y a des émeutes? dit Mme Robin. C'est de la folie!

– Vous me faites offense, dit Jean-François. Je suis là pour protéger Sophie... Et puis, madame, c'est une journée historique qui commence. C'est le peuple qui se lève enfin. Si vous voulez bien venir avec nous...

– Merci bien! dit Mme Robin. Je n'ai pas envie de me faire bousculer. »

La main dans celle de Jean-François, Sophie Trébuchet s'est mêlée à la foule qui se presse vers les Halles. Il y a, si tôt, dans les rues de Nantes, un air de kermesse. Des hommes, des femmes, des enfants avancent joyeux, dans ce matin d'été. Des chants s'élèvent ici et là. Un ivrogne matinal, grimpé sur une chaise, fait un discours pâteux et solennel que personne n'écoute. Les maisons se vident au passage du cortège qui devient un torrent humain de plus en plus dense où des courants se forment. Des cris s'élèvent d'une bousculade. On entend des rires de filles chatouillées.

Aux Halles, hissé sur une estrade improvisée, un petit homme gesticule, harangue la foule qu'il domine. C'est le frénétique Coustard de Massy, lieutenant des maréchaux de France, propriétaire d'une exploitation de 1 500 nègres à Saint-Domingue et, dit-on, le chéri des dames nantaises. Celui-là même que Sophie a vu s'envoler dans les airs, à bord de cet aérostat qui l'a rendu si populaire, il y a cinq ans.

Coustard, qui taquine la muse à ses heures, commence un discours fleuri de citations classiques. Juché sur ses caisses, face à la foule qu'il a convoquée et qui l'écoute en silence, il se déchaîne dans le beau style de la métaphore, se grise de ses propres paroles et sa voix sonne comme un clairon. L'agité qui s'est promu à la tête du mouvement insurrectionnel parle contre la cour, contre les nobles. Les députés sont en danger à Paris. Il décrit ceux auxquels les honnêtes citoyens sont partout exposés. Il compare Nantes à la forêt de Bondy. Il appelle aux armes pour la défense de la ville. Il faut nommer des chefs, former des gardes civiques et, pour commencer et tout de suite, marcher sur le château. Car il ne sera pas dit que Nantes ne prendra pas *sa* Bastille!

« Vive le Roi! crie Coustard.

– Vive le Roi ! » hurle la foule.

Aussitôt, des caisses d'armes sortent, on ne sait d'où. On distribue des fusils et, Coustard à sa tête, la foule nantaise reflue vers le château.

Quand une bousculade l'oblige à lâcher la main de Sophie, Jean-François Normand ne la quitte pas des yeux. Il est si content d'avoir à veiller sur cette fille dont il est secrètement amoureux. Jamais il n'aurait osé espérer se promener seul avec elle. Il aura fallu pour cela ce jour béni et cette foule immense qui leur sert de chaperon. Et, secrètement, le jeune homme espère qu'il va se passer « quelque chose ». D'abord, parce que ce serait amusant et, ensuite, parce que cela lui fournirait peut-être l'occasion de sauver la vie de Mlle Trébuchet.

Etroitement serrée dans son châle, la jeune fille est visiblement gagnée par la fièvre qui l'entoure. Elle est pâle mais ses yeux brillent.

« Tu n'es pas fatiguée? s'inquiète Jean-François. Tu ne veux pas que je te raccompagne chez toi? Tu n'as pas peur?

– Non, dit Sophie... Je veux tout voir. »

Ils avancent, presque à la queue d'une colonne qui s'étend sur toute la longueur de la ville, depuis la

Fosse jusqu'à Richebourg, et l'on ne voit pas encore les portes du château que, déjà, une grande partie de la ville s'y est engouffrée.

La foule, en avançant, a rajeuni. Fatigués ou craintifs, les habitants les plus âgés, les mères et leurs enfants en bas âge se sont prudemment dispersés. C'est un jeune cortège qui franchit le pont-levis où les quelques invalides qui forment la garnison de la forteresse se promènent tranquillement, sans même sembler remarquer l'invasion.

Nulle résistance ne sera opposée à la foule. Pour éviter des affrontements sanglants, le gouverneur, M. de Goyon, négligeant volontairement de faire appel au régiment de Rohan-Soubise qui est encore à Nantes et qui aurait pu renforcer sa petite garnison d'invalides, M. de Goyon a préféré ordonner l'ouverture des portes. Mieux, il a fait servir aux Nantais une énorme collation de jambons et de miches de pain sur lesquels les affamés se sont jetés. Cet accueil imprévisible a désarmé les exaltés qui mènent la foule. Afin de ne pas perdre la face en étant venus pour rien, ils feront un immense feu de joie, dans la cour du château, avec les archives de Bretagne.

Quand Sophie, épuisée, rejoindra la rue Sainte-Croix, elle répondra aux reproches et aux questions pressantes de sa tante et de Julie qu'elle est allée goûter au château où toute la ville était invitée.

Un après-midi de l'hiver 1793, Sophie Trébuchet entre dans le salon de la rue Sainte-Croix et sursaute en découvrant la Robine assise dans un fauteuil, les mains posées à plat sur sa jupe, indifférente au feu qui crève dans la cheminée, à l'humidité qui suinte des murs, à l'obscurité qui envahit la pièce.

Mme Robin va sur ses soixante-dix ans et, depuis quelques mois, elle se conduit comme une pendule dont la poussière bloque les rouages. Elle marche encore mais parfois les aiguilles s'arrêtent, le temps est suspendu et le carillon fêlé. Puis, comme elle s'est détraquée, la pendule se remet en marche.

Sophie active les braises, y pose une bûche, allume les chandelles. Puis, elle s'assoit sur un petit banc aux pieds de la vieille dame qui ne semble même pas s'apercevoir de sa présence. Elle fixe le feu de ses yeux délavés et ses lèvres bougent sur des mots inaudibles.

Inquiète, Sophie tend l'oreille pour essayer de comprendre ce qu'elle dit et la jeune fille se désespère de voir ainsi celle qui, si tendrement, lui a servi de mère. La forte dame a maigri. Ses joues rondes, naguère colorées, se sont affaissées. La peau flotte, trop grande et grise avec un velouté de moisissure sur l'ossature du visage. La coquette s'est transformée en une vieille qui ne se soucie même plus d'avoir son bonnet de travers ou de retenir un pet. Pourvu qu'elle ne devienne pas gâteuse, pense Sophie en serrant dans les siennes les maigres mains glacées.

« Que dites-vous, ma tante?

– Ah!..., répond la Robine, il ne fallait pas... Il ne fallait pas *le* tuer!... Cela nous a porté malheur, vois-tu... »

L'exécution du Roi, en janvier dernier, l'a complètement tourneboulée. Elle ne s'en est pas remise. Depuis, elle répète cette phrase d'une voix plaintive : « Il ne fallait pas... »

« Voulez-vous que je vous fasse du chocolat? propose Sophie pour faire diversion. Cela vous réchauffera. »

Est-ce le mot chocolat qui a fait sortir la vieille gourmande de sa torpeur? Voici qu'elle paraît s'animer tout à coup et découvrir sa nièce.

« Ne me parle pas ainsi, dit-elle d'une voix sourde mais raffermie. Je te l'ai dit cent fois, ma petite fille : il ne faut pas me voussoyer! Si l'on t'entendait, on viendrait nous prendre.

– Je *te* prie de m'excuser, citoyenne Robin, dit Sophie. J'avais oublié cette sottise-là. Je vais demander à Julie de *te* faire chauffer *ton* chocolat. »

Et elle sort affronter l'autre vieille qui fourgonne dans sa cuisine et va lui répondre, c'est certain, que si l'on se met sur le pied de boire du chocolat tous les jours, la maigre provision sera vite épuisée. Et où donc la renouveler par les temps qui courent?

Il faut dire que les temps qui courent sont sinistres. La tante Robin a peut-être raison : la mort du Roi n'a pas porté bonheur à la France. L'Europe s'est fâchée. Les Anglais ont attaqué au sud, l'Autriche à l'est. Ils sentent que le pays est faible et en profitent pour essayer de le dévorer.

Comme ils sont loin, la joie, l'espoir et l'enthousiasme de l'été 89, quand on croyait à une ère nouvelle de justice, d'égalité et de paix! Quand Nantes, en liesse, dansait, allumait des feux de joie, plantait des arbres de la liberté, fêtait les Vertus, le Génie, le Travail, s'enivrait de chants patriotiques et applaudissait les dames citoyennes, en robe de soie et bonnet rouge. Quand les messes d'action de grâces succédaient aux discours lyriques du maire Kervégan. Où sont-ils, à présent, les vétérans qui « venaient se rajeunir dans le rajeunissement de la France » et ces jeunes gens fringants qui « laissaient voir dans leurs faibles mains le fer étincelant et briller dans leurs yeux le feu d'un jeune courage »? Même les oratoriens éducateurs s'étaient mis aux idées du jour « pour mieux conduire les élèves à la pratique de toutes les vertus religieuses et sociales ».

L'écrasante noblesse écrasée, le menu peuple allait devenir bourgeois et les bourgeois gentilshommes. Les têtes étaient au panache et à la promotion. On changeait de noms et les qualifications étaient devenues pompeuses jusque sur le port où les compteuses de sardines exigeaient qu'on les appelât désormais « bourgeoises pour la sardine ». Quant aux fonctionnaires, ils dindonnaient à tous les échelons.

Evidemment, il y avait la faim et les brigands qui continuaient à transformer la ville en coupe-gorge, dès la nuit venue. Mais, après l'insurrection de juillet, on avait, comme à Paris, formé une garde nationale. Et celle-ci avait débuté par une débauche de couleurs et de tissus.

« Quand on pense, disait la tante Robin, qu'il se trouve encore des sots pour prétendre que les futilités chiffonnières sont l'apanage des femmes! »

Il fallait voir tous ces messieurs fureter dans les basins, les draps, les velours, les cuirs, les dentelles et les galons. Chaque compagnie de gardes voulait son uniforme particulier. On envoyait chercher des modèles à Paris.

En quarante-huit heures, tailleurs, bourreliers et chapeliers avaient été mis sur les dents.

Sous l'œil ironique des épouses et des sœurs, les nouveaux gardes nationaux se pavanaient dans leurs habits tout neufs. Les jeunes gens du quai de la Fosse étaient les plus élégants. Une compagnie de francs-maçons arborait des revers de velours cramoisi, une autre, des bleu ciel. La cavalerie avait choisi le rose et les collets des canonniers étaient jaune citron.

François Normand se piqua quand, étant venu faire admirer à Sophie son uniforme à revers et doublure blancs avec collet rouge et boutons jaunes, la jeune fille s'était écriée :

« Oh! le joli perroquet que voilà! »

Mais l'enthousiasme des jeunes gardes n'a pas duré longtemps. Une fois éteint le plaisir de bomber le torse dans les revues, sous les acclamations de la foule, ils ont cherché cent prétextes pour couper aux fastidieux tours de garde.

Et puis, très vite, le beau fruit de la Révolution s'est mis à pourrir et à sentir très mauvais. L'abolition des privilèges exécrés de la noblesse, la confiscation de leurs titres et de leurs biens, leur exil n'ont satisfait que les bourgeois. Les ouvriers, les paysans n'y ont rien gagné. Les pauvres sont toujours pauvres.

Régénérée la France, alors que la valeur des assignats fond de jour en jour, et qu'on meurt de faim un peu partout? À Nantes, on ne peut même plus manger des noix tranquillement puisque, par ordre de la municipalité, il faut économiser, sous peine de passer pour un mauvais patriote. En ville, la famine n'est pas seulement due aux hivers rigoureux et aux mauvaises récoltes. Les paysans bloquent les vivres pour se venger des misères qui leur viennent des nouveaux dirigeants.

La colère monte aux champs. Les impôts ne se sont pas allégés, loin de là et, en plus, voilà qu'on réquisitionne les gars pour les envoyer se faire tuer aux frontières : 300 000 hommes en février! Comment fera-t-on les semailles, les vendanges et les moissons prochaines?

D'autre part, si la piété s'est refroidie en ville, elle demeure toujours très vive dans les campagnes. Les paysans sont furieux. De quel droit leur prend-on leurs curés? Ceux qui ont refusé de prêter serment à la Constitution sont contraints de se cacher et de s'exiler pour échapper à la mort. On les remplace d'autorité, dans les paroisses, par des curés nouveau genre, ni vus ni connus, des intrus que les fidèles haïssent. A Châteaubriant, l'année dernière, on a dû cacher l'abbé Bédard à *La Renaudière* : il était recherché par les gars de la Nation. En septembre, il a réussi à s'échapper et à trouver, sur un navire, un passage clandestin pour l'Espagne.

Et comment supporter ces églises pillées, fermées, ces sacrilèges inouïs? On ne peut plus ni se confesser à qui l'on veut ni calmer par la prière l'inquiétude et la peur grandissantes. Les croyances sont déchirées.

Evidemment, la répression a décuplé la ferveur. On risque sa vie pour assister à des messes clandestines. Des images pieuses, désormais interdites, circulent sous le manteau.

La colère s'exaspérant, les Vendéens, au sud de la Loire, se sont organisés en bandes. On a rassemblé des armes. On s'exerce au bâton, à la fourche et au fusil. Pour commencer on s'est nommé des chefs issus du peuple : le voiturier Cathelineau, le garde-chasse Stofflet, le percepteur Souchu et le perruquier Gaston. Mais ces courageux-là inventent la guerre sans savoir la faire. Ce n'est pas leur métier. Les gardes nationaux et les soldats des garnisons locales sont mieux armés, mieux entraînés.

Alors, les paysans vendéens sont allés chercher dans leurs châteaux les spécialistes qui leur manquent, ces jeunes officiers de la noblesse qui, eux, savent se battre. Les Charette, les Bonchamps, les d'Elbée, les Sapinaud, le beau marquis de Lescure et le jeune, le fougueux La Rochejacquelein qui a tout juste l'âge de Sophie Trébuchet, vingt et un ans. Au début, ils n'étaient pas très chauds pour se mêler à la jacquerie mais on les a suppliés. « Sans vous, nous ne pouvons rien faire. » Alors, ils ont accepté de se mettre à la tête des paysans malhabiles à la stratégie et que le bruit du canon, faute d'habitude, effraie. Leurs conseils leur ont été précieux. Et tous ces jeunes paysans réfractaires à la guerre se sont jetés avec passion dans la guérilla. Ainsi se sont unis dans leur malheur commun les seigneurs et les serfs, ennemis naguère, au nom de Dieu bafoué et du Roi à venger.

Bocage et marais se soulèvent. On se rassemble par paroisses et par régions. Les rustres en sabots se heurtent aux soldats de la Nation, qu'ils appellent les *Bleus* à cause de la couleur de leur vareuse ou encore les *Patauds* car leur ignorance du terrain les rend malhabiles.

La révolte s'étend. Toute la rive gauche de la Loire est bientôt en état d'ébullition. Déjà, au nord du fleuve, les départements s'agitent. Bientôt, les Chouans prêteront main-forte aux Vendéens.

A Paris, la Convention babille et ne prend pas encore au sérieux le vacarme qui s'élève dans l'Ouest.

On envoie quelques troupes pour mater cette rébellion sans importance. Mais l'armée vendéenne, l'armée royale et catholique progresse et la guerre civile flamboie entre Français bleus et Français blancs. Les premiers ont, à leur avantage, la légalité, le nombre et les armes. Mais les seconds sont chez eux. Ils connaissent, d'enfance, les pièges et les ressources du terrain, les abris des chemins creux, des forêts et des carrières qui sont de véritables caches naturelles. Ils savent exploiter les écrans des brouillards qui s'élèvent des prés humides. Quelle joie, pour eux, de voir s'y perdre ces patauds de Bleus, de voir s'embourber leurs charrois dans les marécages. A quoi, alors, leur servent leurs beaux uniformes, leurs souliers et leurs armes? Les Vendéens pauvres, mal vêtus, mal armés les dominent, servis par la ruse de leurs embuscades, leurs attaques fougueuses souvent, déclenchées par surprise. Avec des bâtons, ils volent des canons. Le coup de main fait, les guérilleros se dispersent, se volatilisent, utilisant haies et forêts, défilés et gorges. Ils savent n'avoir rien à craindre : les accidents du terrain le rendent impropre aux déploiements de la cavalerie.

De plus, ils bénéficient de complicités dans la population. Les femmes, les enfants les aident. Ils ont, pour eux, des bruits, des codes, des signes qui leur fournissent de précieux renseignements et que les Bleus ne peuvent intercepter : un chant d'oiseau, une configuration de branchages, la position d'une aile de moulin, un mouchoir noué à l'appui d'une fenêtre ou une fumée entre deux arbres suffisent à signaler un danger ou à indiquer un lieu de rassemblement.

Au début de l'été, voici les Blancs maîtres de Saumur puis d'Angers. Vont-ils marcher sur Paris, profitant de l'absence des troupes républicaines occupées aux batailles du Rhin? Non. Erreur. Ils vont choisir de prendre Nantes mais, là, ils se casseront les dents après une défense héroïque de la ville républicaine. Et, le 1er août, la Convention, enfin alarmée par l'ampleur de l'insurrection, adoptera, sur la proposition du député Barère, un plan de destruction totale du pays insurgé. Elle enverra, pour commencer, dans l'Ouest, les 18 000 hommes de la garnison qui vient de capituler dans Mayence.

Kléber et ses Mayençais sont arrivés à Nantes le 6 septembre. A la fin du mois, la Convention lancera cet ordre : « *Soldats de la Liberté, il faut que les brigands vendéens soient exterminés avant la fin du mois d'octobre...* »

Robespierre enverra aussi à Nantes le citoyen-député Jean-Baptiste Carrier, trente-sept ans, ancien séminariste du Cantal puis avocat. Sa mission est simple et tient en peu de mots : « Ecraser les fédéralistes et passer sur la Vendée comme un fléau destructeur ». C'est exactement l'homme qu'il faut. Il restera cent jours à Nantes pendant lesquels il fera exécuter 14 000 personnes dont 4 800 seront noyées dans la Loire. Il mettra même tant de zèle à sa mission exterminatrice, tant d'imagination criminelle, que la Convention, écœurée, enverra elle-même à l'échafaud celui qui se vantait de faire des prisons « les antichambres de la mort » et, « de la France, un cimetière ».

Adieu chaussures fines, velours et mousselines. Sophie Trébuchet, en pleine ville, marche avec des sabots. Un jour elle va, rue des Carmélites, demander à Jeannette Marion, la servante de son grand-père, de lui retrouver, au grenier, les robes que portait sa mère et dont elle a gardé un souvenir ébloui de petite fille. Elle veut les retailler pour les porter. Mais les robes de Renée-Louise se sont fanées. La poussière les a décolorées. Leurs dentelles, leurs velours s'effritent entre les doigts, dévorés par les mites, l'humidité, le temps. Et toute la ville semble à Sophie comme les robes de

Renée-Louise. Elle pourrit un peu plus de jour en jour.

Nantes, la luxueuse cité marchande où les gazouillis des créoles se mêlaient à tous les accents d'Europe, où les cloches et les sifflets des navires faisaient écho aux épinettes et aux clavecins de l'île Feydeau ou de la Petite-Hollande, Nantes n'est plus, entre ses six bras de Loire, la Venise heureuse de l'Ouest. C'est, à présent, une ville pétrifiée, infernale où s'étalent la misère, la famine, la maladie; où triomphent la peur et la mort.

On ne danse plus, on ne trafique plus, on ne cherche plus à refaire le monde dans les cafés et les cercles. Les marins ne naviguent plus, les pêcheurs ne pêchent plus, les marchands de volaille, de poisson, de légumes, de fromages n'ont plus rien à vendre. On fait la queue pendant des heures pour une mauvaise galette, une miche ou un pain de sucre. On mange des fèves pourries et du pain de jarosse. Les bedaines ont disparu et les teints éclatants. On rencontre, dans la ville, telle jeune fille, autrefois fière de son blason et qui, en haillons, tend la main pour ne pas mourir de faim, perdue parmi les nombreuses catins et les chiens errants. Tel damoiseau, qu'on a vu, naguère, faire claquer bien haut son fouet, rase les murs à présent.

Le pire, c'est la peur. Si, dans la maison froide de la rue Sainte-Croix, grelottent Sophie, sa tante et Julie, c'est d'effroi plus encore que de froid. La ville entière tremble de peur. Le tocsin des cloches sonne la peur et c'est la peur que battent les tambours. On a peur des Vendéens sauvages qui encerclent la ville d'un anneau de haine. On a peur des côtes où, dit-on, la flotte anglaise s'apprête à débarquer pour leur venir en aide. On a peur, en ville, des justiciers de la Nation. Il n'y a plus de voisinage aimable, plus d'amitié, plus de confiance. Chacun se méfie de chacun et personne n'ose plus lever les yeux sur personne, de crainte d'y lire le doute ou la trahison.

Depuis le 17 septembre, personne n'est plus innocent. Il suffit d'être pris pour un autre, d'avoir un air qui ne revient pas au Comité révolutionnaire pour être aussitôt arrêté, jeté en prison, exécuté. Dénonciations, perquisitions et visites domiciliaires se multiplient. Malheur à qui n'a pas, chez soi, en bonne place, un buste de Marat. A qui ferme sa boutique, le dimanche. A qui possède encore, par mégarde, un vestige de l'aristocratie ou de l'Eglise maudites. Malheur à celui qui semble riche, influent ou même intelligent. Les bijoux et les mots d'esprit désignent aussitôt comme comploteurs ceux qui les portent ou ceux qui les font.

Quand le redoutable Carrier est arrivé à Nantes, il a trouvé en place un Comité révolutionnaire tout à fait habilité à servir ses desseins épurateurs. Un ramassis de ce que la ville comporte de plus envieux, de plus aigri, de plus taré.

Le plus terrible de tous, c'est Jean-Jacques Goullin, un minet pâlot et malingre, fils d'un planteur de Saint-Domingue ruiné par la révolte des esclaves. Il avait dix-sept ans quand il est arrivé à Nantes et, depuis, il traîne, désœuvré, dans les tripots, cherchant avidement de l'argent qui ne lui coûte aucun effort. Grâce à la protection de Fouché, il s'est fait attribuer un poste de receveur des droits d'enregistrement. Puis, il s'est hissé à la présidence du Comité révolutionnaire, poste rêvé pour satisfaire sa haine et sa cupidité. Il a le pouvoir, désormais, de faire exécuter ceux à qui il doit de l'argent ou ceux dont il envie les possessions. Il ne s'en privera pas.

Il traite les prisonniers qui sont à sa merci comme il a vu traiter les esclaves à Saint-Domingue. Il dit que ces Nantais, après tout, ne sont que des nègres blancs et leur vie, pour lui, n'a pas de valeur.

Goullin s'est entouré, au Comité, d'hommes de son acabit. Il y a Bachelier, le notaire véreux qui a commencé par faire emprisonner sept de ses confrères dont quatre périront. Il y a le citoyen Chaux, titulaire de deux banqueroutes frauduleuses, rongé de jalousie et qui se débarrassera de ses dettes en faisant arrêter ses créanciers. Et Moreau-Grandmaison, condamné pour meurtre sous l'Ancien Régime, relâché grâce à des complicités et qui peut enfin donner libre cours à ses instincts de tortionnaire sadique. Et l'épinglier Mainguet, qui se vante de ses pillages dans les maisons des notables, et l'horloger Bologniel, qui se monte une superbe collection de montres anciennes en s'attribuant celles des condamnés[1].

Sous couvert de patriotisme, cette fine équipe pratique allégrement le pillage, le chantage et l'assassinat. La mort plane à tous les carrefours, se glisse le long des quais, s'embusque dans les ruelles, la mort bat la campagne. La société de délation Vincent-la-Montagne et la compagnie Marat hantent tous les cauchemars. La pire des sections est celle des hussards américains, une soixantaine de nègres libérés, menés par un chef blanc, Pinard, qui les exhorte à se venger. Ils vont, gorgés de rhum, se jeter sur les prisonnières blanches qu'on leur abandonne avant de les fusiller. Sophie a particulièrement peur de ces hussards américains depuis le jour où cinq malheureuses ont subi chacune l'assaut de vingt d'entre eux, avant de succomber. Sophie n'est pas prisonnière. Elle est même protégée par la position de son grand-père Le Normand mais quand les hussards, ivres morts, déferlent sur la ville, n'importe quelle femme blanche est en danger de se faire redoutablement violer. Ils se spécialisent aussi dans le pillage des châteaux, aux environs de la ville.

Les Eclaireurs de la Montagne, une autre section de la compagnie Marat, préfèrent, eux, piller à Nantes même, après avoir jeté en prison les riches marchands et leurs familles.

On ne sait même plus, tant ils sont nombreux, où

1. Sa femme sera obligée de les rendre, lors du procès du Comité. Archives de la Loire-Inférieure, L. 201.

parquer les prisonniers en attendant de s'en débarrasser, après des jugements sommaires ou même sans jugement du tout. On les entasse dans les anciens entrepôts, dans les couvents et même dans des navires où on les laisse croupir dans des conditions d'hygiène épouvantables.

Le vent doux qui souffle sur la ville ne porte plus des parfums de genêt mais charrie des relents pestilentiels. Le climat humide et doux de la Loire, si profitable à la végétation, l'est aussi à la prolifération des miasmes. Des agglomérations de réfugiés ou de prisonniers fuse le typhus. L'épidémie devient foudroyante malgré le vinaigre qu'on brûle un peu partout pour désinfecter, et l'on ne sort plus qu'en courant, avec un mouchoir sur le nez. Evidemment, les hôpitaux sont pleins à craquer.

Mort aux Vendéens! Mort aux aristocrates qui restent! Aux émigrés et à leurs suppôts! Mort aux prêtres réfractaires au serment de la Constitution et à ceux qui les écoutent! Mort aux comploteurs, aux riches, aux marchands!

Cette mort, les juges la portent à travers le pays terrifié. La mort à domicile. On les voit passer à cheval, accompagnés de l'exécuteur et suivis du fourgon de la guillotine mené par les soldats du train.

On fusille aussi dans les prés, à l'ouest, dans les carrières de Gigant, cent cinquante à deux cents prisonniers par jour. Des hommes mais des enfants aussi et des femmes, ces femmes qui n'ont plus à être épargnées depuis qu'on a découvert qu'elles servaient si souvent d'agents de liaison aux maudits brigands vendéens.

Mais la poudre des fusils coûte cher et la guillotine, machine délicate, ne suffit pas à expédier assez vite tous ceux dont Carrier et sa bande ont décidé de se débarrasser. La mécanique s'enraie, le couperet s'émousse et la file des prisonniers s'allonge.

C'est alors que Carrier a l'idée d'utiliser les flots de la Loire pour dépêcher en masse la foule grandissante de ses victimes. Et le Comité applaudit à ce qu'il appelle « la baignoire nationale », la « déportation verticale », ou, plus simplement, « la baignade ». On commence par se faire la main sur quatre-vingt-quatre prêtres qu'on entasse dans des barques à soupapes. On emmène les barques au milieu du fleuve, on ouvre les soupapes et la barque s'enfonce lentement avec ses prisonniers.

« Quel torrent révolutionnaire que la Loire! » s'exclame Carrier, satisfait de son invention.

Goullin renchérit. Il vient, en personne, surveiller les noyades et même il fait activer les « noyeurs » :

« Pressez-vous, la marée monte! »

Quant à Moreau-Grandmaison, il vient sur les berges satisfaire ses instincts sadiques en coupant avec son sabre les doigts des condamnés qui se cramponnent au bord des barques.

Plus tard, Carrier corsera le plaisir du spectacle en inventant les « mariages républicains » qui consistent à lier étroitement, nus, l'un contre l'autre, une jeune fille et un jeune homme condamnés, pour jouir de leur pudeur offensée, avant de les jeter à l'eau.

Un jour, Sophie verra flotter sur la Loire d'étranges paquets noirs dont elle apprendra que ce sont des curés à qui l'on a fait boire la tasse.

Et il y aura tant de tasses bues que les eaux du fleuve seront infectées par les cadavres au point que la municipalité devra interdire aux habitants de laver dans la Loire, d'en boire l'eau ou d'y pêcher du poisson.

Ce que Sophie supporte très mal, c'est de se sentir tirée à hue et à dia dans un monde à la dérive où plus rien de solide ne subsiste.

Quand elle était enfant, son père lui avait expliqué, un jour, à quoi servait la rose des vents sur un compas maritime. Il lui avait montré la *ligne de foi* qui est l'axe du navire et la direction sûre, irréfutable, absolue du nord, à la pointe de la fleur de lys. Jean-François affirmait la rose infaillible. A le croire, on pouvait tout à fait se fier au nord désigné et, ainsi, tracer sa route avec certitude malgré les fantaisies des courants et celles du navire. Et la petite fille en avait conçu un sentiment profond de rassurance qui s'appliquait à bien d'autres choses qu'à la marche des bateaux. L'important, c'était de trouver le nord et de ne pas le perdre de vue. Et même, en supposant que la rose fût cassée, il restait, pour l'indiquer, les étoiles et le mouvement du soleil.

Longtemps, la tante Robin lui était apparue comme une sorte de rose des vents. De sa directive dépendaient le nord et la marche à suivre. Et même quand on doutait de ses indications, on finissait toujours par s'apercevoir qu'elle avait eu raison. Le bien était réellement là, le mal ici. Là était la joie et ici le chagrin.

Mais voici que dans le monde violent et détraqué de ses vingt-deux ans, non seulement la rose des vents et les étoiles racontent n'importe quoi mais encore le nord semble perdu et c'est l'enfer.

Où donc est la raison? Où, la vérité? Qu'est-elle devenue, cette Révolution tant souhaitée et le bonheur qu'elle promettait? On attendait la liberté, l'égalité, la fraternité et pas cette tuerie dont on ne voit plus la fin. Et Sophie ne sait même plus à qui se raccrocher dans sa propre famille, divisée par ses convictions ou ses intérêts.

Sûrement pas à la chère Robine qui ne sait que pleurer la mort du Roi et gémir sur la déception de ses belles espérances.

Le grand-père Le Normand? Il vient de chasser de chez lui, par crainte de voir suspecter son patriotisme conventionnel, sa propre fille, Rose, qui est ursuline, ainsi que sa petite-fille Madeleine, la sœur aînée de Sophie. Les deux malheureuses nonnes étaient venues se réfugier chez lui, après la fermeture de leur couvent, croyant y trouver protection. Parlons-en du grand-père! Carrier vient de le nommer procureur au tribunal révolutionnaire. C'est donc lui, entre autres, qui signe ces arrêts de mort qui révulsent tant Sophie. Son grand-père est devenu l'ennemi juré de gens qu'elle aime, ses amis, ses cousins des environs de Châteaubriant, de ces Vendéens qu'à Nantes on appelle les Brigands. Le chevalier Le Maignan et son frère, qui combattent avec Bonchamps, ont pris le maquis. Marie, sa chère Marie et l'autre sœur Le Maignan sont emprisonnées à Rennes. Et Sophie ne peut même pas intercéder pour elles.

Il y a son jeune oncle, François Le Normand, greffier à la juridiction de paix et président du Club Vincent-la-Montagne. François s'est amouraché de Louise, la fille du greffier Gandriau. C'est une ravissante rouquine de vingt-cinq ans à qui sa cuisse légère a valu une épouvantable réputation. Evidemment, le grand-père Le Normand s'est opposé vivement au mariage de son fils avec cette créature. Mais François est passé outre. Après des sommations qui auraient dû le brouiller à tout jamais avec son père, un curé conventionnel l'a uni à Louise, l'été 91. Aucun Le Normand n'a assisté à la cérémonie. Même la tante Robin a refusé de s'y montrer. Seule, Sophie y est allée. D'abord, pour contrarier son grand-père et puis surtout parce que cette jeune tante Louise, qui n'a que trois ans de plus qu'elle, la fascine. Elle la trouve belle et délurée. Elle envie son insolence rieuse, sa hardiesse et surtout cette liberté totale de mouvement et d'expression dont elle, Sophie, se sent si dépourvue. Elle aimerait pouvoir, comme Louise, se moquer de tout et ne respecter rien.

Par exemple, Louise a mis le comble au scandale familial en devenant, sans se cacher, la maîtresse de Carrier, à peine celui-ci a-t-il débarqué à Nantes. Le redoutable conventionnel a été absolument subjugué par la belle rousse et ne sait rien lui refuser. D'où la nomination du grand-père et la promotion de François qui est devenu l'administrateur de l'hôpital de l'Egalité, installé dans l'ancien monastère des ursulines. L'adultère de Louise profite à toute la famille puisque Marie-Joseph Trébuchet, le petit frère de Sophie, vient aussi d'être engagé comme commis sous les ordres de son oncle, à l'hôpital.

Si la conduite de Louise choque, personne n'osera protester quand, quittant ouvertement le domicile conjugal, elle ira s'installer avec son amant dans le superbe hôtel de Villestreux que Carrier a réquisitionné pour son usage personnel, après avoir fait emprisonner son propriétaire. Le fille du greffier est devenue grande dame. Elle se pavane dans les robes des dames Villestreux et les fêtes qu'elle donne font résonner toute la Petite-Hollande.

Sophie réprouve cette ostentation mais Louise lui manifeste une amitié si chaleureuse que Sophie, privée d'amies de son âge, depuis que Marie Le Maignan est en prison, n'y résiste pas.

La tante Robin refuse toujours de voir Louise. Quand celle qu'elle a surnommée, on ne sait pourquoi, « la Semine » vient rendre visite à Sophie, rue Sainte-Croix, la Robine se fait porter pâle et se claquemure dans sa chambre.

Si Sophie n'approuve pas du tout les amours de Louise avec Jean-Baptiste Carrier, c'est d'abord parce qu'elle trouve affreux ce grand Auvergnat de trente-sept ans, à la mine maladive, au nez trop long, à l'accent ridicule et qui sent l'ail, la souffrance et la mort. Appartenir à un tel monstre lui semble impossible. Un jour, elle ne peut s'empêcher de dire à Louise :

« Comment peux-tu...?

– Ah! bah, répond Louise, il n'est pas si méchant qu'on pense. Et puis, je ne peux pas te dire... il m'excite!

– Ton mari? Il ne dit rien?

– Il est bien trop occupé, dit Louise. Si tu le voyais, il se croit, il prend des airs! Et puis, ajoute-t-elle en riant, il a bien trop peur de Jean-Baptiste pour lever le museau... Ah! c'est cela qui m'excite en Carrier : il fait peur à tout le monde. Mais si tu savais... Quand il est avec moi, c'est un petit mouton. Il mange dans ma main. Il me couvre de bijoux. Tout ce que je veux, il le fait. Il dit que je suis plus terrible que lui. J'ai un secret pour cela; je sais ce qu'il aime... Devine comment il a surnommé la guillotine, en mon honneur? La « petite Louison ».

Et Louise parle à Sophie de ce Paris enchanteur où elle veut aller vivre bientôt. Jean-Baptiste le lui a promis, dès que ces maudits Vendéens seront exterminés.

« Tu ne crois tout de même pas qu'on va moisir à Nantes? »

Et elle raconte Paris et ses fêtes et ses jardins et ses palais. Ce Paris où, grâce à son amant, elle sera une sorte de reine de la Convention.

DANS la campagne, au sud et au nord de la Loire, la guerre entre Bleus et Blancs fait rage. Plus de prisonniers ni dans un camp ni dans l'autre et la torture répond à la torture en une escalade vertigineuse.

De Paris est venu l'ordre de *tout tuer, tout brûler*. La Convention a décidé d'exterminer la Vendée pour venir enfin à bout de cette sédition effrayante. Et quand on dit exterminer, c'est exterminer. Les troupes républicaines, systématiquement, incendient les forêts, les villages et entassent les cadavres de leurs habitants.

Les colonnes infernales du général Turreau foncent, violent, torturent, brûlent. Les soldats de Westermann écrasent les enfants sous les pieds des chevaux. Ou bien ils s'amusent à les couper en deux, au sabre. L'imagination des tueurs autorisés légalement à assassiner devient plus inventive de jour en jour. On introduit dans le corps des femmes des cartouches qu'on enflamme. A celles qui sont enceintes, on fend la peau du ventre pour embrocher les fœtus à la baïonnette.

A Angers, les soldats tannent de la peau humaine, d'après des procédés inventés par un officier de santé, Péquel. Le pantalon en peau de Vendéen est très recherché par MM. les officiers de l'armée républicaine. La matière première ne manque pas. Il suffit de choisir, dans le tas, un cadavre un peu plus grand que soi (à cause des coutures). On le dépouille soigneusement de la taille aux chevilles, on fait tanner la peau et il ne reste plus qu'à coudre le pantalon.

Quand on en a le temps, on viole toujours les Vendéennes, avant de les tuer. Ou bien, on les jette, vives ou pas, dans des fours. Ainsi, à Clisson, on a fait fondre cent cinquante malheureuses dans un four improvisé pour en obtenir dix barils de graisse qu'on a envoyés à Nantes.

Pour quoi en faire?

« C'est beaucoup plus fin que du saindoux », a ricané Carrier, au cours d'un dîner.

Sûrement, il plaisantait. La graisse de Vendéenne a dû servir à faire du savon. Il ne faut tout de même pas exagérer.

Pour l'atrocité, les Vendéens ne sont pas en reste. Ils adorent collectionner les oreilles de républicains et, s'ils ne s'attaquent ni aux femmes ni aux enfants, c'est qu'il n'y en a pas dans les armées de la Nation qu'on a envoyées pour les décimer. Mais on ne tue jamais un Bleu – un Mayençais surtout! – sans le torturer quelque peu, auparavant.

Qu'elle est longue à mourir, cette Vendée! Dès 1793, les généraux républicains Santerre et Rossignol – dont la bêtise demeurera légendaire – supplient la Convention de leur trouver un « moyen chimique » pour venir plus vite à bout des populations révoltées. Le Comité de salut public n'est pas contre cette idée[1].

1. Qui sera mise au point, cent cinquante ans plus tard, dans les camps nazis.

Un physicien-alchimiste invente une boule de cuir emplie d'une composition dont la vapeur dégagée par le feu doit, dit-il, asphyxier tous les êtres vivants, fort loin à la ronde. Mais le résultat est décevant. Même échec pour la boule empoisonnée, mise au point par le pharmacien Proust, d'Angers.

Carrier, plus expéditif et plus pratique, propose tout bonnement d'empoisonner les sources et le pain dans la campagne vendéenne.

En attendant, on s'étripe à Bressuire, à Châtillon, à Cholet, à Mortagne, à Angers, au Mans, à Savenay. Tous les jours, l'écho des tueries parvient à Nantes où la guillotine, qui pourtant ne chôme pas, fait figure, par comparaison, de moyen d'extermination artisanal.

Toutes les nuits, Sophie Trébuchet est réveillée par les hurlements et les pleurs des condamnés qu'on entraîne à la Loire. La nuit de Nantes est peuplée de sanglots, d'adieux déchirants. La jeune fille entend les cris perçants des petits enfants qu'on arrache à leurs mères, les râles des vieillards, les sanglots hystériques des femmes qu'on maltraite. Et Sophie devient de plus en plus nerveuse. Pour ne plus entendre les bruits horribles de la nuit, elle a fait transporter son lit dans un petit cabinet, à l'arrière de la maison. Dépourvu de fenêtre, l'air y est rare mais le vacarme de la rue n'y parvient qu'assourdi.

A part l'obligation d'afficher, comme tout le monde, leur nom et leur état civil sur la porte de leur maison, Sophie, sa tante et la Péan n'ont jamais été inquiétées. A cause, bien sûr, de la protection du grand-père Le Normand. Il leur a fait obtenir des certificats de civisme et les sbires de Carrier n'ont jamais opéré aucune visite domiciliaire rue Sainte-Croix. Les citoyennes Robin, Péan et Trébuchet sont considérées comme de bonnes patriotes et leur train de vie très modeste ne les rend pas suspectes.

Bonne patriote, la jeune citoyenne Trébuchet? Heureusement pour elle que nul espion de Vincent-la-Montagne ne colle l'oreille à sa porte, certain jour où

Sophie se déchaîne contre le calendrier républicain auquel, dit-elle, elle ne comprend rien. Qu'est-ce que c'est que ces semaines de dix jours, ces mois tordus, ces *sans-culottides* et ces années qui n'en sont plus? Sophie se perd dans ses calculs, se chiffonne la mémoire pour convertir des prairial en mai, des septidi en dimanche, j'ajoute 17, je pose mon 4, je retiens 2 et je me trompe. En ce ventôse de l'an III, en ce tridi qui déloge un familier mercredi, la citoyenne Trébuchet abat son petit poing nerveux sur une table en bois de rose et jure que non et non et non, elle ne pourra jamais utiliser ce calendrier inventé par des ânes malades – parfaitement, ma tante, des ânes malades! – qui ne savent quoi trouver pour rendre la vie un peu plus insupportable.

Et, tandis que Mme Robin, effrayée par les propos de Sophie, tire un lourd rideau devant la fenêtre et se bouche les oreilles comme si cela suffisait à supprimer les dangereuses paroles de sa nièce, Sophie enfonce rageusement son bonnet sur sa tête, attrape à la volée son unique châle de laine et sort en claquant la porte.

Ce n'est pas vraiment le calendrier qui la met dans un état pareil. C'est tout, plus le calendrier. La paysanne qu'elle est foncièrement ne supporte plus la vie étouffante de la rue Sainte-Croix. Elle a besoin d'air, de mouvement. Si elle était à *La Renaudière*, elle enfourcherait sa jument et partirait au galop à travers la lande pour se rincer le corps et l'âme dans un vent qui, en ce moment, doit sentir le feu de genêts, la liberté, la vie.

Mais voici que la petite rue nantaise est encore plus énervée que la jeune fille, ce qui est inhabituel à cette heure de relevée. Les échoppes se vident, les volets tapent, les sabots claquent sec sur les pavés. On court, on s'interpelle d'une porte à l'autre, d'un balcon à une lucarne. « Qui? Où ça? Combien? » Et l'on entend des roulements de tambour qui vont se rapprochant et le bruit grondant d'une foule excitée.

Sophie, déjà engagée dans la rue de la Bâclerie, comprend, mais trop tard, qu'elle n'aurait pas dû sortir. Malgré la proximité de la place du Bouffay où est dressée la guillotine, elle a toujours, par bonheur, échappé à ce spectacle. Elle fait demi-tour mais elle se heurte à une horde compacte qui débouche de la rue de la Juiverie. Les tambours se rapprochent et, comme chaque fois, le bruit d'un supplice en marche fait jaillir les curieux des moindres ruelles. Et Sophie, rapidement, est encerclée par des vagues implacables qui montent à la vitesse d'un cheval au galop, comme la mer, dit-on, autour du Mont-Saint-Michel. Elle ne peut plus fuir à présent et elle est entraînée comme un fétu dans le courant de la foule aimantée par le sang qui s'apprête à couler. Une foule en majorité féminine. Les jeunes, les vieilles, les gamines, les idiotes, les éclopées, les femmes sont les plus empressées au spectacle de la vengeance. Celles qui sont enceintes avancent, les mains en avant, pour protéger leur ventre. D'autres, dans leur hâte, ont gardé à la main l'étoffe qu'elles étaient en train de coudre ou le tricot ou le balai. Beaucoup tirent des enfants par la main. De bonnes mères qui ne risquent pas de laisser des enfants seuls à la maison où ils risquent de faire des bêtises.

Et tout cela se débonde, jaillit comme le pus d'un vilain abcès sur la petite place du Bouffay où se dresse, sur une estrade, le *rasoir national*, la machine à couper les têtes, la « petite Louison » qu'un assassin pudique a eu l'idée de faire peindre en rouge afin que le sang répugnant des ennemis de la République ne s'y remarque pas trop. Nantes est une ville qui se respecte. La municipalité a fait voter un crédit pour étaler une épaisse couche de son sous la machine infernale afin de faciliter le nettoyage, après chaque opération.

Aux abords de la place, la bousculade est à son comble, chacun s'empressant d'atteindre les premiers rangs pour ne pas perdre une miette du spectacle qui se prépare. Un hurlement de joie éclate quand débouchent le cortège des condamnés, les tambours, puis les gardes à cheval. Le bruit obsédant des tambours augmente la folie. La foule piétine, se hausse sur place, on juche les petits enfants sur les épaules des pères. Les fenêtres bourgeoises de la place se sont garnies de curieux. On s'entasse sur les balcons à les faire crouler. On voit apparaître des longues-vues de marine et même des jumelles de théâtre.

Le cortège des condamnés, encore invisible, a de la peine à se frayer un passage dans la foule compacte où les soldats de Carrier taillent un chemin à coups de crosse de fusil et pointent les baïonnettes sur les curieux pour les tenir à distance.

La petite taille de Sophie Trébuchet lui interdit toute tentative de fuite. Ainsi immobilisée, elle a déjà fort à faire pour n'être pas jetée à terre ou étouffée.

A son passage, le cortège ouvre un bref trait de silence. Ceux qui voient se taisent subitement en face des trois condamnées qui avancent entre les soldats. La foule attendait des brigands et découvre une femme aux cheveux gris et deux jeunes filles d'une vingtaine d'années. Elles vont, misérables, serrées les unes contre les autres, tremblant de peur et de froid dans leur caraco de coton qui leur laisse les bras et le cou nus. Et la foule, que la vue des trois femmes a surprise un instant, étouffe sa mauvaise conscience dans des cris redoublés. Les condamnées avancent lentement, heurtées au passage par des mains mauvaises qui veulent toucher, pincer tandis que la horde, maintenue à grand-peine par les gardes, montre les dents, crache des insultes, lance des plaisanteries obscènes et des projectiles divers. Et l'on voit, aux regards affolés que les deux plus jeunes promènent alentour, qu'elles sont encore plus effrayées par cette foule que par ce qui les attend.

Sophie, soudain, a reconnu les trois femmes. Mme de la Biliais, la plus âgée, et ses deux filles, Renée et Marie-Perrine. Leur père était conseiller au Parlement de Bretagne et avait souvent affaire au grand-père Le Normand. Et Sophie se souvient d'une partie de cache-cache avec Marie-Perrine, la plus jeune, et ses frères dans le jardin de leur château, près de Nantes. Renée n'y avait pas participé; elle était un peu plus âgée mais la cadette a tout juste l'âge de Sophie. Un après-midi qui s'était mal terminé car Sophie avait entraîné Marie-Perrine à rectifier une allée bordée de plantes grasses, en cassant toutes les branches qui dépassaient sur le chemin. C'est tellement agréable de faire des bêtises chez les autres quand on est assuré de l'impunité due aux invités. En effet, quand Mme de la Biliais avait découvert le ravage des plantes qu'elle avait eu tant de mal à faire pousser, c'est Marie-Perrine qui avait reçu une fessée. Elles avaient dix ans, alors. La dernière fois qu'elles s'étaient vues, c'était à Nantes où Marie-Perrine était venue acheter du ruban de taffetas bleu. On avait appris, par la suite, que les frères la Biliais étaient partis en émigration et que le père avait été exécuté, au début de l'année, accusé d'avoir caché des prêtres réfractaires. Mais Sophie n'avait plus eu aucune nouvelle de la mère et de ses filles. Peut-être avaient-elles fui en Angleterre.

Mme de la Biliais est à peine reconnaissable. Ses cheveux gris tailladés à la hâte se dressent en mèches grotesques autour de son maigre visage d'un jaune de coing. C'est une très vieille femme, à présent. Elle garde les paupières baissées et semble déjà morte, n'était ce frémissement des lèvres décolorées qui est peut-être une prière, peut-être un tic nerveux.

Toutes trois ont les mains liées derrière le dos et Sophie voit Marie-Perrine qui, ne pouvant se gratter la joue agacée par le frôlement d'une mèche, la frotte contre son épaule, d'un geste convulsif.

Et Sophie se tord les mains de ne pouvoir rien faire. Il est trop tard à présent. Il n'est même pas sûr que son grand-père aurait pu arrêter ce qui va arriver. On ne retire pas aisément à la foule ses victimes.

Par un raffinement de méchanceté, on fait passer les filles avant la mère, afin que celle-ci ne perde rien de la mort de ses enfants. Déjà, l'aînée, Renée, monte sur la plate-forme, d'un pas rigide. Son teint a la couleur de la chandelle mais la jeune fille tient sa tête droite comme si lui pesait encore la masse des magnifiques cheveux blonds qu'elle tordait en chignon. Ses yeux bleu pervenche sont vides. Elle ne regarde rien ni personne. Son air fier et distrait excite les cris.

Marie-Perrine, elle, est loin d'avoir le calme hautain de sa sœur. Elle pleure en se débattant, traînée par deux gardes qui l'obligent à avancer en la soutenant et qu'elle essaie maladroitement de mordre.

« Attention, crie une commère, elle est enragée! »

Ce qui déclenche des rires.

« Maman! hurle l'adolescente, maman, je ne veux pas mourir! »

Mme de la Biliais a-t-elle entendu ce cri? Elle n'a pas ouvert les yeux mais la maigre tête jaune et grise est prise d'un mouvement de bas en haut; elle encense comme un cheval impatient qu'agace son harnais.

Nul, dans la foule qui les entoure, ne peut dire de quoi sont coupables ces trois femmes. Elles sont riches, cela suffit. On saura plus tard qu'elles ont été accusées d'avoir brodé et distribué ces images du Sacré-Cœur que les soldats de l'armée royale épinglent sur leurs vareuses et qui servent de cibles aux Bleus.

« Ne me touchez pas! » dit Renée au bourreau.

La jeune fille s'allonge d'elle-même, à plat ventre sur la planche qui va basculer.

Et Sophie Trébuchet ne peut en supporter davantage. Ruant, jouant des coudes, abandonnant son châle dans sa fuite, elle réussit à se dégager par un couloir de foule. Le dégoût lui rend des forces. Elle renverserait, s'il le fallait, un barrage de gardes municipaux.

Au moment où elle quitte la place pour gagner la rue Sainte-Croix, elle entend l'énorme clameur mêlée aux tambours et aux fifres qui annoncent que la tête de Mlle de la Biliais, l'aînée, vient de tomber. Sophie ne verra pas brandir cette tête sanglante, tenue par les cheveux. Elle ne verra pas le bourreau en arracher les boucles d'oreilles avant de la poser entre les jambes du corps supplicié. Elle ne verra pas non plus mourir Marie-Perrine avec qui elle jouait dans le parc de Saint-Etienne-de-Montluc ni dégringoler la pauvre petite tête jaune et grise de sa mère qui mêlait si bien la crème fraîche aux framboises, à l'heure des goûters joyeux de naguère. Sophie ne verra rien de tout cela mais elle en rêvera toute sa vie.

Et la voici qui va se jeter sur son lit, le drap serré entre ses dents pour étouffer les gémissements de chat malade qui s'échappent de ses lèvres.

Le soir même, elle suppliera Mme Robin de partir pour Châteaubriant. Elle ne veut plus vivre à Nantes. Elle ne supporte plus ces rues cruelles, cette foule sanguinaire, ces cris et ces relents de pourriture qui lui soulèvent le cœur. Elle veut retrouver sa *Renaudière* et ses landes et ses forêts et ses paysans à l'amitié lourde et sûre. Elle veut partir vite, très vite, à présent.

« ... sans quoi, je vous le jure, je vais devenir folle. »

QU'EST-IL devenu, ce havre de paix dont, à Nantes, Sophie a tant rêvé? La petite ville tranquille, paisible de son enfance est à son tour méconnaissable. Des maisons ont brûlé, les boutiques sont fermées, les auberges dévastées et les joyeux marchés du mercredi ne sont plus qu'un souvenir. On ne peut plus circuler sans carte de civisme que vous réclament des gardes qui font semblant de ne pas vous reconnaître et le couvre-feu boucle la ville de neuf heures du soir à quatre heures du matin. Même son nom a changé. Les nouvelles autorités ont jugé que *Châteaubriant* évoquait trop... « *le faste et l'orgueil de la tyrannie* ». C'est *Montagne-sur-Chère* qu'il faut dire à présent.

Point stratégique au carrefour des routes de Nantes à Rennes et de Rennes à Angers, Châteaubriant est devenue une ville de garnison où l'on concentre des troupes républicaines engagées dans la guerre de Vendée. L'année dernière, la petite bourgade, conçue pour trois mille habitants, a dû abriter jusqu'à trente-sept mille occupants qu'il a fallu loger, chauffer et nourrir. Il y avait des soldats partout, au château, dans les maisons, dans les granges. Des étrangers de passage qui, sous prétexte qu'ils faisaient la guerre, se croyaient tout permis. Comme ils avaient faim, ils ont pillé les greniers, les celliers, les basses-cours. Ils ont troussé les filles et détroussé les honnêtes citoyens réduits à l'impuissance, car se plaindre eût été se faire passer pour de mauvais patriotes.

La paille et l'avoine ont été réquisitionnées pour les chevaux et les mulets de l'armée qu'on entasse jusque dans les églises, transformées en écuries. On réquisitionne aussi le linge. Les belles nappes de fête, les draps fins s'effilochent en charpie pour les blessés de l'hôpital. Pour chausser les soldats, on a obligé les cordonniers à fournir chacun cinq paires de souliers par décadi. Et tout cela, bien entendu, payé à des prix de misère. Même les sabots sont difficiles à trouver. Les sabotiers du bois de Jarrier en profitent pour les vendre à des prix exorbitants. La ville manque de bois de chauffage et on s'éclaire à la résine, la troupe ayant raflé toutes les chandelles.

Les habitants de Châteaubriant ne savent plus qui craindre le plus, de ces troupes dévoreuses et brutales ou des paysans vendéens insurgés, harcelés par les troupes de Marceau et de Kléber. Ils se cachent dans les bois autour de la ville, gîtant dans des huttes de charbonnier ou dans les replis des carrières, nombreuses dans la région.

Ils sont partout, embusqués dans les forêts de l'Arche, du Vivreau, de Juigné, de Teillay. On les signale dans la Forêt-Pavée, à la Guerche, à Saint-Mars, à Rougé ou à Candé, sur le grand chemin d'Angers, dans ces forteresses naturelles dont ils connaissent d'enfance tous les sentiers, toutes les caches. Les *rustauds*, comme on les appelle, tiennent fortement toute la région à l'est de la ville, depuis Martigné, sur la route de Vitré jusqu'à Pouancé, sur la route de Segré. Disséminés en camps volants, par petites troupes, ils se livrent à des attaques surprises qui déconcertent les soldats républicains, effrayés par ces diables qui leur tombent dessus à l'improviste, surgissant d'un pan de brume et s'y évanouissant aussi vite. Les Bleus savent que ces adversaires redoutables ont des intelligences en ville et dans la campagne. On les cache, on leur apporte à manger, on les soigne quand ils sont blessés. Depuis quelque temps, on ouvre les lettres pour découvrir qui sont ces mauvais patriotes qui aident les brigands maudits. C'est ainsi que les demoiselles de Fermon, à Gastines, se sont retrouvées en prison.

Ces complicités ne sont pas étonnantes. Après avoir accueilli favorablement la Révolution, les populations rurales, conservatrices et profondément religieuses, ont été ulcérées par la persécution, l'exil de leurs prêtres et la profanation des églises et des objets du culte.

Au printemps dernier, le général Commaire, un affreux débauché qui commandait la place, a été trouvé mort dans son lit, après une nuit d'orgie où vases et ornements sacrés avaient été utilisés à des fins sacrilèges. On ne touche pas à ces choses-là.

Les gens n'ont pas toléré non plus que soient profanées les tombes des cimetières. Même s'il s'agit d'aristocrates, on ne touche pas aux morts. Et ces gourgandines qui sont montées en chaire, dans l'église paroissiale ouverte à la chienlit! Et ce catéchisme impie qu'on enseigne aux enfants!

Evidemment, il n'est pas question de protester ouvertement si l'on tient à la vie, mais la résistance s'organise sournoisement. Les prêtres républicains imposés dans les paroisses en savent quelque chose. Non seulement on déserte leurs messes mais encore on leur rend la vie impossible par toutes sortes de tracasseries.

« Ils ne trouveront point de feu pour allumer leurs cierges », dit Julie Péan, d'un air entendu.

Normal donc que beaucoup parmi ceux qui affectent d'être des patriotes au-dessus de tout soupçon soutiennent secrètement ces Vendéens qui combattent au nom de la loi bafouée. Cette complicité divise jusqu'aux familles. Ainsi, Fresnais de Beaumont, brigand redouté de la forêt de Juigné et qui a été exécuté juste avant l'arrivée de Sophie à Châteaubriant, avait son propre frère engagé dans les Bleus.

Sophie Trébuchet elle-même, la républicaine, la lectrice de Rousseau et de Voltaire, la petite-fille du juge Le Normand, Sophie ne peut s'empêcher d'éprouver de la sympathie pour ces rebelles mal armés, en guenilles, dont les exploits défraient la chronique locale, même si elle ne partage pas leur ferveur religieuse.

Ces jeunes paysans qui se battent avec une ardeur naïve et désespérée ont son âge, pour la pluplart. Elle compte, parmi eux, des cousins et des amis. Les Le Maignan du Bois-Vigneau, frères de Marie. Celui qu'on appelle encore, dans le pays, « M. le chevalier » et qui, dit-on, ne déjeune pas d'un bon appétit quand il n'a pas fait trois veuves de Bleus dans sa matinée. Lui et son frère qui a été tué au Mans. Et le cousin de Sophie, François Bellet, qui travaille à la Forge-Neuve et qui est un ardent royaliste. Et son autre cousin, l'abbé Le Métayer qui a refusé de prêter serment à la Constitution et se bat, depuis, parmi les insurgés vendéens. Et les Defermon, de Moisdon. Et ses amis Leussier, au château de Lapinais sur le Grand-Auverné. Et les Morineau, à La Cheptais. Et les enfants de Fresnais de Beaumont, à Saint-Julien-de-Vouvantes. Sophie a pleuré quand elle a su l'exécution de leur père, cette espèce de poète devenu un brigand redouté. Sa fille, Amarante, a montré à Sophie une lettre qu'il datait ainsi : « *Du fond des bois, avril 1793...* »

Sophie n'est pas insensible à l'humour rude et quelque peu enfantin de ces brigands et des sobriquets qu'ils se donnent pour égarer les Bleus : Jean Terrien, dit Cœur-de-Lion, Menton-Double, Léopard, Brise-Galette, Cœur-de-Roi ou La Perdrix.

Leurs ruses, leurs déguisements, leurs attaques de Sioux ont aussi un air d'enfance qui amuse Sophie. Quand les hommes de Cœur-de-Lion qui ont juré de terroriser la ville, ce repaire de patauds, pénètrent la nuit jusque dans le faubourg de Béré, coupent une tête de pataud responsable de la mort de plusieurs d'entre eux et la suspendent à l'auvent de sa maison, quand ils perturbent le trafic autour de la ville, dévissant les roues des charrettes, détournant les convois, les voitures de poste, ou dérobent les vêtements d'une poignée de « patriotes » contraints alors de rentrer en ville, cul nu, quand ils volent la vache de l'hôpital, laissant à sa place un message : « *Puisque ton hôpital guérit les patauds, nous volons sa vache* », Sophie, qui pourtant déteste la violence, ne peut les condamner. Ces farces d'enfants terribles apaisent en elle un besoin de vengeance, rétablissent, dans son esprit, une justice. Comme si chaque provocation vendéenne était une réponse aux cris des innocents Nantais traînés à la rivière, à la tête tranchée de Mlle de la Biliais qui n'a pas fini de tourbillonner dans ses cauchemars.

Et puis Sophie se sent plus proche de ces séditieux que de ceux qui ont juré leur perte, ces nouveaux notables, ces corps constitués qu'elle trouve ridicules et pompeux dans leurs cérémonies et leurs discours. Ils ont pour eux la légalité et l'approbation nationale. Ils sont la majorité écrasante. Sophie, l'insoumise, ne peut aimer que les insoumis, les proscrits. Elle aura d'autres occasions, dans sa vie, de le prouver.

Pour l'instant, elle a vingt-trois ans et son âme romantique a besoin de rêves héroïques. Et le romantisme, en ces années 94-95, s'alimente davantage dans les forêts et les buissons de genêt que dans les manifestations des bourgeois installés à l'hôtel de ville, dont les actes sont quotidiennement en contradiction avec leurs beaux principes de liberté et d'égalité.

Et puis il y a l'amour. L'amour que ce siècle finissant a tant exalté dans ses romans, ses poèmes, son théâtre et ses romances. « Mais où donc est-il cet amant sublime qui m'est destiné ? » Amoureuse de son amour avant même d'en connaître l'objet, Sophie y pense ardemment avec un trouble délicieux né de ses lectures et se prépare secrètement à sa rencontre.

Elle imagine cet homme, à la diable, confusément, avec une quantité de détails incompatibles, puisés çà et là et qui en brouillent l'image. Tantôt brun, tantôt blond, tantôt hardi et tantôt réservé. Un peu Saint-Preux, un peu des Grieux, toujours Tristan. Et elle, Julie, Manon ou Iseult, elle Sophie se demande si les livres disent vrai. Si, toujours, l'histoire se termine aussi mal. Si toujours les larmes succèdent aux transports.

Et elle cherche aussi dans ses livres l'indice, le trait qui annonce la passion explosive. Quel est le signe qui révèle l'amour, aussi sûr que l'éclair précède l'orage ou la rousseur des feuilles l'approche de l'hiver? Mais là aussi, rien de clair, de précis. L'enseignement des livres est vague. L'une rougit, l'autre pâlit à la vue de l'aimé. On peut aussi s'évanouir ou trembler, à ce qui est écrit. Mais rien de tout cela ne s'est encore produit pour elle, Sophie. Et elle attend, mais Dieu qu'il tarde et que l'attente est longue!

Il y a aussi cette part que prend le corps à l'affaire. Ces soupirs, ces chaleurs, ces étourdissements exquis, ces égarements plaisants, cette *petite mort* dont elle ignore tout mais qu'elle a entrevus, il y a longtemps, dans une jolie histoire du *Journal des Dames*. Un conte léger, *Point de lendemain*, de M. Vivant de Non, que sa tante lui a arraché des mains en rougissant mais trop tard, elle l'avait déjà lu. Une histoire de plaisir fou entre un jeune homme et une femme, la nuit, dans le pavillon d'un parc. Une histoire de satin froissé et ces mots, ces mots qu'elle n'a pas oubliés : « *On adore... On ne cédera point... On a cédé.* »

Sophie sent, devine l'attrait qu'exerce son corps de femme mais devine aussi qu'au plaisir de cet attrait peut se mêler de la violence. L'époque n'est plus au satin froissé et ce qu'elle entend tous les jours n'est pas rassurant. Ces femmes, ces filles torturées, violentées par des brutes sanguinaires, ces femmes forcées, humiliées qui hurlent et meurent... Est-ce que le pouvoir des femmes sur les hommes ne serait pas aussi absolu que l'enseignent les romans ?

De toutes ces choses, elle n'ose parler à sa tante Robin que son âge lui rend trop lointaine. Et Marie, sa chère confidente, est loin. Et Louise, sa jeune tante infidèle, a suivi Carrier à Paris où elle a disparu après la condamnation de son amant.

La seule certitude de Sophie en ce qui concerne cet homme qu'elle attend est qu'il ne peut pas être, qu'il ne sera pas un homme ordinaire. Car cet amant, ce mari, dont elle espère des enfants, elle le veut, elle l'exige d'une certaine trempe. Et il s'apparente davantage, dans sa jeune imagination, à ce brillant et fougueux Charette dont, même à Nantes, la ville républicaine, on vantait le courage intrépide, l'élégance et la galanterie, plutôt qu'à ces jeunes fonctionnaires de la Convention, si ternes. Comme Jean-François Normand, par exemple, qui lui fait la cour.

Elle veut le prince charmant de ses contes d'enfant car Sophie, dans ses rêves d'avenir, se voit dans un château plutôt que dans une chaumière. Un château avec un jardin encore plus beau que celui de *La Renaudière* où galoperont des enfants qui ressembleront au « prince charmant », leur père, à ce tendre héros qui, certains soirs, l'enlève, elle, Sophie, au galop de son cheval. Ou qu'elle imagine, à d'autres moments, rentrant glorieux et fêté d'un combat fameux où il se sera distingué. C'est cela, un jeune aristocrate en rupture de ban, lancé dans l'aventure brigande et les dangers dont elle serait et la muse et la femme et la complice. Un d'Elbée, un Lescure ou un Scépeaux.

Rien de plus humble, de plus désemparé qu'une fille de vingt-trois ans. Sophie Trébuchet, qui est jolie, se trouve affreuse, sans grâce. Une rougeur qu'elle découvre sur son menton la met au désespoir. Elle se juge terne, trop petite, pas assez ronde. « Mais qui, qui voudra de moi? » Ah! que n'a-t-elle la beauté, l'éclat de cette comtesse de La Rochefoucauld, cette « jument de Charette », comme disait son grand-père. Elle l'a vue qui passait un jour, dans les rues de Nantes, la belle créole au teint doré, la « mieux-aimée » du beau Charette. Elle tenait ses deux petits garçons par la main et les hommes, les femmes se retournaient, ensorcelés à son passage par cette Vénus rieuse qui marchait comme on danse. Elle a été fusillée aux Sables, au début de l'année, mais Charette, lui, court toujours.

« Qui donc viendra me chercher dans ce trou? » Et la vieille Julie est exaspérante. Elle taquine Sophie sans cesse, lui dit qu'elle cherche une belle-mère quand son jupon dépasse. Que des allusions déplaisantes: Quand Sophie est à sa toilette, elle se plante derrière elle, les mains sur les hanches :

« Va, ma fille, les plus belles roses deviennent gratte-cul! »

Ou bien lui conseille de trouver un mari. Julie, qui n'a jamais été mariée, est obsédée par le mariage des autres. Craint-elle, après sa mort, de subir le sort promis aux vieilles filles : être transformée en chouette?

Le printemps est d'une douceur à fendre l'âme. Indifférents à la guerre, des milliers de rossignols s'égosillent dans les genêts en fleur. Sophie, elle, ne tient pas en place. Son humeur saute comme la grenaille dans les bois. Un jour gaie, l'autre désespérée. Tantôt exaltée, tantôt abattue, la citoyenne Trébuchet s'agite, dit la tante Robin, comme un boisseau de puces. Elle étouffe à Châteaubriant dont les rues, dit-elle, sentent la mort.

« Penses-tu! répond Julie. Ce n'est pas la mort, c'est la Torche », dit-elle en se pinçant le nez, faisant allusion aux pots de chambre que les commères vont vider dans la Chère, au pied du château.

Au moindre prétexte, Sophie enfourche son cheval bai qui a échappé aux réquisitions et part, au galop, à travers le pâtis, vers sa chère *Renaudière* où les narcisses éclosent.

La tante Robin est malade d'inquiétude de la voir ainsi battre la campagne, à la merci d'une embuscade mortelle. Pour un royaume on ne la ferait pas bouger, elle, de sa maison de Châteaubriant. Tous les jours, Julie Péan rapporte de la ville des nouvelles affreuses qu'elle raconte avec une sombre jubilation : c'est le maire et l'agent national de Noëlet qu'on a trouvés égorgés, au pied de l'arbre de la Liberté; ou le commissaire envoyé pour le recensement des blés et qui a été assassiné par les brigands à Villepot. Les rustauds sont infatigables : pillages à Juigné, archives brûlées à Erbray, maire de Moisdon trucidé et les fusils destinés à Châteaubriant, enlevés des forges, pendant la nuit!

« Mais vous savez bien, ma tante, que je ne crains rien, s'impatiente Sophie. Je connais tout le monde. Nous ne sommes pas à Nantes ici!

– Je ne vois guère la différence, soupire Mme Robin.

– Dame, si, dit Sophie. Il n'y a pas, ici, de guillotine en permanence. »

Il est vrai que la famille Trébuchet est familière aux paysans, de Moisdon à Saint-Julien et des Auverné à Châteaubriant. Dans les fermes et les maisons qui bordent son chemin, tout le monde a connu Sophie, haute comme ça, et on la salue à l'ancienne :

« Bonjour, not' demoiselle! »

Le meilleur prétexte qu'elle invoque pour aller se promener, c'est le ravitaillement. A Châteaubriant où les convois de vivres interceptés par les brigands n'arrivent pas toujours, la disette est grande. Mais il y a, dans la campagne, des potagers et des poulaillers amis. Sophie, au cours de ses randonnées, glane ici des œufs, là une volaille ou du lard, des salades ou des fruits qu'elle rapporte triomphalement rue du Couëré. Parfois, elle distribue ses provisions aux miséreux de rencontre.

Qui donc pourrait l'inquiéter en chemin? Le laissez-passer du grand-père Le Normand et son certificat de civisme l'assurent du côté des Bleus. Du côté des brigands, elle est protégée par ses amitiés et ses parentés. Comme on la sait sympathisante, on la protège, et son cheval trace sa route sans encombre sur les chemins élargis par les coupes d'arbres ordonnées sur six cents pas et à cinquante toises de hauteur, afin d'empêcher les brigands de s'y dissimuler.

Plus tard, quand elle devra traverser le camp des rebelles, installés dans la lande de Champeaux, arsenal, poudrière et magasin à vivres des Chouans, elle aura les mots de passe qui lui permettront de traverser le camp.

Joue-t-elle un double jeu, cette républicaine-brigande qui aide à soigner les soldats bleus blessés à l'hôpital de Châteaubriant et qui aide aussi des prêtres réfractaires à échapper à leurs poursuivants? Oui, certainement. Par dégoût de la violence, du sang versé et de la souffrance. Parce qu'elle est femme et de surcroît née sous le signe des Gémeaux, celui des êtres doubles, parfaitement à l'aise dans la contradiction.

Ainsi est la citoyenne Trébuchet : républicaine par conviction mais qui « *refuse* (comme dit pudiquement, et dans le style du moment, le vieux M. de La Pilorgerie) *de s'atteler au char de la déesse Raison* ».

Ce n'est pas la première fois que Sophie le remarque : son cheval préfère ostensiblement le trajet de Châteaubriant à *La Renaudière* à celui du retour. Il a compris, sans doute, que le picotin du Petit-Auverné est plus abondant et plus savoureux que celui de la ville. C'est pourquoi il y va sans se faire prier, empruntant les raccourcis sans qu'il soit besoin de le guider, pressé de retrouver son écurie natale. C'est en revenant qu'il s'attarde à boire aux mares, à grignoter des pousses le long des haies, à faire semblant d'hésiter entre deux routes avec une mauvaise volonté manifeste.

Ainsi, chevauchant vers *La Renaudière* par cette fin de journée, Sophie, confiante en son animal, laisse flotter et ses rênes et sa pensée. Elle est toute au jardin qui l'attend, avec sa terre fraîchement retournée que le soleil de février a dû attendrir à souhait. Demain, elle y enfouira les caïeux d'ail blanc et les petites échalotes qui seront mûres au début de l'été. Elle emporte, dans le sac de toile accroché à sa selle, tout un assortiment de graines de chou, de panais, de laitue et de fève qu'elle va semer en pleine terre ou sous le châssis, au fond du jardin. Elle a réussi à obtenir du jardinier qu'il lui laisse faire ses semailles. A chaque fois, elle est obligée de prendre des formes pour le lui faire admettre. D'abord, jaloux de son enclos, le vieux Blaise n'aime pas qu'on vienne se mêler de ses cultures. Ensuite, il ne comprend pas que Mlle Trébuchet prenne du plaisir à s'enfoncer de la terre sous les ongles. Chacun à sa place. Elle devrait se contenter de cueillir des fleurs, de récolter des fruits pour ses confitures ou même, à la rigueur, de tailler les framboisiers alignés le long du grand mur, où des giroflées, semées par le vent, s'enracinent entre les pierres. Mais Blaise sait bien qu'avec la demoiselle, il n'aura jamais le dessus. Quand elle a décidé quelque chose, on peut dire qu'elle est plus entêtée qu'un mulet. Même quand elle était haute comme ça, sa tante Robin ne faisait pas la loi avec elle. Pour ce qui est du jardin, Blaise est obligé de reconnaître qu'elle ne s'y prend pas trop mal. N'empêche. Chaque fois qu'il la voit en train de s'affairer dans les plates-bandes, il se plante à dix pieds de là, appuyé sur sa bêche, les sabots croisés, avec du rire dans la moustache. Il sait que ça l'agace. Qu'elle ne supporte pas longtemps cette contemplation narquoise et silencieuse. En effet, elle essaie toujours de l'amadouer en lui demandant des conseils. Par exemple :

« Dites-moi, Blaise, si on semait les pois à la place du pourpier? Je crois qu'ils seraient plus abrités, là-bas. Qu'est-ce que vous en dites? »

Mais, quelle que soit la question, Blaise trouve une réponse de mauvaise tête :

« Z'êtes chez vous, d'moiselle. Faites donc à votre fantaisie! »

Sophie, les joues rosies par la fraîcheur du soir, est tellement absorbée par ses projets potagers qu'elle ne remarque même pas à quel point le pâtis est désert. Pas une âme qui vive sur les chemins. Pas un mendiant, pas un berger, pas un mouton. Même les oiseaux semblent avoir disparu des buissons de genêt.

Dans la lande des Champeaux, le camp semble abandonné. Aucune sentinelle, aucun garde pour exiger d'elle le mot de passe qui est, aujourd'hui, le refrain d'une chanson de rustauds : « *La violette double, doublera...* » La guerre serait-elle finie?

La course qu'elle vient de faire et l'idée de ses futurs légumes ont donné faim à Sophie. Pourvu, se dit-elle, qu'il reste du monde, là-bas! Et elle presse son cheval pour arriver avant la nuit.

Au vrai, elle ne sait pas du tout dans quel état elle va trouver *La Renaudière*, que sa tante Trébuchet et ses cousins ont désertée depuis la mi-janvier. La tante Louise, effrayée par les mouvements de troupe et les brutalités qu'ils entraînent, a fait savoir à Châteaubriant qu'elle s'en allait pour quelque temps chez des parents de Saint-Julien-de-Vouvantes.

Elle a eu le nez fin car, le 29 janvier, Scépeaux et Châtillon ont attaqué le corps républicain du Petit-Auverné qui gênait les communications des royalistes.

On a su qu'après une courte bataille, Scépeaux avait emporté le bourg et que les républicains avaient été contraints de se replier sur le Grand-Auverné, en ne laissant que deux cents soldats sur place.

Quand Mme Robin a appris que Sophie avait décidé de partir pour deux jours à *La Renaudière*, elle a poussé les hauts cris.

« Toute seule, là-bas? As-tu perdu l'esprit?

– Mais non, a répondu Sophie. Je ne suis jamais seule à Auverné. La vieille Marguerite sera sans doute au logis et Blaise aussi. Ne vous inquiétez pas. Je ne suis plus une petite fille, ma tante. J'ai vingt-quatre ans, tout de même!

– Tu ne crois pas que tes fèves auraient pu attendre un peu?

– Mais, ma tante, la terre n'attend pas. Nous sommes déjà en février. »

*

En approchant du village, l'imagination de Sophie prend racine dans la cuisine de *La Renaudière* où Marguerite doit être en train de soulever un couvercle fumant sous lequel mijote quelque potée aux choux. L'estomac de la cavalière s'épanouit à l'idée de la tranche de lard rose qui tremble dans la vapeur des légumes. La lune s'est levée et, déjà, apparaissent, entre les arbres, les lumières des premières maisons.

Mais quelle est cette rumeur? Tout à coup, une charrette bâchée, lancée au galop, débouche du chemin à une vitesse telle qu'elle dérape et manque verser dans le tournant. Sophie a eu tout juste le temps de pousser son cheval dans le fossé pour l'éviter.

Elle entend des cris à présent et des coups de feu répétés. Venant du village, la rumeur tourne en clameur. Sophie avance au pas. Dressée sur ses étriers, elle essaie de voir, au loin, ce qui se passe. Des paysans courent, fuyant sur la route. Soudain, des flammes jaillissent au-dessus du village, éclairant le crépuscule. Le vent porte des cris, des crépitements, des aboiements de chiens furieux, des lamentations abominables, et Sophie commence à se demander si la tante Robin n'avait pas raison, si elle n'aurait pas dû attendre un peu.

Venant du pays, proche à présent, un mouvement de fuite se précise. Des chevaux fous, sans cavaliers, certains traînant des brancards brisés, passent, emballés, et fracassent leurs attelages contre des arbres. Une petite troupe de villageois s'égaille dans les champs, courant, trébuchant dans les mottes de terre, et leurs torches de résine sèment des mèches enflammées. Des femmes s'enfuient, portant des bébés serrés dans des châles ou traînant des petits enfants qui hurlent. Des vieillards s'écroulent qu'on ne relève pas.

Sophie a mis pied à terre. Tenant son cheval par la bride, elle fait quelques pas, indécise, s'abritant dans l'ombre d'une haie. Un bruit de branches cassées, tout près, la fait sursauter. Une ombre sort de l'ombre, rampe sur le talus, se dresse sur le chemin qu'éclaire la lune. Sophie, gelée de peur, sent cavaler son cœur sous sa veste de mouton. Elle entend prononcer son nom.

« Ne craignez pas, demoiselle, dit une voix d'homme exténuée, c'est moi, Martin Bonvalet. »

Sophie a de la peine à reconnaître le jeune paysan qu'elle a vu souvent à Heurtebise, chez les Le Maignan. Le visage du garçon est décomposé, noirci de fumée. De sa veste déchirée sort une épaule qui n'est plus qu'une bouillie de sang et de tissus en lambeaux. Il vacille sur ses jambes, tente de se raccrocher au harnais du cheval de Sophie, le manque et s'effondre sur le talus en tournant sur lui-même. Mais il fait un effort et lève sa tête vers la jeune fille.

« N'allez pas là-bas... les Bleus nous tuent! dit-il. Ils sont dans votre maison et... et au cimetière... partout... c'est l'enfer! Ils ont... il ne reste rien... n'allez pas là-bas... ils vont vous prendre...

– Mais quels Bleus? dit Sophie.

– Les soldats d'Humbert... Ils sont plus de cent... Ah! les maudits!

– Et il n'y a personne, dit Sophie, personne pour les chasser?

– Hélas! dit Bonvalet, je crois qu'il n'y a plus que des morts, à c't' heure!

– Et *La Renaudière*? demande Sophie. Qu'en ont-ils fait? »

Mais Bonvalet est retombé sur le talus en gémissant. Il se recroqueville autour de son bras blessé.

Sophie s'agenouille près du jeune homme.

« Que puis-je faire pour vous aider? »

Elle n'a pas le moindre pansement sur elle et jamais elle n'aura la force de hisser cet homme sur son cheval. Et elle ne veut pas laisser ainsi mourir, au bord du chemin, cet ami des Le Maignan.

« Pouvez-vous vous lever? »

Il fait signe que non. Ses lèvres desséchées remuent mais elles ont du mal, à présent, à articuler des mots. Sophie se penche vers son visage.

« ... ils ont... tué... ma mère... souffle Bonvalet, et les enfants... il ne faut pas... les filles et aussi... les garçons... comme des sauvages... dans le... cimetière... attachés sur les croix... ils sont soûls... carnage... Jeannette... ah! j'ai mal!

– Je vais vous serrer le bras, dit Sophie, pour que le sang s'arrête. »

Et elle ôte de ses cheveux un ruban.

« Non, dit Bonvalet... Laissez... Il faut partir, tout de suite. »

Le jeune homme semble retrouver ses esprits. Il se redresse lentement, s'accoude sur son bras valide. Visiblement, il fait un effort considérable pour lier ses idées.

« Il faut, dit-il, prévenir M. de Scépeaux. Vite!

– Où est-il? dit Sophie. Le savez-vous?

– Bourmont, dit Bonvalet d'une voix de plus en plus faible. Avec Cœur-de-Lion et Palierne... Allez vite, si vous pouvez!... Prenez garde!... Evitez... pays...

– J'ai compris, dit Sophie. J'y vais... »

Elle enfourche son cheval, prend à travers champs,

talonne l'animal étonné par ce chemin inhabituel qu'on lui fait prendre et se fond dans la nuit en direction de Saint-Mars-la-Jaille.

10 février 1796

ILS sont arrivés en masse, au lever du jour, indifférents aux trombes de pluie qui fouettent la campagne et ravinent les chemins sous les pas de leurs chevaux. En tête, Cœur-de-Lion et ses gars, flanqués de Palierne, le meilleur lieutenant de Scépeaux et qui a renforcé sa division avec la cavalerie légère des chasseurs de Bourmont. Scépeaux lui-même forme la réserve avec des troupes d'Anjou.

Ils ont déboulé comme des diables sur le Petit-Auverné et encerclé *La Renaudière* où les soldats d'Humbert, ivres morts et terrassés par l'orgie de la nuit, ronflent, avachis, dans toutes les pièces de la maison, dans les communs et jusque sur les marches du perron. Ceux qui s'éveillent au bruit des rustauds n'ont même pas le temps de donner l'alarme. Les cent soixante brutes vont passer de vie à trépas, sans avoir le temps d'un *confiteor.*

Ensuite, les soldats de Scépeaux ont détaché des croix du cimetière ceux qui respirent encore. Ils ont ramassé les corps des jeunes filles mortes, des femmes et même des petites filles qui, toutes, ont été violées ou éventrées. On en a trouvé jusque dans la grange de *La Renaudière* où Jean-François Trébuchet, autrefois, jouait au billard.

Dans le village, c'est la désolation. Les portes de la maison commune battent au vent, défoncées, et la pluie délave sur le sol des lambeaux de papier qui ont été les pages des registres d'état civil. Des meubles cassés gisent entre les maisons aux volets arrachés. On bute sur des piles de linge lacéré, des sacs de grain éventrés, des tonneaux éclatés, des poules décapitées. Près de l'église une vache agonise, battant l'air d'un sabot mécanique, les prunelles dilatées.

Dans une chambre de Heurtebise où elle s'est réfugiée, Sophie Trébuchet s'est endormie tout habillée, assommée de fatigue. Un sommeil dont elle ne sortira qu'au soir. Elle ne sait pas encore qu'elle ne verra plus jamais la moustache moqueuse du vieux Blaise dont on est en train de relever le corps, dans le jardin de *La Renaudière*. Elle ne saura même jamais qu'il est mort à l'instant précis où elle l'évoquait sur la route, abattu par le sabre d'un soldat ivre, à l'endroit même où elle se disposait à semer du pourpier.

Juin 1796

« Tu es rentrée bien tard, hier soir, je ne t'ai même pas entendue...

– Il faisait si beau, ma tante. J'ai vu des dizaines d'étoiles filantes.

– L'air n'était pas trop humide, près de la rivière?

– Comment savez-vous donc que j'étais près de la rivière?

– Ah! Sophie, tu connais le proverbe: « Si Nantes « doit périr par l'eau et Rennes par le feu, Château-« briant périra par la langue. »

« Mme Robillard t'a vue avec le capitaine Hugo. Elle est venue me rapporter cela tout chaud, ce matin.

– Nous ne faisions pas de mal. Nous parlions...

– Tu lui donnais le bras...

– C'est bien possible. Je vois que l'espionne était attentive! Et que vous a encore dit cette vieille guenipe?

– Que cet Hugo passe pour fort galant... Mais

dis-moi, qui est-il au juste, ce jeune militaire, ce Brutus Hugo, n'est-ce pas?

– Brutus est un nom qu'il s'est donné. En vérité, il s'appelle Léopold. Il est l'adjoint de Muscar.

– Cela, je le sais, mais d'où vient-il? Sa famille?

– Il vient de Nancy, dit Sophie. Son père est menuisier, Maître menuisier... Je crois que sa mère garde des enfants. Il a de nombreux frères et sœurs. Mais il ne s'est pas beaucoup attardé dans sa famille. A quinze ans, un peu moins même, il s'est engagé dans l'armée. Je crois qu'il a triché un peu sur sa date de naissance. On a mis cinq mois à s'apercevoir qu'il n'avait pas l'âge d'être soldat. On l'a renvoyé. Il est allé au régiment du Roi. Depuis, il n'a cessé de faire la guerre. Le général de Beauharnais l'aime beaucoup. Il connaît aussi Kléber et le prince de Broglie, ajoute Sophie pour donner un peu d'éclat à son chevalier, aux yeux de Mme Robin.

– Ah! mais, dit la tante, je vois que vous avez beaucoup parlé...

– Ne vous moquez pas de moi... C'est un brave, vous savez... Il a reçu dix-sept coups de mitraille à Vihiers et une balle lui a fracassé le pied droit. Il ne s'est pas beaucoup reposé : à Montaigu, deux chevaux ont été tués sous lui. Dans la même journée. C'est miracle qu'il en soit sorti.

– Et quel âge a ce héros?

– Vingt-trois ans, ma tante.

– Un an de moins que toi. C'est bien jeune.

– Bien jeune pour quoi, ma tante?

– Pour faire un mari, dit Mme Robin.

– Mais je n'ai pas l'intention de l'épouser, dit Sophie vivement. Nous sommes amis, nous parlons, c'est tout. Il ne manque pas d'esprit, il a de l'instruction et, surtout, il est d'une grande gaieté. Voilà, nous nous promenons...

– Le long de la rivière, sous les étoiles, dit Mme Robin... Crois-tu que ton grand-père serait content s'il apprenait...

– Ne parlez pas de mon grand-père, dit Sophie. Il serait plaisant qu'il s'occupât de moi! Ce serait bien nouveau!

– Dis-moi, Sophie, je croyais que tu n'avais guère de sympathie pour les Bleus...

– Ah! dit Sophie en rougissant, celui-là n'est pas un Bleu comme les autres. Il n'aime pas cette guerre où l'on tue des femmes et des enfants. Il préfère se battre contre les Prussiens. C'est un soldat mais il n'est pas sanguinaire. Sûr, il chasse nos rustauds parce qu'il en a reçu l'ordre mais il n'est pas une brute vénale et débauchée comme cet affreux général Humbert. Savez-vous qu'il a sauvé un petit orphelin vendéen et qu'il le nourrit sur sa solde? Il aime tellement les enfants!

– Mais où donc l'as-tu rencontré?

– La première fois, chez ma cousine Ernoult. On nous a présentés. Il connaît mon grand-père qu'il a vu à Nantes avec Carrier et... ma tante Louise...

– Celle-là, dit Mme Robin, elle a bien fait de disparaître!

– ... la seconde fois, dit Sophie, c'était en mai et je revenais de *La Renaudière*. Un gars d'Heurtebise m'a arrêtée sur la route. Il avait l'air affolé. « Les Bleus « arrivent, m'a-t-il dit. Il y a messe au Cotillon-Rouge. « Les nôtres y sont. Je cours les prévenir mais vous, « demoiselle, aidez-nous! Je vous en supplie, retenez « les pataudS quelque temps. Occupez-les. Amusez-les « pour que nos gens aient le temps de s'égailler. Allez, « vous sauverez des vies! Dieu vous le rendra! » Et il a disparu dans le bois.

– Ah! dit la tante Robin, tu me fais trembler!

– Je ne pouvais pas laisser massacrer ces gens, dit Sophie. J'avais mon laissez-passer, ma carte de civisme, que pouvais-je craindre? J'ai mis pied à terre au milieu de la route et j'ai fait semblant d'examiner le pied de mon cheval comme s'il était blessé. La colonne des Bleus est arrivée quelques instants plus tard et j'ai reconnu Brutus Hugo à la tête des cavaliers. Il n'a pas semblé mécontent de me voir. Il m'a demandé en riant ce que je faisais là et si je m'exerçais au métier de maréchal-ferrant. Je lui ai dit que mon cheval boitait. « Laissez-moi faire, me dit-il, ce n'est pas un travail de « jeune fille. » Et, bien sûr, il a très vite délogé le petit caillou que j'avais eu le temps d'engager sous le fer. Vous imaginez avec quelle effusion je l'ai remercié. Je lui ai fait mille grâces. Je lui ai proposé de venir se rafraîchir à *La Renaudière*, avec ses hommes. Il a accepté avec enthousiasme et je suis entrée au Petit-Auverné, à la tête de ma colonne de Bleus. J'ai croisé, dans le village, quelques regards outrés. On vous en parlera sans doute, ne vous en étonnez pas. Je les ai fait boire jusqu'à ce qu'ils soient gais. Je ne le regrette pas. Le chevalier Le Maignan m'a remerciée, par la suite. Il se trouvait au Cotillon-Rouge avec Pacory, Terrien, Le Maître et Guibourg. Il y avait des prêtres avec eux. L'abbé Defermon disait une messe défendue. Ils ont eu le temps de se sauver tandis que mes Bleus se gorgeaient de notre vin de Saint-Fiacre.

– Je gage, dit Mme Robin, que tu n'as jamais révélé cette ruse au capitaine Hugo?

– Faut-il vraiment, ma tante, dire toute la vérité aux hommes? Est-il mal de se taire, parfois?

– Petite masque! dit Mme Robin en riant. Tu ne m'attireras pas sur ton chemin...

– Ne croyez pas que cela ne me tourmente pas, dit Sophie gravement. J'avoue prendre du plaisir à parler avec ce jeune homme. Il y a, dans sa personne, une force, une énergie auxquelles je ne suis pas indifférente. Dans le même temps, je n'aime pas qu'il fasse partie de ces soldats qui viennent porter la souffrance et la mort chez nous, même s'il n'y souscrit pas du fond de son cœur. Il arrive que nous nous disputions.

– C'est égal, dit Mme Robin, je n'aime pas te voir courir les routes ainsi. Et il me déplaît d'apprendre, par une commère, qu'on te rencontre, le soir, en galante compagnie – ne m'interromps pas, s'il te plaît! – même si je suis persuadée que cette promenade était innocente. La réputation d'une jeune fille, d'une femme, est fragile. Le « souci de sa gloire », comme on disait dans ma jeunesse, doit être constant car la méchanceté des gens est infatigable. Ne lui donne pas de prise.

– Vous aimeriez sans doute que je vive les yeux baissés sur ma broderie, dit Sophie avec humeur, que je n'adresse plus la parole au capitaine Hugo, que je lui fasse froide mine quand je le rencontre?

– Je n'ai pas dit cela, dit Mme Robin. Souviens-toi du conseil de M. de Beaumarchais... « *Sois belle si tu peux, sage si tu veux mais sois considérée, il le faut.* »

– Vous me conseillez l'hypocrisie...

– Non. La prudence. Et la discrétion... Tu n'as rien à y perdre même au regard du capitaine Hugo. C'est un militaire qui passe. Il est venu, il s'en ira. Que pèse une femme dans sa vie, dans son métier? Des femmes, il y en a dans toutes les garnisons. S'il apprécie ta compagnie, recevons-le, ici. Personne alors n'y trouvera à redire et tu seras différente, pour lui, de ces filles que les régiments de passage attirent comme des mouches.

– Vous le recevrez?

– Mais bien volontiers, dit Mme Robin. Je ne puis que m'intéresser à un jeune homme qui t'intéresse. »

ETOURDISSANT : le mot n'est pas excessif. Léopold Sigisbert Hugo, dit Brutus, est étourdissant. Il déplace de l'air et son rire sonore fait trembler les vitres. Il ne peut pas rester cinq minutes en place. On dirait que le parquet et les sièges le brûlent, que les murs l'étouffent. Dès qu'il se met à raconter une histoire, il la mime. Il marche à grands pas, s'accroupit, se relève, mouline des bras et assortit son discours de toutes sortes d'onomatopées.

La tante Robin, frustrée de théâtre, est enchantée

des visites du jeune homme qui lui raconte la guerre en évoquant, à lui tout seul, deux armées, leurs canons, l'avance de l'infanterie, les chevaux cabrés et les charges de la cavalerie. Dans le salon de la rue du Couëré, Brutus gonfle ses joues pour imiter la trompette, sonne du clairon dans son poing, fait retentir boute-selle, breloque, chamade ou générale en tambourinant sur la table. Il fait siffler les balles, éclater les obus, fonce sur un ennemi imaginaire, crie : « A cheval, messieurs! » et manque embrocher Julie qui vient d'entrer portant le rôti.

Léopold est étourdissant et Sophie est étourdie par une telle vitalité. Etourdie et amusée aussi. Et presque charmée quand Brutus, redevenant Léopold, fait le joli cœur, cite les Grecs et les Latins pour se faire bien voir de la tante Robin. Il sait même, par cœur, des poèmes de Voltaire et du chevalier de Parny.

Un genou à terre devant la vieille dame, une main sur le cœur et l'autre tendue, le jeune homme annonce : « Le lendemain » et commence à déclamer :

Tu l'as connu, ma chère Eléonore
Ce doux plaisir, ce péché si charmant
Que tu craignais même en le désirant...

Mais Léopold ne fait pas que réciter les poèmes des autres. Il taquine la muse, lui aussi, et rivalise avec Muscar en épigrammes et en bouts rimés. Les deux compères s'entendent si bien qu'ils se livrent parfois à des numéros impromptus mais très réussis.

Un jour, Léopold arrive, brandissant sa propre épitaphe, rédigée par Muscar :

Hic jacet, le major de notre bataillon
Universel rieur, il mourut de trop rire;
Gai jusque sur le Styx, il fit rire Pluton
Oh! Pour le coup, les morts vont aimer leur empire!

Les soldats de la République ne sont guère reçus

dans les bonnes maisons de Châteaubriant. On redoute leurs pillages. On les tient à distance. C'est pourquoi l'accueil de Sophie et de sa tante est particulièrement apprécié de nos deux militaires. Ils trouvent, rue du Couëré, comme un air de famille et n'arrivent jamais sans quelque présent : une corde[1] de bois, de la liqueur, des chandelles ou une pièce de venaison.

Dès qu'elle les entend venir, la vieille Robin s'éclaire. Il y a si longtemps que des voix d'hommes n'ont pas résonné sous ses plafonds. Pour eux, elle rajeunit, ressort ses dentelles et roucoule. Un jour, Léopold s'enhardit à l'embrasser sur les deux joues et à l'appeler : « Ma tante. »

Le commandant Arnould Muscar qui va sur ses trente-neuf ans est plus pondéré que son jeune ami mais il ne résiste jamais à entonner un air d'opéra, d'une puissante voix de baryton qui garde l'accent de son Béarn natal.

Et Sophie s'étonne que tant de gaieté puisse aller de pair avec la cruauté notoire de ces soldats de la République. C'est même là l'habituel sujet de ses discussions avec Léopold, lorsqu'ils se promènent sur les bords de la Chère.

Car ils ont repris leurs vadrouilles crépusculaires avec, cette fois, la permission tacite de la tante Robin. Tant pis pour les ragots que cela risque de susciter; Sophie ne veut pas en entendre parler. De toute manière, les commères à l'affût seraient bien surprises des propos qu'échangent ces deux-là. Il ne s'agit pas – pas encore – de galanteries. La discussion entre Sophie et Léopold, entre l'ardente Bretonne et le bouillant Lorrain, frise souvent la dispute. Sophie défend ses Chouans et Léopold la République dont il se veut le serviteur fidèle.

« *Ta* République, dit Sophie avec mépris. Elle est belle, *ta* République! Elle est juste, *ta* République!

1. Ancienne mesure pour le bois. Environ quatre mètres cubes.

Elle est venue semer la mort et le chagrin dans ce pays; elle brûle nos maisons, nos récoltes, elle tue nos hommes, elle martyrise les femmes et les enfants! Ah! ne me dis pas que tu es heureux de cela, que tu trouves juste la guerre horrible que vous nous faites!

– Crois-tu donc, dit Léopold, que tes Chouans sont plus tendres que les nôtres? Sais-tu comment ils torturent ceux d'entre nous qu'ils prennent?

– Ils sont chez eux, dit Sophie. Ils défendent leurs terres, leurs croyances. Ce ne sont pas de vrais soldats, ils n'ont pas le quart des armes dont vous disposez...

– La conquête de la liberté, l'écrasement de la tyrannie nécessitent des sacrifices, dit Léopold. Nous luttons pour le progrès, contre l'obscurantisme et la barbarie...

– Contre la barbarie? Mais votre barbarie à vous est pire que celle des temps passés. Les centaines de pauvres gens que vous avez fait massacrer, toi et ton Muscar, à Bouguenais, à la Hibeaudière, à Nozay, au Petit-Auverné. J'ai vu, à Nantes, des filles de mon âge monter sur l'échafaud... Nous jouions ensemble, quand nous étions petites... Elles étaient innocentes... je rêve d'elles, la nuit...

– Ton grand-père...

– Mon grand-père ne vaut pas mieux que vous autres! N'est-ce pas de la barbarie que de faire mourir des enfants? »

Dressée sur la pointe des pieds pour mieux affronter Léopold, Sophie étincelle de rage, Léopold se fâche à son tour. Il saisit les poignets de la jeune fille qu'il serre dans ses rudes mains et la secoue.

« Ah! ne parle pas des enfants, dit-il. Je les aime trop pour leur faire le moindre mal. Tu le sais, n'est-ce pas? Je ne m'appelle pas Humbert mais Hugo. »

Et sa voix se radoucit.

« Je ne suis pas le monstre que tu dis. Ne sois pas injuste, Sophie, je t'en prie. Regarde-moi. Ai-je donc l'air si méchant? »

Il y a tant de sincérité dans la voix du jeune homme, tant de bonté dans ses yeux, tant de douceur dans son sourire, que la colère de Sophie n'y résiste pas.

La pression de ses doigts s'est relâchée sur les poignets de la jeune fille qu'il rassemble et enferme entre ses mains. Ce n'est plus là une prise mais une caresse.

« Un jour, dit Léopold, cette guerre finira et nous redeviendrons des gens civilisés. »

Le ciel de cette courte nuit de juillet est si pâle que l'aube semble toucher le crépuscule. C'est une nuit de paix. Seule une armée de grenouilles et de grillons attaque le silence du bourg endormi. C'est une nuit parfaite, veloutée, où les parfums alanguis de la rivière se mélangent à celui, entêtant, de roses invisibles mais dont on devine la présence, dans l'obscurité, le long des jardins.

La lune qui dérape sous un nuage éclaire le visage attentif de ce garçon qu'hier encore, Sophie tenait pour un ennemi. Il a fermé les yeux et, sur ses paupières, il appuie les petites mains de Sophie, dociles à présent. Ainsi, doucement aveuglé, il dit :

« Ah! citoyenne, il faut que je te fasse un aveu... »

Sur les paupières de Léopold, les mains de la jeune fille s'émeuvent. Que va-t-il dire, mon Dieu, que va-t-il dire?

D'un geste brusque, il arrache de ses yeux les mains de Sophie et elle voit que son visage tout entier sourit.

« ... J'aime te mettre en colère, dit-il. Tu es si belle quand tu bous. »

CE jeune Hugo, lui aussi, est un être double. Du moins apparaît-il ainsi, très vite, à Sophie Trébuchet. Le premier correspond au surnom de Brutus qu'il s'est donné. Il est exubérant, bavard, gaillard. C'est un bateleur rouleur que la moindre galerie excite. Ce n'est pas celui que Sophie préfère. Le second, Léopold, est un gros garçon sentimental, assez fragile et peu sûr de soi. Celui-ci se révèle dans leurs tête-à-tête.

En vérité, Hugo est assez intimidé par cette jeune fille réservée et autoritaire à la fois, explosive et secrète. Si sa fraîcheur, son joli visage et ses gestes gracieux le séduisent, l'intelligence de Sophie, sa vivacité d'esprit et sa finesse le déconcertent quelque peu. Ce petit bout de femme qui lui arrive à peine sous les épaulettes le domine souvent de façon imprévisible.

Brutus Hugo n'est pas habitué à rencontrer ce genre de personnes. Soldat depuis l'enfance, il n'a connu que des filles à soldats, au hasard de ses garnisons. Certaines se sont attachées à lui un moment, séduites par ce joyeux drille dont la bravoure est connue au 8e bataillon du Bas-Rhin. La fille Bouin, par exemple, qui le suit depuis quelques mois. Brave fille, cette Louise Bouin. Pas farouche pour deux sous. La simplicité et la complaisance mêmes. Toujours le sourire aux lèvres et le geste affectueux. Si Hugo partage volontiers ses faveurs avec ses camarades du 8e bataillon, il n'est pas mécontent de l'attachement particulier qu'elle lui marque en le suivant comme un chien affectueux. Si la Bouin fait le bonheur du régiment, il est entendu qu'elle appartient d'abord à Brutus Hugo. Elle ravaude ses vêtements, le soigne quand il est souffrant, lui garde les bons morceaux à l'heure des repas et le calme lorsque le garçon susceptible qu'il est, parce qu'il s'est querellé avec tel ou tel, se croit détesté du monde entier. Plus âgée que lui, Louise Bouin est une sorte de maîtresse-maman. Quand elle signe une lettre, elle ajoute fièrement à son nom : femme Hugo.

C'est justement cette Louise Bouin qui va servir de révélateur aux sentiments confus de Sophie pour Léopold. Celui-ci, bien entendu, ne s'est jamais vanté de sa liaison, rue du Couëré. Sophie en ignorera tout jusqu'à ce bal donné au château, au mois d'août. Muscar, qui veut se faire bien voir de la population, a trouvé ce moyen pour attirer la jeunesse de la ville.

Sophie par coquetterie, a décidé d'arriver en retard pour faire une entrée remarquée, au moment où la fête battrait son plein. Remarquée, en particulier, par Léopold Hugo qu'elle imagine, sans déplaisir, impatient de la voir apparaître.

Car, dans sa naïve vanité, Sophie a décidé que Léopold Hugo est fou d'amour pour elle. Sans quoi, comment expliquer que ce garçon, dont la réputation de galanterie est bien établie, observe une telle réserve à son égard? Tout à fait capable de repousser ses avances avec hauteur, Sophie enrage justement de n'avoir rien à repousser du tout. Vingt fois, elle lui a donné l'occasion de s'exprimer, vingt fois, Léopold s'est dérobé. Est-ce qu'il me trouverait laide, par hasard? Cette idée est si désagréable que Sophie préfère mettre sur le compte de la timidité une telle prudence. Timide, Brutus Hugo? Cela ne lui ressemble guère. Ce grand benêt est amoureux, c'est sûr. C'est même lui, sans doute, qui a inspiré à Muscar l'idée de ce bal, inventant là l'occasion d'approcher Sophie de plus près. La danse est un excellent prétexte. C'est sûrement cela. La preuve, c'est qu'il ne l'a pas invitée spécialement, craignant sans doute d'être démasqué.

Et voilà pourquoi Sophie Trébuchet, qui a l'esprit de contradiction, a décidé d'aller à ce bal malgré les réticences de sa tante qui, comme tous les bourgeois prudents de Châteaubriant, estime qu'il convient de bouder cette manifestation populaire, organisée sur la place publique par les soldats d'occupation de sinistre réputation.

« Il n'y aura là que des filles de rien, a prévenu Mme Robin. On a levé, pour un soir, l'interdiction de donner à boire aux troupes, la nuit. Cela risque de faire du vilain.

– Le capitaine Hugo me protégera », dit Sophie avec assurance.

Quand elle arrive, enfin, sur la place où l'estrade a été dressée pour la danse, quand elle sort de la nuit, avançant vers les lumières et la tente où des rafraîchissements sont servis aux danseurs, le spectacle qui s'offre à ses yeux la cloue sur place.

Léopold Hugo est assis au centre d'un groupe qui s'esclaffe à ses propos. Le teint vif du jeune homme, son exubérance révèlent quelques libations. Et là, sur ses genoux, cette chose, cette personne au corsage rebondi, cette créature qui rit si bruyamment en lui plantant des petits baisers dégoûtants dans le cou.

En un seul coup d'œil, Sophie a tout vu : le bras possessif de Léopold sur la taille de la fille, sa main qui chiffonne sur sa cuisse le tissu d'une robe, les seins de cette personne offerts aux regards par un large décolleté et qui bougent sous son rire, les mèches qui débordent d'un chignon chahuté et surtout – ah! Dieu! – la joie épanouie de Léopold.

Sophie, comme paralysée, reste plantée à quelques mètres d'eux. Ses oreilles bourdonnent, sa gorge est nouée, elle a froid en plein mois d'août. Trois mots tournent dans sa tête : *ces gens-là...* Sophie Trébuchet ne s'est jamais sentie aussi seule, aussi déplacée. Désemparée, empotée, elle frotte niaisement la semelle de son soulier droit contre son mollet gauche, comme font les mouches. Elle voudrait se sauver et ne le peut. *Ces gens-là...* Son cœur se ratatine sous la guipure blanche de cette robe qu'elle a cousue et repassée avec tant de soin pour être la plus belle sous les yeux de Léopold Hugo. Elle hésite entre la colère et les larmes stupides, encore plus humiliantes que ce qui les provoque. Et la colère l'emporte mais une colère nouvelle, inconnue d'elle, qui prend racine dans le feu ardent de la jalousie. Ses sentiments à l'égard de Léopold ne sont plus confus du tout. Elle le hait. Ah! qu'elle le hait ! Elle voudrait qu'il meure sur-le-champ, là, devant elle, tordu d'une souffrance égale à la sienne.

Mais voici que Léopold, soudain, l'aperçoit, rougit, débarque de ses genoux la fille aux seins bougeurs, se précipite, bouscule les gens qui l'entourent pour rejoindre la jeune fille en robe blanche.

Sophie ne l'attend pas. Les forces lui sont revenues. Elle fait demi-tour et s'enfonce dans la nuit en courant. Elle entend un galop derrière elle et, bientôt, Léopold la rejoint dans une rue obscure et déserte car, à cette heure, ceux qui ne dansent pas dorment. Elle entend son nom et le galop qui se rapproche. Une main saisit sa robe, en fait craquer le tissu. On la soulève de terre tandis qu'elle se débat de toutes ses forces pour se dégager des bras de Léopold qui la serrent à l'étouffer.

Sophie bat des pieds, s'arc-boute les coudes contre la poitrine du garçon pour le tenir éloigné d'elle. D'abord, il croit à un jeu et la résistance de Sophie l'amuse.

« Ah ! dit-il, je t'ai attrapée !

– Lâchez-moi ! Je vous déteste, je vous déteste !

– Moi, je t'aime.

– Je ne vous verrai plus jamais !

– Tu me verras toujours, petite sotte. »

Et il ose cette chose incroyable : il pose ses lèvres sur celles de Sophie et commence à les dévorer doucement, patiemment, entrouvre peu à peu la petite bouche rétive, les dents serrées par l'orgueil, jusqu'à ce qu'on se rende à son obstination.

Alors, il repose à terre la jeune fille, la libère, étourdie, furieuse. Léopold sourit.

« Je t'aime, dit-il encore. Ne l'oublie jamais.

– Vous sentez le vin et la catin, dit Sophie. C'est dégoûtant. »

Mars 1798

DERRIÈRE un carreau sale de la Maison commune[1], la citoyenne Hugo regarde tomber la pluie sur les gros pavés boueux de la place de Grève. Le ciel bas et sombre pèse sur la Seine en contrebas, où les barges, les barques à voiles, les bacs et les coches d'eau s'entrecroisent comme sur un fleuve chinois. Le long de la grève, des échoppes miteuses, couvertes de vieux lambeaux de tapisserie, abritent une foule de personnages affairés, plus louches d'apparence les uns que les autres : soldats ivres, trafiquants de toutes sortes, escrocs divers à l'affût d'un bon coup, mêlés aux portefaix et aux bateliers qui s'agitent du port au Blé au port Saint-Paul. Des chèvres maigrichonnes et des cochons errent autour des cambuses, dans l'espoir d'un détritus. Plus loin, des passants furtifs rasent les murs, en quête d'un abri contre la pluie. Là-bas, un encombrement de charrettes rassemble un groupe de maquignons qui se mettent à pousser des clameurs lorsqu'un attelage élégant, au passage, les éclabousse. Des enfants se battent, roulent dans la boue. Un homme hurle, poursuivant un malfrat qui vient sans doute de lui voler sa bourse. A croire que toute la racaille de Paris s'est donné rendez-vous sur cette place que Sophie a détestée au premier regard, bien avant d'avoir entendu les sinistres histoires de la citoyenne Ménandier qui tient commerce de pommes et de poires, au ras de l'eau. Depuis soixante ans qu'elle hante le quartier, la vieille en a vu, des choses. A faire dresser les cheveux sur la tête. A l'entendre, de douloureux fantômes fourmillent sur cette place patibulaire. Elle y

1. Ancien Hôtel de Ville de Paris, appelé Maison commune pendant la Révolution. Incendié sous la Commune, et complètement détruit, il a été remplacé par l'actuel Hôtel de Ville, construit entre 1873 et 1883.

a vu la Brinvilliers et la Voisin décapitées, partir en fumée. Et des coquins pendus. Et des gentilshommes hachés menu. Et des criminels écartelés. Elle a montré à Sophie l'emplacement du bûcher où hérétiques, sorciers et juifs relaps grillaient, tandis que la foule accourait, huant les condamnés. « Il en venait, il en venait, ma fille, les toits étaient noirs de monde! » Parfois, on frottait les pieds du condamné avec du lard pour qu'ils s'enflamment plus vite. Ou bien on l'enduisait de soufre. Ou encore on lui attachait au cou un sachet de poudre à canon qui le faisait exploser dans les flammes. Et la vieille édentée sourit, évoquant les beaux jours enfuis. Il y en avait du joyeux monde et le commerce allait bon train. Mais tout s'est dégradé depuis 93 et on ne lui ôtera pas de l'idée à elle, femme Ménandier, que ce qui a porté malheur à la place, c'est d'y avoir brûlé, en novembre de cette année-là, les ossements et les guenilles arrachés à la châsse éventrée de sainte Geneviève et dont on a jeté les cendres dans la Seine, là, ma fille, là... Ça, il ne fallait pas. Sûr, la sainte s'est vengée et la misère est revenue, plus grande encore que dans les temps passés.

Malgré le feu qu'elle entretient toute la journée dans la cheminée, Sophie n'arrive pas à se réchauffer. L'humidité qui monte du fleuve et tombe du ciel imbibe les murs, suinte le long des lambris, rend les draps poisseux, s'infiltre jusqu'aux os.

Mais si la jeune femme frissonne, si son visage est maussade, ce ne sont ni les fantômes des suppliciés de la place de Grève, ni la gadoue, ni même le délabrement de l'antique palais qui en sont vraiment la cause. Si, dix fois par jour, les larmes montent aux yeux de Sophie, c'est qu'elle pense avoir donné dans un piège qui s'est refermé sur elle et dont elle ne conçoit aucun espoir de s'échapper.

Tout a été si vite, depuis cet été 1796, depuis cette nuit de bal où, pour la première fois, Léopold l'a embrassée. Elle se souvient à peine des semaines boudeuses qui ont suivi. Irritée par la place que prenait Léopold dans ses pensées, depuis qu'elle avait découvert sa liaison avec la fille Bouin, Sophie avait affecté une grande froideur à l'égard du jeune homme. Froideur à laquelle il avait répondu, lui, par une indifférence rieuse. Pas une allusion à ce qui s'était passé entre eux, la nuit du bal. Il affectait de la traiter comme une sœur, à tel point que Sophie s'était même demandé si elle n'avait pas rêvé le baiser et les propos enflammés de Léopold.

A Châteaubriant, la tuerie du Petit-Auverné avait fait du bruit. Le ton montait entre Humbert et Muscar qui entendait bien se désolidariser des pillages et des prévarications de l'infâme général. Bien qu'étant son subordonné, Muscar avait refusé tout net de lui prêter ses troupes pour aider à de nouvelles malversations. Il avait dû expliquer en détail les raisons de son refus au général Noël dont il dépendait, et même à Hoche, général en chef. Ce dernier qui réprouvait les exactions d'Humbert n'avait pas, pourtant, le pouvoir de le faire disparaître.

Le climat était tellement tendu entre le 8ᵉ bataillon et son général que Muscar et Hugo refusèrent même de faire partie de la campagne d'Irlande que Hoche projetait pour décembre, afin de n'être plus sous les ordres d'Humbert.

C'est alors que le Directoire, sur le conseil de Hoche, avait ordonné au 8ᵉ bataillon de quitter Châteaubriant pour aller établir sa garnison au camp de Grenelle, près de Paris où il serait affecté au service de la capitale.

L'annonce du départ de Léopold avait fait fondre la rancune que Sophie conservait à son égard. On se dit adieu et l'on promit de s'écrire.

Léopold, à peine disparu, lui manqua. La vie trop paisible entre la tante Robin et Julie Péan qui vieillissaient l'une et l'autre commença à peser singulièrement aux vingt-cinq ans de Sophie.

Il n'y a rien de plus troublé, de plus malheureux qu'une jolie fille de vingt-cinq ans, privée de galant. Sophie n'échappait pas à la règle. Elle se trouvait vieille et se comparait aux salades négligées qui montent en graine, durcissent et se décolorent. A quoi bon être jolie et bien faite, si nul n'en profite? Déjà, Sophie se trouvait laide. Et Léopold qui n'écrivait pas. Il l'avait oubliée, sans doute. Elle n'avait été pour lui qu'un éclair de chaleur dans une nuit de bal.

En automne, elle partit pour Saint-Fiacre faire les vendanges sur la propriété de son grand-père Le Normand. Quand elle revint, les fleurs s'étaient éteintes dans le jardin de *La Renaudière*. Puis la brume glacée de l'hiver étouffa les marais.

Un soir, des gars du pays s'assemblèrent sous ses fenêtres et lui donnèrent un charivari. Au matin, elle découvrit au-dessus de sa porte la branche de saule traditionnelle qu'on piquait méchamment au logis des belles en mal de galant. Sophie, rageusement, arracha la branche décorée de lanternes, d'oignons, de poireaux et de chiffons. Et elle pleura. Elle était vieille fille à présent. Elle n'avait plus qu'à mourir pour se transformer en chouette.

La tante Robin s'était aperçue de la tristesse de sa nièce et en avait deviné la cause. Elle avait vu pâlir Sophie le jour où Jean-François Normand, son compagnon d'enfance, passant par Châteaubriant, avait donné des nouvelles du capitaine Hugo qu'il venait de voir à Paris.

Le 8e bataillon du Bas-Rhin avait été fondu avec les restes de régiments décimés et était devenu le 2e bataillon de la 20e demi-brigade. Au lieu d'être nommé colonel de la nouvelle unité comme il l'espérait, Muscar avait été muté à Ostende où il allait s'illustrer contre les Anglais. Du coup, Hugo s'était retrouvé bien seul, privé de son inséparable ami et de ses conseils de modération.

A entendre Jean-François Normand, le pauvre Hugo, livré à lui-même et à sa susceptibilité maladive, avait aussitôt commencé à faire des siennes en se prenant de querelle avec un officier alsacien du bataillon qui était devenu sa bête noire. Et Jean-François imitait Léopold gémissant d'avoir à supporter celui qu'il décrivait comme « *un coquin qui n'a pas seulement mérité les fers mais la mort, avec sa figure olivâtre, son teint de bile et de fiel, son âme de boue, ses habits volés sur les malheureux volontaires, un monstre enfin qu'un crocodile sorti furtivement du Rhin a certainement vomi pour faire la honte de l'Alsace!*[1] ».

« Heureusement, avait ajouté Jean-François, il vit avec une brave fille qui n'a pas inventé la poudre à canon mais qui lui est dévouée et qui l'empêche, de son mieux, de faire des bêtises. »

Sophie avait accusé le coup. Ainsi, Léopold avait emporté dans ses bagages la créature rebondie qu'il exhibait le soir du bal. Voilà qui expliquait son silence.

« Le capitaine m'a chargé de mille pensées affectueuses pour toi, dit Jean-François. Tu lui as fait grande impression...

– Cela m'est bien égal, coupa sèchement Sophie. Je n'ai rien à voir avec ce gros militaire et je n'ai pas les qualités de Mme Bouin pour calmer ses ardeurs. »

Sur ce, elle s'était levée et avait quitté la pièce en claquant la porte.

« Comme elle est capricieuse et bizarre, dit Jean-François éberlué. La voilà fâchée...

– Non, dit Mme Robin. Elle est jalouse. »

LÉOPOLD HUGO avait tellement exaspéré ses chefs à propos de sa bruyante querelle avec l'officier alsacien que, pour le calmer et s'en débarrasser, on l'avait

1. Extrait d'une lettre de Hugo à Muscar, cité par Louis Guimbaud dans *La Mère de Victor Hugo.*

expédié à Paris, en qualité de capitaine-rapporteur d'un des conseils de guerre. En mai 1797, Hugo s'était donc installé à l'Hôtel de Ville qu'on appelait alors la Maison commune, où on lui avait attribué un logement de fonction dans les dépendances du conseil de guerre.

Après les élections de cette année-là, Jean-François Normand, élu député, était venu à Paris représenter la Loire-Inférieure au Conseil des Cinq-Cents. A vingt-cinq ans, une belle carrière s'ouvrait devant lui. Ses convictions politiques, cependant, étaient moins nettes que son ambition servie par un véritable génie de l'intrigue. Jean-François avait le don, entre autres, de humer le vent et de tourner avec lui. C'est ainsi que l'ancien commandant de la légion nantaise, le jeune et ardent sans-culotte ami de Brutus Hugo et de Muscar en 93, était devenu royaliste en 97 et faisait un excellent agent des Bourbons au Conseil des Cinq-Cents. Six mois plus tard, lors du coup d'Etat de fructidor, il retourna à nouveau sa redingote, échappant de justesse à l'épuration, grâce, sans doute, à la protection de Léopold Hugo. Au lieu d'être déporté en Guyane, on le pria de rallier Nantes.

Il calcula l'intérêt qu'il y avait pour lui à conserver l'amitié de Hugo. Celle de Sophie Trébuchet, aussi, à qui il avait fait la cour naguère et dont il savait l'amitié qu'elle portait à certains royalistes. Jean-François Normand entrevoyait l'idée d'une restauration possible de la royauté dans laquelle il aurait un rôle à jouer puisqu'il était décidément l'homme de tous les régimes.

La réflexion de la tante Robin l'avait éclairé sur les sentiments que la jeune fille portait au capitaine Hugo. Il avait compris, d'autre part, que Sophie ne laissait pas Léopold indifférent et il s'ingénia, désormais, à rapprocher ces deux-là qui pouvaient lui être utiles. Artisan de leur bonheur, il en ferait ses obligés.

Rapporta-t-il à Hugo le mouvement d'humeur de Sophie dont il avait été témoin à Châteaubriant? Peu de temps après, Léopold se sépara de Louise Bouin, un peu trop libre d'allure, il est vrai, pour la fonction qu'occupait son amant. Jean-François Normand s'empressa de le faire savoir à Châteaubriant.

Jean-François incita-t-il Léopold à reprendre contact avec Sophie ou bien la solitude qu'il supportait mal après sa rupture avec Louise Bouin raviva-t-elle dans la mémoire du capitaine le souvenir de la jeune Bretonne? Léopold écrivit à Sophie de longues lettres où il lui racontait sa nouvelle vie. Insuffisamment occupé par le conseil de guerre, Hugo s'était lancé dans la politique avec sa fougue habituelle. Il s'était inscrit au Cercle constitutionnel dont Germaine de Staël était la grande prêtresse[1].

Lettres-fleuves, de plus en plus attendries. L'absence, à tous deux, était profitable. Sophie, de loin, prenait aux yeux de Léopold figure de déesse. De loin, Sophie oubliait que sa vitalité excessive rendait parfois Léopold exaspérant.

Les mots doux sont encore plus doux, faits d'encre et de papier.

« ... *Ma Sophie de Châteaubriant... tes yeux... tes mains...tes petits pieds d'enfant... ta chère présence...* »

Sophie, elle, était moins prolixe. D'abord, elle n'aimait pas écrire. Encore moins se dévoiler. C'était une sentimentale et une sensuelle peu expansive. Si les lettres de Léopold l'effarouchaient quelque peu, elles ne lui déplaisaient pas. Elle y répondait de son mieux, avec une réserve attendrissante. Ainsi, Sophie se persuada, peu à peu, qu'elle était amoureuse du jeune capitaine. Elle ne savait pas bien le lui dire mais elle en rêva beaucoup, dans le printemps revenu à *La Renaudière*. Elle imaginait la vie qui serait la sienne, si elle le voulait. Elle avait envie d'avoir des enfants qu'elle élèverait selon la Nature et les principes de son cher Rousseau.

1. Une sorte de Marie-France Garaud de l'époque, mais en plus cultivée.

En attendant le courrier, elle lisait, brodait, jardinait. Un jour, elle copia de sa petite écriture appliquée la traduction d'une chanson bretonne qui la troubla beaucoup ce printemps-là[1].

Ecoute, jeune fille, fais ce que dois et fais-le bien :
J'ai vu dans une prairie une jeune cavale joyeuse,
Elle ne songeait qu'à s'ébattre,
Qu'à paître l'herbe verte et s'abreuver au ruisseau.
Fais ce que dois, jeune fille et fais-le bien !
Mais un jeune cavalier a passé,
Si beau, si bien fait, si vif, les habits brillants d'or et [d'argent
Et la cavale en le voyant est restée immobile [d'étonnement,
Elle s'est approchée, elle a allongé le cou à la [barrière,
Et le cavalier l'a caressée et il a approché sa tête de [la sienne,
Et puis après il l'a baisée et puis il l'a bridée et puis [il l'a sanglée
Ah, jeune fille, fais ce que dois, ne fais que ce que tu [dois et fais-le bien.

Etait-elle sûre que Léopold soit celui dont elle accepterait avec joie qu'il lui passe un licol? Peut-être.

« *Viens à Paris*, suppliait le jeune capitaine, *je ne peux plus vivre sans toi.* »

Et Sophie pensait aussi au héron de la fable qui, de mépris en mépris, doit se jeter, pour ne pas mourir de faim, sur un limaçon. Le temps qui passait l'affolait, et l'image de la rose qui ne dure qu'un matin. A l'âge où les femmes basculent de l'enfance dans la maturité, les terribles vers de Ronsard lui semblaient s'adresser directement à elle. Sophie Trébuchet avait l'intention de vivre avant d'être, « *au foyer, une vieille accroupie* ».

1. ... et qu'on retrouvera, plus tard, dans ses papiers.

« *Viens à Paris* », avait écrit Léopold. Phrase magique. Paris, murmurait Sophie et ces deux syllabes agitaient son imagination. Comme, deux siècles plus tard, New York allait exercer une irrésistible attraction sur les jeunes Européens, Paris, vu de la rue de Couëré à Châteaubriant et même de Nantes, était un paradis. Les récits qu'on lui en avait faits, les descriptions qu'elle en avait lues avaient composé à Sophie l'image d'une ville où le plaisir et la douceur de vivre étaient inégalables, les femmes belles, les hommes galants, Paris, pour Sophie Trébuchet, c'était un bal qui ne finit pas, dans un décor de marbre, d'or et de fontaines murmurantes. *Viens à Paris...* Sophie se souvenait des yeux brillants de sa jeune et folle tante Louise, quand son amant Carrier lui avait proposé de le suivre dans la capitale. *Viens à Paris...* Sans doute sont-ce là les premiers mots qui expriment l'amour.

Mais pourquoi fallait-il donc que la tante Robin ternît sa joie?

« Viens à Paris, viens à Paris, c'est bien joli, dit la vieille dame, mais ton Léopold n'a pas dit : Viens m'épouser! Faut-il donc que je lui rappelle que tu te nommes Sophie Trébuchet!

– Je ne peux tout de même pas, moi, le demander en mariage! dit Sophie. Au reste, je ne suis pas sûre d'être faite pour être mariée, avait-elle ajouté en rougissant.

– Tu as raison, dit la tante Robin. Laisse-moi faire. »

Elle convoqua Jean-François Normand et s'enferma longtemps avec lui. Puis elle s'en fut à Nantes consulter le grand-père de Sophie que l'idée de cette union n'enchantait guère. Certes, il avait rencontré plusieurs fois le capitaine Hugo dont la bravoure lui était connue. Mais un militaire obligé de courir le monde, de laisser sa femme seule ou de la traîner avec soi dans les garnisons, était-il un mari souhaitable, surtout pour une fille aussi indépendante d'esprit que l'était Sophie? D'autre part, si ce jeune homme avait du bien, s'accommoderait-il d'une épouse sans dot? Sur le fait que Léopold n'avait pas encore formulé sa demande, la tante Robin ne pipa mot.

Enfin, elle se mit à son écritoire et, deux semaines plus tard, la réponse arriva à Châteaubriant. La Robine, veuve de notaire et femme avisée, avait bien travaillé : non seulement Léopold demandait la main de Sophie et annonçait son arrivée mais encore il acceptait le principe d'un contrat de mariage de communauté réduite aux acquêts dont le moins qu'on puisse dire est qu'il ne l'avantageait guère.

Si Léopold, en effet, apportait les espérances d'une succession paternelle composée pour le moins de quatre immeubles à Nancy à partager avec ses frères et sœurs et la vraisemblance d'un brillant avenir militaire, Sophie, elle, ne possédait pratiquement rien. Son père ne lui avait rien laissé et son grand-père Le Normand avait plus de dettes que d'avoir.

Selon le contrat qui fut établi, chacun apportait officiellement « 600 livres en habits, linge, hardes, meubles et deniers comptant provenant de leurs gains et épargnes ».

La tante Robin, qui ne perdait pas la tête, avait exigé, de surcroît, qu'en prévision de la mort brutale qui menace toujours un militaire, Léopold constituât à sa femme un douaire de 400 livres et un préciput du double. Enfin, les futurs époux se faisaient donation réciproque, en cas de décès, des biens dont la loi leur permettait de disposer.

La vie, on ne sait pourquoi, languit parfois et se traîne comme une voiture de poste tirée par des haridelles dans un chemin montant. Et puis, soudain, la voici qui s'emballe, brûle les relais et dévore des lieues à la vitesse de l'éclair. Un an et demi plus tard, Sophie s'étonne encore des événements de ce nerveux brumaire de l'an VI. Ils ont été si vite qu'il lui semble ne les avoir pas vus passer.

Le 3 novembre, on publia à Nantes les bans de son mariage avec Léopold Hugo. Dans le même temps, les fiancés échangent deux lettres orageuses et tout est rompu. Mais Jean-François Normand, une fois de plus, s'en mêle et, le 12, adieu ma tante, adieu *Renaudière,* adieu Bretagne. Sophie, ses malles et son frère Marie-Joseph débarquent de la diligence des Messageries Longueville, au beau milieu de Paris. On s'installe à l'hôtel Aux Enfants de Bretagne, rue Taranne[1]. Léopold Hugo accourt, rutilant de joie. Il prend Sophie dans ses bras, l'étouffe de baisers, se prosterne à ses pieds, enfouit son gros nez dans sa jupe de taffetas, tandis que Jean-François Normand et Marie-Joseph Trébuchet se détournent et s'en vont discrètement pianoter sur les carreaux de la fenêtre. Léopold est tellement heureux d'obtenir enfin sa « Sophie de Châteaubriant » qu'il la palpe, la pétrit, la chatouille, la pelote, la mignote, la lutine, la chiffonne et la patine tant et tant qu'il lui fait écrouler son chignon et sauter une boucle d'oreille. Il bafouille d'émotion, l'appelle ma petite femme, ma déesse, mon cœur et prend sa main qu'il pose sur sa propre poitrine afin qu'elle constate, comme il dit, *les feux brûlants qui le déchirent.* La main de Sophie ne rôtit pas mais elle ne peut s'empêcher de penser à ce chien turbulent de son enfance qui, pris d'une frénésie amoureuse, dès qu'elle arrivait au Petit-Auverné, sautait en jappant, se jetait sur elle, manquait la renverser et lui léchait la figure jusqu'à ce qu'on lui ordonne sévèrement de modérer ses transports et de s'aller coucher.

Trois jours plus tard, le 15 novembre – c'est l'anniversaire de Léopold –, ils sont unis civilement par l'officier de l'état civil du IXe arrondissement, quartier de la Fidélité. Il n'y aura pas de cérémonie religieuse; les églises sont fermées et les prêtres ont disparu. Sûr,

1. Non loin de chez Lipp, aujourd'hui.

on aurait pu en trouver un en se donnant un peu de peine. Mais la piété n'étouffe ni Sophie, ni, surtout, Léopold.

« IL faut que tu écrives à ton grand-père, avait dit Léopold.

– Je n'aime pas écrire, dit Sophie. Et puis, d'abord, je n'aime pas mon grand-père. Que lui dirais-je?

– Ne parle pas ainsi, dit Léopold, cela me chagrine. Un grand-père est un grand-père et le tien a consenti à notre mariage.

– S'il ne l'avait pas fait, dit Sophie, je serais partie quand même. Je suis majeure.

– Que tu es dure!

– J'ai mes raisons, dit Sophie. Et pourquoi lui écrirais-je puisque tu viens de lui envoyer une lettre et Marie-Joseph une autre? Que puis-je ajouter?

– Une lettre de toi serait plus convenable, dit Léopold. Il est ton plus proche parent. Ne l'appelles-tu pas *papa*? Fais-le pour me faire plaisir. »

Alors, en ce 19 novembre, Sophie, de sa petite écriture d'écolière, avait recopié studieusement le brouillon qu'elle avait mis deux heures à rédiger. Et comme elle connaissait les usages, ce fut un modèle du genre.

« Mon cher papa.

« Des lettres de mon frère et de Hugo vous ayant annoncé notre heureuse arrivée ici et mon mariage, il ne me reste plus qu'à vous parler du bonheur qu'il nous promet, qui sera sans doute parfait, puisque j'ai trouvé dans mon époux toutes les qualités qui caractérisent l'honnête homme. Je suis persuadée que je serai infiniment heureuse avec lui. Sa sensibilité, son attachement pour ses parents, celui qu'il ressent déjà pour vous, tout me garantit la bonté de son cœur et la durée de ses sentiments pour moi. C'est à vous, mon cher papa, que je dois mon bonheur; en consentant à mon union avec mon cher Hugo, vous avez mis le comble à tous vos bienfaits; aussi en suis-je extrêmement reconnaissante. »

Ouf! Corvée accomplie.

DIEU que ce Paris ressemble peu à ce qu'elle en a imaginé! Cette ville immense, bruyante, tourbillonnante, cette foule, ce mouvement incessant des fiacres, des charrettes, des tombereaux, des calèches et des cabriolets, des phaétons et des wiskis. Et ce vacarme qui cesse à peine la nuit, ces hurlements, ces cris des marchands d'herbes, de fruits, d'eau, de hardes, de balais, de sable. Ce tintamarre des attelages qui se heurtent, s'accrochent dans les rues étroites, s'agglutinent en d'inextricables agglomérats d'où fusent jurons, invectives et claquements de fouet. Et cette saleté, cette boue qui gicle de partout dès qu'il pleut, rend les pavés glissants, mortels. Et ces ordures qui pourrissent dans les ruisseaux et les encoignures, ces odeurs de décomposition et d'urine que le moindre coup de soleil rend intolérables. Et ces flots d'eaux sales qui s'échappent des cours, tombent des fenêtres, dégoulinent sur les escaliers, comblent les fossés. Et ces disputes et ces palabres, d'une fenêtre à l'autre. Ces hargnes de femelles qui se disputent un chou ou un homme tandis que leurs voix suraiguës échangent des injures éblouissantes : Vérolleuse[1] ! Savate de tripière! Putain! Banqueroute! Bonnet Vert! Torche-cul d'abbés! Squelette! Cancéreuse! Puante! Et ces gens qui se

1. Orthographe du XVIIIe siècle.

caressent ou s'égorgent en se cachant à peine. Et cette menace permanente qui rôde dès que la nuit tombe, ces ombres diaboliques, frôleuses, de tire-laine, de filous, d'assassins ou de monstres. Dans les recoins sombres, les ruelles mal éclairées où la maréchaussée ne s'aventure guère, sur les bords du fleuve, on détrousse, on viole, on étripe, on poignarde. Au matin, des corps glissent au fil de la Seine. Et ces enfants perdus ou abandonnés qui errent, sales, mal mouchés, en loques, affamés, avec des yeux fiévreux de chats sauvages et qui détalent dès qu'on les approche.

Sophie, craintive, n'aime pas sortir seule. Elle a peur de se perdre dans l'immense dédale. Elle craint cette vie grouillante et cette saleté.

L'aspect de la Maison commune où Léopold l'a installée n'est guère plus rassurant. Tout y est brisé et sale, humide et mal entretenu. Les statues qui ornaient les niches sur la façade ont été fracassées par la Révolution. On a lacéré, sur les murs, les peintures et les tapisseries. Des gravats et des ordures s'accumulent dans les couloirs, les escaliers et les salons aux portes dégondées où des meubles cassés, lentement, pourrissent.

Le soir, une faune inquiétante envahit le rez-de-chaussée. On complote, on discute, on joue et l'on boit. Des voix avinées montent dans la nuit, des cris, des rires et des bruits de poursuites résonnent sous les voûtes du vieux palais blessé.

« Ne sors jamais seule! » a recommandé Léopold.

Il n'y a pas de danger que Sophie affronte, seule, ce crépuscule inquiétant. Même en plein jour, elle a mis longtemps à se hasarder dans les rues avoisinantes pour acheter ce qui est nécessaire aux repas qu'elle fait cuire elle-même dans une cuisine minuscule, sur un feu de charbon.

La jeune femme, habituée à l'espace de *La Renaudière*, étouffe dans ce logement exigu. La solde de Léopold suffit tout juste à les faire vivre. Ici, la vie est très chère et Sophie n'a pas pu acheter ce qu'elle aurait voulu pour monter son ménage et renouveler sa garde-robe de provinciale pauvre.

Le joyeux capitaine Hugo, qui a toujours vécu en célibataire errant, ne possédait ni linge ni vaisselle et il n'avait même pas pensé, avant de se marier, que cela pût être nécessaire.

Après son mariage, Sophie a demandé à son grand-père Le Normand de lui faire parvenir deux paires de draps, deux ou trois nappes et quelques serviettes, provenant du trousseau de sa mère. En l'assurant, bien entendu, qu'elle en tiendrait compte à ses sœurs, lorsqu'on partagerait la succession.

Malgré la gentillesse de Léopold qui la comble de caresses et de compliments, malgré l'insouciance de ce jeune mari qui s'accommode d'une vie plus que modeste (« L'argent, dit-il, n'est un nerf que pour la guerre! Pourvu que j'en aie assez pour vivre dans la paix, je vis sans dettes et sans soucis! »), Sophie est d'humeur de plus en plus sombre. Elle a beau se répéter qu'elle est aimée et heureuse, il suffit qu'un coup de vent agite les feuilles des arbres, qu'elle voie glisser sur le fleuve une voile de barque ou que passe une marchande de fleurs pour que le souvenir de *La Renaudière* vienne lui poindre le cœur. Alors, Sophie pleure sur son jardin perdu et rêve de fuite vers cette Bretagne sans laquelle elle vit si mal.

En ce jour de mars 1798, Sophie, derrière les carreaux sales de la Maison Commune, se sent tellement désemparée qu'elle se demande si son état n'en est pas la cause, si la mélancolie grandissante qu'elle éprouve n'est pas le lot commun des jeunes femmes en voie de famille, au même titre que ces nausées qui lui soulèvent le cœur, cette envie irrésistible de dormir qui la terrasse en plein jour et ce dégoût insurmontable pour la lecture, elle qui aimait tant les livres. Oui, c'est là, sans doute, la raison de cette humeur trop chagrine. Elle se souvient, maintenant, d'avoir entendu dire à Julie Péan qu'une sorte de folie, parfois, s'emparait des femmes grosses et disparaissait après leur délivrance. Oui, voilà pourquoi elle est sensible à ce point et nerveuse. Pourquoi la tête de Mlle de la Biliais a recommencé à tourbillonner furieusement dans ses cauchemars. Et pourquoi elle s'agace si injustement des soins attentifs que lui prodigue Léopold qui, depuis qu'il la sait enceinte, la traite comme un vase fragile. Voilà pourquoi elle répond aussi froidement aux élans de ce futur père qui ne cesse de lui rebattre les oreilles avec le *fils* qu'elle porte.

Car Léopold est persuadé que Sophie porte un fils. Peut-il, lui, le vaillant, le viril Brutus, avoir conçu autre chose qu'un homme à son image?

Et Sophie, que le sexe de son enfant indiffère, se met à espérer sournoisement qu'elle couve une petite fille, ne serait-ce que pour rabattre un peu le caquet du capitaine.

TOUT de même, elle est bien contente lorsque le soir lui ramène Léopold et sa chaleureuse exubérance. On improvise un dîner où, souvent, on invite Pierre Foucher et sa femme, Anne-Victoire.

Pierre Foucher est le commis-greffier de Léopold. Il a tout juste vingt-six ans comme Sophie et, par un de ces hasards de la vie, il est né, comme elle, à Nantes où, comme elle, il s'est trouvé orphelin de bonne heure, recueilli par un oncle chanoine de la cathédrale Saint-Pierre. S'il n'a jamais vu Sophie à Nantes, il connaît très bien son grand-père Le Normand qu'il a rencontré, parfois, chez son oncle.

On ne peut pas dire que Pierre Foucher soit un joyeux drille. Elevé par les chanoines puis par les oratoriens, c'est un jeune homme poli, propret, un peu timoré, scrupuleux fonctionnaire. Il garde, de son éducation, quelque chose d'ecclésiastique. L'ami Jean-François Normand, également nantais et que la componction de Foucher agace, l'appelle, derrière son dos : le « curé ».

Quant à Léopold, il adore son subordonné sur lequel il règne facilement. La seule chose qui les sépare, c'est la politique : Léopold est républicain et Pierre est royaliste. Mais comme ni l'un ni l'autre n'est un fanatique, on évite les discussions.

Quand Pierre Foucher a épousé, il y a six mois, Anne-Victoire Asseline, il a demandé à son chef d'être son témoin. A la fin du dîner, à l'Hôtel de Ville, Léopold, un peu éméché, s'est levé pour porter un toast au bonheur du jeune couple :

« Ayez une fille, a-t-il dit, j'aurai un garçon (déjà!) et nous les marierons ensemble! »

Elle a beau être mariée, Anne-Victoire Foucher, qui n'a que dix-neuf ans, continue à avoir l'air d'une jeune fille timide. Gentille, un peu empotée, elle s'effarouche d'un rien et bâille d'admiration devant Sophie Hugo, de sept ans son aînée et dont l'autorité et les foucades l'impressionnent. Sophie qui l'appelle « la p'tit' Asseline » la tarabuste un peu mais elle va souvent bavarder avec Anne-Victoire à qui elle apprend à broder et à faire la cuisine tout en lui racontant des histoires à faire dresser les cheveux sur la tête et que l'autre gobe avec des yeux ronds.

Ensemble, elles feuillettent le *Journal des Dames et des Modes*, y choisissant des modèles de robes qu'elles se cousent elles-mêmes et commentent les mille folies des jeunes femmes qui donnent le ton à Paris. La citoyenne Joséphine Bouonaparté et son amie Thérézia Cabarrus, qui est la femme de Tallien et la maîtresse du citoyen Barras, ne savent pas quoi inventer pour se faire remarquer. Elles se promènent déguisées en courtisanes de Pompéi, avec de longues robes fluides et transparentes, des cothurnes, des anneaux aux chevilles, des bagues aux doigts de pieds et d'invraisemblables perruques blondes. Thérézia, surtout, est déchaînée. Sa beauté lui a valu le titre de « Reine des Merveilleuses » pour ses amis et de « Notre-Dame de Thermidor », pour ceux qui le sont moins. Quant à la citoyenne Hamelin, la troisième larronne et qui est la femme du banquier, elle a poussé l'extravagance jusqu'à aller se promener, du Luxembourg aux Champs-Elysées, NUE JUSQU'À LA CEINTURE!

Ces folies excitent beaucoup Léopold qui gémit de n'avoir pas assisté à ce spectacle. Cela dit, il n'aime pas du tout la citoyenne Bouonaparté. Il trouve que cette damnée créole exagère. Cette frivolité! Ces amants qu'elle affiche sans pudeur! Non, on ne se conduit pas ainsi quand on est femme de général. Ainsi, en mai 96, pendant que son pauvre mari était en train de défier la mort sur le pont de Lodi, les gazettes parisiennes bruissaient des perruques de Joséphine!

« Tout ça se terminera mal », dit Léopold.

Foucher, lui, n'a pas ajouté un seul commentaire à ces turpitudes. Le greffier n'aime pas que l'on raconte ces histoires devant sa prude Anne-Victoire. Il n'a rien dit mais il s'est contenté de pincer les lèvres et tout le monde a compris, à son air, que s'il ne tenait qu'à lui, il noierait la Joséphine et toutes ces impudiques dans un flot d'eau bénite.

Avec Pierre Foucher, c'est Nantes et l'air de son pays que Sophie retrouve. Sans s'être rencontrés autrefois, ils ont en commun le décor de leur enfance et des émotions que suffisent à faire naître le nom d'une rue de Nantes, d'un événement ou le souvenir de tel ou tel personnage de la ville. Comme si elle pressentait qu'elle ne reviendra jamais dans ce pays qu'elle aime d'un amour viscéral, la nostalgie de Sophie se nourrit de ses conversations avec Foucher. Et quand Jean-François Normand vient se joindre à eux, Léopold renonce à s'immiscer dans le trio qu'il a surnommé « le complot des Bretons ».

A dire vrai, Jean-François amuse davantage Sophie que Pierre Foucher. Et, si elle feint parfois de se scandaliser de la vie désordonnée de son galant de naguère, elle se fait volontiers la confidente de ses amours aussi nombreuses qu'éphémères.

Le moins qu'on puisse dire c'est que Jean-François, marié à Nantes où il est déjà père d'une famille nombreuse, mène à Paris une vie de patachon. Le jeune bellâtre conduit de front plusieurs intrigues amoureuses. On ne sait jamais qui est l'élue du moment. Il court d'un lit à l'autre, d'un salon à une auberge, d'un bal à une promenade, un peu maquereau, utilisant au besoin ses maîtresses pour servir ses intrigues mondaines et ses ambitions politiques. Et Sophie s'étonne toujours que le jeune député s'y retrouve parmi les Victorine, les Charlotte, les Angélique, les Blanche ou les Rosalie dont il se joue avec insolence sans, ma foi, y laisser trop de plumes.

LÉOPOLD, lui, est tellement amoureux de sa jeune femme, « mon épouse », comme il dit, que sa passion englobe toute sa belle-famille dont il ne connaît, au vrai, que la tante Robin. Il se sent aussi le grand frère de Marie-Joseph Trébuchet. Il se met en quatre pour rendre des services au jeune homme, lui donne des conseils, lui cherche une place à Paris.

Si Sophie n'aime pas écrire, Léopold, en revanche, a la plume facile et il ne passe pas de semaine qu'il n'expédie d'affectueuses lettres à Nantes, au grand-père de Sophie, à ses tantes, à ses cousins. Il voudrait les connaître tous.

On fait le projet d'aller leur rendre visite dès que Sophie aura fait ses couches. Pour la Noël, par exemple. Mais, est-ce bien prudent? Soudain, au printemps de 1798, le futur père s'inquiète et il écrit à son beau-frère :

« J'ai toujours les mêmes désirs d'aller vous voir, des désirs vifs, tout à fait vifs; une réflexion, cependant, me frappe et je me dis : le petit enfant pourra-t-il supporter cette longue route? Je le pense. Le degré de ses forces nous fera seul juger si nous pouvons prudemment nous mettre en voyage. Car vous ne doutez pas, mon cher frère, que Sophie veut être tout à fait la mère de son enfant, qu'elle ne veut pas l'abandonner à un sein étranger avant d'avoir essayé de lui donner le sien, qu'elle veut, en nourrissant elle-même son poupon, ne faire couler dans ses veines qu'un sang de famille, source des habitudes et, trop souvent, guide de la vie. Né d'honnêtes gens, il doit avoir leurs principes et il ne sucera dans le sein de sa mère aucun des vices qui dégradent tant d'êtres dans la société. Pour Sophie, en se chargeant de nourrir son enfant, elle obéira à la nature... »

Obéir à la nature... là-dessus, Sophie est tout à fait d'accord avec Léopold et avec son cher Rousseau dont l'*Emile*[1] est le seul livre qui ne la rebute pas, en ce moment. Comme il est dit au chapitre premier, elle allaitera son bébé si elle le peut, le lavera souvent, l'habituera à l'eau froide, ne le bercera pas au moindre cri et ne le garrottera pas dans des maillots trop serrés.

« Et moi, dit Léopold, je lui laisserai toucher mon sabre et je l'habituerai au bruit du pistolet pour qu'il n'en ait pas peur.

– Ah! parce que tu es sûr que ce sera un garçon?

– Evidemment, dit Léopold. Que veux-tu que ce soit d'autre? »

Est-ce que Léopold, par hasard, ne serait pas quelque peu sorcier? Non seulement c'était un garçon que Sophie attendait mais encore il est né le 15 novembre 1798, le jour même de l'anniversaire de son père. Un vrai Hugo à la voix fortement timbrée. Un gros nourrisson potelé à la chair dense. Un de ces bébés qui se font sentir par où ils passent.

1. Le « docteur Spock » du XVIIIe siècle.

Sophie, qui se proposait d'avoir beaucoup d'enfants, jure, à présent, qu'on ne l'y prendra plus. Promesse de jeune accouchée : dans quatorze mois, elle sera à nouveau enceinte.

Pour l'instant, Léopold, ivre de joie, bombille autour de la mère et de l'enfant. Il pleure de bonheur et annonce à grands cris sa paternité. On dirait qu'il est le premier homme à avoir engendré.

Celui-là, la joie d'être père ne l'a pas calmé. Il continue à se bagarrer avec tout le monde, pour un oui ou pour un non. Quand il retrouve Sophie, il n'arrête pas de gémir. On lui a fait ceci, on lui a fait cela, on lui en veut, on le regarde de travers, il se sent l'objet de sombres calomnies. Complètement parano, le capitaine. Il ne cesse d'imaginer des complots ourdis contre sa personne, lui qui déploie tant de zèle pour se faire bien voir de ses supérieurs. Ce soldat courageux sur les champs de bataille a peur de son ombre en temps de paix. Sophie ne le lui envoie pas dire. Et elle lui colle Abel dans les bras car elle sait que le gros visage joufflu de son mari ne s'épanouit vraiment qu'avec le bébé.

En février 99, voilà que la Seine déborde tant que quatre pieds d'eau recouvrent la place de Grève et les rues avoisinantes. Pendant deux semaines, on ne peut plus circuler qu'en barque qu'il faut, parfois, attendre longtemps et la moindre course devient une expédition. Une affreuse odeur de vase grimpe le long des murs des maisons dont les rez-de-chaussée sont inondés. Même dans les étages, on a l'impression que tout est mouillé. Sophie, qui n'arrive pas à se débarrasser d'un mauvais rhume, tousse à faire exploser son corsage.

Cette fois, c'en est trop. Elle n'en peut plus. Châteaubriant l'obsède. Elle ne cesse de parler de *La Renaudière* qu'elle voit, à travers sa nostalgie, comme le château de la douceur de vivre. Son humeur devient exécrable. Ou bien elle sombre dans des lacs de tristesse dont ni les sourires d'Abel ni les caresses de

Léopold ne peuvent la faire émerger. Elle n'a plus qu'une idée : partir.

Un soir, Léopold arrive tout fringant.

« Tu veux partir? On va partir, dit-il. Sois contente. »

Et il annonce qu'il quitte le conseil de guerre pour reprendre du service actif. Ouf, fini les paperasses et les bureaux. Un soldat n'est pas fait pour être fonctionnaire, n'est-ce pas?

Sophie accueille cette nouvelle avec un plaisir tout de même mitigé. Elle se méfie. Elle connaît son Léopold. Il était si content d'avoir obtenu ce poste de rapporteur, pourquoi cette décision subite? Il ne s'agit pas là d'un avancement et ce retour à la vie active va coûter au capitaine Hugo la suppression d'une indemnité de deux mille francs par an. La joie de Léopold n'est pas franche. Sophie lui trouve l'air d'un chien qui a volé un jambon.

« Ah! dit-elle, tu te seras encore disputé avec quelqu'un...

– Mais non, mais non, dit Léopold. Si tout se passe comme je l'espère, nous allons habiter Courbevoie. C'est la campagne. Tu auras un jardin. Et j'aurai beaucoup plus de liberté. Je pourrai me remettre au dessin, à l'allemand, à la musique. Je serai près de toi plus souvent. Abel courra dans l'herbe. Ah! ma Sophie, la vie va être belle! Le matin, je dessinerai un léger paysage, dans la journée, je ferai mes exercices d'allemand, le soir je te charmerai d'un air de flûte... »

En réalité, c'est à Paris, à l'Ecole militaire, que le capitaine Hugo sera affecté, dès le mois de mars. Et, cette fois, l'appartement de fonction qui lui est attribué est tout à fait convenable.

Et puis, l'Ecole militaire, autant dire que c'est déjà la campagne. Le printemps fait éclore des jacinthes et des coucous au revers des talus de Grenelle. Sophie y retrouve les odeurs de sa *Renaudière* lorsqu'elle promène le petit Abel qui découvre les vaches et les chèvres dans les pâturages, près du village du Gros-Caillou.

Ce bébé de cinq mois est d'une précocité qui fait la joie de son père. Quand les soldats font l'exercice sur le Champ-de-Mars, le bruit des tambours et de la musique militaire le fait frétiller dans les bras de Sophie. Il tend la main pour qu'on le porte à la fenêtre et là, il suit longtemps des yeux les canons que traînent au galop les attelages de l'artillerie légère. Léopold, évidemment, y voit le signe d'une vocation certaine.

D'avoir seulement traversé la Seine et changé de quartier, c'est comme si Sophie avait changé de ville. Comme si elle avait changé de vie. Les rues ne lui font plus peur, à présent. Elle s'en va parfois, seule, flâner jusqu'au faubourg Saint-Honoré. Prétexte : rapporter un flacon d'Eau de Ninon ou une once d'essence de rose. Sophie adore cette rue brillante où se sont rassemblés couturières et bijoutiers, modistes et parfumeurs. Elle n'a pas de quoi s'acheter grand-chose car la solde de Léopold suffit tout juste à faire vivre sa famille et, d'autre part, elle n'a pas le goût du gaspillage, mais elle se plaît au spectacle des jolis objets et s'en revient à l'Ecole militaire, rêvant d'un caraco de pékin bleu sur un jupon de linon blanc et d'un pierrot de taffetas rose à manches de gaze blanche. Elle trouvera bien le moyen, avec l'aide d'Anne-Victoire, de s'en chiffonner un, un de ces matins.

Léopold, moins occupé, en ce moment, qu'au conseil de guerre, retrouve les plaisirs de son âge. Tous les soirs, ou presque, on laisse Abel aux soins d'une gardienne, pour aller voir le spectacle permanent des rues de Paris, en ce printemps 1799.

Sophie se serre contre Léopold, dans la cohue joyeuse, délurée, souvent inquiétante du Palais-Royal, lieu de tous les plaisirs, où se concluent dans l'ombre et la lumière de bien étranges marchés. Si, comme dit la chanson « toutes les jeunes filles y sont à marier », la vertu ne pèse pas lourd à la plupart de celles qu'on croise ici.

On dîne, au hasard, dans l'un de ces nombreux restaurants qui viennent d'ouvrir, un peu partout. Le jeu, c'est de manger le mieux pour le moins cher. Là, vingt-six sous pour un repas à prix fixe et dix sous pour le vin; ici, un repas pantagruélique, pour quelques francs.

L'important, c'est d'être assis à la terrasse d'un café pour, le temps d'une glace à la vanille chez Garchy par exemple, ou d'un *kirschwasser* au Cadran Bleu, voir le carnaval de ces Parisiens qui semblent rivaliser d'imagination pour s'épater mutuellement. On voit passer des « nudités gazées » qui défient la fraîcheur du soir jusqu'à la bronchite aiguë, un défilé de Diane, de Flore, de Minerve, de Cérès, sans parler de celles qui se déguisent carrément en prostituées pompéiennes, les cheveux au naturel, coupés court et bouclés.

Il y a les jeunes muscadins du boulevard de Coblence[1], jeunesse dorée de l'opposition royaliste, avec leurs cheveux poudrés, flottant ou tressés en cadenettes, le visage à demi enfoui dans d'énormes cravates qui leur mangent le menton. Le grand chic, pour ces garçons, c'est le négligé, le chiffonné. C'est de paraître bossu, d'avoir la jambe torse ou de porter des lunettes. Ils vont, soucieux de se faire remarquer par une affectation et une recherche singulières. Et de zézayer en avalant, exprès, les *r*. On est inc'oyable, quoi! On crie : « Gue(rre) aux téo-istes! » en assommant au passage quelques jacobins égarés, à l'aide du gourdin plombé qu'on tient à la main et qu'on appelle « mon pouvoir exécutif ».

A chaque minute, il se passe quelque chose dans ce Paris infatigable. Là, on s'attroupe autour d'un avaleur de sabre ou d'un montreur d'ours. Ici, on se bat. Plus loin, on joue un jeu d'enfer. Partout, on danse. On danse à la folie, dans les salons, dans les bosquets, dans les anciens couvents et même dans les cimetières. Plus

1. Surnom donné au boulevard des Italiens où se promenaient les jeunes royalistes, de retour d'émigration.

de six cents bals à Paris, pour tous les goûts et toutes les conditions. Bals populaires sous les lampions des guinguettes, en bord de Seine, bal à Montparnasse, à Clichy, à Montmartre, bal chic à l'hôtel Richelieu et bal macabre dans le faubourg Saint-Germain où les pâles jeunes filles de l'aristocratie décimée vont au bal des Victimes, la nuque rasée comme par le bourreau, un étroit ruban rouge autour du cou qu'elles feignent d'allonger comme pour le poser sous le couperet.

Les contredanses, les quadrilles et les gavottes sont éclipsées par une danse nouvelle, venue d'Allemagne, la *walse*, qu'on commence à appeler la valse et qui fait tourner les mousselines et les têtes. Une danse gracieuse et perfide qui assemble les corps deux à deux, une danse-alibi qui permet de serrer de près l'objet de son inclination.

L'orchestre enfin soupire une molle cadence
On attendait la valse et la valse commence[1].

Appuyée au bras de son jeune mari, Sophie s'applique aux pas nouveaux. Mais Léopold, très vite, abandonne. La valse l'étourdit. Alors Sophie, en riant, passe au bras de Jean-François Normand qui lui, valse, comme s'il n'avait fait que cela toute sa vie. D'une incroyable légèreté, ce « gros papillon ». Il enroule son bras à la taille fine de Sophie et l'emporte en tourbillonnant.

« Laisse-toi aller, dit-il, laisse-toi conduire, voilà... Un, deux, trois... un, deux, trois... Très bien. »

Sophie voit tourner les lumières, les couleurs et le visage de Léopold qui, là-bas, rit de la voir rire.

Elle apprend aussi à se laisser aller, à se laisser conduire dans cette ville de plaisir où chaque heure, chaque carrefour révèle une surprise. Normand est, pour le couple Hugo, un guide précieux. Il sait tout, voit tout, connaît tout le monde, a ses entrées partout.

1. Dixit le poète Vigier.

Instruit par ses belles amies dont le nombre est de plus en plus étourdissant, il fait à Sophie et à Léopold la gazette du Paris galant. Et Dieu sait si Paris est galant dans cette société éclatée d'après la Révolution. La plus grande licence règne partout, du haut en bas de l'échelle et, aussi, le plus grand mélange. Nouveaux riches et anciens pauvres, femmes d'un monde incertain et grands noms dans la débine, curés défroqués, recyclés dans la politique, agioteurs, comploteurs de tout poil, esclaves devenus esclavagistes ou laquais promus marquis, au sortir du cauchemar de la Terreur, tout ce petit monde s'agite et veut mener la vie à grandes guides, avide de plaisirs et de jouissances en tous genres.

Avant l'arrivée de Sophie à Paris, Léopold, chatouillé par la politique, s'était fait des relations en s'inscrivant au Cercle constitutionnel animé par Germaine de Staël.

Au printemps 99, notre capitaine est tout fier de produire sa jolie femme dans le monde. Les dîners en ville sont nombreux. Léopold et Sophie seront même invités à Chaillot, dans la luxueuse chaumière rustique, maison de campagne de la citoyenne Tallien, maîtresse de Barras.

Thérézia n'est plus aussi populaire qu'elle l'a été. On lui reproche son luxe et ses excentricités. Certains, puisqu'elle lance les modes, la tiennent pour responsable de l'indécence des femmes. Quant aux femmes, elles jalousent la beauté éclatante de Thérézia. Beaucoup de ceux-là mêmes qui se rendent avec empressement aux invitations de la citoyenne Tallien se délectent, le lendemain, d'un méchant pamphlet contre elle qui circule dans Paris : *Lettre du Diable à la plus grande P... de Paris*.

Soirée inoubliable pour Sophie, intimidée par la beauté et l'élégance de ces jeunes femmes de son âge, Thérézia et ses amies, Jeanne Récamier et Joséphine Bonaparte, plus âgée que les deux autres, mais d'une gaieté endiablée.

Ce soir-là, Sophie verra de ses yeux et entendra le

chanteur Garat, le beau Garat, amant de la Dugazon mais dont toutes les femmes sont folles dès qu'il ouvre la bouche pour chanter une romance. Car ce bellâtre, trop à la mode et imbu de sa personne (*Ma paôle supême, j'ai t'op de félicité pou'un mo'tel!*) a une voix superbe et, longtemps, Sophie fredonnera la rengaine à la mode en ce printemps-là.

Au sein de Rose
Heureux bouton tu vas mourir
Moi, si j'étais bouton de rose
Je ne mourrais que de plaisir
Au sein de Rose.

Mais, au milieu de ce tourbillon, la petite Sophie Hugo garde les pieds sur terre. Si elle s'amuse au spectacle de ce Paris délirant, elle demeure foncièrement Sophie de Châteaubriant. La provinciale qu'elle est, la Bretonne qu'elle sera toujours, garde une distance qui la préserve de la contagion. Quand elle rit, avec les badauds du Palais-Royal, en voyant passer cette folle perdue de Cambacérès, poudré, clouté de diamants et boudiné dans un habit surbrodé d'or (il mange trop et trop bien), au milieu de sa cour aussi ridiculement déguisée que lui-même, ce Cambacérès dont Normand dit qu'il est « le mari de toutes les femmes et la femme de tous les maris », Sophie demeure spectatrice lointaine. Elle n'a rien à voir, elle n'aura jamais rien à voir avec ces gens-là.

Elle est plus à l'aise chez ses Bretons, les Boulay-Paty, originaires d'Abbaretz ou Jacques Defermon, le jeune député, frère du prêtre qu'elle sauva naguère.

« COUPEZ ce jeu de la main gauche... Voilà. Et, maintenant, montrez-moi votre main... N'ayez pas peur, mon enfant.

– Je n'ai pas peur, dit Sophie, qui n'en mène pas large.
– Vous êtes née en quelle année? Quel mois? Quel jour?
– 1772, dit Sophie...
– Tiens, dit la dame, comme moi! »
Sophie n'en revient pas. Cette personne au visage déjà fripé a le même âge qu'elle? Et elle l'appelle : mon enfant!
« ... 19 juin, dit Sophie.
– Ah! les Gémeaux... le pire et le meilleur... et parfois les deux à la fois... Votre main est intéressante... Que voulez-vous savoir?
– Tout », dit Sophie.

Est-ce chez Thérézia Tallien que Sophie Hugo a entendu parler de la pythonisse Anne-Marie Lenormand ou bien est-ce Jean-François qui lui a donné son adresse? Cette femme, dit-on, a un don extraordinaire pour prédire l'avenir. Thérézia, Barras, Joséphine Bonaparte, la petite Récamier, et bien d'autres encore, n'entreprennent rien sans la consulter. Elle est donc à la mode dans ce Paris du Directoire où les superstitions en tous genres ont remplacé les pratiques religieuses.

Mais quel est donc le tourment de Sophie Hugo, en ce mois d'avril 1799? En quoi peut-elle être inquiète de l'avenir? N'a-t-elle pas tout ce qu'une jeune femme de vingt-sept ans peut souhaiter : un mari aimant, promis à une belle carrière militaire, un beau petit garçon facile à élever, une santé robuste et même une beauté éclatante qui lui est venue de sa maternité? N'a-t-elle pas, comme dirait la tante Robin, *tout pour être heureuse*? Que veut-elle donc savoir des jours à venir? Qu'attend-elle d'autre?

Evidemment, elle n'a pas soufflé mot à Léopold de cette visite qu'elle s'apprêtait à faire à la sibylle de la rue de Tournon. L'avenir n'est pas une affaire d'homme. Elle en a seulement parlé à Anne-Victoire Foucher qui a ouvert des yeux grands comme des soucoupes quand Sophie, en plus, lui a demandé de l'accompagner. Mais Anne-Victoire est une personne trop pusillanime pour avoir ce genre de curiosité. Elle a même essayé de dissuader Sophie d'aller voir la voyante. Pierre, son mari, lui a dit qu'il faut se méfier de ces femmes, qu'elles sont dangereuses. Sûrement, il ne serait pas content s'il savait qu'elle a accompagné Sophie chez la citoyenne Lenormand. Mais est-elle obligée, vraiment, d'en avertir Pierre Foucher? A cela, Anne-Victoire a répondu qu'elle était incapable de cacher quoi que ce soit à son mari.

Sophie l'a regardée avec pitié et tristesse aussi. Décidément, elle est bien seule. Cette Anne-Victoire n'est qu'un bonnet de nuit. C'est dit, elle se passera d'elle.

Et elle s'est mise en route, ce matin d'avril, après avoir relevé son chemin sur le plan de Paris affiché à l'Ecole militaire. Elle a trotté à travers champs, vers les Invalides, elle a pris la rue de Varenne et la rue de la Planche, un peu émue, tout de même, car c'est la première fois qu'elle s'aventure, seule, aussi loin dans Paris.

Elle a longé Saint-Sulpice par la rue des Aveugles et, en abordant la rue de Tournon, elle s'est trouvée prise dans une foule de badauds qui regardaient passer le carrosse gris de lin, attelé de chevaux café-au-lait, du citoyen Barras qui rentrait dans son palais du Luxembourg. Puis, elle a descendu la rue jusqu'à la maison de modeste apparence qui est le repaire de la pythonisse.

Son cœur a battu lorsqu'elle a pénétré sous la voûte et, un instant, elle a pensé à repartir mais, trop tard, une grosse portière rougeaude avait jailli de sa niche, lui barrait le passage et lui demandait où elle allait.

« Chez la citoyenne Lenormand », avait répondu Sophie.

A ce moment-là, elle avait aperçu, au fond de la cour, une petite femme un peu bossue qui descendait un perron, vêtue comme pour sortir d'une robe rouge à la turque, avec une jupe de taffetas, un fichu de canezou et coiffée d'un turban vert.

La présence de cette femme qui s'était avancée sous la voûte avait semblé donner une assurance plus grande encore à la portière qui avait haussé le ton, soufflant au visage de Sophie une haleine alliacée. Elle claironnait :

« La citoyenne Lenormand ne reçoit pas aujourd'hui, citoyenne. Elle ne t'a pas dit de venir, des fois ?

– Si, avait menti Sophie en rougissant. Elle m'attend. »

A ces mots, la femme au turban qui s'était encore approchée avait eu un sourire rapide et, s'adressant à la portière :

« Laisse-la passer, dit-elle. J'avais oublié que nous devions nous voir, aujourd'hui. »

Et, faisant signe à Sophie de la suivre, elle s'était dirigée vers le perron.

« Mais pourquoi, demanda Sophie dès que la porte se fut refermée sur elles deux, pourquoi avez-vous dit que vous m'attendiez ? Vous ne me connaissez pas.

– Parce que, dit la voyante, j'aime les personnes hardies comme vous êtes. »

A sa suite, Sophie avait traversé une antichambre puis un salon aux murs couverts de tableaux parmi lesquels un portrait de la maîtresse de maison, en pied, vêtue d'une somptueuse robe de velours vert et passablement embellie. A ses pieds reposait un chien qui ressemblait à un lièvre.

Puis, la voyante l'avait fait passer dans sa propre chambre qui lui servait aussi de cabinet de consultation et l'avait priée de s'asseoir.

Et maintenant, Sophie ne se tient plus d'impatience, de curiosité. Oh ! oui, tout savoir de ce qui se prépare dans la brume fallacieuse des jours à venir ! Eventer la surprise et déjouer, s'il est possible, les innombrables mystifications du destin. Soudain, une crainte lui vient.

« Citoyenne, dit-elle, je vous en prie, ne me dites pas la mort, la mienne ou celle des autres surtout...

– Je ne la dis jamais. Rassurez-vous. »

La petite femme bossue examine attentivement la main de Sophie, l'incline vers la lumière, la retourne, la palpe, la ploie pour en marquer les lignes internes, la déploie, la scrute avec une loupe. Elle hoche la tête, silencieuse, puis, tout à trac :

« Quel est donc l'animal que vous préférez sur tous les autres et celui qui vous fait horreur? »

Surprise par la question, Sophie hésite. Une arche de Noé défile dans sa tête.

« Le mouton, dit-elle. Je déteste les moutons, leurs yeux stupides, leurs bêlements désagréables et leur docilité écœurante... Quant à l'animal que je préfère, c'est, je crois, la petite souris des champs, si vive, si légère, si éphémère. »

Là, une bouffée de *Renaudière*. Odeur de paille chaude en été, dans la remise, et glapissement de la servante qui vient de découvrir encore un sac d'orge qu'*elles* ont rongé. Un trou comme la main par où s'échappe le grain. Et voici la sauvage qui tape sur les sacs avec un bâton tandis que s'enfuient les musaraignes. Et Sophie, douze ans, assise sur la paille, qui voit tout à coup surgir entre ses pieds une petite souris grise à museau rose, toute menue, qui hume l'air insolemment. L'étourdie est venue, là, reprendre haleine. Et Sophie, doucement, dans le dos de la servante en colère, écarte la porte de la grange, ouvrant un éventail ensoleillé sur la terre battue dans lequel file la musaraigne, sans un mot de remerciement...

Rien que pour cette évocation bienheureuse, l'économe citoyenne Hugo ne regrettera jamais vraiment les dix francs qu'elle a déposés, tout à l'heure, sur la table de la sibylle.

A présent, les doigts couverts de bagues retournent

des images mystérieuses, s'attardent sur certaines d'entre elles, en élisent d'autres qu'elles sortent de l'alignement, les disposent en tas symétriques, les recouvrent d'autres cartes. Et commence un monologue que Sophie écoute avec passion, sans le comprendre parfois très bien. La voix de sibylle est devenue monocorde, parfois imperceptible. On dirait qu'elle parle en rêve.

« Ah! vous voici, ma chère, voici Junon et, près de vous, un homme. Il est brutal mais il n'est pas mauvais...

– Mon mari..., dit Sophie.

– Vous êtes mariée? C'est singulier... je ne vous vois pas mariée... Junon est seule... Sept, huit, neuf... Voici l'autre qui apparaît.

– L'autre quoi?

– L'autre homme. Celui qui compte véritablement pour vous, ma chère, et celui-là, ah! mon Dieu, que de remue-ménage!

– Je ne comprends pas, dit Sophie. Il n'y a pas d'autre homme qui compte pour moi.

– Pas encore, dit l'autre d'un ton neutre. Vous ne le connaissez pas mais il approche. Il est en chemin. Il vient à vous. Il va apparaître...

– Quand? Où?

– Je ne peux pas vous le dire précisément. Mais bientôt... huit, neuf, dix, un héritage... modeste... Ah! que de voyages, dans votre vie! Et que de maisons!... Tiens, votre mari disparaît... je veux dire qu'il s'éloigne.

– Et l'autre? demande Sophie d'une petite voix fluette.

– L'autre? Ah! ma pauvre, il vous vaudra bien du tourment mais le lien qui vous unit est indestructible malgré... enfin malgré tout. Faites-moi voir encore votre main... Oui, c'est bien cela, vous aurez plusieurs enfants...

– J'en ai un, dit Sophie.

– Vous en aurez trois. Des garçons. Le troisième...

ah! celui-là vous apportera bien des satisfactions. Je le vois qui écrit, qui écrit beaucoup... un grand fonctionnaire, peut-être. Prenez garde au second enfant, c'est lui le plus fragile...

– Le premier?

– Je ne lui vois rien de singulier... Sept, huit, neuf, la prison...

– La prison?

– Vous n'y serez pas détenue mais je vous vois franchissant le seuil d'une prison... Il y a là comme un air de conspiration et... oui... voici la Maison-Dieu... des ennuis. Il vous faudra du courage... Je vois un gros chagrin et aussi, des peines d'argent... je vois un procès très long mais... tenez, encore des voyages... vous traverserez la mer... une malle sera égarée... méfiez-vous d'un postillon, au troisième relais... Ah! attention, vous avez la poitrine fragile... gardez-vous des chauds et froids. Gardez-vous aussi d'une femme brune... L'amour? Oui, mais il vous fera pleurer. »

Alors, la citoyenne Lenormand se tut et, d'un geste, rassembla les cartes.

« C'est tout, dit-elle.

– Que me conseillez-vous, demande Sophie, que dois-je faire, dans ma vie?

– Vous taire, répond la voyante, sans hésiter. Rappelez-vous bien ceci : gardez le silence, quelque envie que vous ayez de parler. Toujours. C'est très important.

– Je sais me taire, dit Sophie. Je suis bretonne. Et... vous ne voyez rien d'autre?

– Si, dit la citoyenne pythonisse. Une image curieuse s'impose à moi, depuis que vous êtes là, mais je n'arrive pas à comprendre ce qu'elle signifie : je vois une tête coupée qui tourne, qui tourne. Une jeune fille blonde. Ses yeux sont ouverts et elle sourit. Mais, honnêtement, je ne sais pas ce que cela veut dire. »

Le temps de rentrer chez elle, Sophie a oublié les prédictions de la citoyenne Lenormand. Ou plus exactement, elle les a volontairement balayées de son esprit à cause d'un trouble qu'elles y ont fait naître et qui la met mal à l'aise. Pierre Foucher a bien raison : ces femmes abusent de la crédulité des naïfs, leur racontant n'importe quoi pour leur soustraire de l'argent. A présent, Sophie a un peu honte d'avoir gâché dix francs pour écouter des sornettes. Car il est bien évident que les propos de cette dame ne sont que des sornettes. La preuve : elle n'a même pas deviné qu'elle était mariée. Et quel héritage, même modeste, peut-elle attendre de Nantes? Et il n'y a aucun homme, parmi ceux qu'elle connaît, susceptible de faire naître sa passion ou d'en éprouver pour elle. Ces choses-là se sentent. Quant aux voyages, elle ne voit pas bien comment elle pourrait en faire, avec quel argent, alors que la solde de Léopold leur permet tout juste de vivre décemment. Le seul conseil judicieux qu'elle a retiré de cette entrevue est celui de se taire. A cela, elle s'entend naturellement.

Quand elle arrive au logis, elle trouve Léopold effondré dans un fauteuil. Des larmes glissent le long de son gros nez. Sophie ne l'a jamais vu dans cet état.

« Mon père est mort, dit-il. Nous partons demain pour Nancy. »

Abel est vraiment un bébé parfait. Ballotté trois jours en diligence avec ses parents, il n'a été que gazouillis, et ses sourires ont rendu moins sinistre l'atmosphère de la maison en deuil. Tout le monde a admiré ses bras potelés et son teint de fille.

Malgré les circonstances, Léopold a semblé content de se retrouver parmi les siens. Et si fier de leur présenter sa femme et son fils. La plus mal à son aise a été Sophie, dépaysée au milieu de cette troupe de beaux-frères et belles-sœurs, car le vieux menuisier, qui vient de mourir à soixante-douze ans, a eu douze enfants en deux mariages.

Sophie était perdue. Elle ne s'y retrouvait plus parmi ces étrangers qu'elle intriguait et intimidait visiblement. Au milieu de ces gens simples, elle a fait figure de dame, de Parisienne. Les trois sœurs couturières regardaient sa robe, sa coiffure. Et Sophie confondait celle qui est la femme d'un boulanger avec celle qui a épousé un perruquier.

Quant à sa belle-mère, elle l'a vue presque toujours en larmes, soutenue par sa fille Marguerite, mariée à un militaire, François Martin-Chopine. Tout le monde l'appelle Goton. Cette sœur-là s'entend particulièrement bien avec Léopold. Est-ce la raison pour laquelle elle a accueilli Sophie avec froideur?

Dans le partage de l'héritage – tiens, un héritage! – qui a été fait chez le notaire, Léopold a reçu, en indivision avec Goton et sa mère, la maison familiale de la rue des Maréchaux.

Bref, Sophie n'a pas été mécontente, après trois semaines dans sa belle-famille, de laisser cette grande maison si triste et si bruyante à la fois. Elle ne savait pas encore, en quittant Nancy, qu'elle allait être obligée d'y revenir bientôt et, cette fois, pour longtemps.

Le 19 mai, elle a retrouvé avec joie un Paris en fête où la douceur de vivre lui paraît encore plus appréciable en rentrant de cette Lorraine qui est, pour elle, un pays étranger.

Ce qu'on peut apprécier, chez Léopold, c'est son increvable joie de vivre qui domine si vite ses humeurs et ses chagrins. Après avoir abondamment pleuré son père, le voici, à nouveau, prêt à rire, débordant d'une tendresse joyeuse pour Sophie et pour Abel.

Paris est exquis en ce mois de juin 99 et la foule court vers les « jardins de plaisir » qui rivalisent d'attractions pour attirer les Parisiens.

L'après-midi, le soir, on se presse parmi les grottes, les cascades, les torrents et les collines du jardin de Tivoli[1]. On y voit des automates, on y entend des concerts en dégustant des glaces à la terrasse d'un café champêtre. Ou au Jardin turc, près du boulevard du Temple où déambulent des familles de bourgeois et de petits boutiquiers qui bayent au spectacle des funambules, des bateleurs, des mangeurs de grenouilles, des puces savantes et des chiens dressés, tandis que les flonflons d'un bastringue appellent à la danse. Ou bien on court dans les bosquets exotiques du jardin de Mouceaux[2] pour voir s'envoler des montgolfières enrubannées. On va prendre l'air jusqu'à Longchamp, Bagatelle, Bellevue, et même à Versailles.

« Tout cela n'est rien, dit Jean-François Normand, à côté d'Idalie. Ce soir, je vous y emmène. Nous irons voir les feux d'artifice des frères Ruggieri.

– Et tu mettras ta robe neuve, dit Léopold à Sophie.

– Pour sortir? Dans la rue?

– Mais bien sûr », dit Léopold.

Et Sophie, en riant, enfile la robe, cadeau de son mari. Une robe, ça, ce nuage léger de mousseline vert

1. Ce jardin était situé au carrefour actuel de la rue de Clichy et de la rue Saint-Lazare.
2. Ancien nom du parc Monceau.

d'eau, si décolletée et transparente que, comme dit Léopold, « elle fait à l'œil curieux l'hommage des charmes les plus secrets » ?

Il faut avouer que, dans cette transparence, les charmes les plus secrets de Sophie font de l'effet en ce soir de juin. Elle a assorti sa robe de chaussures légères qu'elle n'a pu résister à acheter à cause du nom si drôle de leur couleur : *jaune fifi effarouché*. Autrement dit : jaune serin malade, un peu verdâtre. Et la voici, éblouissante, sous les lumières d'Idalie, balançant à bout de bras un petit réticule brodé de perles. Il est vrai qu'elle n'est pas la seule à être aussi dévêtue mais l'air est, ce soir, si chaud, si velouté, qu'il semble, à soi tout seul, habiller les nudités.

La foule est de plus en plus dense, dans les allées où les habitués se saluent, s'interpellent :

« ... allons à la pantomime... A quelle heure, le feu d'artifice? Venez-vous voir le tableau vivant?... Est-ce bien convenable pour les enfants? »

Des hirondelles rasent les chapeaux et des gamins se poursuivent, énervés, entre les grandes personnes. Les militaires, surtout, se remarquent; ils ont des uniformes scintillants, font traîner et cliqueter leurs sabres d'un air bravache. Les militaires sont les rois. Les rescapés de Mondovi, les héros de Milan ou des Pyramides jouissent d'un tel prestige auprès de la population que, souvent, ils en abusent. Après des mois de violence et de pillage autorisés, ils se croient tout permis, parlent fort, bousculent les dames ou se prennent de querelle pour des riens.

Normand et Léopold, souvent, s'arrêtent pour saluer l'un d'eux. On se congratule, on se tape sur l'épaule à la démolir. Ho! Brutus! On s'accole, on rit très fort, trop fort, comme on le fait, là-bas, à la guerre. Et puis, on présente Sophie qui esquisse une révérence.

Soudain, au détour d'un bosquet, une silhouette mince, élégante et Léopold tend les bras vers le nouveau venu. Il porte un frac bleu d'un bon faiseur et une culotte bleue, sans galon, enfoncée dans des bottes souples. Ce militaire est d'une sobriété affectée. A peine lit-on son grade d'adjudant-général sur les fins galons de son collet noir. A son côté pend une fine épée d'autrefois, dépourvue de ruban tricolore. Sa cravate éblouissante lui tient haut le menton. De ses mains gantées de blanc, il a ôté son bicorne noir orné d'une minuscule cocarde, si petite, la cocarde obligatoire, qu'elle apparaît comme une dérision.

Il a ri en apercevant Jean-François et Léopold. Il devient grave en regardant Sophie que Léopold présente gaillardement comme il ferait d'une vache à la foire, en lui tapotant la croupe.

« Elle n'est pas belle, ma petite femme? »

L'agacement fait blêmir Sophie. Elle se mord la lèvre à la déchirer.

Le regard de l'homme l'a balayée de la tête aux pieds, un regard *sensible* comme un courant électrique et que Sophie reçoit sur sa peau, sur ses seins que l'allaitement rend divinement ronds et que le décolleté de sa robe dévoile presque complètement. Elle le reçoit sur ses bras nus dont la peau se hérisse tout à coup et sur tout son corps que le tissu transparent protège si mal. Et la citoyenne Hugo, en cette minute, sous le regard de cet homme, enrage d'être aussi déplorablement nue. Elle se voudrait cuirassée de velours bien opaque, de drap rigide et, pourquoi pas, voilée jusqu'aux yeux comme ces femmes d'Afrique qui dissimulent aux étrangers leur bouche et ses images de volupté. Et elle en veut à Léopold de son cadeau, cette robe ridicule qu'il l'a obligée à porter ce soir.

Vertige et malaise. Les éclats de la fête environnante, les détonations du feu d'artifice qui commence à faire jaillir ses fleurs de feu au-dessus de Chaillot, tout cela parvient à Sophie du fond d'un brouillard cotonneux.

Alors, Sophie Trébuchet rougit comme elle n'a jamais rougi de sa vie. Elle s'embrase des doigts de pieds au chignon, lentement, inexorablement, incapable de contrôler la nappe de sang en fusion qui l'envahit. Elle est comme ce champ rongé de braises sourdes qu'elle a vu, naguère en Vendée, ce champ de blé incendié par les soldats de la République et qui, longtemps après avoir brûlé, rougeoyait encore, avivé par le vent de la nuit, sur la terre rasée.

Elle entend Léopold présenter l'inconnu. « ... mon vieil ami, l'adjudant-général La Horie. Victor Fanneau de La Horie, un brave... En avons-nous fait des coups ensemble! » Léopold est lancé. Il mouline des bras, évoque les batailles de 93, quand son « vieil ami » était lieutenant à la 74e demi-brigade. Mais le « vieil ami » (qui n'a guère plus de trente ans) ne bronche pas sous cette explosion de reconnaissance qui attire sur leur groupe l'attention pourtant blasée des passants. Entend-il seulement ce que dit Léopold? L'adjudant-général La Horie regarde Sophie Trébuchet qui le regarde. Les yeux roux du jeune homme étincellent de gaieté dans son visage pâle. Des yeux de diamant roux. Les compliments que lui adresse Léopold ont l'air de le mettre en joie et cette joie, c'est avec la jeune femme qu'il la partage dans une complicité rieuse qui, peu à peu, détend Sophie. « N'en croyez pas un mot, cet homme exagère mais quelle joie de vous voir, disent les yeux de diamant. – Il exagère toujours, répondent les yeux de la Bretonne. Il est ainsi, tranche-montagne et rodomont... – Je le connais sans doute depuis plus longtemps que vous, ajoutent les diamants, ce n'est pas un mauvais homme mais que faites-vous près de lui? Vous ne vous ressemblez guère... – Ah! disent les yeux de Sophie, je n'en sais plus rien moi-même! »

On fait quelques pas. Jean-François propose de boire une liqueur à la terrasse d'un café. Léopold a passé son bras sous celui de La Horie. Il affecte de le traiter en jeune recrue bien que ce dernier soit, tout de même, de sept ans son aîné.

« On ne te voit plus, cher camarade. Où donc déploies-tu tes talents et tes vertus?

– Je suis devenu le factotum de notre cher général

Moreau qui a eu la bonté de m'attacher à son service, dit La Horie. Et, comme notre quartier général est à Milan où tout ne va pas pour le mieux en ce moment, ton serviteur passe sa vie de Paris à Milan et de Milan à Paris pour apporter des nouvelles qui sèment la consternation plus que l'allégresse. J'apaise, je modère, je négocie, je vais comme le vent, un jour ici, le lendemain là. Bref, on m'a surnommé « la botte de sept lieues[1] »!

Accrochée au bras de Jean-François Normand, Sophie ne perd pas un mot de la conversation. L'attention de La Horie étant fixée sur son mari, elle peut à loisir dévisager le jeune colonel. Il n'est pas d'une beauté parfaite mais ce front haut qu'encadrent les cheveux châtains coiffés « à la Titus », ce visage d'un bel ovale, cette bouche généreuse, ce regard étincelant font oublier le nez un peu trop long, le menton un peu trop pointu et les traces de petite vérole qui déparent les joues rasées de près. Ses mains fines, nerveuses, sont émouvantes. Il se dégage de toute sa personne un air d'aristocratie, ce je ne sais quoi de charme britannique fait de politesse et de réserve qui rappelle à Sophie les gentilshommes de son enfance nantaise.

Mais l'attention de La Horie se reporte sur elle quand Léopold la désigne comme « mon précieux butin de Châteaubriant ».

« Ah! dit-il, vous êtes de Châteaubriant? Quand j'étais au bataillon de la Mayenne, nous avons gardé la Forge-Neuve...

– Mon cousin Bellet y était maître de forge, dit Sophie. J'habitais tout près. Nous avons une maison au Petit-Auverné. J'aurais pu vous rencontrer.

– Nous sommes des gens de l'Ouest, dit La Horie. Je suis normand de Javron, en Mayenne.

– Hélas! dit Sophie, le Couesnon nous sépare, citoyen colonel, c'est la frontière de nos deux pays.

– Oui, dit La Horie en riant, mais aucune frontière,

1. La Horie avait aussi le surnom de Thrasybule.

aucune rivière et même aucun fleuve n'est infranchissable pour un vaillant soldat, n'est-ce pas, mon cher Brutus?

– Pas même le Styx ou l'Achéron! » renchérit Léopold qui a toujours le mot pour rire.

Le lendemain de la soirée au Jardin d'Idalie, Léopold dit à Sophie :

« Il nous faut revoir La Horie. Nous allons l'inviter. J'ai eu tort de le perdre de vue si longtemps. C'est un homme habile et bien introduit. Il est l'intime de Moreau qui est l'homme de l'avenir et Moreau a, de moi, bonne opinion. Une recommandation de La Horie ajoutée à cela ne nuirait pas à ma carrière. Je te prie d'être aimable avec lui.

– Ne l'ai-je pas été? murmure Sophie.

– Je n'ai pas dit cela, dit Léopold, mais j'aimerais que nous établissions avec lui des liens d'amitié plus étroits. La Horie est un homme distant, timide peut-être, un solitaire qu'il faut aller chercher. J'ai été surpris, hier, de le voir si disert.

– Il n'est pas marié?

– Non. Et on ne lui connaît pas de liaison. On a raconté, un moment, que la citoyenne Bonaparte avait eu des bontés pour lui – mais pour qui n'en a-t-elle pas eues? – du temps que La Horie était le secrétaire de Beauharnais. On a dit qu'elle l'avait recommandé à Barras et qu'il lui doit son grade d'adjudant-général... Mais, tu l'as vu, ce gaillard-là n'est pas un homme à femmes. Je lui trouve même, en vérité, un certain air monacal...

– Monacal, vraiment? » dit Sophie, rêveuse.

Nancy, juillet 1799

ASSISE dans une pièce basse de la maison, rue des Maréchaux, Sophie se demande en quoi elle a bien pu offenser et à ce point l'Etre Suprême – si toutefois il existe – pour être ainsi punie, exilée, dans cette ville ennuyeuse, dans cette rue sinistre, dans cette maison aussi gaie qu'une caserne de sous-préfecture. C'était bien la peine de revenir de Nancy, après la mort du beau-père, pour y retourner moins d'un mois plus tard.

Ainsi en a décidé Léopold quand il lui a annoncé, en juin, et joyeusement encore, que, grâce aux bons offices de La Horie, il devait rejoindre l'armée du Rhin où il allait enfin pouvoir, à nouveau, servir la Patrie sous le feu de la mitraille. Et Sophie ne peut s'empêcher de penser que « le feu de la mitraille » qui attire si fort les hommes est plus amusant que les braises de l'ennui réservées aux femmes qui ont l'honneur d'attendre.

Ah! mille fois le feu de la mitraille plutôt que ces jours mornes qui tombent les uns sur les autres, dans cette ville étrangère si loin de tout ce qu'elle aime!

Bien sûr, elle a tenté de persuader Léopold qu'il la laisse à Paris avec Abel. Mais, puisqu'il rejoignait l'armée active, il perdait du même coup son logement à l'Ecole militaire et, outre qu'il pouvait difficilement s'offrir le luxe de payer un loyer, on n'avait pas le temps de chercher un logis décent. Et surtout, disait-il, il serait plus tranquille de savoir sa femme et son fils à Nancy, dans la maison familiale, avec sa mère et ses sœurs plutôt que seuls, à Paris... « N'oublie pas que tu seras là chez toi car cette maison m'appartient autant qu'à ma mère et à Goton. Tu verras, tu y seras gâtée.

– Mais puisque nous allons être séparés, avait imploré Sophie, pourquoi n'irais-je pas à Châteaubriant? Ils n'ont encore jamais vu Abel, là-bas... Tu n'aurais rien à craindre pour nous deux. »

Mais Léopold a préféré Nancy. D'autant que la 20e demi-brigade à laquelle il appartient, et qui a été désignée pour faire partie du corps du Danube, va avoir son quartier général établi à Nancy.

– Nous ne serons pas très éloignés et je te rejoindrai sûrement avant la fin de l'été. »

Sophie n'a pas eu le temps de regimber davantage. Elle s'est retrouvée avec malles et bébé dans la diligence qui va à Nancy, via Châlons, Vitry, Saint-Dizier et Toul. Elle enrage mais trop tard. Et, tandis que la voiture cahote sur les méchantes routes de la Champagne, Sophie, pour la première fois, a une pensée franchement mauvaise à l'égard de son mari. Oui, elle souhaite, puisqu'il est si avide de gloire, que le feu de la mitraille, dont il parle avec une si joyeuse emphase, l'expédie définitivement au sombre et glorieux royaume des héros tombés pour la France. Après tout, l'état de veuve ne doit pas être si dénué de charme.

Dans de telles dispositions d'esprit, la jeune citoyenne Hugo n'a pas débarqué rue des Maréchaux le sourire aux lèvres. Et elle ne l'a pas retrouvé dans les semaines qui ont suivi.

D'abord, elle étouffe dans cette étroite rue commerçante, à la limite de la ville vieille où le soleil pénètre difficilement entre les façades pisseuses aux vitres sales. A côté de cette rue, la place de Grève, à Paris, lui semble un paradis. Elle trouve que tout est vulgaire et crasseux dans ce quartier où la maison des Hugo ne se distingue guère avec ses trois étages à quatre fenêtres, son couloir étroit et cette cour intérieure, obscure, humide, qui sent le fond de puits. Ah! où sont donc mes plates-bandes et mes bosquets de *La Renaudière*? On doit faire les foins, là-bas, en ce moment... »

Quant aux femmes de la famille, sa belle-mère surtout et sa belle-sœur Goton, Sophie n'a pas mis huit jours à les trouver parfaitement insupportables.

La vieille citoyenne Hugo, qui a fini de pleurer son mari défunt, s'est jetée sur son petit-fils Abel comme la vérole sur le bas clergé, avec la prétention de s'en occuper. La mère de famille nombreuse et l'ancienne bonne d'enfants qu'elle est – elle ne rate pas une occasion de rappeler qu'elle a élevé ceux du comte Rosières d'Euvezin – a des idées bien arrêtées sur l'éducation qui, malheureusement, ne concordent pas mais pas du tout avec celles de sa bru. Par exemple, elle n'admet pas que Sophie allaite Abel au lieu de le faire faire, comme tout le monde ici, par une nourrice. « Dans votre position », dit-elle...

« Donner à mon enfant le lait d'une autre femme? réplique Sophie, certainement pas! Il boira du lait breton jusqu'à un an, un point c'est tout!

– Chez nous, dit la belle-mère, on sèvre les enfants à neuf mois, ne serait-ce que pour épargner les nourrices.

– C'est possible mais pas chez moi », répond sèchement Sophie.

La Goton Martin-Chopine qui n'aime pas sa jeune belle-sœur, c'est visible, met son grain de sel, soutient sa mère contre Sophie et en rajoute encore. Comment, on baigne Abel *tous les jours* dans une bassine et en lui savonnant la tête par-dessus le marché? On va lui faire passer les couleurs. C'est très malsain. Tout le monde sait qu'il ne faut pas toucher à la croûte graisseuse qui se forme naturellement sur la fontanelle des petits. Il suffirait de le débarbouiller avec un coin de serviette trempé dans un plat à barbe. Et cette façon de le laisser gigoter dans ses petites robes au lieu de le sangler dans des langes comme cela s'est toujours fait!

« Vous voulez peut-être aussi que je le pende à un clou comme on faisait dans l'ancien temps? » dit Sophie, acerbe.

Et les deux harpies se relaient pour corner aux oreilles de Sophie qu'il est dangereux d'aller, comme elle le fait, promener Abel au parc de la Pépinière dont le grand air contient des germes de maladies. Qu'elle a tort de ne pas le bercer quand il pleure car c'est ainsi que les enfants prennent des convulsions. Et comment ose-t-elle frotter les gencives enflammées de son fils avec un morceau de sucre sous prétexte de hâter le percement d'une dent? Quelle barbarie! Il suffit d'entendre hurler le pauvre petit ange.

Ce qui les déchaîne par-dessus tout, c'est qu'Abel ne soit pas baptisé. Un tel manquement aux usages leur semble monstrueux.

« Supposez, dit la venimeuse Goton, qu'il arrive malheur au cher petit, sans baptême, on ne pourrait même pas lui faire un enterrement chrétien!

– Mais regardez donc comme il est rose et dodu, nargue Sophie. Croyez-vous que le baptême lui manque? Sottise! »

Elle en rajoute, devient brutale.

« Mon enfant est *mon* enfant, tranche-t-elle. Moi seule décide de ce qui est bon ou mauvais pour lui. Compris? »

Abel, qui a sept mois, rit aux anges, inconscient des bagarres dont il est l'objet. Mais, pas de chance, l'aimable enfant qui fait des grâces à tout le monde, même aux inconnus, ne supporte pas que sa grande-mère l'approche et se met à pleurer dès qu'elle l'embrasse.

« On lui aura fait la leçon, dit la vieille, outrée.

– Pas du tout, réplique Sophie, ce sont vos moustaches qui le piquent. »

PLUS les jours passent, plus Sophie se renferme et s'aigrit. Sa solitude, rue des Maréchaux, lui pèse. Si elle se sent plus en confiance avec les autres belles-sœurs, Anne, Julie ou Victoire qu'avec Goton, la causerie, avec ces trois simplettes, ne dépasse guère le sujet de la couleur d'un jupon ou de l'herbe d'un ragoût. Quant à la conversation avec Abel, elle se limite, pour l'instant, à un échange de tendres borborygmes.

Les nouvelles qu'elle reçoit de Léopold ne sont pas très exaltantes. Il s'est pris de querelle, une fois de plus, avec un certain Cathol et, une fois de plus, il se croit persécuté. Découragé, il se demande même s'il ne devrait pas quitter l'armée. Il a écrit à La Horie qui se trouve à Milan pour essayer d'être envoyé auprès de lui et de Moreau. Il a fait la même requête, à Paris, au ministre. Mais ni l'un ni l'autre ne lui ont répondu.

Les lettres de Léopold parviennent à Sophie sous la suscription : *Citoyenne Hugo, la jeune, chez sa mère, 81, rue des Maréchaux, Ville vieille, Nancy.* Elle monte les lire dans sa chambre, frustrant ainsi à plaisir la curiosité des femelles Hugo qui auraient aimé, c'est sûr, qu'elle en fît lecture à voix haute. Mais Sophie se contente de répondre laconiquement à leurs questions, au sujet de Léopold.

De temps à autre, elle s'oblige, elle qui a horreur d'écrire, à répondre à son mari. De courtes lettres qu'elle adresse « *à Worms, armée du Danube* ». Elle lui raconte qu'Abel, à présent, dit nettement *papa* et *maman*. Elle lui dit aussi son ennui de vivre à Nancy et qu'elle a hâte de le voir revenir près d'elle. Elle est sincère car elle préfère encore la compagnie de Léopold à celle de sa famille.

En août, enfin, Léopold débarque à Nancy avec son bataillon. Détaché à nouveau de son corps, il s'installe rue des Maréchaux où il constate avec tristesse la mésentente qui règne entre sa femme et celles de sa famille. Evidemment, chacune le prend à témoin, essaie de le mettre dans son camp, mais Léopold qui, comme beaucoup d'hommes, est plus courageux face à l'ennemi qu'au milieu de femmes en colère, se défile comme il peut, essayant de donner raison à tout le monde sans donner tort à personne. Ce qui exaspère Sophie qui le traite de couard.

Pour calmer sa petite femme adorée, Léopold l'emmène en promenade dans la campagne, autour de Nancy. Mais, devant le plus joli paysage, Sophie, avec une mauvaise foi qui n'appartient qu'à elle, fait la grimace et compare tout ce qu'elle voit avec sa Bretagne bien-aimée. Au bénéfice de celle-ci, évidemment. A l'entendre, la plus belle forêt vosgienne n'est rien à côté de ses bois de Juigné ou de Vioreau et cette Meuse rapide et tortueuse que Léopold veut lui faire admirer a moins de charme, pour elle, que la Chère marécageuse et dormante qui baigne les remparts de Châteaubriant. Elle va jusqu'à prétendre que les libellules lorraines sont des demoiselles efflanquées à côté des somptueuses bestioles du pays de Lamée.

Bien que l'adjudant-général Mutelé, employé à la 4e division militaire, ait réclamé Léopold pour adjoint, ce dernier, à la fin de septembre, est nommé, à nouveau, rapporteur près d'un conseil de guerre. A Nancy, cette fois.

« Je crois, dit-il, qu'à force de plaider, je finirai par en faire ma profession! »

Un couple aussi disparate que celui de Sophie et de Léopold est difficilement harmonieux. Il l'est encore moins quand leurs querelles sont envenimées par la promiscuité d'une belle-famille qui se mêle un peu trop de leur vie.

Sophie, en janvier 1800, est effondrée. Non seulement elle supporte de moins en moins la famille Hugo, non seulement Léopold la fatigue mais encore la voici, à nouveau, enceinte. Et Abel qui n'a que quatorze mois et qui pète de santé réclame une surveillance permanente, épuisante. Sa vitalité est redoutable. Il touche à tout, grimpe partout, suce tout, risque cent fois par jour une blessure ou un accident mortel. On le rattrape au bord des fenêtres, on lui retire les objets les plus divers de la bouche, et Sophie n'est un peu tranquille que lorsqu'il s'endort, épuisé. Car, bien entendu, elle ne veut le confier à personne, prétendant que la vivacité de son fils est plus grande que celle de sa grand-mère et de ses tantes réunies.

Et le nouvel enfant qui s'annonce ne la réjouit guère. Cette fois, elle va être clouée à Nancy pour longtemps, et la perspective du printemps et de l'été qu'elle devra encore passer ici avant de faire ses couches en septembre la déprime complètement.

Le seul sourire de ce mois de janvier, c'est l'arrivée, un jour à l'improviste, du fringant La Horie. Il débarque comme ça, tout à trac, rue des Maréchaux, un après-midi. Abel fait la sieste et Sophie, seule dans une salle du rez-de-chaussée, tricote sans entrain près de la cheminée quand, soudain, Victoire fait irruption :

« Il y a là un cavalier qui te demande.

– Un cavalier? dit Sophie, mais qui est-ce?

– Le citoyen Victor Fanneau de La Horie », récite Victoire qui a dû répéter ce nom tout le long du couloir pour le restituer entier.

Sophie, soudain ressuscitée, a bondi sur ses pieds. Tout à coup, elle s'aperçoit qu'elle est coiffée n'importe comment, qu'elle n'a pas changé de robe depuis trois jours, qu'elle est chaussée de souliers défraîchis. Comme si le nom de La Horie lui rendait une coquetterie perdue depuis des mois. Et puis, tant pis, il est trop tard pour se pomponner, qu'il entre.

« Qu'il entre! dit-elle joyeusement, qu'il entre!

– Je ne suis guère en état de faire une visite, dit le cavalier, en désignant ses bottes boueuses et son manteau humide que, déjà, Victoire l'aide à ôter, mais je ne voulais pas venir à Nancy sans vous voir.

– Que vous avez bien fait! dit Sophie. Mais Léopold est au conseil de guerre...

– Eh bien, nous l'attendrons... si vous le permettez », dit La Horie. Et il étend vers le feu ses longues mains fines et gelées.

Si elle le permet! Il y a plus de sept mois qu'elle n'a pas vu cet homme et, en quelques instants, sa présence a déjà transformé cette maison qu'elle déteste. Il semble à Sophie que les murs sont moins tristes, que le feu crépite plus vivement dans la cheminée et que son propre sang court plus vite dans ses veines.

Elle ne l'a pas vu depuis sept mois mais combien de fois les yeux de diamant ont-il traversé sa pensée? Combien de fois a-t-elle remué dans sa mémoire la soirée du Jardin d'Idalie et les conversations qu'ils ont eues dans les jours qui ont précédé son départ pour Nancy?

C'est la première fois qu'ils se trouvent seuls et, loin d'en éprouver de la gêne, chacun semble étonné et content à la fois de la présence de l'autre. Est-ce vraiment Léopold que La Horie souhaitait voir? Pas une seule fois son nom ne sera prononcé, avant qu'il apparaisse, vers quatre heures, tenant Abel dans ses bras. Pas une seule fois ils n'aborderont d'autres sujets qu'eux-mêmes, Victor s'inquiétant de « la petite mine » qu'il trouve à Sophie et elle, voulant savoir ce qui lui est arrivé pendant toutes ces semaines et combien de temps il va rester à Nancy.

« Je vous avais promis, dit-il, que je viendrais vous voir, vous en souvenez-vous?

– Oh! dit Sophie, ce sont des choses qu'on dit et puis qu'on oublie... Je suis tellement heureuse de cette promesse tenue...

– Moins que moi, dit-il entre ses dents et il ajoute, d'un ton mondain, cette fois... J'ai de très bons amis, ici, que je veux vous faire connaître... »

Mais déjà Léopold vient d'entrer et sa joie, à la vue du visiteur, fracasse le doux nuage d'amitié sur lequel flottaient Sophie et Victor. Léopold est entré, brandissant Abel, son fils, à bout de bras et les vitres de la fenêtre se sont mises à frémir de ses éclats de rire. La Horie à Nancy? Chez lui? C'est son avenir, c'est sa carrière qui s'éclaire.

« Ah! mon cher camarade, dit Léopold, que tu nous as donc manqué! »

LA HORIE est revenu rue des Maréchaux le lendemain et puis le jour d'après, encore. A sa seconde visite, il a dit à Sophie :

« Que vous êtes donc belle ! »

Et Sophie a rosi de plaisir, récompensée par ces cinq mots de la peine qu'elle s'est donnée toute la matinée à se coiffer gracieusement et à repasser au petit fer une triple collerette de mousseline qui donne, elle le sait, un éclat particulier à son visage.

Et ils ont parlé, parlé, parlé, lui, le taciturne, elle, la farouche. Remontant le temps, ils ont entrelacé leurs enfances, mêlant la Normandie à la Bretagne... « J'avais six ans quand vous êtes née... » Ils ont parlé comme, sans doute, ils ne l'ont jamais fait l'un et l'autre, lui de ses années de collège à Louis-le-Grand, de sa vie de soldat, du chagrin qu'il a eu à la mort de son père, il y a deux ans, déjà. Et elle, Sophie, lui a donné Nantes et Châteaubriant et le bonheur blessé de *La Renaudière* et ses cavalcades à travers la lande et même la tête de Mlle de la Biliais qui continue à culbuter dans ses nuits nancéennes. Ils se sont émus, ils ont ri et leurs doigts se sont noués sans qu'ils s'en aperçoivent.

A sa troisième visite, d'adieu cette fois, car il repartait le soir même pour la guerre, Victor a trouvé une Sophie méconnaissable, tendue, nerveuse, le regard fuyant, emberloquée dans son châle. Souffrante ? Ses mains étaient glacées. Il les a prises, ces petites mains pâles, dans ses fortes mains de cavalier et les a frottées, doucement, pour les réchauffer.

Et puis, il s'est levé pour prendre congé.

« ... mais je reviendrai, dès que ce sera possible. »

A baisé respectueusement la petite main réchauffée de la citoyenne Hugo. Et claqué les talons comme il a appris à le faire en Autriche.

« Adieu, madame... » Ma dame.

Et elle, muette, soudain si pâle. Et cette voix qui s'étrangle :

« Adieu... »

Et que s'est-il passé, là, tout à coup, contre cette porte encore fermée qui allait séparer ces deux-là, si convenables, si réservés? Comment cela est-il arrivé, si vite? Est-ce lui qui a fait un pas et ouvert les bras pour la serrer si fort contre sa poitrine qu'elle gardera jusqu'au soir la marque d'un bouton de son dolman imprimée sur sa joue? Est-ce elle, Sophie, qui est venue se blottir contre lui? A-t-il incliné son visage? A-t-elle levé le sien? Deux baisers se sont rencontrés en chemin, n'en ont fait qu'un. Et ils se sont mis à trembler contre la porte fermée et à se bercer, enfant l'un de l'autre, avec des mots d'enfant fiévreux... « Je ne veux pas que tu meures... je ne mourrai pas... je ne peux pas mourir si tu m'attends!... »

Et puis, ce retour si brutal à la réalité. Sophie, les mains sur le visage, honteuse, désemparée, Sophie, qui n'ose plus regarder en face cet homme qu'elle aime.

« C'est horrible ce qui m'arrive! Je voudrais être morte!

– Horrible? »

Il a souri. Evidemment, il n'a pas compris ce qu'elle a voulu dire. Il croit à une pudeur de femme. Il croit qu'elle a voulu parler de ce qui vient de les surprendre et le mot *horrible* le fait sourire.

« Horrible, vraiment? dit-il d'une voix douce. Horrible à en mourir?

– J'attends un enfant, dit Sophie. C'est horrible. »

Aveuglée par ses mains, elle ne l'a pas vu pâlir, elle ne l'a pas vu se reprendre aussitôt.

A-t-il entendu ce qu'elle lui a dit? A-t-il compris? Sa voix est si calme, presque enjouée :

« Ce n'est pas horrible d'attendre un enfant. Ma mère en a eu seize et c'est une personne charmante... J'ai l'honneur d'être son huitième... S'il est aussi joli qu'Abel, ce n'est pas *horrible*, Sophie... Il faut le faire joyeusement, cet enfant, puisqu'il est déjà là. Et ôter ces larmes que je vois dans vos yeux, madame. Parce qu'il ne faut pas laisser une image de tristesse à un pauvre officier qui a le malheur de vous quitter pour aller couper des oreilles d'Autrichiens... Ah! ce sourire vous va mieux!... Il faut prendre soin de vous. Et aussi me pardonner, s'il vous plaît. Je ne sais pas bien vous dire ce que je voudrais mais j'ai une excuse à cela : je suis un soldat et je n'ai pas eu, jusqu'à présent, le loisir d'être amoureux. Je ne sais parler qu'aux hommes et aux chevaux. Mais si vous voulez bien être patiente, me faire confiance, je vais apprendre vite et rattraper le temps perdu... Et maintenant, nous allons nous occuper de ce pauvre Léopold qui s'ennuie si fort dans la paix de son conseil de guerre. »

Avril 1800

Fou de joie, Léopold. Tout lui réussit. Cet an VIII lui aura été décidément bénéfique. D'abord, Sophie attend un deuxième enfant, excellente chose : Léopold a toujours désiré devenir le patriarche d'une famille nombreuse. Et puis, quelle meilleure compagnie pour une femme dont le mari est souvent absent, que des enfants? Justement, Léopold vient d'être appelé à reprendre du service actif en Autriche. Il le savait bien que l'amitié de La Horie serait précieuse. C'est lui qui l'a pistonné auprès de Moreau pour le faire nommer à l'état-major. C'est fait : le voici l'un des six adjoints du général. Dès qu'il reçoit sa feuille, adieu Sophie, adieu Abel, adieu Nancy, il va rejoindre l'armée de Bâle.

Il est bien obligé de reconnaître que la tristesse de quitter sa petite femme est largement compensée par la joie de retrouver ce pour quoi il est fait, avant tout : les charges de cavalerie, les attaques au petit jour, les ordres portés sous le feu, le bruit des canons, le terrain gagné sur l'ennemi, lieue après lieue, les drapeaux qu'on arrache, le bruit et les odeurs de la mitraille, les chants, les sonneries, l'entrée en triomphe dans les villes conquises, les bivouacs, ah, nom de Dieu!

En mai, Sophie reçoit une longue lettre de son cher époux. Un véritable bulletin militaire dans lequel Léopold lui explique par le menu la bataille de Moeskirch. Pas un mouvement stratégique, pas un boulet n'y manque.

« De Clostervald en Souabe. Le 17 floréal an VIII
» Avant-hier, ma bonne amie, nous avons livré aux Autrichiens une bataille que le général Moreau a comparée à celle de Novi où nous perdîmes le brave Joubert[1]... »

Sophie parcourt ces lignes avec impatience. Peu lui importe que Lecourbe ait attaqué par la droite du terrain, tandis que les divisions de Leclerc et de Delmas avançaient au centre. Ce ne sont pas ces noms-là qu'elle cherche dans cette longue, si longue narration... Ah! nous y voici :

« ... Je n'ai, pendant toute l'action, pas été un moment avec le général La Horie, je me suis trouvé à toutes les attaques, tantôt avec le général Moreau, tantôt avec d'autres. L'adjudant-général La Horie a eu un cheval blessé, j'ai eu le bonheur de ne rien attraper; les boulets, la mitraille, les balles m'ont cependant toujours frisé de près... »

L'été qui vient redouble l'impatience de Sophie. Elle ne veut plus rester à Nancy. Depuis le départ de Léopold, les femelles Hugo se déchaînent contre elle,

1. Lettre citée par Louis Barthou – *Le Général Hugo*. Hachette, 1926. Ainsi que les suivantes.

pires qu'avant. La belle-mère et la Martin-Chopine – que Sophie n'appelle plus que « la Chopine » – rivalisent de sournoiserie fielleuse, de mots blessants et l'air, rue des Maréchaux, est devenu tout à fait irrespirable.

Tout cela est de la faute de Léopold qui se soucie d'elle comme d'une guigne. Il l'a consignée à Nancy, exactement comme on pose une armoire au garde-meuble. Oui, mais justement, elle n'est ni une guigne ni une armoire et elle ne va pas se gêner pour le lui dire. D'abord, c'est simple, si elle reste à Nancy, elle va tomber malade, elle le sent. Déjà, elle éprouve, en attendant ce deuxième enfant, une fatigue qu'elle n'a pas ressentie pour le premier. Elle se traîne, elle languit, elle a mal dans le dos, mal à la tête, la nourriture lui brûle l'estomac, elle maigrit.

Bon. Puisqu'elle est seule pour se défendre, puisque ce couillon traîneur de sabre ne comprend pas qu'il la laisse en danger, elle va prendre les mesures nécessaires pour se sauver toute seule avec Abel et l'autre qui lui grouille déjà dans le ventre.

La vérité, c'est qu'elle ne l'aime plus. Elle s'aperçoit, maintenant, qu'en l'épousant, elle a fait une bêtise. Leurs deux tempéraments sont aux antipodes l'un de l'autre. Ils n'ont aucun goût en commun. L'absence lui donne tous les torts et la comparaison avec le délicieux La Horie qui la trouble tant n'arrange rien. Elle accable Léopold, le trouve vulgaire, ronflant, prétentieux, courageux peut-être sous la mitraille mais si couard devant la vie, si plat devant ses supérieurs à qui il s'efforce toujours de plaire. Un fayot. Et puis, cette redondance, cette enflure, ce goût de paraître. Ah! Brutus! Toujours les grands mots à la bouche, l'Honneur, la Patrie, la République. Parlons-en de ce républicain! Il crève d'envie de ressembler à ces aristocrates qu'il a prétendu combattre. La preuve, ces « armes » ridicules qu'il s'est inventées : en 93, ce cartouche grotesque avec ses initiales, un bonnet phrygien par-dessus, les deux branches de lierre, la levrette étendue par-dessous et cette devise de bouquetière « *Je meurs où je m'attache.* » Et cela dans un temps où, partout, on effaçait les vrais blasons! Et cette réputation usurpée de bonté, de clémence qu'il s'est forgée alors que, pendant la guerre de Vendée, lui et son Muscar massacraient tant qu'ils pouvaient. Ah! ils peuvent en témoigner de son humanité, les centaines de pauvres bougres fusillés à Bouguenais, les *Brigandes*, enceintes ou pas, passées par les armes, les gamines, les femmes traduites en conseil de guerre et exécutées pour avoir porté le fusil d'un *Brigand* ou lui avoir donné du pain, les malheureuses assassinées sur l'ordre de Muscar et de son greffier Hugo! Mais comment ai-je pu, moi, Sophie Trébuchet, épouser *cela*? Donner un tel père à mes enfants? En ce moment, il ne vaut pas, dans l'esprit de sa femme, la corde pour le pendre.

Elle veut retourner à Nantes pour y faire ses couches. Peut-être à *La Renaudière.* Il y a, là-bas, le docteur Labbé, ami de sa famille, qui ne refusera pas de l'aider, qui la soignera. Il y aura la tante Robin, ses sœurs. Elle sera entourée, réchauffée dans sa Bretagne généreuse. Et même si elle y était seule, tout plutôt que de rester ici.

Et elle écrit à Léopold. Elle veut le rejoindre en Autriche pour le convaincre de la laisser partir et pour qu'il l'aide aussi car elle n'a pas d'argent pour le voyage.

Et Léopold répond. Il s'oppose absolument à ce qu'elle vienne en Autriche, zone trop dangereuse, en ce moment, pour une jeune femme dans son état. Il lui conseille d'être raisonnable, de prendre son mal en patience, de ne pas se complaire à la mélancolie.

Lettre furieuse de Sophie, en réponse. Léopold ne comprend rien, n'est qu'un âne bâté. Ne l'aime pas. Ne l'a jamais aimée. Ne vaut pas mieux que son infecte famille qui met tout en œuvre pour la désespérer. Ah! quelle joie elle aura, le jour où elle quittera Nancy pour toujours!

Eh bien, c'est dit. Avec ou sans l'aide de Léopold,

elle partira quand même. Elle trouvera de l'argent, vendra au besoin les deux ou trois bijoux qu'elle possède. Elle est prête, au pire, à partir à pied, sur les routes, avec Abel à la main, en mendiant son pain. Elle se souvient de la prédiction de Mlle Le Normand : les voyages...

Elle écrit à Léopold :

« Celui que j'entreprends est bien long, mais le terme en sera la tranquillité et peut-être le bonheur; d'ailleurs je viens de recevoir du docteur Labbé une lettre, je vais lui répondre et l'instruire de mon départ, je pense que je pourrai rester quelque temps chez lui et me reposer; j'emmène Abel avec moi, je serais bien fâchée de l'abandonner dans un pays auquel je dis adieu pour toujours. »

Cette lettre de Sophie atteint Léopold à Memmingen. Atteint est le mot juste : elle le navre... Entre-temps, il lui en avait adressé une autre dans laquelle il consentait à son voyage et lui envoyait 150 francs.

Le 9 juin, il lui répond ceci :

« ... Non, Sophie, non, tu n'as jamais connu l'attachement de ton époux qui t'adorera toujours, quand tu lui écris avec des expressions si peu ménagées; tu connais bien peu l'état de son cœur, l'état du tien n'est pas tel que tu l'annonçais. (...) Méritais-je, dis-moi, méritais-je d'être si cruellement traité, moi qui n'eus jamais d'autre désir que celui de te plaire! (...)

« Pour trouver la tranquillité et le bonheur, dis adieu pour toujours à Nancy, j'y consens; mes seuls, mes uniques vœux furent toujours pour ton bonheur. S'il fut imparfait, il n'a pas dépendu de moi qu'il fût autre; j'ai répondu à ton amour de la manière la plus tendre, la plus sincère; mais je t'ai quittée sans l'avoir désiré (menteur!) et, sans me le dire, tu m'en fais un crime. C'est une injustice; plus tard, Sophie, tu en sentiras la conséquence... »

Et cela, qui fait bondir Sophie et qui exprime la raison véritable pour laquelle Léopold la veut à Nancy :

« Tu dis adieu pour toujours à Nancy! Hélas! Sache donc pourquoi je désirais t'y revoir, te le dirai-je? Je puis être blessé et me faire conduire à Nancy; là, tes soins eussent soulagé mes maux, eussent peut-être conservé mes jours. A trois cents lieues de toi, je puis l'être également, j'irai alors dans un hôpital, où, le chagrin dans le cœur, je finirai, en t'aimant bien et toujours, une carrière qui va me devenir insupportable. »

A divre vrai, Léopold, de son côté, n'a pas une passion pour Nancy. Seule la proximité de la ville où il pourrait se faire soigner l'intéresse. S'il consent que Sophie aille faire ses couches à Nantes, il espère qu'elle reviendra ensuite en Lorraine. Mais elle le détrompe rapidement :

« Je suis étonnée que tu me l'assignes pour domicile quand tu sais combien je m'y déplais et que toi-même tu le détestes; c'est sans doute pour le temps que tu comptes rester éloigné, mais tu te trompes si tu crois que j'y reviendrai. Rendue chez moi, je ne me déplacerai plus; tu seras toujours le maître de m'y retrouver ainsi que tes enfants, quand tu voudras vivre avec nous. Adieu, porte-toi bien; je t'embrasse comme je t'ai toujours aimé. »

Rompez!

Léopold n'en revient pas. Sa lettre suivante est une longue jérémiade. Il se dit « malade à ne pouvoir se soutenir », il a passé une « cruelle nuit », une « fièvre brûlante » l'a empêché de dormir.

« Sophie, est-ce bien toi qui as tracé ces sanglants

caractères? Sont-ils bien de la main de celle qui, il y a peu de jours, m'écrivait qu'elle ne pouvait sans moi supporter la vie, qui me recommandait de conserver précieusement la mienne pour elle et nos enfants? A quoi me servira-t-il de la conserver? »

Il n'hésite pas à formuler un chantage au suicide :

« ... Aujourd'hui, elle m'est à charge et, cette nuit, dans une fièvre brûlante, j'en examinais le terme comme un bonheur, je fixais avec plaisir mes yeux sur des machines de mort non destinées pour moi. J'allais... je me suis arrêté, non par la crainte, je n'en ressentis pas, mais parce que je crus penser que tu m'aimais encore, que tu n'avais écrit cette lettre qu'avec irréflexion et j'ai dit : Il faut attendre, il sera toujours temps quand j'aurai reconnu que j'ai perdu son cœur. »

Ce n'est pas exactement là le ton susceptible de reconquérir Sophie.

Pourtant, alors qu'elle s'apprête à quitter Nancy, une autre lettre de Léopold l'arrête.

« Suspends ton voyage. Si tu n'es pas partie, ne fais même aucun préparatif; c'est ton époux lui-même qui veut aller, avec la paix, te présenter à ta famille. Nous nous attendons à une suspension d'armes; si elle n'avait pas lieu, l'armée autrichienne d'Italie serait perdue, celle-ci serait exterminée. Suspends donc : avant peu, tu me reverras. »

Convaincue qu'elle va voir apparaître Léopold d'un jour à l'autre, Sophie suspend. Elle attend. Et les semaines passent. Arrive juillet. Toujours pas de Léopold. Sophie, de plus en plus alourdie par sa grossesse, n'a plus le courage de se mettre en route, surtout avec Abel. Elle a beau savoir que Léopold est tributaire de la guerre qu'il fait, elle ne lui pardonne pas de l'avoir coincée à Nancy. Elle ne répond même plus à ses lettres pourtant de plus en plus enflammées. Elle les lit d'un œil distrait, agacée par cet amour bavard auquel, de toute façon, elle ne saurait répondre car le style ampoulé de Léopold n'est pas le sien. Sophie ne saura jamais transcrire les sentiments vifs qu'elle éprouve. Timidité, pudeur, orgueil, elle flambe secrètement et se tait.

Pourtant, certaines phrases de Léopold l'exaspèrent. Quand, par exemple, à propos d'Abel, il lui écrit :

« ... Que fusses-tu devenue si l'amour ne t'eût rendue mère du cher enfant? Il tient auprès de toi une place précieuse, il te désennuie, il t'offre encore un bonheur dont je suis tout à fait privé. »

Certes, elle aime Abel – quelle mère n'aime pas son enfant? – certes, il occupe une place importante dans sa vie mais de là à exprimer qu'elle ne serait rien sans lui, en l'absence de Léopold, quelle outrecuidance!

Evidemment, il ne sait pas ce qui occupe surtout sa tête et son cœur, en cet été de solitude. Il ne sait pas que, seul, La Horie compte pour elle, à présent, et qu'elle n'est heureuse que quand on lui parle de lui. Quand elle apprend, par exemple, qu'il est sorti indemne d'un combat furieux, qu'il a été nommé général de brigade ou que c'est lui qui a été choisi par Moreau pour négocier l'armistice à Pastdorf. Il ne sait pas, Léopold, que, tous les jours, quand elle se précipite au-devant du courrier, c'est parce qu'elle espère recevoir un de ces billets de La Horie, toujours brefs, comme s'il les griffonnait en hâte, sur un coin de sa selle, une phrase ou deux, banales à dessein, qu'elle pourrait, sans danger, laisser traîner sous les yeux de sa belle-mère mais dont elle comprend, elle, la signification secrète : vous le voyez, je suis vivant et je pense à vous, ma dame. Et mille fois par jour, quand elle est seule, quand elle s'éveille, quand elle s'endort, ses lèvres forment les syllabes de ses noms, plus douces, plus troublantes à prononcer que celles de son prénom : La Horie, Fanneau. Et elle se demande, de ces deux noms, celui qu'elle préfère, celui qui caresse le mieux sa bouche au passage : Fanneau ou La Horie? La Horie ou Fanneau?

Evidemment, elle n'a ni le temps ni le goût de répondre à Léopold. Ou une lettre rapide, par-ci, par-là, qu'elle bâcle en se forçant.

Il le sent et n'est pas content. En août, d'Augsbourg, il s'en plaint :

« Le courrier est arrivé ce matin : j'ai examiné toutes les lettres de l'état-major et j'ai reconnu que j'étais le seul qui n'en recevrait pas (...)

» Beaucoup de gens ici n'ont que des maîtresses, elles ne passent pas un courrier sans leur écrire. J'ai une épouse que je chéris au-dessus de tout, pour laquelle je néglige parents, amis, tout, et elle ne m'écrit que deux petites lettres dans quinze jours. »

Juillet 1800

Son ventre s'arrondit et Sophie baigne dans une torpeur, un calme inaccoutumé qui fait resurgir un souvenir de son enfance, quand Jean-François Trébuchet racontait les terribles cyclones des mers chaudes qui font si peur aux marins. Il disait qu'à la mi-temps de la tornade, avant que les vents se retournent, s'étirait un moment de calme total, de silence et d'immobilité, comme si la tempête reprenait haleine pour mieux se déchaîner. Et Sophie se sent accablée par le calme menaçant, l'œil du cyclone. Fatigue, fatigue. Elle consent à tout, elle se détache, elle plane. Un léger sourire flotte sur ses lèvres.

Alors, la belle-mère Hugo, enhardie, en profite et revient à la charge : il faut faire baptiser Abel.

« Faites-le donc baptiser, dit Sophie, si vous y tenez tant, mais ne comptez pas sur moi pour m'en occuper. Je suis trop lasse. »

Mais Abel, lui, n'est pas dans l'œil du cyclone. A vingt mois, il sait ce qu'il veut et ce qu'il ne veut pas. Il s'est débattu comme un petit démon au-dessus du baptistère de l'église Saint-Epvre. Son oncle François Hugo qui est son parrain et sa grand-mère qui est sa marraine ont eu toutes les peines du monde à le maintenir, tandis que le curé conventionnel Pagnant faisait couler l'eau sur son front. L'aimable Abel, qui jamais ne pleure, hurlait à faire tomber les gargouilles. En rentrant rue des Maréchaux, il est allé se jeter dans les bras de sa mère, en regardant ses deux tortionnaires d'un œil furieux.

« Vous voyez, dit Sophie, il est comme moi, il n'aime pas les prêtres. Surtout les prêtres jureurs. »

A dire vrai, il n'y a pas que « l'œil du cyclone » pour expliquer le calme de l'impatiente Sophie. Il y a aussi La Horie qui, de loin ou de près, veille sur elle. Il sait combien Sophie s'ennuie à Nancy et, puisque ses activités militaires et diplomatiques l'empêchent de la voir aussi souvent qu'il le souhaiterait, il va mettre tout en œuvre pour que Sophie se rapproche de lui. Il a son plan. Et il suffit, pour qu'il réussisse, que le général Moreau lui accorde son aide. De celle-ci, La Horie ne doute pas car une solide amitié unit les deux hommes.

L'été 1800 s'achève, étouffant. Léopold a gagné : Sophie n'ira pas accoucher à Nantes. Le 16 septembre, elle met au monde un second petit garçon, aussi fort, aussi bien venu qu'Abel. On le prénomme Eugène.

Léopold est venu à Nancy pour l'occasion et il déborde de tendresse pour Sophie qui vient de lui donner encore un fils. Quand il apprend, de surcroît, que Moreau vient de le nommer adjudant de la place de Lunéville, il resplendit.

A peine remise de ses couches, Sophie quitte Nancy avec ses deux enfants pour aller rejoindre Léopold dans sa nouvelle garnison.

Lunéville, à dix lieues environ de Nancy, est une petite ville beaucoup plus vivante. L'ancienne résidence de Stanislas Leczinski a conservé des allures royales et une vie de société qui rappelle à Sophie le beau temps de Nantes, quand les attelages défilaient sur la place Graslin. Importante garnison, ses rues sont animées par les mouvements de la cavalerie. Lunéville, d'autre part, a été choisie pour la signature du traité de paix entre l'Autriche et la France, traité qui sera signé en février prochain.

Et qui donc a été désigné par Joseph Bonaparte pour négocier ce traité au nom de la France? Victor Fanneau de La Horie. La Horie au sommet de sa gloire. La Horie, héros de Hohenlinden que Moreau, en plein champ de bataille, a nommé général de division.

La vie est très gaie, à Lunéville. Pas de soir sans une fête, dans une société dont les hommes sont de jeunes officiers qui, pour avoir souvent côtoyé la mort, manifestent une furieuse envie de vivre. Une société très jeune : les généraux n'ont pas quarante ans et Ludwig Cobenzl, l'ambassadeur d'Autriche, fait figure d'ancêtre avec ses quarante-huit ans.

Sophie est invitée partout avec Léopold et, partout, elle retrouve La Horie que Hugo n'appelle plus que « mon bienfaiteur », avec une ostentation qui exaspère sa jeune femme. Elle a des raisons pour cela.

Insupportable mais désarmant Léopold, avec son manque de finesse et cette prodigalité démesurée qui lui fait dépenser joyeusement le reste de son héritage paternel en robes et en parures pour Sophie, en uniformes scintillants pour lui qui veut faire honneur à sa jolie femme!

Depuis brumaire, toute la France s'attache à recréer une étiquette, un cérémonial copiés sur ceux de l'aristocratie de l'Ancien Régime. La nouvelle élite dont les privilèges sont désormais, dit-on, fondés sur le mérite et non plus sur la naissance, fait des efforts besogneux pour acquérir un raffinement et des manières dont elle n'a pas hérité non plus. Et Sophie, élevée par la tante Robin avec des principes d'avant la Révolution, Sophie, dans cette société de « bourgeois gentilshommes », fait figure de princesse, tout comme La Horie qui, par son éducation et sa culture, tranche sur ses pairs.

Elle est reçue avec son mari chez Joseph Bonaparte, frère aîné du Premier Consul, qui trouve délicieuse cette jeune citoyenne Hugo. Joseph a trente-trois ans. Ce futur roi de Naples et d'Espagne a épousé la fille d'un marchand de savon de Marseille, laide mais bien dotée. Il est gai, lettré, spirituel, fin causeur. Avocat, il est aussi l'auteur d'un roman, *Moïna*, qui a remporté un certain succès, il y a deux ans. Plus homme politique que militaire, Joseph ne s'entend pas tellement avec son frère cadet qu'il traite de « sabreur » tandis que Napoléon qualifie Joseph de « Sardanapale », sans oser toutefois – on est corses – manquer de respect à son aîné. Quant à Joséphine, Joseph la déteste, trouvant sa conduite insultante pour l'honneur de la famille. Ce qui ne l'empêche pas, lui, d'avoir des maîtresses au vu et au su de tout le monde mais un homme, ce n'est pas la même chose.

Sophie apparaît aussi aux bals que donne le jeune général Clarke, capable de danser une nuit entière avec la fougue que lui vaut, sans doute, son origine irlandaise. Et, quand il entraîne Sophie dans une valse, tout Lunéville a, pour elle, les yeux de Léopold et, mieux, ceux de La Horie.

Ainsi fêtée, choyée, l'humeur de Sophie s'est restaurée. Finis les tristes jours de Nancy, quand elle se sentait devenir vieille et laide, à force d'ennui. Elle a retrouvé la gaieté de ses vingt-neuf ans et pris une certaine assurance qui la rend tout à fait séduisante. La présence de La Horie, les attentions constantes du jeune général, la complicité totale qui existe entre eux et ce moment exquis des amours débutantes qu'ils vivent l'un et l'autre avec le même trouble et le même bonheur, donnent à Sophie une douceur, une indulgence qui s'étendent jusqu'à Léopold. Elle se montre plus patiente avec lui et même plus amicale.

Ce qui contribue aussi à leur meilleure entente, c'est que Léopold est très occupé par ses fonctions. Il se perfectionne en stratégie, et ses nouvelles responsabilités l'absorbent pendant des jours et même des nuits entières. Sachant Sophie très entourée, occupée de surcroît par ses jeunes enfants, il ne se soucie guère de la laissser seule à Lunéville.

Un jour, il lui dit :

« S'il t'arrivait quelque ennui en mon absence, n'hésite pas à faire appel à La Horie. »

Merci pour le conseil!

Sophie n'a même pas besoin de faire appel à La Horie qui est à ses côtés, chaque fois qu'il en a le loisir. Doux printemps! Il emmène la jeune femme en promenade dans les forêts des environs, à Parroy, Mondon ou Vitrimont et, voyez comme sont les femmes : cette fois, Sophie n'éprouve pas le besoin boudeur de comparer le paysage avec celui de sa Bretagne. La main dans celle de Victor, le moindre bosquet lorrain lui semble admirable. Et voyez comme c'est étrange : Sophie, que les récits guerriers de Léopold impatientent, est captivée quand La Horie lui explique un plan d'attaque en le lui dessinant sur le sable d'une clairière.

Il lui fait aussi lire d'autres livres que les ineptes romans à la mode que Sophie dévore sans discernement. Il lui fait découvrir les poèmes dramatiques d'Ossian dont il connaît des pages entières, par cœur. Et l'âme bretonne de Sophie est sensible au charme celte de personnages dont les noms lui rappellent ceux de son pays : Minevane, Fingal, Kuthullin ou Bragela, fille de Sorglan.

QUAND elle était adolescente, Sophie s'était fait, de l'amour, une idée éblouissante. Les romans qu'elle lisait – et dont certains étaient fort lestes – promettaient des délices infinies que son tempérament de paysanne en bonne santé appelait de toutes ses forces.

Hélas! quand elle avait épousé Léopold, les promesses des romans n'avaient pas été tenues. C'était donc *cela*, l'amour? Ce n'était donc *que cela*?

Certes, le jeune capitaine était ardent. Trop, peut-être, et d'une vigueur brouillonne qui effarouchait la volupté. Au début, Sophie s'était dit que ce plaisir mystérieux, dont on faisait tant de cas dans les livres et les romances, se gagnait sans doute, peu à peu, à force d'habitude et d'habileté. Et elle avait attendu, de bonne volonté mais en vain. Léopold avait beau foncer sur elle avec la gourmandise d'un aigle sur un agneau, jamais elle n'éprouvait ce qu'elle espérait et attendait du plus profond de son être.

Au contraire, il lui était venu une sorte de dégoût. Quand Léopold se disposait à rendre, selon son expression « le dernier hommage à sa beauté », la jeune femme ne pouvait s'empêcher de penser : plût au Ciel que ce fût le dernier! Mais Léopold ne semblait même pas s'apercevoir de sa réticence. Et Sophie, les dents serrées, attendait que se calme la tornade qui la broyait et la laissait rompue de toutes parts. Pas une seule fois, elle n'avait – comme on disait dans les livres – perdu la tête. Elle attendait, non sans impatience, que le capitaine ait fini de souffler, de ahaner, d'émettre ces borborygmes grotesques ou même de rugir comme un damné des mots que démentait le ton sur lequel il les proférait : « Ah! coquine!... Ah! je me meurs! Ah! tu en veux, n'est-ce pas? » Et, quand son désir satisfait, il se relevait d'elle, s'ébrouant comme un cheval désaltéré qui sort sa tête de l'abreuvoir, quand, carré sur ses courtes jambes écartées, triomphant, il tambourinait de ses poings contre son torse, « Ah! Dieu, que c'était bon! », Sophie, entre l'étonnement et le fou rire, le considérait, s'attendant à ce qu'il criât : cocorico!

Mais quand donc se produisaient-ils ces tremblements, ces vertiges bienheureux, ces éblouissements, cette « petite mort » qui faisaient sombrer les amants à l'unisson, leur faisant oublier et le lieu et le temps?

A la longue, Sophie s'était dit que toutes ces choses n'étaient qu'inventions de poètes. Des mensonges de littérateurs qui arrangeaient tout le monde et se colportaient d'un siècle à l'autre, depuis la nuit des temps, pour convaincre les femmes de se prêter à des exercices qui ne comblaient vraiment que les hommes.

Elle aurait aimé interroger, à ce sujet, d'autres femmes. Mais laquelle? Sa mère était morte, la tante Robin, n'en parlons pas, et sa jeune tante Louise avait disparu sans laisser d'adresse. Anne-Victoire Foucher par exemple, avec sa pruderie, se serait sûrement évanouie d'horreur si Sophie avait seulement abordé, devant elle, un pareil sujet.

Oui, le plaisir d'amour n'était qu'un leurre. Une tromperie universelle. Comme les ortolans dont elle avait cru longtemps, parce qu'on le lui avait assuré, qu'ils étaient le mets le plus délectable, jusqu'à ce qu'elle en mange et s'aperçoive qu'il ne s'agissait que de petits amas d'ossements baignant dans la graisse. Oui, l'amour, c'était comme les ortolans. Et, de cela, elle s'était fait une raison qu'elle résumait brutalement : l'amour n'est qu'un moment pas très agréable à passer mais qui permet d'avoir des enfants, ce qui empêche l'humanité de s'éteindre. Point.

C'est pourquoi elle avait été tellement surprise par ce trouble tout à fait imprévisible que La Horie avait fait naître en elle dans ce jardin de Paris et, plus tard, à Nancy.

Et voilà qu'ici, à Lunéville, ce ravissement bizarre ne fait que croître et embellir. Il suffit que Victor lui touche la main ou qu'il la regarde d'une certaine façon pour que la « chose » recommence. Son sang galope, elle a chaud, elle craint de s'évanouir. Et, le plus étrange, c'est qu'elle est sûre, elle en mettrait sa main au feu, que, sous son air impassible, il ressent le même émoi.

Et c'est aussi comme s'ils éprouvaient, l'un et l'autre, une sorte de crainte qui les oblige à s'éloigner au moment où ils sont le plus proches. C'est une poursuite muette, une attente commune et consentie, une sorte de danse ou l'un fait un pas en avant quand l'autre fait un pas en arrière. Un jeu d'impatience et de retenue qu'ils mènent si loin, complices plus que jamais, comme s'ils voulaient prolonger et faire grandir encore, s'il est possible, la faim qu'ils ont l'un de l'autre.

Le printemps qui monte n'est pas fait pour les calmer.

Un matin d'avril, Sophie s'éveille dans un état de joie totale que rien ne motive particulièrement et la journée commence, parfaite. Le ciel est bleu, l'air est tiède, les enfants calmes. Léopold absent, parti inspecter des frontières, ne doit rentrer que le surlendemain. Elle découvre, dans son miroir, un jour de beauté. Ses traits sont détendus, ses formes pleines, ses yeux brillants. On lui apporte, dans l'après-midi, une robe de broderie blanche qu'elle a fait faire chez une couturière de la ville. Cette robe, elle va l'étrenner, ce soir, pour aller à un bal où Victor doit l'accompagner.

Et la journée s'étire, n'en finit pas. Sophie a hâte d'être au soir. Pour user le temps, elle essaie de lire mais y renonce vite car son esprit distrait vagabonde au long des lignes sans les comprendre. Elle se met à sa broderie qu'elle jette bientôt car les fils, sous ses doigts impatients, s'embrouillent. Elle joue avec ses enfants. Ce soir, c'est elle qui les lavera, qui les fera dîner, qui les embrassera avec une tendresse surmultipliée. Et hop, au lit pour la nuit. Attention au marchand de sable. Dodo, les enfants.

Enfin, voici la nuit. Sophie se pare avec minutie, se

parfume au Bouquet de la Sultane, senteur exquise où dominent le cédrat et la rose, derrière les oreilles, à la saignée des coudes, au creux de ses genoux, comme faisait sa tante Louise qui savait tant plaire, la coquine. La robe blanche est un chef-d'œuvre de simplicité, exactement ce qu'elle voulait. Et Sophie, à présent, s'énerve à faire entrer dans les trous minuscules de ses lobes d'oreilles deux fines boucles d'or qui tiennent chacune une perle. Pourquoi y a-t-il toujours une boucle qui se pose facilement tandis que, toujours, la seconde est rétive? Et Dieu que les bijoutiers sont sots de ne pas avoir compris que les boucles d'oreilles sont plus faciles à mettre d'avant en arrière qu'en passant derrière l'oreille où l'on ne voit rien! Et l'heure avance et Victor qui va arriver. Elle ne peut tout de même pas lui demander de lui enfiler sa boucle d'oreille. Cette idée, tout à coup, la met dans tous ses états : les doigts de Victor qui font pénétrer le brin d'or dans la chair de son oreille... Je suis folle ou quoi?

Et quand il apparaît, en grand uniforme, avec son collet brodé qui lui tient haut le menton et ses épaulettes neuves, avec ses yeux plus adamantins que jamais, au premier regard qu'il pose sur la robe blanche, sur les épaules nues, sur le chignon qu'elle a truffé de perles (fausses), Sophie comprend que son but est atteint : elle est belle comme elle ne l'a jamais été. Elle comprend aussi pourquoi elle chantonne et rit sans raison, depuis ce matin.

Pas une seule fois ils ne danseront ensemble, ce soir-là. Ils se fuiront. Quand on en est au point où ils en sont, on ne fait pas semblant de s'enlacer, on ne se touche pas les mains devant tout le monde. Ils ne s'approcheront pas l'un de l'autre mais leurs regards se croiseront souvent, dans la foule des danseurs.

C'est Sophie qui donnera le signal du départ, priant Victor de la raccompagner (douce hypocrisie, comme s'il allait la laisser partir seule!). Est-elle fatiguée d'avoir trop dansé? Non. Mais oui, qu'il renvoie la voiture. Elle a envie, comme lui, de marcher dans la ville endormie. Et les voici dans les rues désertes où l'on entend parfois, au passage, un cheval qui hennit en rêve dans son écurie.

Ils vont, muets, intimidés mais tout à fait décidés. Et Sophie fait semblant de ne pas s'apercevoir que Victor dirige leur promenade nocturne, non pas vers sa demeure à elle mais vers la sienne où elle n'est jamais entrée. Ils se taisent mais Dieu que leurs âmes sont bavardes. Ils entrent dans une maison sombre. Tout est si simple, à présent, si naturel. Cette porte qu'ouvre Victor et cet escalier obscur où il soutient ses pas et cette chambre que, seule, la lune éclairera et ces vêtements qui tombent autour de leur fièvre et ces caresses de sculpteur aveugle, du modèle à la glaise et de la glaise au modèle, cette reconnaissance du bout des doigts et cette divine confusion et ce délire qui les tiendra en éveil jusqu'à ce que sonne la diane de l'aube qui éveille les cavaliers.

Oui, c'est à Lunéville, un soir d'avril, que Sophie découvre pour la première fois que tout ce qu'on a écrit dans les livres sur le plaisir d'amour est bien au-dessous de la réalité.

Il aurait été trop beau que la douce vie de Lunéville s'éternisât. Les négociations du traité étant terminées, on a offert à Léopold de commander la place forte de Clèves. Mais il a préféré reprendre du service actif, seule façon de s'assurer un avancement rapide. Et, le voici à nouveau chef de bataillon à la 20e brigade dont la garnison est à Besançon. Sophie, après l'été, ira le rejoindre.

Un après-midi de mai, Sophie prie son cher La

Horie de la mener en un lieu désert où, dit-elle, elle lui fera une communication de la plus haute importance. Qu'il n'insiste pas : elle ne lui dira rien en ville. Ce qu'elle veut lui confier nécessite le secret et le calme des bois.

Victor n'a pas beaucoup de temps à lui consacrer, ce jour-là, mais il ne sait rien lui refuser et, puisqu'elle tient tant à cette promenade, en route pour Parroy!

La mystérieuse « communication » ne doit pourtant pas être désagréable car le visage de la jeune femme exprime une joie qu'elle a du mal à contenir.

Ils ont laissé la voiture à l'orée de la forêt et, tandis que le cheval broute les basses branches d'un châtaignier, Victor et Sophie s'enfoncent dans le sous-bois.

Soudain, Sophie s'arrête et lui fait face.

« Devine, dit-elle.

– Je ne sais pas, dit Victor, ce que tu veux dire. »

Alors, Sophie se jette dans ses bras.

« Quel bonheur, dit-elle. J'attends un enfant! »

Quelques jours plus tard, Léopold est venu chercher Sophie pour l'emmener à Besançon afin d'y choisir avec elle et d'y arrêter la location de leur futur logement.

Ils ont laissé les enfants à Lunéville et Léopold est très content d'être seul avec sa femme, pendant plus de trois jours, « comme des amoureux », dit-il. Cela ne lui est pas arrivé depuis longtemps.

On ne se presse pas, on flâne à travers la montagne. Léopold a proposé une excursion sur le mont Donon, le plus haut sommet des Vosges d'où, paraît-il, la vue est superbe.

Le cheval peine dans les montées et, parfois, il faut descendre de la voiture pour le soulager. L'air est doux, la montagne est bleue, on sent déjà l'été venir. Sophie, d'excellente humeur, cueille un bouquet de petites fleurs mauves qui poussent à l'ombre sous le couvert des feuilles.

Soudain, les bras de Léopold se referment sur elle. Sophie, investie, n'a pas le temps de faire un geste. Elle entend craquer son jupon et voit, au-dessus d'elle, le visage de Léopold en proie à cette frénésie qu'elle connaît bien.

« Je t'en prie, Sophie, je t'en prie!

– Tu es fou! Si l'on venait...

– La voiture est loin, dit Léopold. Nous sommes seuls avec les oiseaux. »

Il est trop tard, déjà, pour que Sophie proteste davantage[1].

Besançon, janvier 1802

DEPUIS l'automne, Sophie habite le premier étage d'une vieille maison du XVIIe siècle, place Saint-Quentin.

Cette fois, elle ne se porte pas bien du tout. Autant ses deux premières grossesses se sont déroulées normalement, autant celle-ci lui donne du souci. En novembre, elle a failli perdre l'enfant qu'elle attend et le médecin lui a ordonné de rester allongée le plus possible si elle veut aller jusqu'à son terme.

Et Sophie, qui veut cet enfant, a obéi. Elle passe une partie de ses journées au lit ou sur une chaise longue que Léopold a achetée pour qu'elle s'y repose dans la journée.

Claudine, la femme de l'ordonnance de Léopold, a été engagée pour s'occuper d'Abel qui a trois ans et du robuste petit Eugène qui commence à galoper partout. Une autre jeune femme vient souvent tenir compagnie à Sophie, Marie-Anne Delelée, épouse de Jacques Delelée, aide de camp de Moreau.

Léopold ne serait pas mécontent, cette fois-ci, d'avoir une fille. Une petite Arnaudine, par exemple,

1. En 1821, Léopold Hugo écrira à son fils : « Créé, non sur le Pinde mais sur un des pics les plus élevés des Vosges lors d'un voyage de Lunéville à Besançon, tu sembles te ressentir de cette origine presque aérienne. » Cette révélation flatta la mégalomanie notoire de Victor Hugo.

puisqu'il se propose de demander à son vieil ami Arnould Muscar, avec lequel il correspond toujours, d'être le parrain de son nouvel enfant.

Tête de Sophie qui déteste Muscar. Elle a une autre idée : pourquoi ne demanderait-on pas à La Horie de remplir cet office honorifique? N'est-il pas, comme dit Léopold, son bienfaiteur? Et, tandis que Léopold écrit à Muscar, Sophie adresse une lettre très protocolaire à son cher La Horie.

« Citoyen général,

« Vous avez toujours témoigné tant de bontés à Hugo, fait tant de caresses à mes enfants, que j'ai beaucoup regretté que vous n'ayez pu nommer le dernier. A la veille d'être mère d'un troisième enfant, il me serait très agréable que vous fussiez le parrain de celui qui va venir. Il ne faut pour cela qu'un léger effort de votre amitié pour nous.

« Malgré tout le plaisir que nous aurions à vous voir ici, nous n'osons vous engager à entreprendre un voyage aussi long, dans une saison aussi dure que le mois de ventôse, vers le milieu duquel je compte faire mes couches. Je vais prier Mme Delelée de nous rendre le même service que celui que nous vous demandons; nous ne doutons pas qu'elle ne soit très flattée d'être votre commère. Dans le cas où nous serions privés de la satisfaction de vous posséder, le citoyen Delelée, notre ami commun, aurait assurément la complaisance de vous représenter et de donner à l'enfant un surnom que vous n'avez pas démenti et que vous avez si bien illustré : Victor ou Victorine sera le nom de l'enfant que nous attendons.

« Votre consentement sera un témoignage de votre amitié pour nous.

« Veuillez agréer, citoyen général, l'assurance de notre sincère attachement.

« Femme Hugo[1] »

1. Lettre du 24 janvier 1802, citée dans *Victor Hugo raconté par un témoin de sa vie*.

C'est le parrain choisi par Sophie qui va l'emporter. Muscar, qui commande la place d'Ostende et qui s'est marié là-bas avec une Flamande, est trop occupé par ses fonctions et trop éloigné de Besançon pour pouvoir être le parrain souhaité par Léopold. La Horie, en revanche, a accepté avec joie de « nommer » le bébé à venir.

26 février 1802

Dix heures et demie du soir. Ouf. Quelqu'un dit : « C'est un garçon. » Et Sophie entend un petit cri faible, si ténu. Même pas un cri : un couinement de souris.

Anne-Marie Delelée a aidé à sa délivrance mais pourquoi pleure-t-elle, à présent, en emmaillotant le nouveau-né? Pourquoi Léopold qui vient d'entrer est-il si pâle, lui d'habitude si rouge?

« Hélas! madame, dit le médecin, il est si chétif que je crains qu'il ne vive pas. »

Alors, Sophie se soulève sur ses coudes, regarde la petite chose qui vagit faiblement en agitant des mains translucides. Elle tend les bras vers la miniature et, les dents serrées :

« Si, dit-elle, il vivra! »

Malgré tous les avis qu'on lui donne, elle refuse qu'on pose l'enfant dans le berceau accoté à son lit. Elle sent, elle sait qu'il ne faut pas l'éloigner d'elle une seconde. Elle ouvre sa camisole et pose le bébé contre sa peau. Dieu, qu'il est petit! Il tient tout entier, si léger, dans les deux mains de sa mère.

« Laissez-moi, dit-elle. Laissez-moi seule avec lui. »

Et elle exige que tout le monde sorte de sa chambre. Même Léopold. Même la vieille femme qu'on a appelée pour la veiller. Pour ce qu'elle doit faire, maintenant, elle doit être seule avec son bébé en perdition qui, à peine posé contre les seins tièdes, s'est endormi.

Et, malgré sa fatigue, Sophie, toute la nuit, le garde ainsi contre elle jusqu'à la crampe, le surveille à la lueur de la veilleuse. Mille fois, dans la nuit, elle contrôle le souffle imperceptible, le caresse de ses lèvres, de sa langue, l'adjurant de vivre. Pas un tressaillement, pas une crispation de l'enfant ne lui échappe.

Et, au matin, elle sait qu'elle a gagné. Il respire encore. Mieux, ses lèvres font le bruit d'une succion. Alors, Sophie, doucement, glisse dans sa bouche le bout du sein qu'il n'a pas encore la force de trouver tout seul.

« Victor, dit-elle, mon petit Fanneau. »

Plus tard, on le pose sur un fauteuil et on permet à ses frères de venir le voir. Stupéfaction des deux aînés qui attendaient de voir ce qu'on appelle communément : un petit frère. Le gros Eugène, qui a dix-huit mois et qui commence à parler, pointe un doigt vers le fauteuil :

« Oh! la bêbête! » dit-il.

De Léopold Hugo à Victor Fanneau de La Horie[1]

« Besançon, le 14 ventôse an X[2]

« Nous avons reçu, ma femme et moi, mon cher général, la lettre que vous nous avez particulièrement adressée pour nous prévenir que vous acceptiez la fonction que nous réclamions de vous. Nous avons été très sensibles aux expressions dont vous vous servez et nous sommes très reconnaissants de ce témoignage d'amitié.

« C'est le 6 que le chef de brigade Delelée a reçu votre lettre; c'est le 7 que nous sont parvenues celles que vous nous avez adressées. Le même jour, mon épouse est accouchée d'un fils. Elle a été délivrée plus heureusement qu'elle ne s'y était attendue, ayant été singulièrement gênée pendant sa grossesse. Je vous aurais écrit plus tôt, mon cher général, si je n'avais voulu vous dire comment se portaient l'accouchée et l'enfant. Nous sommes au huitième jour, l'un et l'autre se portent aussi bien qu'il est possible de le désirer.

« Nous avons nommé l'enfant Victor-Marie, ce dernier nom étant celui de Mme Delelée. Vos intentions et les nôtres sont donc remplies. Ma femme vous

1. Lettre citée dans *Victor Hugo raconté par un témoin de sa vie.*
2. 5 mars 1802.

remerciera pour tout ce que vous lui dites d'obligeant. Elle est sûre, ainsi que moi, de l'intérêt que vous portez à mes enfants, par celui que vous témoignez en toute circonstance pour moi. Ce que vous venez de faire est un nouveau titre à ma reconnaissance et doit cimenter plus encore les liens d'amitié qui nous unissent. Je ne négligerai rien pour continuer à m'en rendre digne, et j'espère conserver sans altération tous les sentiments que vous m'avez voués.

« Je vous embrasse, ainsi que ma famille, du meilleur cœur possible.

« Hugo »

PAR malchance, à Besançon, Léopold est retombé sous les ordres d'un chef qu'il déteste et avec lequel il a déjà eu maille à partir, il y a deux ans, au point de changer de brigade.

Ce colonel Guestard, qui est une crapule, a trouvé un moyen d'augmenter confortablement sa solde : alors qu'un décret ministériel lui a enjoint de mettre en congés absolus tous les hommes susceptibles de réforme, le peu scrupuleux colonel leur vend les congés qu'il devrait leur accorder gratuitement. Tout le monde le sait et ce bel exemple entraîne même certains de ses subordonnés à en faire autant.

Léopold, voyant là l'occasion inespérée de se débarrasser de son vieil ennemi, pousse les cris de la vertu offensée. Il monte la tête des hommes de la brigade contre leur colonel, les incitant à faire une *désobéissance d'inertie*, jusqu'à ce que cesse le scandale. Il parvient même à convaincre le capitaine Coppé que son devoir est de dénoncer en haut lieu ce chef qui les déshonore. Le rapport est fait, le scandale éclate et, bientôt, tout Besançon bruit de l'affaire.

A Paris, le dossier remonte jusqu'au ministre de la Guerre, M. Carnot, qui entreprend de remettre rapidement de l'ordre dans cette brigade en ébullition. Il sait que le Premier Consul a horreur de ce genre d'histoires et il n'a pas envie que cela lui retombe sur le dos. Il ordonne alors au général Cervoni, qui commande la place de Besançon, de mettre immédiatement aux arrêts et le dénonceur et le dénoncé et de les faire passer en conseil de guerre. Quant à la 20e demi-brigade, on va lui faire prendre l'air en l'expédiant à Marseille, pour calmer les esprits.

Six semaines à peine après son accouchement, Sophie doit refaire ses malles et reprendre la route. Léopold, qui ne peut pas quitter son corps, est parti en avant, la laissant seule, dans une voiture de louage, avec les trois enfants. Heureusement, la fidèle Claudine est là, elle aussi. Elle empêche Abel et Eugène d'ouvrir les portières et de faire les mille sottises de leur âge.

Sophie, elle, s'occupe exclusivement du petit Victor qui, après ses débuts difficiles, a l'air de vouloir se cramponner à la vie. Pendant tout le voyage, elle le tient dans ses bras, enveloppé soigneusement pour le protéger des courants d'air et de la poussière. Et, un pied calé sur un sac de voyage pour amortir les cahots, elle l'allaite chaque fois qu'il pleure.

Autant Abel, très intéressé par les mouvements des trois chevaux, les gendarmes montés et le paysage semble indifférent aux soins que sa mère donne au bébé, autant Eugène, qui n'a que dix-huit mois, en est agacé. Il ne cesse de chouigner et de tirer sur la jupe de Sophie pour attirer son attention. Il refuse de manger, se plaint d'avoir mal au ventre et ne veut pas que Claudine s'occupe de lui. Ce qu'il veut, c'est sa mère. Il veut s'asseoir sur ses genoux, comme le bébé, et boire aux seins de Sophie, comme lui. Et elle a beau lui expliquer doucement que Victor est trop petit pour se nourrir d'autre chose, cela ne convainc pas Eugène. Il se moque pas mal d'être un grand comme le lui répètent, croyant le flatter, Sophie et Claudine. Ce qu'il veut, au contraire, c'est être un petit, assis là, dans les bras de Sophie, comme il n'y a pas si longtemps encore. A la fin, Sophie, dont la fatigue vient à bout de la patience, explose, donne une tape à Eugène qui se met à hurler en trépignant, morveux, baveux, son pouce dans la bouche, regardant d'un air ulcéré l'intrus qui tète. Si seulement elle pouvait le jeter par la portière! En attendant, il va s'employer à arracher le galon crasseux qui borde le siège et se le fourrer dans la bouche, avec la poussière et les clous.

Le mauvais état des routes rend le voyage épuisant. Les enfants adorent les relais qui leur permettent de se dégourdir les jambes mais parfois il faut y attendre longtemps les chevaux frais qu'on va chercher au pâturage. Quand vient la nuit, on gîte dans des auberges, la pluplart du temps très inconfortables.

Mais, ce qui affecte le plus Sophie, c'est de se dire que chaque tour de roue l'éloigne un peu plus de La Horie. Il y a maintenant des semaines qu'elle en est privée. Il écrit parfois mais ses lettres adressées à son mari et à elle la laissent sur sa faim. A Nancy ou à Besançon, elle avait la joie de le voir apparaître, de temps à autre. Mais cet exil à Marseille, si loin de Paris où il vit en ce moment, amenuise tout espoir d'une rencontre prochaine. Et, tandis que les cahots de la voiture lui broient le dos, Sophie imagine le pire : Fanneau mourant loin d'elle ou, pire, épousant une de ces petites dindes à dot intéressante qui grenouillent autour des jeunes militaires dans le vent. L'absence est le pire des maux. Peut-être Fanneau l'a-t-il déjà oubliée. Peut-être n'aura-t-il été dans sa vie qu'un moment de lumière. Peut-être ne le reverra-t-elle plus jamais. Pleurer lui ferait tant de bien; mais cela, elle ne sait pas le faire.

MARSEILLE est une ville plus gaie que Sophie le pensait. D'abord, elle y a retrouvé l'horizon marin de son enfance et, si elle taquine parfois Léopold en lui disant que cette mer sans marée n'est qu'un lac morose, comparée à son océan, elle aime beaucoup se promener avec Abel et Eugène sur le quai du port où l'on rencontre des habitants de tous les pays, certains si curieusement costumés. Dans la forêt de mâts, il y a les pavillons qui flottent sur toutes les mers.

Souvent, elle emmène les enfants jusqu'à la Bourse où la promenade est très animée jusqu'à sa fermeture, vers quatre heures et demie, annoncée par un roulement de tambour et une cloche. C'est l'heure de rentrer à la maison si l'on ne veut pas risquer de recevoir sur la tête les immondices diverses que les ménagères balancent par les fenêtres, sans même prendre la peine de crier : *passares!*

Le marché aux fleurs et aux fruits est, pour Sophie, un ravissement inépuisable, avec son tumulte de jardiniers, de maraîchers, de bouquetières et de fruitières qui arrivent tous les matins de la campagne. Sophie n'en finit pas de s'extasier sur les couleurs, les odeurs de fruits souvent inconnus, de fleurs comme elle n'en a jamais vu au Petit-Auverné. Et Léopold, qui ne peut jamais exprimer les choses simplement, prétend que c'est là le royaume de Pomone et que Flore, en atours frais et printaniers, étale tous ses pompons auprès de sa sœur.

Le soir, quand les enfants sont couchés, il emmène Sophie manger des glaces au Pavillon chinois, but de promenade élégant.

Un dimanche d'été, on a laissé Victor à la garde de Claudine et l'on est allés en barque, Léopold, Sophie et les deux aînés, jusqu'à l'îlot du vieux château d'If où Léopold voulait aller se recueillir sur le corps embaumé du pauvre général Kléber, assassiné en Egypte et qui se trouve là, en dépôt, dans la chapelle.

Mais Léopold ne passe pas sa vie à faire d'aussi aimables promenades. La plupart du temps, il est mobilisé par sa brigade où il s'attache particulièrement à faire du zèle car sa situation militaire n'est pas, en ce moment, la meilleure du monde.

En effet, l'affaire Guestard continue à déclencher de singuliers remous. Du fond de sa prison, le colonel incriminé s'est défendu comme un beau diable. Il a crié à la machination et, pas fou, a très bien flairé d'où lui étaient venus ses ennuis. Il a rédigé, à son tour, un rapport sanglant contre Hugo. Il y décrit le caractère violent et querelleur de Léopold, avec toutes sortes d'allusions perfides contre « ce gros commandant qui porte le frac bleu des Spartiates à l'armée du Rhin », émet des doutes sur sa valeur guerrière et l'accuse à son tour d'avoir voulu tout bonnement prendre sa place.

Bref, quand Léopold apprend la teneur de ce rapport, il frôle l'apoplexie. Se voir présenté de cette façon, après tout le mal qu'il s'est donné pour servir la Patrie en danger! Ah! s'il avait pu prévoir que sa nomination à Besançon allait lui ouvrir ce nouveau cours de chagrins et de dégoûts, avec quel enthousiasme il aurait accepté le commandement de Clèves!

Le plus inquiétant, c'est que Guestard termine son exposé en demandant qu'on remette Hugo dans des bureaux dont il n'aurait jamais dû sortir au lieu de le laisser semer le désordre dns une unité combattante.

Tout cela sent la révocation d'une lieue.

En plus, pour faire bon poids à son infect rapport, le colonel Guestard y a joint un témoignage du général Lecourbe, aussi flatteur pour lui, Guestard, que désastreux pour le commandant Hugo dont il dit qu'il se donne « beaucoup de mouvement pour se faire valoir », et qu'il traite ni plus ni moins d'*intrigant.*

En cet automne 1802, Léopold se sent accablé par le sort. Plus paranoïaque que jamais, il s'imagine avoir des ennemis partout et il ne sait plus quoi faire pour arrêter les effets d'une bombe qu'il a, pourtant, lancée lui-même. Et il ne peut même pas abandonner son corps pour tenter d'aller se justifier à Paris.

Mais, soudain, il va avoir une idée épatante. Une de ces idées que, seul, un mari inconscient peut avoir.

Sophie n'en croit pas ses oreilles.

« Tu veux que j'aille à Paris voir La Horie? dit-elle. Tu me demandes cela?

– Non seulement je te le demande, dit Léopold, mais je t'en supplie. Il n'y a que toi qui puisses me sauver. La Horie a pour nous l'amitié que tu sais... Il ne te refusera rien... Il fait la pluie et le beau temps chez Moreau... Et puis, il est le parrain de Victor; il ne peut pas laisser le père de son filleul dans un aussi cruel embarras... Au besoin, fais-toi aussi introduire auprès de Joseph... Il m'a dit cent fois, à Lunéville, combien il te trouvait charmante. Il faudrait voir Defermon et, peut-être, Clarke... Enfin, fais pour le mieux. Si je pouvais partir m'en occuper moi-même... Mais ce n'est guère le moment. Je suis surveillé, épié. Ceux qui ne m'aiment pas pourraient profiter de mon absence.

– Tu veux que je parte quand?

– Le plus tôt possible, demain, par la première diligence, s'il y en a; il n'y a pas une minute à perdre.

– Mais les enfants, Léopold? Les enfants, est-ce que tu y penses?

– Ne t'inquiète pas, dit-il, Claudine est là et je veillerai sur eux avec le soin et l'amour que tu imagines. »

Ce n'est pas possible, il doit lui tendre un piège. Aurait-il deviné? En même temps, ce n'est pas du tout dans la façon de faire de Léopold. S'il avait le moindre soupçon, elle le connaît bien, il aurait explosé, mêlant les vociférations aux larmes. Son tempérament ne l'incline pas à la ruse.

A moins qu'il sache tout et veuille en tirer avantage? Mais non. Elle se refuse à croire qu'il puisse avoir l'âme aussi noire. Il n'est qu'aveuglé par son égoïsme.

S'il l'envoie à Paris, c'est seulement qu'il est tourmenté par la révocation qui lui pend au-dessus de la tête et cette crainte lui obscurcit l'entendement au point qu'il n'hésite pas à précipiter sa femme dans les bras de son amant.

« Pourquoi me regardes-tu ainsi? dit Léopold.

– Pour rien, dit Sophie, pour rien. »

Le 28 novembre 1802, à l'aube, elle est montée dans la diligence de Paris. Léopold l'a aidée à hisser une petite malle dont le contenu suffira pour une quinzaine de jours.

Avant de partir, elle a embrassé ses enfants endormis et surtout Victor qui vient d'avoir neuf mois. Elle ne leur a pas dit qu'elle s'en allait pour ne pas les troubler et aussi parce qu'elle n'aurait pas supporté que l'un d'eux pleurât.

CETTE fois, Sophie ne sent pas la fatigue, tandis que la diligence l'emporte vers ce Paris où elle croyait ne plus jamais revenir, vers cet homme qu'elle croyait ne plus jamais revoir.

Les nuits succèdent aux jours, tandis qu'elle remonte la France par Aix, Avignon, Valence et c'est comme si, à chaque poste, à chaque barrière, elle abandonnait quelque chose de cette Sophie Hugo qui redevient Trébuchet. A Lyon, elle a quitté le champ magnétique qui la tire vers ses enfants pour entrer dans une autre zone d'attraction amoureuse, irrésistible. La mère a cédé le pas à la femme, l'épouse à l'amante. La mission dont elle a été investie n'est plus qu'un prétexte. Certainement, car cette trompeuse est loyale, elle va faire tout ce qu'elle pourra pour aider Léopold mais ce qui lui semble le plus important, c'est de ne rien perdre de ce cadeau inespéré que lui fait le destin :

la possibilité de vivre, ne serait-ce que quelques heures, avec l'homme qu'elle aime.

Et Léopold qui a été, sans le savoir, l'instrument du destin dans cette affaire, lui semble soudain plus aimable, à cause de ce bonheur qu'il lui procure. Une certaine tendresse se substitue même à la pitié méprisante qu'elle a ressentie si souvent pour ce mari balourd, si bruyant et imbu de soi.

Contrairement aux apparences, Sophie ne vit pas à l'aise dans le mensonge. Mais elle vit encore moins à l'aise dans l'abnégation. Aurait-elle épousé Léopold, si elle l'avait connu davantage, si elle avait vécu avec lui, ne fût-ce que trois mois, avant de lui accorder sa main? Certainement pas. Mais, puisque la bêtise est faite, puisqu'elle a rencontré La Horie trop tard, elle est contrainte au mensonge pour essayer de vivre selon son cœur, tout en évitant de blesser Léopold qui a, surtout, le défaut de n'être pas fait pour elle.

Combien de fois a-t-elle été sur le point de lui dire la vérité? Mais Léopold n'est pas assez intelligent et sa vanité est trop grande. Il ne l'aurait pas supportée et la franchise de Sophie aurait entraîné ce qu'elle redoute le plus : la séparation d'avec ses enfants. Sûrement, Léopold se serait vengé de cette façon.

Vivre selon son cœur, vivre tout court. Il y a chez Sophie un goût et même une gourmandise de la vie qui s'est renforcée encore aux spectacles atroces dont a été témoin son adolescence. Depuis qu'elle est au monde, elle a été confrontée à la mort. Les êtres qu'elle aimait sont morts ou disparus : sa mère, quand elle était enfant, puis son père. Volatilisée, cette jeune tante Louise qui était pour elle comme une sœur élue. Et ses amis, ses cousins, tous ceux-là, guillotinés à Nantes ou abattus dans les bois de Vendée. Ce n'est pas pour rien que la tête de Mlle de la Biliais tourbillonne dans ses cauchemars. De cette funèbre jeunesse, Sophie a tiré une certaine dureté (qu'on lui reprochera) et la conviction viscérale que la vie est fragile, si brève, et qu'il convient d'y faire honneur durant qu'il en est temps.

Et qu'il ne faut pas perdre une minute d'un bonheur menacé à si courte échéance. L'avenir ne la démentira pas.

Donc, elle a choisi la voie malaisée, contraignante, du mensonge, de la dissimulation, de la duplicité (à laquelle son signe des Gémeaux la prédispose). Et elle y sera confortée, de surcroît, par cette admirable phrase de Salluste, dont l'intellectuel La Horie tire ses vitamines et qu'il lui a donnée comme une précieuse formule magique, un jour où Sophie s'ouvrait à lui d'une timidité qu'elle parvenait mal à dominer : « *Semper, in praelio, his maximum est periculum qui maxime timent. Audacia pro muro habetur* », ce qui signifie, mon cœur : « Au combat, le plus grand péril menace toujours ceux qui ont le plus peur. L'audace tient lieu de rempart. »

Et c'est cette phrase à laquelle va s'accrocher cette jeune provinciale de trente ans, haute comme trois pommes, projetée sans ressources dans un Paris qu'elle connaît à peine, à une époque où les femmes seules ont intérêt à bien se tenir. Dans sa solitude, dans son désarroi, l'audace, souvent, lui tiendra lieu de rempart.

ELLE s'est jetée si fort, si vite dans ses bras qu'elle n'a pas remarqué, tout de suite, sa mauvaise mine. Il a maigri. Il est nerveux. Les yeux de diamant ont moins d'éclat. C'est que Victor Fanneau de La Horie a beaucoup d'ennuis. Bien sûr, il va faire de son mieux pour sortir Léopold du pétrin mais en a-t-il encore le pouvoir?

« Je ne suis plus mais plus du tout *persona grata* aux Tuileries, dit-il à Sophie. Bonaparte se méfie de Moreau dont je suis, tu le sais, l'homme de confiance. Ils ont été rivaux et Moreau n'a pas gagné. Bref, Bonaparte le sait hostile et veut le casser. Je suis compris dans cette défaveur. On nous traite de jacobins et le Tondu déteste les jacobins. Il est persuadé – cela l'arrange – que ce sont eux qui ont fomenté l'attentat de la rue Saint-Nicaise[1].

– Je croyais que Bonaparte avait, pour toi, une estime personnelle? dit Sophie.

– Je le croyais, moi aussi, du temps que j'assurais la liaison entre Moreau et l'armée du Rhin et Bonaparte et Carnot, à Paris. J'étais alors un confident indispensable mais le vent tourne. Et puis, il y a eu cet incident regrettable, à Freisingen...

– Tu ne m'en as jamais parlé.

– Je n'y avais pas attaché d'importance et je sais depuis peu que cela en a eu. En résumé, voici : ordre avait été donné à toutes les divisions de prendre position sur l'Eiser, à jour fixe. Toutes obéirent, sauf celle de Leclerc qui est, comme tu le sais, le beau-frère de Bonaparte. Leclerc nous envoya son adjudant-général pour nous signifier qu'il refusait de prendre Freisingen, comme il en avait reçu l'ordre par nous, estimant que c'était une place trop forte. Je travaillais avec Moreau quand l'adjudant est arrivé. J'ai réagi vivement et fait répondre à Leclerc qu'il n'avait pas à discuter les ordres de l'état-major et qu'il avait intérêt à prendre Freisingen, le plus rapidement possible. Moreau m'a approuvé.

« Leclerc a été obligé d'obéir mais il a été furieux de mon blâme, exprimé devant son adjudant. Le lendemain, il est venu demander un congé à Moreau qui le lui a refusé. Alors, l'animal est allé gémir chez son beau-frère qui le lui a accordé.

« Tu imagines bien qu'à Paris, Leclerc m'a desservi auprès du Tondu, autant qu'il le pouvait. Je viens d'apprendre que c'est la raison pour laquelle Bonaparte a refusé de signer ma nomination de général divisionnaire, faite par Moreau à Hohenlinden. Et il a

1. Le 24 décembre 1800, une « machine infernale » éclata sur le passage du Premier Consul qui se rendait à l'Opéra.

juré, paraît-il, à Leclerc, qu'il ne la signerait jamais.

– Par simple rancune familiale?

– Je me le demande. J'ai peut-être aussi manqué de docilité et de... naissance. Ce parvenu est plat comme une punaise, devant les grands noms. Si je m'étais appelé Rohan, il aurait pris des gants. Il me sait fils de jacobin et ma gentilhommerie récente lui semble méprisable. Alors, il se croit autorisé à me traiter comme le valet que je ne suis pas, que je ne serai jamais!

« D'autre part, il est entouré de courtisans qui s'activent à exploiter ma disgrâce. On a dû lui rappeler, habilement, que j'ai servi, autrefois, de secrétaire à Beauharnais, que Joséphine m'honorait de son amitié et tout ce qui est lié, de près ou de loin, au passé de Joséphine, l'indispose non sans raisons.

« Aujourd'hui, je suis en quarantaine. Cet homme a tort d'en agir ainsi avec moi. J'étais prêt à le servir de mon mieux, mais à le *servir d'amitié.* »

En attendant, La Horie a trouvé à Sophie un logement dans une rue voisine du sien. Un hôtel meublé qui, par coïncidence, s'appelle l'hôtel de Nantes, au 76 de la rue Neuve-des-Petits-Champs[1]. Ainsi, la distance sera courte entre sa résidence et le pied-à-terre de La Horie, au 28 de la rue Gaillon. La décence et les conventions n'y trouveront rien à redire.

QUELQUES jours après son arrivée à Paris, Sophie a écrit une très gentille lettre à son mari pour le rassurer. Une lettre tendre même car il y a des absents qui ont raison de l'être. Et, comme elle n'a pas très bonne conscience et que, bon, elle fait partie de ces femmes

1. A l'emplacement de l'actuel 22, rue Danielle-Casanova. C'est dans cet hôtel de Nantes que mourra Stendhal, le 23 mars 1842.

qui exigent de l'autre une fidélité qu'elles ne pratiquent pas, elle recommande à Léopold d'être sage. Il n'est pas mauvais, aussi, d'annoncer une touche de jalousie pour détourner de soi des soupçons jaloux.

Il était temps qu'elle donne de ses nouvelles car, déjà, Léopold s'impatiente. Le 10 décembre, il se plaint de n'avoir pas de lettre d'elle, depuis onze jours. Une longue missive sentimentale dans le ton de *La Nouvelle Héloïse* où il l'assure de son amour et ne ménage pas les larmes qu'il verse sur son absence. Il lui parle aussi des enfants qui, dit-il, prononcent tous les jours le nom de leur mère, surtout Victor qui réclame sa « ma maman ». Enfin, il raconte que, pour les consoler d'être privés de leur mère, il les bourre de bonbons et de macarons, ce qui ne laisse pas d'inquiéter Sophie. Mais, après tout, ils ne sont pas en perdition, elle le sait, et c'est d'un cœur plus léger qu'elle va s'occuper de son amant.

Apparemment, Léopold n'a toujours pas la puce à l'oreille et il la rassure sur sa propre conduite, par une phrase ambiguë qui prend de la saveur, quand on connaît la situation de Sophie :

« ... Ne crains rien de ma jeunesse, ni de la séduction qui règne dans cette ville; je sais trop apprécier ce que tu fais pour ne pas t'en donner une preuve. La première fois que tu reverras ton époux, l'amant qui t'adore, ses caresses seront aussi pures que les tiennes, aussi franches, aussi vives, aussi affectueuses. »

Et les lettres de Léopold se succèdent, avides de réponses qu'il ne reçoit pas. Il s'en plaint le 16 décembre et aussi le 29.

Le 1er janvier 1803, il annonce à Sophie qu'il a reçu l'ordre de rallier Bastia avec le 1er bataillon. Il faut vingt-quatre ou trente-six heures pour atteindre la Corse, à partir de Toulon.

... « Ma pauvre amie! Combien nous devons haïr le

monstre qui est en partie cause de ton voyage! Si tu dois revenir sans avoir rien obtenu, il faudra que seule tu fasses une aussi longue route. Cette idée me déchire le cœur... »

La « pauvre amie » ne reviendra pas à temps et Léopold embarque avec ses trois enfants qu'il ne peut pas laisser seuls à Marseille.

A la mi-février, Sophie reçoit une lettre de Bastia. S'il n'a pas été révoqué (à cause de l'intervention de la Horie?) Léopold est très déçu que Guestard n'ait toujours pas été nommé dans une autre brigade. Le 18 mars, il commence à demander à Sophie de le rejoindre et il l'assure encore une fois de sa fidélité :

...« Outre qu'il y a ici de grands risques à courtiser les femmes, puisque outre les dangers des maladies nous avons les coups de stylet à craindre, j'ai ton souvenir trop présent et ton image trop chère pour te donner des chagrins dont la représaille me ferait mourir de douleur. »

Ce qui touche vraiment Sophie, dans cette lettre, c'est d'apprendre que Eugène et Victor ont des dents qui percent et que ce dernier la cherche partout.

Faut-il que Sophie, qui est une mère aimante, soit captivée par La Horie pour résister à cette image du bébé qui la cherche partout!

Elle l'est. Et d'autant plus que La Horie, de plus en plus en disgrâce auprès du Premier Consul, ne va pas bien du tout. Après un début de carrière brillant, on le laisse moisir dans une inactivité qui le ronge. En vain, il a sollicité un emploi aux Affaires étrangères puis l'attribution d'une ambassade. Le Consul fait la sourde oreille.

Alors, cet homme de trente-sept ans, méprisé et blessé dans sa fierté, devient amer. Mais, pour ne pas perdre la face, il clame très haut, un peu trop haut, que l'avancement de sa carrière lui est indifférent et qu'il ne rêve plus que d'une chose : se retirer sur ses terres et y vivre en ermite, avec ses livres, loin des Tuileries et de leurs turpitudes. Il méprise ces honneurs dont sont si friands les nouveaux courtisans. Bravade! Bravade qui va lui coûter cher.

Cette attitude plus « spartiate », plus hautaine que jamais, agace au plus haut point le Premier Consul qui entend régner sur sa cour dont, au besoin, il s'assure la docilité en distribuant des titres, des honneurs et des décorations, comme cette fameuse Légion d'honneur toute neuve que Moreau et sa clique (les Bernadotte, les Lecourbe, les Oudinot, etc.) méprisent ostensiblement, la considérant comme une « injure à l'égalité ».

Ces généraux du Rhin, ces *spartiates* qui se veulent purs et durs, comparés à ceux des campagnes d'Italie et d'Egypte, ces *aristocrates* de la nouvelle cour qu'ils appellent par dérision les « mammelouks », commencent, Moreau en tête, à échauffer singulièrement les oreilles du Consul.

Il sait les contestations qu'ils lancent à ses décisions. Par exemple, presque tous sont affiliés à des loges maçonniques[1], ils sont hostiles au rétablissement du culte. Ils ne se cachent pas pour dire qu'ils considèrent le consulat à vie comme un nouveau despotisme. Il sait que chaque mesure prise aux Tuileries est critiquée par eux. N'a-t-on pas raconté que le plus cher désir de Bernadotte serait de lui substituer Moreau, à la faveur d'un coup d'Etat?

En coups d'Etat, le Tondu est expert. Il en connaît les principes et la gestation. Soudain, il a reniflé avec inquiétude la rumeur hostile dont il pourrait bien, cette fois, faire les frais. L'attentat manqué de la rue Saint-Nicaise lui a été un avertissement d'avoir à se tenir sur ses gardes. Il n'est pas tranquille. Il flaire le

1. La Horie était affilié à la Société des Philadelphes.

complot qui fermente et il est tout à fait décidé à l'écraser dans l'œuf. Et, quand on vient lui rapporter la morgue de La Horie, c'en est assez pour qu'il l'associe à la méfiance de plus en plus courroucée qu'il éprouve pour Moreau. Il le lui fait sentir et La Horie, de jour en jour, s'assombrit.

Mais Sophie s'évertue à le dérider, à le faire sortir de son apathie chagrine. Elle est désolée de voir ainsi abattu, cet homme qu'elle a connu pétant le feu, après ses coups d'éclat de Hohenlinden. Elle sent, en tout cas, que ce n'est pas le moment de le laisser seul et, quelle que soit sa tristesse d'être séparée de ses enfants, elle choisit de rester encore près de Fanneau. Si elle manque aux premiers, si elle risque de les retrouver quelque peu constipés par les abus de sucreries de leur cher papa, elle sait qu'ils ne sont pas en danger sous la garde de Léopold et de Claudine. Celui qui a le plus besoin d'elle, en ce moment, c'est La Horie.

Elle décide de différer son retour. Et, pour ne pas avoir à fournir d'explications à Léopold, elle ne lui écrit plus ou rarement.

La Horie pourvoit à ses besoins. Il a encore de quoi le faire. Les primes qu'il a reçues de Moreau, après Hohenlinden, comme les autres généraux, ces primes jointes à sa solde n'en font pas un indigent, loin de là. Il s'est acheté une maison à Paris, rue des Saussaies, dont les revenus lui permettent de vivre confortablement et même d'aider sa mère qui est veuve. Il y a deux ans, il a acheté, dans l'Eure, non loin de Vernon, à Saint-Just, un château entouré de terres. C'est là, qu'un jour, il veut se retirer. Car La Horie, comme Sophie, a le goût des jardins.

« Saint-Just, dit-il, c'est ma *Renaudière* à moi. »

Et c'est vrai qu'à Saint-Just, il se métamorphose. Il reprend des couleurs, se détend, redevient le paysan normand qu'il était dans son enfance. De son père qui fut garde des haras, il a hérité l'amour des chevaux; de sa mère, il tient le goût des plantes et, de ses contemporains, il partage l'enthousiasme pour la nature, la mise en valeur de la terre et l'acclimatation d'espèces nouvelles. D'Angleterre, il a fait venir des ouvrages qui traitent des semailles, de nouvelles méthodes d'irrigation et de la taille des arbres. Il rêve d'une orangerie.

Jusqu'à présent, il n'a guère eu le temps de s'occuper de son domaine et Jaillon, l'intendant qu'il a engagé pour surveiller Saint-Just en son absence, n'a fait que parer au plus pressé : réparer une toiture ici, faire déboucher un chéneau là ou remonter un mur de clôture en ruine.

Habité par intermittence, le château, qui n'est en réalité qu'une vaste maison à un seul étage allongée sous un toit d'ardoise, garde, entre ses murs, un air d'abandon avec ses lambris que l'humidité a fait gonfler et ses tapisseries défraîchies qui datent du duc de Penthièvre, son premier propriétaire.

C'est au seuil de l'été que La Horie fait à Sophie les honneurs de Saint-Just et c'est le parc, surtout, qui enthousiasme la jeune femme. Elle le découvre dans toute sa splendeur de juin, avec ses pelouses redevenues prairies, teintées de graminées multicolores, ses arbres magnifiques, son sous-bois irrigué par un réseau de petits ruisseaux artificiels, alimentés par une source et qui se jettent dans une pièce d'eau où rament, paisibles, deux cygnes.

Toute son enfance resurgit à Saint-Just où elle ne découvre que des images selon son cœur, des parfums d'autrefois, des sensations mal oubliées : les vapeurs chaudes de l'étable et de l'écurie où piaffent les chevaux, l'odeur entêtante des lis au soleil, celles, plus subtiles, plus troublantes qui se dégagent des seringas, du chèvrefeuille, du sureau et du tilleul en fleurs, quand le jour décline. Sophie s'émerveille du potager, de la petite laiterie où l'on fait le beurre, des grenouilles qui s'ébattent le soir dans l'herbe humide au bord de la pièce d'eau, du rossignol qui a élu domicile dans le hêtre pourpre centenaire qui dresse son mât glorieux, derrière le corps de logis, de l'insolence des musaraignes, chez elles, dans la cuisine désaffectée, de la huppe qui prend possession de la nuit quand le rossignol, épuisé, s'endort dans ses feuilles rouges. Elle se récrie sur la vivacité des buissons de roses blanches au parfum de vanille, plantées là, il y a trente ans par le duc qui en raffolait; depuis, elles se sont multipliées à la sauvage, resemées par le vent et les oiseaux.

« Les roses nous survivent, dit Fanneau. Planter un rosier, c'est peut-être l'entreprise humaine la plus importante. Nous nous y emploierons, si tu le veux bien. Des roses, partout, par milliers. Un champ de roses. Ainsi, nous mourrons tranquilles. »

En attendant, il y a tout à Saint-Just pour vivre en autarcie, loin du monde. Des livres dans la bibliothèque, un clavecin pour la musique, des lièvres dans le parc, des légumes, des fruits et même, au bout d'une allée, à l'ouest du domaine, deux fantômes bienveillants : les tombes romantiques des Guerville à qui a appartenu Saint-Just, naguère, et qui l'ont tant aimé qu'ils ont voulu y reposer, à cet endroit d'où la vue sur la vallée est si belle.

Sophie et Victor ont une prédilection pour cette promenade et, surtout, pour le petit pavillon carré, solitaire, construit à mi-chemin, sur quel caprice? Pour quelles bouderies, quels rendez-vous, quelles méditations? Ouvert sur la vallée, avec son escalier gracieux à double révolution, il garde entre ses murs des ondes de confidences libertines. Sophie a juré à Victor – qui se refuse à y croire – qu'elle y a même entendu, un jour, l'écho d'un rire léger alors qu'il n'y avait personne à l'intérieur.

Ils se sont assis, là, sur les marches de pierre encore tièdes, pour regarder tomber le soir zébré d'hirondelles. Mais soudain, la tête posée sur les genoux de Fanneau, alors que tout est calme et beau, Sophie a le cœur serré. Elle pense à ses petits, là-bas (où donc, à présent?), qu'on doit être en train de mettre au lit. Elle voudrait les avoir ici, près d'elle, courant dans l'herbe alentour. Abel, Eugène et toi, Victor, mon bébé, où êtes-vous? Une larme glisse sur sa joue. Et Fanneau se penche et boit cette larme. Il n'a pas besoin de poser de questions : il en connaît la cause.

Alors, pour détourner le cours de ses pensées, il emmène Sophie pour lui montrer ce qu'il veut faire de Saint-Just, plus tard, quand sa situation sera plus claire. Il se sert du futur pour lui faire oublier ce que le présent peut avoir de chagrinant. Il dit :

« Voilà. Ces arbres sont trop vieux. Nous replanterons cette allée avec des chênes rouges. Dans dix ans, tu verras, ils nous feront des automnes éclatants. »

Et ce que Sophie retient, dans cette phrase, c'est que Fanneau a dit *nous* et puis aussi *dans dix ans...*

DEPUIS quelque temps, une certaine irritation pointe dans les lettres de Léopold. Il a beau savoir que Sophie n'aime pas écrire, il trouve qu'elle exagère. En avril, il a été pendant cinquante-deux jours sans lettre d'elle. Que fait-elle donc à Paris? Si La Horie lui a évité la révocation, il ne semble pas avoir pu obtenir de lui faire quitter cette maudite 20e demi-brigade où il se sent si mal. Au contraire, la punition annoncée suit son cours. D'abord l'exil en Corse, ensuite on lui a pris ses meilleurs éléments pour les envoyer à Saint-Domingue, et voilà qu'à présent on expédie ce qui reste de son bataillon à l'île d'Elbe. Vraiment, le sort s'acharne sur lui. Sophie, maintenant, a largement eu le temps de parler en sa faveur. Pourquoi prolonge-t-elle son absence et, surtout, nom de Dieu, pourquoi n'écrit-elle pas?

On attend l'ordre de départ d'un jour à l'autre. Va-t-il falloir qu'il embarque les enfants sans attendre le retour de leur mère? Et comment va-t-il s'en tirer, là-bas, avec eux, si l'île, comme on s'y attend, est assiégée par les Anglais?

Alors, une fois de plus, il la supplie de rentrer. Et, comme il sent bien qu'il s'adresse en pure perte à l'épouse, il s'efforce d'inquiéter la mère. En utilisant le petit Victor, surtout. Il écrit que l'enfant a mal aux dents, qu'il est triste, qu'il supporte mal la femme corse qui le promène. Il demande à Sophie, au moins, de rapporter du vaccin. Il la presse, au sujet de ce départ dans l'île :

« Je te le rappelle, il faut un sous-inspecteur à l'île d'Elbe. Mais il faut que tu partes; peut-être si tu tardais, ne verrais-tu plus tes enfants, ton mari avant longtemps, et que deviendrais-tu, ma malheureuse amie?

« Si au moment où tu recevras la présente, les hostilités étaient pleinement déclarées, tâche d'avoir un passeport comme Napolitaine, le marquis de Gallo peut t'en donner un ou comme Autrichienne par le comte de Cobenzl, tu viendrais alors par Livourne.

« Je ne veux pas laisser mes enfants entre des mains étrangères; quelque mal qu'ils puissent être dans une ville assiégée, au moins je veillerai sur eux.

« Tu vois ma position, elle est affreuse, la tienne serait-elle plus belle si, sans toi, ton époux et tes enfants étaient bloqués dans cette île... »

Malgré cet appel pressant, Sophie n'est pas revenue à temps et Léopold a dû faire la traversée jusqu'à l'île d'Elbe, avec les enfants.

Le 18 juillet 1803, il lui adresse de Porto-Ferrajo une longue lettre. Les enfants vont bien, surtout les deux aînés dont la constitution robuste s'accommode de tout.

« Victor est bien portant mais faible : la dentition est pour lui une opération très difficle et je crains qu'il n'ait des vers. J'ai demandé de l'herbe grecque dont les Corses font le plus grand cas et en ce moment il doit m'en être arrivé de Bastia. Il a encore quelques croûtes à la tête, mais elles sont peu de chose. Du reste, il dit le nom de ses frères, beaucoup d'autres petits mots, le sien entre autres. Il fait quelques pas seul, mais avec trop de précipitation pour les continuer plus longtemps. Toujours content, je l'entends rarement crier; c'est le meilleur enfant possible. Ses frères l'aiment beaucoup. »

Le ton est plus sec et Sophie sent que, cette fois, après neuf mois d'absence, il lui faut revenir. Léopold est à la limite de ce qu'il peut supporter.

« Tout le monde me gronde de ce que je sors peu; tout le monde s'étonne de ce que tu ne viennes pas et que j'aie avec moi les enfants. Cela fait jaser, il m'en revient quelque chose et je ne dis mot... »

Bon. Il faut rentrer. Alors Sophie, la mort dans l'âme, prend la diligence qui part pour Marseille. Elle a embrassé La Horie tendrement et lui a juré d'être de retour dès que cela sera possible. Il n'a rien dit. Quand ils se sont quittés, dans la cour des Messageries, il s'efforçait de sourire mais Sophie a vu, au coin de ses lèvres, ce tremblement léger qui décèle, chez lui, l'émotion.

A Marseille, elle s'embarque sur le bateau-poste pour gagner Livourne où elle a rendez-vous avec Léopold et les enfants, venus à sa rencontre.

Ils sont là, sur le port et, tandis que le bateau fait ses manœuvres d'approche, Sophie ne sent plus ni sa fatigue ni sa tristesse. De loin, elle les a reconnus. Ils sont là, sagement alignés : Léopold qui tient par la main Eugène et Abel et Claudine qui porte dans ses bras un petit garçon blond qu'elle a de la peine à reconnaître, tant il a grandi.

A peine a-t-elle mis pied à terre qu'ils se précipitent, se battant pour l'embrasser, le père et les trois enfants, tandis que la sentimentale Claudine, que ces retrouvailles émeuvent, sanglote, la tête dans son tablier.

Alors, Léopold annonce à sa famille la surprise qu'il leur réservait et dont il n'est pas peu fier : le général Olivier l'a chargé de mener jusqu'à Porto-Ferrajo une chaloupe canonnière dont la reine d'Etrurie vient de faire présent au Premier Consul.

On va donc embarquer sur cette chaloupe et faire une entrée remarquée à Elbe car le bateau a, pour escorte, un détachement du 85e et pas moins de trois barancelles armées en guerre. Et qui dirigera l'escadrille?

« Votre papa, mes enfants! Ton époux, ma chère Sophie! »

On a mis à la voile, le lendemain, au point du jour. On longe la côte de la Toscane pour gagner le canal de Piombino. Tout va bien, les vents sont bons.

Sophie, que ses journées de voyage et sa courte nuit ont épuisée, est allée dormir avec le petit Victor dans la cabine du capitaine. Soudain, elle est réveillée en sursaut par deux puissantes détonations et de fortes secousses qui ébranlent le navire. Sur le moment, elle croit à un cauchemar mais on entend, venant du pont, des clameurs inquiétantes. Victor, apeuré, se met à pleurer.

Croyant à un naufrage, Sophie se lève, s'habille à la hâte, prend Victor dans ses bras pour gagner le pont mais Léopold apparaît très excité.

« Ce n'est pas encore cette fois que nous serons vendus comme esclaves », dit-il.

Et il ajoute avec importance :

« Je viens de mettre en fuite un bâtiment barbaresque. Les vents ont faibli et nous ont déportés à l'ouest. Soudain, nous avons aperçu le navire algérien qui venait droit sur nous. Je t'avoue que nous n'étions pas rassurés car nous n'avons qu'une pièce de 32 alors que le bougre avait au moins dix-huit canons à son bord. Mais, tu me connais, en eût-il eu trente, je ne l'aurais pas laissé faire! J'ai donné l'ordre de tirer et mon intimidation a réussi : l'Algérien a viré de bord et s'est enfui vers Capraja. Une de nos barancelles doit déjà être arrivée à Porto-Ferrajo où nous serons sûrement, avant la nuit. Tu peux te rendormir sans crainte, je suis là. »

Et Léopold remonte sur le pont pour aller fêter avec ses hommes la déroute du barbaresque, assez content, de surcroît, de cette action d'éclat qui, pense-t-il, ne saurait lui nuire dans l'esprit de Sophie.

AUTANT elle s'était accommodée de Marseille, autant Sophie déteste cette île d'Elbe dont tout la rebute. A commencer par cet appartement, résidence de Léopold, avec toutes ses pièces si mal distribuées, dont une, en plus, est fermée par le propriétaire qui y garde des effets. Et pas le plus petit bout de jardin. Seulement une cour sinistre où les enfants vont jouer.

La tristesse d'avoir dû quitter La Horie n'est pas seule à rendre Sophie si morose. Tout, à Porto-Ferrajo, lui est désagréable. La chaleur qu'elle supporte mal, la saleté des rues, l'écœurante odeur d'excréments chauffés au soleil. Et ces mouches! Et cette cuisine lourde où dominent la tomate et l'ail! Et cette abominable huile d'olive dont on arrose les mets! Et ces indigènes bruyants qui prennent la nuit pour le jour! Ces hommes au regard insolent qui vous dévisagent en se grattant l'entrejambe sans se gêner. Elle trouve que les fruits sont fades, les fleurs sans odeur et les amis de Léopold sans esprit. Les femmes, surtout, si emplumées et minaudières.

Le matin, vers neuf heures, Claudine conduit Abel et Eugène dans une école tenue par un capucin où ils apprennent à lire. Un capucin, il ne manquait plus que cela! Sophie, qui n'a pas perdu son anticléricalisme nantais, a pris ce moine dans le nez. Elle dit qu'il a l'air faux et une haleine de putois. Mais elle est bien obligée de s'en contenter car il n'y a pas d'autre école.

Sa seule consolation, c'est Victor. Trop petit pour aller à l'école avec ses frères, il reste avec elle toute la journée, pendu à sa jupe comme s'il craignait qu'elle disparaisse à nouveau. C'est un enfant gentil, fragile et rêveur qui ne crie jamais. Bien qu'il soit très attaché à Claudine, il n'accepte plus de manger qu'avec Sophie, depuis qu'elle est revenue. Et voyez comme sont les enfants : depuis que sa mère est là, ses dents sortent facilement, sans lui donner de la fièvre.

Comme il a commencé à parler en corse, il s'exprime dans un sabir où reviennent souvent des phrases qu'il a apprises de sa promeneuse : *vogliù mi latù... Bajji me... damni un fritadù* ou *micca anda dorme*[1]... Et, quand son frère Eugène, jaloux de l'attention que Sophie lui porte, le pince sournoisement, Victor le traite de *cattivù*[2].

Sophie a écrit cela à La Horie pour le distraire. Elle a ajouté qu'elle comptait bien venir le plus tôt possible, lui montrer les progrès de son « filleul ».

Le pauvre Fanneau a bien besoin d'être distrait car ses affaires vont de mal en pis. A la fin de l'été, il a reçu une lettre du ministère de la Guerre lui annonçant, sans explications, qu'il était mis d'office à la retraite, avec une solde portée de 2 000 à 2 500 francs.

C'est là, de la part du Premier Consul, une mesure qui prouve assez que tout espoir de rapprochement est, désormais, inutile.

Ulcéré, La Horie a répondu par une lettre très « à cheval » au ministre, espérant bien qu'elle serait transmise à Bonaparte.

Et puis, il a écrit une longue lettre à Sophie dans laquelle il lui laisse entendre, en phrases habilement déguisées, à quel point elle lui manque à Paris.

1. Je veux mon lait... embrasse-moi... donne-moi un gâteau ou je ne veux pas aller dormir.
2. Vilain !

Et puis, silence. Elle a beau attendre chaque courrier, aucun ne lui apporte plus de nouvelles de son cher Fanneau.

ELLE a d'autant moins envie de rester à Porto-Ferrajo qu'elle vient d'y découvrir ou plutôt d'y deviner quelque chose qui risque de servir son projet de revenir à Paris, et avec ses enfants, cette fois.

Tous les soirs, après avoir dîné vers cinq heures, les Hugo vont faire une promenade à pied en famille. Tout Porto-Ferrajo, à cette heure, déambule en une *passagiata* ponctuée de saluts, de bavardages et de pavanes à n'en plus finir.

Un soir, les trois enfants se précipitent vers deux promeneuses, l'une d'une vingtaine d'années, l'autre étant sans doute sa mère, et saluent la jeune fille d'un joyeux : « Bonjour, Catherine! »

Léopold a esquissé un petit signe en direction des deux femmes mais d'un air gêné et sans plus insister. Bien entendu, ce manège n'a pas échappé à Sophie qui, en un clin d'œil, a noté la fraîcheur vulgaire de la plus jeune des deux femmes. Elle n'est pas sans lui rappeler la fille que Léopold traînait à sa suite, à Châteaubriant. C'est bien cela : elle a quelque chose de la Louise Bouin.

« Qui est-ce? demande Sophie à Léopold.

– C'est Catherine, répond Abel à qui on n'a rien demandé et que son père, aussitôt, foudroie d'un regard que Sophie note également, au passage.

– De pauvres femmes, dit Léopold d'un air vague. La femme Thomas et sa fille. Le père était économe à l'hôpital. On l'a accusé, peut-être injustement, d'avoir détourné des fonds. Sa fille est venue me voir pour que j'essaie d'arranger l'affaire mais je n'ai pas pu faire grand-chose.

– Les enfants semblent très bien la connaître.

– Oui, dit Léopold d'un air encore plus flou. Les enfants sont très vite familiers. »

Sophie n'insiste pas mais cette rencontre, la façon curieuse, hardie, dont la fille l'a dévisagée au passage, l'air craintif de la mère et le mutisme inhabituel de Léopold, tout cela lui trotte dans la tête.

Le lendemain, alors qu'elle se trouve seule avec Claudine, elle lui demande brusquement :

« Qui est Catherine? Catherine Thomas? »

La question abrupte, trouble visiblement Claudine qui rougit. Très attachée à Sophie, Claudine est d'une discrétion absolue et la réponse qu'elle doit fournir la tourmente.

« La fille Thomas? Oh! dit-elle, une pas grand-chose.

– Elle venait souvent, ici? »

Claudine, sur des charbons :

« Trop, dit-elle. Je suis bien contente que vous soyez revenue. »

Cela suffit à Sophie qui sait ce qu'elle voulait savoir.

Léopold, le soir même, a droit à une scène en règle. Ainsi, tandis qu'elle, Sophie, s'était séparée des enfants pour essayer, à Paris, d'arranger ses affaires, il n'avait rien eu de plus pressé que de courir après cette fille dont elle n'aurait pas voulu pour femme de chambre. Et cela, pendant qu'il protestait à longueur de lettres de sa fidélité!

Evidemment, Léopold se défend. Comment ose-t-elle l'accuser d'une semblable turpitude alors que sa pureté est sans pareille, que son attachement pour elle est inviolable, qu'on n'a jamais vu de mari plus fidèle, plus épris de sa femme, etc. Il peut lui donner l'emploi de son temps durant son absence : le matin, il travaillait de sept à neuf heures; de neuf à onze, il réglait des problèmes d'état-major; de onze à midi, il travaillait à la langue italienne, et ainsi de suite jusqu'à ses soirées qu'il passait à lire...

Léopold est à demi flatté de l'intérêt jaloux qu'on lui

porte mais tout de même inquiet de la colère de Sophie. Que va-t-elle imaginer? C'est vrai, avance-t-il, que la fille Thomas est venue le voir plusieurs fois mais, seul, l'intérêt qu'elle porte à son père en était le motif. C'est vrai qu'il s'est montré amical à son égard. Devait-il faire jeter à la rue cette pauvre fille qui venait lui demander assistance? Il n'est pas homme à cela.

Jalouse, Sophie? Vexée, surtout. Voilà que cet homme sur lequel elle croyait régner absolument se consolait de son absence avec une facilité désolante. Et avec qui? Une petite personne vulgaire et sûrement intéressée. L'imbécile. Et, bien entendu, il a dû s'afficher avec cette raclure d'hôpital. Puisque Claudine le sait, tout le monde doit être au courant dans ce maudit Porto-Ferrajo où l'on passe son temps à épier ses voisins et à clabauder. C'était bien la peine de lui envoyer des lettres aussi enflammées pour hâter son retour. Si, elle, Sophie, n'est pas toute blanche en face de Léopold, du moins s'est-elle abstenue de lui jurer une fidélité éternelle.

Et il a le front de continuer. Il proteste de son innocence, il pleurniche. A l'entendre, il n'aime qu'elle, ne veut qu'elle. Peine perdue. Sophie est fâchée et entend le rester. Parce que cela l'arrange.

Est-elle vraiment si sûre, en cet automne 1804, de l'infidélité de Léopold? Même pas. Elle n'en a qu'un soupçon mais elle va s'y cramponner pour éperonner sa jalousie et y puiser la force d'une rupture qu'elle souhaite.

D'abord, elle va y trouver, enfin, le prétexte sans appel qui va lui permettre de tenir physiquement Léopold à distance. Il va lui permettre de se soustraire aux avances légitimes de ce mari à fort tempérament qui est censé avoir vécu chastement, pendant plus de neuf mois.

Il était temps. Si, depuis son retour, Sophie a tout fait pour échapper à Léopold, c'est qu'elle n'est pas de ces femmes qui peuvent appartenir à deux hommes à la fois. Cette incapacité n'est nullement d'ordre moral;

c'est son corps qui s'y refuse. Si elle est fidèle à La Horie, c'est qu'elle ne peut pas faire autrement.

La longue séparation d'avec Léopold, son accord parfait avec La Horie l'ont, à tout jamais, éloignée de son mari. Elle l'aime bien mais elle ne l'aime plus. Pire : elle s'est aperçue, à la lumière de son amour pour La Horie, qu'elle n'a jamais vraiment aimé Léopold. Elle l'a cru un moment mais elle sait, désormais, qu'il n'aura été dans sa vie de femme qu'un brouillon d'amour, un apprentissage, un exercice malhabile qui devait la mener quasiment vierge à celui auquel elle appartient gravement, profondément et pour toujours.

Elle voudrait bien pouvoir s'en ouvrir à Léopold, lui demander pardon, même, de l'avoir embarqué dans cette mésaventure dont il fait les frais. Mais le moyen de lui dire cela, sans l'humilier, le blesser? Il est un homme simple. Elle n'est pas une femme simple. Ou plutôt, elle est une femme tout court, c'est-à-dire un être forcément compliqué pour un homme comme lui, gros soldat carré, sanguin, d'une intelligence très moyenne et qui a plus de sensiblerie que de sensibilité. La preuve : il n'a même pas deviné – et elle n'est pas loin de lui en faire grief – que son âme, son corps, son cœur sont habités par un autre.

Et, comme elle ne peut rien lui dire, comme elle ne veut pas le blesser, ce gros patapouf qui est tout de même le père d'au moins deux de ses enfants, une fois encore, elle fuit dans le mensonge.

Elle le fuit. Elle le fuit depuis son retour car la seule pensée de sa main posée sur elle la révulse. Au début, elle a invoqué ce qu'invoquent les femmes qui ne sont plus amoureuses : la fatigue, la migraine, la crainte d'un nouvel enfant, les nerfs, toutes sortes de malaises ou d'indispositions incontrôlables. Et, pendant un certain temps, Léopold, navré mais respectueux d'une organisation féminine qui l'impressionne dans la mesure où il n'y comprend rien, Léopold n'a pas insisté. Puis, les jours passant, les refus se répétant, il s'est fait gaillard et bousculeur. Il s'est mis à considérer Sophie comme ces villes d'Autriche qu'il lui fallait investir. Où la stratégie échouait, où les sommations restaient sans effet, il a tenté la charge brutale, l'attaque par surprise. Le soupirant a cédé le pas au militaire.

Un après-midi, tandis qu'elle se reposait, il s'est carrément jeté sur elle, voulant renouveler à huis clos l'étreinte sylvestre des Vosges. Mais Sophie, aux abois, avait échappé à l'assaillant en se réfugiant près des enfants. Et elle s'était mise à pleurer nerveusement, elle qui ne pleure jamais, pour une bêtise. Parce que Léopold, dans son assaut, avait déchiré un pan de sa jupe de mousseline. Au lieu de s'en excuser, il avait fanfaronné :

« Ah! ah! c'est bon signe! Sais-tu ce que nous disons, nous autres, quand nous sommes à la guerre et que le canon gronde? Nous disons : Tiens, on déchire de la mousseline! »

Mais voici que, soudain, après avoir tenté de la rassurer sur les sentiments qu'il lui porte, après l'avoir suppliée, s'être roulé à ses pieds pour la faire revenir à de meilleurs sentiments, voici que Léopold, subitement, en a assez. Il déclare forfait. Il fera tout ce qu'elle veut. Elle ne veut plus rester à Porto-Ferrajo? Qu'elle s'en aille. Elle veut vivre à Paris avec ses enfants? Soit. Il ne la retiendra pas. Au contraire. Comme il la sent hésitante, surprise tout de même, d'avoir remporté si vite une victoire qu'elle craignait plus difficile à obtenir, c'est lui qui va la conforter dans son projet de départ. C'est sûrement mieux ainsi et elle a raison de mettre les enfants en sûreté car la forteresse d'Elbe est de plus en plus menacée par les Anglais. D'ailleurs, le général Rusca qui commande la place vient de lui dire qu'au premier coup de canon, il fera sortir les femmes et les enfants pour les soustraire au pouvoir des Anglais. D'autre part, étant à Paris, elle pourra solliciter un emploi pour lui, car il est sûr, à présent, d'être réformé et de devoir quitter son régiment.

Il faut dire que ce revirement de Léopold lui est d'autant plus facile qu'il n'est pas aussi innocent qu'il l'a proclamé. Qui pourrait lui en tenir rigueur, à lui qui eût été, sans doute, le plus fidèle des maris s'il avait eu une femme qui lui fût accordée? Mais l'absence de Sophie a été trop longue, son silence trop décourageant pour que cet homme de trente et un ans résiste longtemps aux tentations.

Cette Catherine Thomas qui, malgré ses vingt ans, a la tête très bien organisée et qui, de plus, est cornaquée par une mère qui veut caser sa fille en la mettant à l'abri du besoin, Catherine donc a eu vite fait de repérer dans ce commandant Hugo dont on n'a jamais vu la femme, une occasion dont il faut profiter. A Porto-Ferrajo, les fiancés intéressants ne courent pas les rues. Elle s'est donc attachée à le séduire et elle y est parvenue d'autant plus facilement que le vaniteux Brutus est flatté de plaire à une aussi jeune personne et qui le comprend si bien.

Léopold a toujours été quelque peu intimidé par Sophie, plus intelligente et plus fine que lui. Près d'elle, il a toujours fait figure de rustre. D'une certaine façon, il s'est toujours senti dominé.

Avec Catherine Thomas, au contraire, le rapport de forces est inversé. La position de Léopold, son âge lui valent l'admiration facile de cette fille et Dieu sait si Léopold a besoin d'être admiré. Issue d'un milieu modeste, comme lui, elle n'a pas comme Sophie, ces airs de duchesse. Elle le prend au sérieux. Ah! ce n'est pas Catherine qui bâillerait lorsqu'il lui décrit une bataille dans laquelle il a tenu un rôle, on peut le dire, brillant. Au contraire, elle s'extasie, elle en redemande, et Léopold, en face de cette admiration, se sent tout requinqué. Il est donc bien ce héros qu'il a toujours voulu être. Et si cette fille n'est pas très distinguée, tudieu, qu'elle est excitante! Elle sait reconnaître la qualité d'un vrai mâle. Et pas chômeuse au plaisir, la petite coquine. C'est lui, parfois, qui doit même la modérer. Et quels rires en écho à ses plaisanteries! Il en redevient le joyeux drille qu'il était naguère. Sûrement, elle plairait à son vieux Muscar.

16 février 1804

ENFIN, on approche de Paris et Sophie ne se tient plus de joie. Dans moins de deux heures, elle sera près de Fanneau et, à cette idée, elle oublie la fatigue du voyage, les attentes aux relais, les arrêts aux barrières, les roues cassées, les brancards brisés, la crainte permanente des attaques de brigands et l'énervement des trois enfants qui en ont assez d'être trimbalés. Heureusement, Claudine est là qui a choisi de suivre Sophie pour s'occuper d'eux.

De Marseille où elle a dû séjourner plus longtemps que prévu, Sophie a écrit à La Horie pour lui annoncer son retour, et, en même temps, elle a retenu des chambres à l'hôtel de Nantes en attendant de louer un appartement. Elle n'a aucune inquiétude de ce côté : Fanneau lui a certainement déjà trouvé quelque chose. Sûrement, il sera venu les attendre, dans la cour des Messageries.

Au fur et à mesure qu'on approche de Paris, Sophie remarque une affluence singulière de gendarmes à cheval. A la barrière d'Italie, un nombre inhabituel de militaires et de policiers arrêtent tout le monde pour vérifier attentivement les laissez-passer. Il y a même là des gardes consulaires qui, d'habitude, ne quittent guère les alentours des Tuileries.

Mais qu'y a-t-il donc? Voilà qu'on fait descendre les voyageurs de la malle-poste pour contrôler les passeports. Les policiers obligent même les postillons à mettre à terre les bagages de l'impériale pour en examiner le contenu. On perd plus d'une heure à ce petit jeu et l'impatience de Sophie est à son comble.

La voiture s'engage dans le faubourg Saint-Marceau, enfile la rue Mouffetard, grimpe la montagne Sainte-Geneviève, redescend par la rue Dauphine et traverse le Pont-Neuf. Partout, Sophie remarque des attroupements autour de grandes affiches fraîchement collées.

Dans la cour des Messageries, c'est la cohue habituelle. On entend des cris, des rires, des coups de fouet, des sons de cloche, des appels. Des poules caquettent, des chiens se battent, des enfants pleurent, des chevaux hennissent. Des marchandes de fleurs ou de gâteaux proposent leurs éventaires portatifs. On s'embrasse, on s'étreint, on se dispute. Gare aux filous qui profitent de la bousculade, de l'émotion ou de la fatigue des voyageurs : les montres, les bourses sont escamotées, ici, avec une dextérité inimaginable.

Où est-il donc? Où est Fanneau?

Visage anxieux de Sophie à la portière. Là aussi, gardes consulaires et militaires veillent, dévisageant les nouveaux arrivés.

On descend les bagages, on dételle les chevaux et la foule, peu à peu, se disperse. Sophie confie les enfants à Claudine. Qu'on l'attende là. Qu'on ne bouge pas. Elle revient tout de suite. Elle n'en a que pour quelques instants. « Ah! suffit, Victor! Puisque je te dis que je reviens! »

Elle va entre les groupes et dix fois son cœur bondit à la vue d'un uniforme. Mais non, c'est vrai, il doit être en civil, à présent...

Elle est bien obligée de se rendre à l'évidence : La Horie n'est pas là et Sophie, désappointée, revient à l'endroit où elle a laissé les enfants sous la garde de Claudine. Abel et Eugène sont assis sur un sac de voyage. Victor, qui tombe de sommeil, suce son pouce dans les jupes de Claudine qui se défend, comme elle peut, des galanteries d'un militaire.

Sophie, brusquement, est épuisée. La fatigue que

masquait l'espoir de voir Fanneau la submerge à présent. Pourtant, ce n'est pas le moment de flancher. Il lui faut mettre les enfants à l'abri. Il ne fait pas chaud et une petite pluie fine commence à tomber.

Sophie hèle un cabriolet de place, y fait porter les bagages. En route pour l'hôtel de Nantes. Et, tandis que la voiture se dirige vers la rue Neuve-des-Petits-Champs, Sophie essaie de chasser de son esprit un mauvais pressentiment. Elle veut se convaincre que son épuisement en est la cause. Bien sûr, c'est la fatigue qui lui fait voir tout en noir. La Horie est trop prudent pour s'être mis dans un mauvais pas. Elle a tellement confiance en lui que, pas un instant, elle n'attribue son absence à l'indifférence ou à la lassitude. La raison doit en être très simple : il n'a pas reçu sa lettre. Ce n'est pas extraordinaire, le courrier, parfois, s'égare, surtout venant de si loin.

Ce qui est inquiétant, c'est que la lettre qu'elle a adressée à l'hôtel de Nantes, par le même courrier, est arrivée. Alors, l'angoisse de Sophie reprend de plus belle. S'il a reçu sa lettre, pourquoi Fanneau n'est-il pas là? La sagesse voudrait qu'elle se rafraîchisse, qu'elle dîne et qu'elle se couche. Mais la sagesse n'a jamais fait bon ménage avec l'impatience, et Sophie confie les enfants à Claudine. Elle s'enveloppe la tête de son châle pour se garantir de la pluie, elle retrousse ses jupes comme une femme du peuple pour éviter la boue et court jusqu'à la rue Gaillon où habite son amant.

De loin, elle aperçoit les affiches collées sur sa porte cochère. Deux affiches blanches aux lettres noires que la pluie commence à décoller. Les mêmes affiches, sans doute, que celles qu'elle a remarquées, en traversant Paris.

Malgré la pluie qui tombe serrée, à présent, des curieux s'arrêtent pour les lire. Sophie approche, le visage dissimulé par son châle. Au second étage, les volets de Fanneau sont fermés. Un policier fait les cent pas devant la porte.

Alors, Sophie se glisse parmi les badauds et ce qu'elle lit la fait devenir aussi pâle que les affiches.

La première est un ordre du jour signé de Murat, le nouveau gouverneur de Paris. Elle annonce que cinquante *brigands* royalistes, ayant à leur tête Georges Cadoudal et le général Pichegru, ont pénétré dans Paris pour assassiner le Premier Consul. Elle dit aussi que le complot a été mené par le général Moreau qui vient d'être arrêté.

L'autre affiche, signée du préfet de police Dubois, invite les bons citoyens à dénoncer ces redoutables brigands, ces monstres à qui la terre entière devrait refuser tout asile. Suit la liste des « monstres ». Sophie y reconnaît des surnoms semblables à ceux de ses Chouans à elle : Victor Deville, dit Deroc, dit Tamerlan, dit Tata, habit bleu et capote noisette... Lelan, dit Brutus, et Ruzillon connu parmi les brigands sous le nom de Gros-Major. Il y a le chef de horde Grand-Jacques, dit le Juste, et Rohu et Colliton, dit le Sensible. Et puis ce nom qui lui saute au cœur : La Horie, général réformé, instigateur et conseil de Moreau (en fuite).

En fuite! Dieu merci, il a réussi à s'échapper. C'est à ces deux mots que Sophie, désormais, va accrocher son faible espoir de revoir, un jour, Fanneau. S'il est en fuite, tout n'est peut-être pas perdu.

La Horie est en fuite mais il n'est pas très loin. Deux jours plus tard, on porte à Sophie une lettre cachetée qui n'est pas passée par la poste. La lettre, qui n'est qu'un billet, dit :

« Trouvez-vous aujourd'hui, à cinq heures, au 19 de la rue de Clichy, chez M. de La Mothe-Bertin. Un ami vous y attend. »

Pas de signature mais Sophie a reconnu l'écriture de Victor.

Et, à l'heure dite, elle ne court pas, elle vole, s'engouffre dans un fiacre et se fait conduire à l'adresse indiquée.

Il est là, dans une chambre dont les volets sont fermés. Qu'il est maigre et pâle! En quelques mois, il a vieilli. Les traits de son visage se sont creusés et ses yeux ont de la fièvre mais avec quelle force il serre dans ses bras cette femme qu'il aime. Il croise ses doigts aux siens, il a des sanglots secs au fond de la gorge. Il dit que, puisqu'elle est là, plus rien n'a d'importance. Il dit que, quand elle est là, les forces lui reviennent.

« Raconte, dit Sophie, est-ce grave?

– Tout est grave avec un tyran, dit La Horie. Le bougre ne rêve plus que de se faire couronner. Il veut être roi, pas moins que cela.

« Mais les royalistes ne l'ont pas entendu de cette oreille. Les émigrés d'Angleterre, groupés autour du comte d'Artois, ont décidé d'avoir la peau du Corse qu'ils avaient manquée de peu, rue Saint-Nicaise. Cette fois, la machination a été énorme. Cadoudal, le chef chouan, et l'ex-général Pichegru ont débarqué d'Angleterre, l'été dernier. Ils ont rassemblé, en Bretagne et en Normandie, une trentaine de fidèles, parmi ceux qui restent à la chouannerie. Ils avaient de l'argent, ils étaient armés et comptaient de nombreuses complicités dans les provinces et à Paris. Leur but : enlever Bonaparte et le déporter dans une île pour mettre à sa place un Bourbon, Louis XVIII, c'est-à-dire le ci-devant Monsieur.

« Mais il leur fallait des militaires pour réussir le coup. Ils ont pensé à Bernadotte, à Brune, à Augereau qu'ils savent hostiles au Tondu. Mais surtout, ils voulaient Moreau, très populaire parmi ses soldats. Ils savent que Moreau a derrière lui, à Paris, au moins six mille officiers prêts à le suivre pour renverser le Premier Consul.

« Il y a eu rassemblement de Bretons, continue La Horie. Georges Cadoudal, qui a été au même collège que Moreau, ne doutait pas de son adhésion. Ils se sont vus secrètement, fin janvier, avec Pichegru. Moreau m'avait demandé d'assister à la seconde entrevue. J'en suis parti très vite : je n'aime pas Pichegru que je n'avais pas revu depuis l'an III. Pourtant, aujourd'hui, on m'accuse, moi, d'avoir été l'instigateur de cette entrevue. C'est faux. Je te jure que c'est faux. Moreau, aussi, m'a déçu, lors de ce conciliabule : il était prêt à participer à la conjuration mais à son profit personnel. Il ne voulait pas de Louis XVIII. Il voulait se mettre, lui, à la place de Bonaparte. Il ne s'est pas entendu avec les royalistes.

« Bonaparte crève de peur; c'est la septième fois qu'on essaie de l'expédier. Il a lâché ses sbires, depuis le début du mois. En quelques jours, Paris a été asphyxié par une surveillance policière intensive. On veille, on fouille, on ouvre les lettres, il y a des espions partout et les rapports se multiplient en direction des Tuileries. Ordre est donné de chasser le royaliste comme le lapin. Fouché veut se faire bien voir et Savary déborde de zèle. Pour faire parler ceux qu'on arrête, Bonaparte a fait reprendre l'usage aboli des bonnes vieilles tortures si efficaces du Moyen Age. On serre les pouces dans le chien d'un fusil jusqu'à ce que les chairs soient broyées et les os brisés. L'héroïsme a des limites; à ce régime-là, les langues se délient et les dénonciations obtenues entraînent de nouvelles arrestations.

« Deux jours avant ton arrivée, le matin, Moreau a été arrêté, alors qu'il revenait de son château de Grosbois. Il est au Temple. Frenière, son secrétaire, est en fuite mais on a arrêté ton ami Jean-François Normand qui avait réussi à s'infiltrer dans l'état-major de Moreau.

« Je m'attendais si peu à être mêlé à cette histoire que, le jour de l'arrestation de Moreau, je suis resté tranquillement chez moi. Après ma mise à la retraite que rien ne justifiait, je pensais que l'animosité de Bonaparte à mon égard serait calmée mais la rancune de cet homme n'a pas de fin.

« Le soir du 14 février, des amis m'ont averti que j'étais sur la liste de ceux qu'on recherchait. Je me suis donc résolu à fuir. Bien m'en a pris car, une demi-heure à peine après mon départ, la police consulaire est venue saisir mes papiers rue Gaillon et mettre la maison sous surveillance. Je ne sais pas ce qui se passe à Saint-Just ni si des personnes de ma famille ont été inquiétées.

« J'avais reçu ta lettre, Sophie, et j'étais désolé de ne pouvoir aller t'accueillir; comme tu as dû le voir, l'arrivée des voitures est surveillée. Cependant, je ne t'avais pas oubliée. J'avais fait retenir à ton nom un logement, dans cette rue même, juste en face, au numéro 24. J'espère que tu y seras à l'aise avec tes enfants et, ainsi, je saurai où te joindre, dès que cela me sera possible.

« Je pars cette nuit même. Je ne veux pas risquer de compromettre plus longtemps les amis qui me cachent. On doit m'apporter, tout à l'heure, de faux papiers qui vont me permettre de quitter Paris sans être inquiété.

– Que puis-je faire pour t'aider? dit Sophie. Qui aller voir? Joseph Bonaparte? Il m'aimait bien, à Lunéville. Fouché serait mieux, peut-être... Il est de Nantes, comme moi, et mon grand-père le connaissait bien. Ma famille ne saurait lui être suspecte. Je lui expliquerai que tu n'es pour rien dans cette conjuration...

– Garde-t'en bien, dit La Horie. Fouché est trop retors pour qu'on puisse lui faire confiance. Il ne faut pas, d'autre part, que ton nom soit associé au mien. En ce moment, je suis dangereux pour ceux que j'aime. Pense à tes enfants. La police sait sans doute, déjà, que nous nous sommes retrouvés : tout est à craindre.

« Ne bouge pas et, surtout, ne t'inquiète pas même si tu n'as pas de nouvelles de moi, pendant un certain temps.

« S'il te manque quoi que ce soit, mes amis La Mothe-Bertin s'efforceront de te venir en aide. Tu n'auras qu'à traverser la rue. Ils savent que tu es, avec ma mère, ce que j'ai de plus cher au monde. Avec Victor, aussi, ajoute-t-il en souriant pour la première fois. Et, bien sûr, Abel et Eugène... Ne sois pas triste, ma Sophie. Un jour, la tyrannie qui nous opprime sera vaincue, je le souhaite, à présent, de toutes mes forces. Un jour, nous serons heureux, je te le promets. »

SOPHIE s'installe avec les enfants et Claudine dans l'appartement que lui a trouvé La Horie, rue de Clichy[1]. Le logis a quatre pièces. Victor dort dans la chambre de Claudine, Abel et Eugène en partagent une autre. Sophie s'est réservé une chambre attenant à un petit salon. On prend les repas dans la cuisine et on se lave tant bien que mal dans un minuscule cabinet de toilette qui est un débarras sans fenêtre. Bien entendu, il faut aller chercher de l'eau dans le puits de la cour. Un très joli puits avec une auge abritée d'un saule. Mais défense aux enfants d'aller tirer de l'eau tout seuls. Sophie redoute trop que l'un d'eux y bascule.

Heureusement, dans la journée, ils sont à l'école, dans la rue du Mont-Blanc[2], tout près d'ici. Même Victor. A deux ans, il n'y fait pas grand-chose mais comme il a exigé d'y suivre ses frères qui ont quatre ans et demi et cinq ans et demi, Claudine l'y mène tous les matins.

Victor est très content car il y retrouve Mlle Rose, la fille du maître d'école, dont il est le chouchou. Cette Rose est une jolie brune de dix-huit ans, très gentille. A l'heure où Victor arrive, elle est encore dans son lit

1. A l'emplacement de l'actuel square de la Trinité.
2. Aujourd'hui, rue de la Chaussée-d'Antin.

et elle joue avec lui comme avec un petit chat. Quand il a bien chahuté, Victor lui dit :

« Mets tes bas. »

Il est fasciné lorsqu'il la voit remonter ses bas, le long de ses jambes. Quel drôle de petit bonhomme. Et il ne s'en lasse pas. Parfois même, alors qu'elle a rabattu ses jupes, il exige :

« Encore ! »

Victor va tout à fait bien, à présent. Comme on dit d'une bouture qui a pris racine : il est bien parti. C'est un enfant gai et rêveur. Il adore les farces, les mystifications. Quand quelque chose l'amuse, il éclate d'un rire qui n'en finit plus, un rire contagieux qui gagne son entourage. Il commence à jouer avec ses frères mais rester seul ne l'ennuie pas. Il rêve, il se parle, imitant parfois plusieurs voix. Son imagination est très vive et, parfois, il désigne à Sophie des formes, des figures qu'il voit dans une craquelure de plâtre, un nœud de bois ou un nuage.

Il s'entend très bien avec Abel et même avec le gros Eugène mais celui-ci, plus susceptible, plus nerveux, ne supporte pas qu'on donne à Victor quelque chose qu'il n'a pas. Abel a remarqué, par exemple, qu'Eugène n'aime pas voir Sophie câliner Victor. Il se met à tourner autour d'eux en geignant. Et si Sophie ne repose pas Victor à terre, Eugène commence à pleurer. Abel, qui est taquin, en a fait un jeu. Il dit à Victor :

« Va faire pleurer Eugène, va... »

Et Victor, qui voit là une bonne farce, court de toutes ses petites jambes se faire hisser dans les bras de sa mère où il se livre à des roucoulades provocatrices : « Ma mamaman, ma maman à moi... » qui manquent rarement leur effet. Eugène pleure.

L'absence de jardin ne pèse pas trop à Sophie car, tout près de là, rue Saint-Lazare, il y a les bosquets et les arbres de Tivoli où, déjà, le printemps se fait sentir.

Elle a écrit à Léopold pour lui donner son adresse, afin qu'il n'oublie pas de lui envoyer de l'argent. Et, pour éviter de lui parler d'elle, elle raconte les progrès des enfants et, aussi, ce qui se passe à Paris. On recherche toujours La Horie qui a disparu. Quarante mille hommes sont opposés à une centaine de Chouans. Peu à peu, toute la bande des conjurés va se retrouver sous les verrous.

De Nantes, elle a reçu une lettre de son frère Marie-Joseph. Le grand-père Le Normand qui va sur ses quatre-vingt-deux ans est très malade. On se demande s'il atteindra l'été. Marie-Joseph a demandé à Léopold d'envoyer une procuration à Sophie pour régler rapidement l'héritage si le grand-père venait à mourir (on ne perd pas la tête dans la famille Trébuchet!).

Léopold, pour ne pas perdre la face, a expliqué à son beau-frère que c'était lui, Léopold, qui avait insisté pour que Sophie aille habiter à Paris avec les enfants. A cause des événements.

Mais, à Sophie, c'est une autre chanson. Le 8 mars :

« Adieu, Sophie. Rappelle-toi que rien ne peut me consoler de ton absence; que j'ai un ver rongeur qui me mine, le désir de te posséder; que je suis dans l'âge où les passions ont le plus de vivacité et que ce n'est pas sans murmurer contre toi que je sens les besoins de te serrer contre mon cœur.

« Prégusse est bien heureux, il est aimé de sa femme et il la possède. Moi je ne possède rien que le chagrin, la douleur et l'ennui.

« Adieu, je suis tout à toi. »

Sophie n'est pas seule responsable du « chagrin, de la douleur et de l'ennui » de Léopold. Il a de grosses déceptions dans sa carrière militaire et il se plaint qu'on ne reconnaisse pas assez les services qu'il a rendus à la patrie. Il pense même (dit-il) à se retirer de l'armée. Il sait que, désormais, il ne peut plus compter sur le soutien de La Horie. Etant donné ce qui se passe à Paris, l'arrestation de Moreau, etc., il craint d'être mêlé à l'opprobre qui frappe ses anciens protecteurs et recommande même à Sophie, à mots couverts, de ne plus insister de ce côté-là :

« Ne vois personne; ne cherche point de protecteur. Mets ordre à tes affaires; c'est dans ton sein, dans celui de ta famille, que je veux trouver le bonheur, heureux si on ne cherche pas encore à le troubler pour moi!... »

En ce printemps 1804, la vie de Sophie n'est plus qu'attente. Elle ne sait où se cache La Horie, s'il a franchi une frontière ou s'il est en Normandie. Parfois, il lui semble qu'il est tout près, à Paris même, et qu'elle va le voir apparaître. Dès le soir, surtout, elle est en état de veille car elle sait que, s'il doit venir, il attendra la nuit pour cela. Alors, elle guette les bruits de la rue, espère un discret grattement à sa porte.

En ville, la police consulaire est sur les dents. Les mouchards se multiplient. On fouille les voitures, les charrettes, les bateaux sur la Seine. On fait ouvrir les tonneaux. Même les corbillards sont suspects. Bonaparte sait que Cadoudal est à Paris et il fait mettre tout en œuvre pour se débarrasser de cette menace permanente. Des soldats gardent les murs d'octroi avec ordre de tirer sans sommations sur quiconque s'aviserait de franchir l'enceinte. Les barrières fermées, dès que la nuit tombe, ne sont ouvertes qu'à l'aube.

Paris commence à grogner. L'emprisonnement de Moreau, le héros de Hohenlinden, a choqué l'opinion et Sophie déchiffre avec plaisir les protestations qui s'inscrivent, ici et là, par affiches ou graffiti, sur les murs. Il faut dire que les citoyens mécontents n'ont guère que les murs pour exprimer leur opposition au régime; le nombre des journaux a été réduit et ceux qui restent sont sévèrement contrôlés par le gouvernement. Mais les murs sont incontrôlables. « *Moreau innocent! L'ami du peuple et des soldats aux fers! Bonaparte, un étranger, un Corse, devenu usurpateur et tyran! Français, jugez!* », lit-on çà et là.

Un anagramme qui se répète un peu partout fait la joie de Sophie : BONAPARTE = NABOT A PEUR [1].

Le 27 février, Pichegru est pris et jeté au Temple où on va le « cuisiner » pour le faire parler mais vainement. Georges Cadoudal demeure introuvable mais on le signale partout ou on croit le voir partout.

Le 29, nouvelles affiches consulaires : on prévient les bons citoyens que le recel du nommé Georges et des soixante brigands cachés dans Paris sera jugé et puni comme crime principal. Et la dénonciation est présentée comme un acte de vertu publique.

Si Sophie est inquiète pour La Horie, ces mesures ne la surprennent pas. Elle a connu pire à Nantes autrefois et elle se réjouit de lire sur les murs, en réponse aux menaces gouvernementales : « *Citoyens, si vous êtes assez lâches pour souffrir que Moreau et Pichegru périssent, nous vous jurons de mettre le feu dans tous les coins de Paris.* » Car si Paris n'aime pas beaucoup ces Chouans qu'il assimile à des brigands fauteurs de trouble, Paris n'aime pas que l'on maltraite ses militaires, surtout ceux qui se sont couverts de gloire au combat.

Ce feu dans tous les coins de Paris, Sophie a envie qu'il s'allume contre ce Bonaparte qu'elle abomine. Et, de toutes ses forces, de toute son âme, elle fait des vœux pour que Cadoudal arrive à ses fins et purge la France du Corse maudit.

En attendant, les arrestations se précipitent. Le

1. Cité par Jean-François Chiappe dans *Georges Cadoudal ou la liberté*, Librairie académique Perrin.

4 mars, c'est le tour des frères Polignac. Puis, le 9, Georges Cadoudal tombe aux mains de ses poursuivants.

Bonaparte respire mieux mais il ne sera vraiment satisfait que lorsqu'il aura fait la peau à l'un de ces Bourbons qu'il hait. Quel est donc ce « prince » mystérieux dont ont parlé certains des conjurés?

Le 15 mars, Bonaparte fait enlever et interner à Strasbourg le jeune duc d'Enghien, petit-fils du prince de Condé, qui a, tout juste, l'âge de Sophie. Cette fois, il le tient, son Bourbon. Et, malgré les rapports qui lui prouvent que le jeune homme n'est pour rien dans la conjuration, il le fait transférer à Vincennes où, dans la nuit du 20 au 21 mars, il est jugé et exécuté dans une fosse à ordures. L'entourage de Bonaparte est consterné par cet assassinat inutile.

Et les horreurs continuent. Le 6 avril, Pichegru est retrouvé « suicidé » dans sa cellule. Comment a-t-il pu s'étrangler tout seul? Mystère. L'éloge funèbre de Bonaparte pour le vainqueur de la Hollande sera pour le moins curieux : « Nous avons perdu la meilleure pièce à conviction contre Moreau. »

Toute à l'attente de La Horie pour lequel elle craint le pire, Sophie n'a guère le cœur d'écrire à Léopold. Elle s'y contraint, cependant, lui adresse une lettre le 8 avril, une autre, le 27.

Léopold, apparemment, commence à en prendre son parti.

« Ma foi, ma bonne amie, j'avais renoncé au plaisir de t'écrire; puisque je ne reçois aucune de tes lettres, me disais-je, elle ne reçoit sans doute aucune des miennes, il est donc inutile d'écrire[1]... »

A vrai dire Léopold, qui a trouvé une consolation en

1. Bastia, le 29 prairial an XII (18 juin 1804).

la personne de Catherine Thomas, éprouve pour Sophie des sentiments plus calmes et le lui dit :

« ... ils ne sont plus si vifs que dans le principe, que pendant ta première absence, quoiqu'ils le soient cependant encore beaucoup. Mais ton dernier départ m'a fait tant de mal, il était si fort contre mon gré que j'en suis encore étonné et qu'il faut souvent, très souvent même, que je t'excuse dans mon cœur... »

Il commence même à se prémunir contre un éventuel retour de Sophie et à poser ses conditions :

« ... Il faudra, si tu consens à revivre avec moi, ou me conserver entièrement pour toi, ou te voir préparer des chagrins. Oui, je veux être à toi seule, mais pour être à toi seule, il faut que jamais je n'éprouve ni froideurs ni rebuts. Autrement, il vaut mieux vivre séparés... »

En juin, Sophie assiste au procès des conjurés. Elle a réussi à obtenir une carte pour entrer dans le tribunal car le sort des accusés, lié à celui de son amant, ne lui est pas indifférent.

Elle n'est pas la seule. Il y a foule dans et autour du tribunal. On attend, on bavarde, on suppute. Le sort de Moreau, surtout, intéresse. On dit que, s'il est condamné, ses vieux soldats sont décidés à tenter un coup de force pour l'enlever. Les nombreux policiers en civil, mêlés à la foule, n'en perdent pas une miette.

Cette popularité de Moreau le sauvera. Il ne sera que banni. Sur les vingt condamnés à mort, huit seront graciés, dont sept nobles pour lesquels on sera intervenu auprès de Bonaparte. Et, le 25 juin en place de Grève, Cadoudal sera guillotiné avec dix Chouans roturiers dont personne n'aura demandé la grâce.

Septembre 1804

Brouhaha au lever du jour, dans la rue de Clichy. Sophie, par la fente d'un volet, voit la police cerner la maison des La Mothe-Bertin. Des volets claquent, on frappe à la porte. Perquisition. On cherche le citoyen Fanneau de La Horie, prévenu de complicité avec Moreau, Pichegru et Cadoudal. Un rapport a révélé qu'il était là, blessé.

M. de la Mothe-Bertin apparaît sur le seuil, souriant, très calme.

« Il y a bien longtemps que je l'ai vu, dit-il. Mais, je vous en prie, messieurs, faites votre devoir, cherchez... »

Une demi-heure plus tard, tandis que s'éloignent les chevaux et les voitures des policiers, déçus d'avoir fouillé en vain le 19 de la rue de Clichy, Sophie se retourne vers son lit où dort Fanneau.

« Tu l'as échappé belle », dit-elle.

Il a débarqué, cette nuit, en boitant. Il s'était foulé le pied en tombant de cheval. Heureusement, les enfants, à cette heure tardive, dormaient. Sophie a prévenu Claudine qui lui est tout acquise. Il ne faut pas que les enfants entrent dans sa chambre, au matin. Surtout pas. Elle n'a qu'à leur dire que leur mère est souffrante. Il ne faut pas qu'ils sachent que M. de La Horie est là.

« Personne ne doit le savoir, n'est-ce pas, Claudine? Il y va de sa vie. Imagine que l'un des petits s'en aille raconter cela à l'école! »

Claudine a compris, les enfants n'entreront pas.

Sophie a retrouvé les gestes de Julie Péan pour soigner Fanneau. Elle a tordu son pied pour remettre l'articulation en place et puis elle a fait un bandage serré, tandis que Fanneau, d'une main lasse, caressait ses cheveux. Il a bu du bouillon et puis il s'est endormi, épuisé.

Et il a dormi, dormi, dormi, toute la journée du lendemain et puis la nuit d'après encore. Il est resté trois jours dans la chambre aux volets fermés. Puis, il a dit qu'il allait repartir. Ce quartier, décidément, est trop dangereux pour lui. Il ne veut pas attirer des ennuis à Sophie.

Où va-t-il aller, à présent? Il n'en sait rien encore. On semble attacher une grande, une incompréhensible importance à sa capture. Il paraît qu'on a mis pas moins de six agents à sa recherche, depuis l'arrestation de Moreau. La police est allée perquisitionner chez son banquier, à Paris et même dans son château de l'Orne. On a visité les maisons de ses amis, à Clamart, à Meudon. Il sait que sa famille aussi y est passée. On est allé chez son frère, Fanneau-Reynier, qui est juge de paix à Couptrain, en Mayenne, et même chez son frère Ismaël qui vit à Liège. Et chez ses cousins de Nantes et ceux de Rennes. On a signalé aux préfets de la Mayenne, de l'Ourthe, de l'Ille-et-Vilaine, de la Loire-Inférieure qu'ils ont tout intérêt à aider à l'arrestation de cet homme poursuivi pour complot contre la sûreté de l'Etat. Partout, on a distribué son signalement : cinq pieds, deux pouces, cheveux châtains coiffés à la Titus, yeux noirs, front haut, nez long, visage ovale marqué de petite vérole. On a signalé son *ris* sardonique et ses jambes arquées par la pratique du cheval.

« A Saint-Just, ils ont mis mon intendant sous surveillance. Je ne peux même plus aller chercher un cheval là-bas. Mais ne t'inquiète pas, dit-il, j'ai échappé, j'échapperai encore. »

Il échappera. Dans le courant de 1805, on va même le laisser relativement tranquille. Bonaparte qui s'appelle, à présent, Napoléon Ier a, surtout, envie de le voir changer de continent, comme Moreau et, comme pour Moreau, il va le laisser rassembler l'argent nécessaire à son voyage.

La police, d'autre part, est assez mal organisée. Il n'y a pas une police, il y en a trois : celle de l'Empereur, celle de Talleyrand et celle de Fouché, polices souvent rivales, aux directives contradictoires. Plus tard, Savary, qui déteste Fouché, l'accusera d'avoir laissé, volontairement, échapper La Horie.

Les moyens d'information de l'époque sont réduits. S'il n'est pas d'une très grande célébrité, le visage d'un homme recherché par la police n'est pas connu du public. Les signalements écrits sont vagues, ce qui limite les dangers de dénonciation.

Donc, La Horie sait que l'Empereur souhaite son départ pour l'Amérique mais La Horie, à cause de Sophie, n'a pas envie de quitter la France et il va faire de longs séjours à Paris, en prenant quelques précautions.

D'abord, et sur la suggestion de Sophie, changer de nom à cause d'Abel, Eugène et Victor. Elle ne peut pas, éternellement, garder Fanneau enfermé dans sa chambre, en faisant semblant, elle, d'être malade, chaque fois qu'il réside rue de Clichy. Elle va donc le présenter aux enfants sous le nom de « M. de Courlandais », pseudonyme choisi par La Horie, Courlandais étant le nom d'une terre appartenant à sa famille, en Normandie[1]. Ainsi, tout est simple : « M. de Courlandais est un ami de papa, les enfants. C'est le parrain de Victor et il voyage beaucoup. »

1. Renseignement communiqué par M. F.-X Fanneau de La Horie.

Elle va même prévenir Léopold de ce subterfuge, pour éviter un quiproquo possible, si les enfants venaient à lui en parler. Léopold ne peut pas s'offusquer que sa femme aide, dans sa détresse, un homme qui est un ami et qui lui a tellement rendu service, quand il en avait le pouvoir.

Les enfants n'ont pas bronché; ils étaient trop petits quand ils ont rencontré La Horie pour la première fois, pour s'en souvenir.

Cela réglé, on prend d'autres précautions. Quand il est à Paris, La Horie ne sort jamais sans porter au moins un chapeau qui met de l'ombre sur son visage ou quelque déguisement propre à le dissimuler.

Un jour où il doit se rendre près des Tuileries, zone particulièrement dangereuse à cause de la concentration des policiers, Sophie a l'idée de le déguiser en femme. Le héros de Hohenlinden éprouve quelque répulsion à ce travesti mais Sophie, que cela amuse, lui fait enfiler un jupon sombre, assez long pour dissimuler ses pieds, un mantelet, elle enveloppe sa tête d'un châle et lui passe un panier au bras. Le résultat est confondant : il est tout à fait impossible, à l'œil du policier le plus exercé, de reconnaître dans cette femme mûre, légèrement voûtée, l'ancien chef d'état-major de l'armée du Rhin. Sophie et Victor en prennent un fou rire qui les jette, hoquetant, dans les bras l'un de l'autre.

Le moins qu'on puisse dire, c'est que Sophie ne rit pas tous les jours. Les enfants grandissent, la vie est chère et Léopold, souvent, oublie d'envoyer de l'argent. Est-ce Catherine Thomas qui lui coûte cher ou bien se venge-t-il de cette façon d'une épouse qui néglige de plus en plus de lui écrire?

Sophie s'en plaint. Elle a beau employer toute son imagination pour joindre les deux bouts, elle y arrive très difficilement. La Horie, quand il est à Paris, l'aide tant qu'il peut mais ce qu'il possède s'épuise. Dans un geste d'orgueil, il a refusé de toucher la solde de 2 500 francs, allouée par le ministère, quand il a été mis, de force, à la retraite. Au moment de l'arrestation de Moreau, il a emprunté 56 000 francs en hypothéquant Saint-Just et sa maison de la rue des Saussaies. Mais la vie de proscrit coûte cher et il songe à trouver une astuce de procédure qui lui permettrait de vendre ses biens, malgré qu'ils soient sous séquestre.

Quand Sophie appelle Léopold au secours, celui-ci ne se montre guère coopératif :

« Chaque jour ici de nouvelles dépenses de tenue et représentation et cela, joint à l'irrégularité des paiements, m'a depuis trop longtemps mis dans l'impossibilité de rien envoyer à ma famille. Crois-tu que ma conscience ne m'en fasse pas un reproche secret[1] ? »

Les 150 francs mensuels qu'il lui avait promis quand elle a quitté Porto-Ferrayo n'arrivent pas souvent. Léopold prend pour prétexte les Anglais qui interceptent le courrier ou ses propres dépenses dont il envoie à Sophie les comptes détaillés. De fin 1803 à fin 1805, il ne lui enverra de son propre aveu que 1 205 francs avec lesquels elle devra se débrouiller pour vivre à Paris, elle, Claudine, et les trois enfants en payant le loyer de son logement meublé. Elle cuisine, elle ravaude, coud ses robes, tond les œufs et n'en peut plus.

L'échange de lettres avec son mari s'aigrit. Sophie a deviné que la fille Thomas n'était pas étrangère à l'abandon de sa famille par Léopold. Lui-même ne s'en cache presque plus.

« Il n'est pas très gai pour moi d'être sans femme; il est même très dangereux d'être seul ici. A mon âge, et je pense aussi au tien, on serait mieux ensemble, car de côté ou d'autre on peut faire des sottises, s'en mordre

1. Bastia, le 25 pluviôse an XIII (15 février 1805).

les doigts et ce résultat n'est pas du tout régalant. »

Pour apaiser Sophie qui commence à le prendre mal, il lui envoie son portrait et un collier de corail. Comme si cela pouvait l'aider à vivre.

En juin, elle reçoit une lettre de Léopold qui est un aveu à peine déguisé.

« On peut bien, à mon âge et avec un tempérament malheureusement trop ardent, avoir pu s'oublier quelquefois, mais la faute n'en fut jamais qu'à toi; sans tes refus irréfléchis, sans ta seconde absence, jamais peut-être tu n'eusses eu une crainte à concevoir. Les conséquences de pareilles actions ne sont rien quand un mari conserve un cœur tendrement attaché et surtout quand il n'est pas forcé de les renouveler souvent et longtemps de suite. Toi qui me connais mieux qu'un autre, pourquoi n'as-tu pas laissé le remède près de moi? Enfin, puisque tu es assez sage pour reconnaître qu'en moi le tempérament doit avoir plus de force que la raison, pourquoi ne pas hasarder un dernier voyage, je dis un dernier voyage, car je ne veux plus de fantaisies ni d'espérances; tu avais peut-être raison, mais franchement, je ne l'ai jamais cru, je n'ai vu dans ton départ qu'une ferme volonté de me fuir, d'éviter des caresses qui t'étaient importunes, de te soustraire à des scènes de ménage que ta tête bretonne rendait beaucoup trop longues.

« Je suis trop jeune pour vivre seul, trop bien portant pour ne pas être porté aux femmes; j'aime, je dirai plus, j'adorerai encore la mienne, si la mienne veut se convaincre que j'ai besoin de son amour et de ses complaisances, mais je ne puis être sage qu'avec ma femme; ainsi, ma chère Sophie, je crois qu'il vaudrait mieux que je te fisse un enfant de plus que de te délaisser pour une autre, que de les voir grandir loin de l'œil d'un bon père. Je me crois assez de qualités de cœur pour faire le bonheur de celle qui voudra me juger sans préventions; sous les rapports physiques, je ne dirai la chose qu'à toi, je n'ai jamais été mieux qu'à présent; sous les rapports de l'instruction, j'ai beaucoup acquis depuis ton absence. (...)

« Mes projets d'économie sont un peu trop brillants pour n'être pas chimériques; mon logement conviendrait à toute ma famille parce que, pour recevoir les officiers de mon bataillon, il faut qu'il soit grand. Je dépense en pension, en défaut d'entretien, plus que je ne dépenserais avec elle. Ce sont donc de vraies sottises que de faire deux ménages; l'expérience m'a convaincu que cet abus est infiniment nuisible à la bonne harmonie et à la fortune de deux époux. (...)

« Ainsi, Sophie, vois moins dans cette lettre franche un aveu de fautes que la nécessité d'en empêcher la continuation par ta présence. Sois sûre que je serais incapable de tout acte qui me dégraderait à mes propres yeux, que je ne cherche de femmes que par besoin, mais que mon cœur est tout à toi et ma tendresse inviolable pour mes bons enfants[1]. »

Voilà qui est clair : Léopold se console, au moins physiquement de l'absence de Sophie, et si elle veut pouvoir matériellement élever ses enfants, elle n'a qu'une solution : revenir remplir son « devoir conjugal ». Rompez.

Cet ultimatum ne produit pas sur Sophie l'effet attendu par Léopold. Au contraire. Il provoque chez elle une de ces colères de Bretonne que Léopold redoute tant. Dans un premier temps, elle décide de ne plus jamais lui adresser la parole. Puis, elle se ravise et lui envoie une lettre où elle lui dit tout ce qu'elle a sur le cœur.

La réponse de Léopold, très sèche, arrive par retour.

« Après un très long silence de votre part, Sophie, je

1. 22 prairial an XIII (11 juin 1805).

reçois votre lettre de reproche en date du 20 de messidor. J'ai fait pour vous ce que j'ai pu, et vraiment je n'ai pu faire davantage. Vous penserez de mes sentiments pour vous et pour mes enfants tout ce qu'il vous plaira; je n'ai diminué mon attachement ni pour eux ni pour vous. Je me félicite heureusement que si j'ai été assez malheureux jusqu'à présent pour ne pouvoir distraire depuis votre départ qu'une somme de 1 205 francs (car je comprends tout, et vous entendez que le port, comme les 50 francs de Claudine, doivent être comptés quand vous mettez tout en ligne de compte), mes dettes payées actuellement vont me permettre de faire davantage que je n'ai fait, si on me laisse l'hiver à Ajaccio. Faites les réflexions qu'il vous plaira, accusez-moi, dites-moi des sottises si vous voulez, il n'en faudra pas moins payer 100 francs par mois pour ma pension et pour un repas, quelque chose pour des extras indispensables, 15 francs pour les gages et le service de mon domestique, un prix fort pour un logement, mon blanchissage, l'entretien dans un pays où tout est d'une cherté horrible, et où cependant chaque jour on exige davantage en tenue. (...)

« Vos réflexions sont plus fondées que vos reproches. Il y a vingt de mes lettres dans lesquelles je vous ai représenté que deux ménages nous ruinaient. Vous m'avez donné des raisons que vous croyez bonnes et jamais je ne vous parlerai de revenir près de moi, voulant vous laisser pour toujours maîtresse de rester où vous êtes ou de revenir quand il vous plaira. (...)

« Quant à tous ces mots de désespoir que l'avenir vous fait insérer dans votre lettre, vous ne pouvez pas tous me les attribuer. Rappelez-vous que, quand je dus vous épouser, vous me fîtes espérer qu'il vous revenait quelque chose de votre père. Il n'en a rien été; si cela n'a point été de votre faute, tous les reproches ne peuvent non plus tomber sur moi. J'ai pu à différentes fois placer en terre quelques petites sommes et vous n'avez pas voulu, tantôt parce que vous n'aimiez pas mon pays, d'autres fois parce que vous espériez du vôtre, et tout a été dépensé.

« Je vous répète que je ne suis point homme à abandonner ma famille, mais je ne puis faire plus que ce que je vous promets.

« Je vous embrasse[1]. »

Il embrasse mais il n'étreint plus. Le voussoiement indique la colère et les calculs la fin d'un amour.

COMME on ne sait trop quoi faire, à l'école de la rue du Mont-Blanc, de ce Victor, trop petit pour suivre l'enseignement des autres enfants, on l'assoit parfois devant la fenêtre de la classe. Il y reste sagement car il aime beaucoup regarder ce qui se passe dans la rue, tandis que ses frères apprennent à lire et à compter.

Justement, il y a, en ce moment, des choses très intéressantes pour un petit garçon de trois ans, dans cette rue. Juste en face de l'école se trouve le superbe hôtel du président Hocquart de Montfermeil qui a été construit par Ledoux, avant la Révolution, et confisqué quand son propriétaire est parti en émigration. L'hôtel a été racheté, il n'y a pas longtemps, par un riche prélat, le cardinal Fesch, archevêque de Lyon et oncle maternel de l'Empereur. On est en train de refaire l'hôtel et de l'embellir, ce qui provoque, dans la rue, un va-et-vient de tous les corps de métiers. Victor est tout à fait passionné par les grosses pierres de taille qu'on hisse, attachées par des cordes, au moyen d'un cabestan. Souvent, un ouvrier monte à cheval sur la pierre.

Soudain, on entend un grand boum et des cris. Toute la classe se précipite à la fenêtre, entourant Victor qui s'est mis à pleurer. La corde vient de se

1. Septembre 1805.

rompre et la pierre, dans sa chute, a écrasé l'ouvrier qui s'y trouvait à califourchon. Son corps ensanglanté se tord sur le sol.

Eugène et Abel ont assez bien digéré l'horrible spectacle mais Victor en a été tellement impressionné que des semaines et même des mois plus tard, il se réveillera en hurlant, d'un cauchemar dans lequel il voit un homme écrasé sous une pierre. Et Sophie, à chaque fois, passera au moins une heure à caresser et apaiser son petit garçon jusqu'à ce qu'il se rendorme, avec la compréhension et la patience d'une nerveuse qui voit tourbillonner une tête coupée dans ses propres nuits.

Est-ce ce choc qui a aiguisé la sensibilité de Victor ou bien a-t-il conservé un souvenir de la longue absence de sa mère, lorsqu'il était bébé? Il a toujours peur qu'on l'abandonne.

En automne, un jour de violent orage, des trombes d'eau s'abattent sur Paris. La rue de Clichy, qui est en pente, déverse un torrent dans la rue Saint-Lazare transformée en rivière. A moins d'avoir un bateau, on ne peut plus y passer. Sophie et Claudine devront attendre neuf heures du soir pour aller chercher les enfants à l'école. Elles y trouveront Victor, en larmes, malgré les propos rassurants de ses frères, des autres enfants, du maître d'école et de Rose. Il est persuadé que sa mère s'est noyée dans la rivière de la rue et qu'il ne la verra plus jamais.

Il a, parfois, aussi, de drôles d'idées. Pour la fête du maître d'école, les élèves ont donné la représentation d'une pièce : *Geneviève de Brabant*[1]. Rose, la fille du maître d'école, joue le rôle de la pauvre Geneviève, abandonnée dans une forêt avec son enfant qu'elle nourrit avec le lait d'une biche. Victor, qui est le plus

1. Personnage de *La légende dorée* de Jacques de Voragine (XIIIe siècle).

petit de l'école, fait l'enfant. On l'a déguisé avec un maillot et une peau de mouton d'où pend une griffe de fer.

Son entrée en scène a fait sensation parmi les spectateurs. Il est si mignon avec ses beaux cheveux blonds et ses grands yeux. Sophie, qui fait partie du public, est très fière.

La pièce se déroule et, soudain, au moment le plus pathétique, tandis que la pauvre Geneviève se lamente sur le sort qui l'accable, on la voit faire un bond de chèvre et hurler à son « fils » :

« Veux-tu bien finir, petit vilain ! »

Victor, assis à ses côtés, qui s'ennuyait, ne comprenait rien au drame et trouvait le temps long, fasciné par la jambe nue de Rose qui sortait de ses haillons de théâtre, n'avait rien trouvé de mieux, pour se distraire, que de planter dans cette belle jambe la griffe de fer de sa peau de mouton.

Un dimanche, à la fin de l'été 1805, Sophie est allée, avec ses enfants, rendre visite aux Foucher qui habitent l'hôtel de Toulouse où se trouvent à présent les conseils de guerre[1].

La famille est en deuil. Un accident épouvantable est arrivé, l'hiver précédent, à Prosper, le fils aîné des Foucher. Les habits de ce petit garçon de quatre ans se sont enflammés à la bouche d'un poêle et l'enfant a été tellement brûlé qu'il est mort dans les vingt-quatre heures.

Mais les Foucher ont deux autres enfants : Victor, qui a le même âge que le benjamin de Sophie, et une petite fille, Adèle, qui a deux ans. Un petit pruneau qui ressemble à sa mère comme deux gouttes d'eau.

1. L'hôtel de Toulouse se trouvait à l'angle de la rue du Regard et de la rue du Cherche-Midi.

Anne-Victoire, à vingt-six ans, est méconnaissable. Il ne reste plus rien en elle de la jeune fille que Sophie a connue, lorsqu'elles habitaient place de Grève. Elle est devenue, en quelques années, une matrone popote, gentille si l'on veut mais à l'esprit étriqué et aux idées aussi courtes que par le passé. Quant à Pierre, il sera, sans doute, toute sa vie, un fonctionnaire paisible et sans imagination.

Tandis que les enfants Hugo sont partis rejoindre dans le jardin les enfants Foucher, Sophie résume pour Pierre et Anne-Victoire ce qu'a été sa vie, depuis six ans. Avec des omissions, bien sûr. Sophie est trop prudente pour raconter ses différends avec Léopold.

Comment pourrait-elle tout dire à ces gens-là? A la seule idée que Sophie vit seule à Paris avec ses trois enfants et loin de son mari, la prude, la craintive, la pieuse Anne-Victoire est tout effarouchée. Et elle regarde Sophie d'un air épouvanté quand celle-ci, ouvertement, exprime son désir de voir au diable cet empereur qu'elle traite de tyran. Comment une femme peut-elle affirmer des choses pareilles! Mme Foucher sait bien que la carrière de Léopold Hugo n'est pas de tout repos mais le devoir d'une épouse digne de ce nom ne consiste-t-il pas, d'abord, à suivre son mari dans tous ses avatars?

Sophie sent la réprobation muette d'Anne-Victoire mais ce qui l'agace encore plus, ce sont les opinions timorées de son mari. Elle était venue là chercher un réconfort. Sans donner de détails, on s'en doute, sur ses relations personnelles avec La Horie, elle a raconté la proscription du parrain de Victor et les poursuites injustes dont il est l'objet.

Connaissant les idées de Pierre Foucher, elle s'était attendue au moins à ce qu'il exprime une sympathie, au plus à ce qu'il partage son espoir de voir changer le régime irrespirable de ce gouvernement.

Mais l'ancien royaliste nantais est devenu un fonctionnaire impérial, obéissant à ses chefs et soucieux, avant tout, de ne pas contester, même en famille, un pouvoir susceptible. Tout ce remue-ménage dont Paris est bruissant, ces complots, ces machinations qui troublent l'ordre ne lui disent rien qui vaille. Au lieu de réconforter Sophie, il lui laisse entendre qu'un proscrit ne l'est pas sans raisons. Ces Cadoudal, ces Pichegru, ces Moreau auraient mieux fait de se tenir tranquilles. Et ce La Horie, pourquoi, d'abord, l'a-t-on réformé, alors qu'une belle carrière militaire s'ouvrait devant lui ? Et Pierre tente d'expliquer à Sophie qu'il y a sûrement, là-dessous, quelque chose qu'elle ignore. Et, si elle accepte de recevoir de lui un conseil, un conseil amical, c'est celui de s'éloigner de cet homme qui ne peut désormais qu'attirer des ennuis à ceux qui l'approchent. Et Anne-Victoire opine à tout ce que dit son mari, avec sa grosse face molle et ses yeux de poule. Face à une pareille lâcheté, à une telle sottise, Sophie est sur le point d'exploser. Mais elle se contient et la Bretonne se referme comme une huître qui voit fuir la marée. Il n'y a rien à espérer de ces Foucher. Si, un jour, elle se trouve en perdition, ce n'est certes pas de leur côté qu'elle ira chercher du secours. Pourquoi Léopold tient-il autant à ce qu'elle leur rende visite ? Elle n'est pas près de revenir.

Elle appelle ses fils qui courent dans le jardin avec les petits Foucher. Elle a hâte de se retrouver chez elle, rue de Clichy, où La Horie peut apparaître avec la nuit.

« Les enfants ! On rentre ! Il est tard ! »

Mais Abel, Eugène et Victor, soûls d'herbe et d'espace, ne sont pas de cet avis.

« Vous reviendrez, dit Pierre, vous reviendrez quand vous voudrez. Les fils de mon vieux camarade Hugo sont les bienvenus ici. »

Il est revenu, un soir de septembre, rue de Clichy. Il a enfin réussi à vendre ses propriétés. Il était temps car il n'a plus d'argent.

« L'Empereur a tellement envie de me voir filer en Amérique, dit-il, qu'on m'a laissé tranquille pour régler mes affaires. C'est fait. J'ai vendu la rue des Saussaies à la veuve d'un médecin...
– Tu as vendu Saint-Just aussi ? »
La Horie s'assombrit.
« Oui, dit-il. Saint-Just aussi. Je ne pouvais pas faire autrement. Cette maison, ce parc que j'aimais, où j'espérais vivre un jour avec toi, vont faire, à présent, le bonheur de M. Suchet, frère du général et directeur des Droits réunis de Rouen. Il n'est pas proscrit, lui. Il a les moyens de vivre selon son cœur... Sophie, je voudrais te demander quelque chose : viens avec moi à Saint-Just, une dernière fois. Je veux revoir mes arbres, mes fleurs, mes chevaux, avant de les perdre pour toujours et je n'ai pas le courage d'y aller tout seul. Ce sera moins pénible si j'en reviens avec toi. »

Ils sont partis pour Vernon où ils resteront une nuit et un jour. Ils se promèneront, la main dans la main, dans le grand parc déjà quelque peu roussi par l'automne. Une dernière fois, ils s'assiéront sur l'escalier du petit pavillon où résonnent les voix du passé. Silencieux, ils diront adieu aux pierres, aux chevaux, à l'allée de chênes rouges qui devait être si belle dans un futur imaginé. Ils n'emporteront rien de Saint-Just, pas un objet, pas un souvenir, même pas une de ces roses du duc de Penthièvre qui leur survivront si longtemps.

« Je pense, dit La Horie, à un passage de La Bruyère qu'on me fit étudier lorsque j'étais enfant et qui me frappa tellement que je le sais encore par cœur. Il me revient aujourd'hui. Ecoute : « *Ce palais, ces meubles, ces jardins, ces belles eaux vous enchantent et vous font récrier d'une première vue sur une maison si délicieuse et sur l'extrême bonheur du maître qui la possède; il n'est plus, il n'en a pas joui si agréablement ni si tranquillement que vous; il n'y a jamais eu un jour serein, ni une nuit tranquille; il s'est noyé de dettes pour la porter à ce degré de beauté où elle vous ravit, ses créanciers l'en ont chassé, il a tourné la tête et il l'a regardée de loin une dernière fois; et il est mort de saisissement.* »

Dans la voiture qui les ramènera vers Paris, Sophie rompra le silence de Victor :

« Tu sais, c'était un peu humide, à cause de cette pièce d'eau, et la maison n'était pas très commode. Un jour, c'est sûr, nous en trouverons une autre encore plus belle et tu verras comme nous y serons heureux! »

Février 1806

LE filet policier, un moment relâché autour de La Horie, s'est resserré brutalement. Napoléon a appris par ses services spéciaux que, malgré les facilités qu'on lui a accordées pour s'exiler, il n'a toujours pas quitté Paris. Alors, il a prié Fouché d'en terminer au plus vite. Perquisitions et traquenards ont repris.

Que faire? Fanneau ne veut pas rester chez Sophie, par crainte de la compromettre. Il disparaît dans la nature. Où est-il? En Normandie? En Belgique? Sophie l'ignore.

Les semaines passent et elle se sent de plus en plus seule. L'hiver qui vient de finir a été rude, de toutes les manières. Avec les sommes irrégulières et plus que modestes que Léopold lui envoie pour vivre, quand il le peut ou quand il y pense, elle a tout juste de quoi se loger et nourrir sa famille, en se privant de tout plaisir susceptible de déséquilibrer son maigre budget.

Sophie, qui n'a pourtant jamais été riche, supporte mal d'être obligée de compter de la sorte. Il y a combien de temps qu'elle n'a pas été au théâtre? Combien de temps qu'elle n'a pu s'acheter un colifichet? Les dîners chez Véry ou chez les Frères provençaux où la menait Fanneau, du temps où il était libre d'aller où bon lui semblait, ne sont plus que de lointains souvenirs. Cet hiver, même, elle a dû refuser aux enfants d'aller voir le spectacle du ventriloque Thienet, parce que trois places, plus la sienne, plus une pour Claudine, plus la voiture pour aller rue de Grenelle-Saint-Honoré et revenir rue de Clichy, tout cela était trop cher pour sa bourse.

Et voilà que, soudain, en ce mois de février, tandis qu'un printemps humide s'annonce, Sophie, complètement découragée, n'en peut plus de mener cette vie étriquée qui est la sienne. Ce Paris où elle se réjouissait tant de vivre à cause de Fanneau lui est devenu insupportable, puisqu'il ne peut plus s'y montrer sans risquer de se faire jeter en prison. Si elle connaissait, au moins, la limite de son absence, elle l'attendrait, biffant les jours, mais cette espérance dans le vide l'épuise.

Et, comme si toutes ces raisons de tristesse n'étaient pas suffisantes, voici qu'Abel attrape un mal des yeux qui l'inquiète. L'enfant a les yeux rouges et qui pleurent sans cesse. Sophie doit courir les herboristes pour trouver les plantes dont se servait Julie Péan pour faire son eau de casse-lunettes, Sophie, elle-même, n'est pas très vaillante : elle a maigri et ne peut pas se débarrasser d'un vieux rhume qui la fait tousser.

Tout à coup, elle se demande si rester à Paris, dans ces conditions, n'est pas une sottise. Si elle rejoignait Léopold, comme il l'en a suppliée si souvent, elle n'en serait pas plus séparée de La Horie mais elle aurait moins de soucis dans sa vie quotidienne avec les enfants.

Ce qui la fait hésiter, c'est un retour à l'improviste de La Horie. Il ne lui donne pas de nouvelles mais qu'il revienne au lendemain de son départ et la cherche lui est une idée pénible.

D'autre part, elle sait que, si elle rejoint Léopold, ce

sera, cette fois, de façon définitive. Il le lui a écrit; il ne supportera pas un nouveau départ. Elle sera donc définitivement immobilisée.

Léopold, à présent, est en Italie. Dès la fin d'octobre 1805, il a reçu l'ordre de rejoindre, à Gênes, le 8e corps de la Grande Armée que commande Masséna. On s'apprête à conquérir le royaume de Naples et l'on se bat contre les Autrichiens.

Le fait d'être en campagne apaise toujours les humeurs de Léopold et il écrit à sa femme sur un ton plus aimable des lettres où il raconte avantageusement ses exploits militaires : défense du village de Caldiero, capture du redoutable bandit Fra Diavolo[1], etc. Et puis, en réponse aux appels au secours de Sophie, il lui parle d'argent. En novembre, il lui a promis de lui faire passer 600 francs. En décembre, il lui en a promis d'autres. De Trévise, il lui a expédié 301 francs. A Milan, il a retrouvé Pierre Foucher, nommé inspecteur des vivres pour l'Italie.

Joseph Bonaparte, roi d'Italie par la grâce de son frère et qui sera bientôt roi de Naples, a les meilleures intentions du monde à l'égard de Léopold. Malheureusement, elles se heurtent à la rancune de l'Empereur pour qui le nom de Hugo demeure lié à ceux de Moreau et de La Horie. D'autre part, la grande gueule de Léopold, les histoires qu'il a faites un peu partout et, en particulier, l'affaire Guestard ont mis de mauvais points dans ses rapports de carrière. C'est pourquoi, malgré sa bravoure indiscutable au combat, malgré l'avis favorable de Masséna et la protection du roi Joseph, son avancement piétine et on le met toujours, quelque peu, au rancart. Il en est si découragé qu'il pense, un temps, à abandonner la carrière militaire pour entrer dans la gendarmerie.

1. Michel Pezza, dit Fra Diavolo, célèbre brigand calabrais, chef d'une armée de partisans, à la solde de la reine Marie-Caroline de Naples.

DANS la vie conjugale, les absents n'ont pas toujours tort. L'être le plus exaspérant devient, dès qu'il s'éloigne, beaucoup plus supportable. La distance estompe ses travers, ses tics, ses défauts que la proximité amplifiait.

Sophie n'aime plus Léopold, c'est certain, mais elle ne le déteste pas encore. En cette année 1806, cette jeune femme de trente-quatre ans dont l'amant est en fuite, poursuivi par la police impériale, cette femme qui doit se débrouiller, toute seule, pour élever trois enfants de huit, six et quatre ans avec des moyens très précaires, cette femme, tout à coup, ne supporte plus la solitude ni la concentration sur elle de responsabilités pesantes. En même temps, elle n'est pas de celles qui gémissent sur leur sort sans tenter de le faire changer.

Dans la crise qu'elle traverse, elle mûrit et se dit, qu'après tout, ce gros mari bruyant mais chaleureux, dont elle a toujours fait à peu près ce qu'elle a voulu, n'est pas le pire homme de la terre. Sa tendresse brouillonne, sa gaieté lui manquent.

Sans doute n'a-t-elle pas eu assez d'indulgence à son égard, de patience. Elle s'en accuse et imagine une vie nouvelle avec Léopold.

Sophie n'est pas un être qu'on peut enfermer mais, dans la liberté qui lui est nécessaire, elle a parfois, comme toutes les femmes, la nostalgie d'une base, d'un havre où se réfugier, en cas de tempête. Et Léopold, sans menacer sa liberté, pourrait être ce havre. Le souci qu'il a de sa carrière, son métier de soldat qui l'éloigne forcément assez souvent, tout cela la garantit d'une mainmise étouffante. Après tout, c'est lui qui l'a poussée à partir pour Paris, en 1802, et qui a toléré qu'elle y vécût, pendant des mois.

La Horie, qu'elle adore, ne saurait être un homme

quotidien. Elle le sait, elle le sent, à présent. L'amour qui les unit trouve ses forces dans cette intermittence que les circonstances lui imposent. Il n'y a pas de hasard. Ils se retrouveront toujours, elle en est sûre désormais. Ils se reperdront encore mais Léopold n'y sera pour rien et, même si elle décide de retourner vivre près de son mari, il ne sera jamais un obstacle à ce qu'elle partage encore avec Fanneau la joie de moments exceptionnels, parce qu'ils sont exceptionnels.

Egoïste, Sophie? Opportuniste? Calculatrice? Ces mots sont vagues pour expliquer un raisonnement plus admis chez un homme que chez une femme. Après tout, nous ne sommes encore qu'au XIXe siècle.

En mars, Léopold est à Naples. Il reçoit une lettre de Sophie où elle lui dit son intention de reprendre la vie commune. Qu'il vienne la retrouver ou bien c'est elle qui ira le rejoindre.

Cette bonne volonté de Sophie qui l'aurait comblé de joie, trois ans plus tôt, cette fois l'inquiète et pour une bonne raison : Catherine Thomas l'a suivi en Italie et, si Léopold continue à manifester de l'affection pour ses enfants, si son agressivité à l'égard de Sophie s'est calmée, il n'a plus du tout envie de la voir débarquer dans une vie où il s'est arrangé pour se passer d'elle.

Il n'ose pas, tout d'abord, le lui dire franchement et il essaie de la dissuader d'envisager leur réunion, en expliquant son manque d'enthousiasme par la crainte de difficultés matérielles :

« Quand je touche mon traitement de légionnaire, je le mets à mon entretien; sans cela je serais l'officier le plus nu de tous. Voilà cependant la vérité; voilà à quoi m'a réduit ton funeste départ de l'île d'Elbe, la ruine de mon ménage et la misère. Aussi, quand tu me parles de te rejoindre, oublies-tu donc ce qu'il en coûterait pour un tel voyage, ignores-tu que je ne saurais où prendre de l'argent pour le faire? Et quand, dans une supposition, j'en trouverais assez, n'aurais-je pas à craindre que tu ne me retrouvasses cette foule de défauts qui t'ont si promptement décidée à me quitter et que tu ne me quitterais pas une seconde fois? Il vaut donc mieux que tu donnes à Paris tes soins à l'éducation des enfants et, quand des temps plus heureux luiront pour nous, nous pourrons songer à nous réunir. Tu es tranquille, rien ne te tourmente; tu es une fois plus heureuse que moi[1]. »

Le 27 mars, il précise sa pensée :

« Je ne songe aucunement à te faire venir, et bien certainement, tu dois en sentir la raison. Tu m'as fait perdre le désir de ta réunion à moi avant que je n'aie un emploi stable, ou avant qu'une paix générale bien cimentée ne me le permette. Réduits l'un et l'autre à très peu de chose, il faut que nous patientions pour ne pas nous ruiner tout à fait. Si j'entre dans la gendarmerie, alors je t'écrirai ce qu'il faudra faire : bien entendu que tu viendras avec une tout autre résolution que de repartir au bout d'un mois, car cela comblerait la mesure... »

A la fin de l'année et au début de 1807, la carrière de Léopold semble, enfin, se dégeler. Grâce à la protection du roi Joseph, le voici colonel du régiment de Royal-Corse et gouverneur de la province d'Avellino, dans les Pouilles, province qu'il a contribué à pacifier.

A la fin de l'année 1807, Sophie, qui ignore la nouvelle vie de Léopold, prend une décision subite : elle va lui faire une surprise en le rejoignant, sans le prévenir, dans sa nouvelle résidence d'Avellino, avec les trois enfants.

1. Naples, 11 mars 1806.

Pour une surprise, c'est une surprise! Quand, en janvier 1808, Léopold, après être resté longtemps sans nouvelles de Sophie, reçoit une lettre postée de Rome et qui lui annonce son arrivée imminente à Naples, le gros colonel est obligé de s'asseoir pour réfléchir calmement à ce qui lui tombe sur la tête.

Cette arrivée à l'improviste le rend fou de rage. Mais le militaire habitué à faire face rapidement à des situations critiques l'emporte sur l'homme paniqué à l'idée de devoir vivre bientôt entre sa femme et sa maîtresse, en évitant qu'elles se rencontrent.

Il n'y a pas une minute à perdre. D'abord, prier Catherine de déménager au plus vite du « palazzo grande », résidence d'Avellino où elle s'est installée avec Léopold. Cela ne sera sûrement pas facile car Catherine a son caractère, elle aussi. D'autre part, à force de vivre avec Hugo, elle a fini par se croire des droits quasiment conjugaux sur le gouverneur d'Avellino.

Ensuite : louer une maison pour Sophie et les enfants à Naples et essayer de la convaincre d'y rester. Au besoin, la persuader qu'Avellino est trop dépourvu de confort (ce qui est vrai). Ainsi, ayant mis près de quinze lieues entre les deux femmes, pourra-t-il espérer éviter un drame. Dieu merci, son frère Louis est à Naples en ce moment et aussi la famille Foucher car Anne-Victoire vient de rejoindre son mari avec leurs enfants. Les uns et les autres lui seront utiles pour occuper Sophie à Naples. A condition, bien entendu, qu'elle accepte de voir les Foucher pour lesquels, d'après l'une de ses lettres, elle semble avoir pris de l'aversion. Pourquoi? Il n'en a pas bien compris la raison. Une querelle de Bretons, sans doute. Allez donc comprendre quelque chose aux susceptibilités de ces gens-là.

Heureusement encore qu'elle l'a prévenu! Léopold, tout à coup, a une bouffée de chaleur qui l'oblige à dégrafer son collet à l'idée de ce qui aurait pu se passer si Sophie était arrivée tout à trac à Avellino et qu'elle se soit trouvée en face de Catherine. Elle en aurait été capable, la démone! En imaginant alors le drame inévitable qui se serait produit et dont, bien sûr, il aurait été la victime, Léopold est prêt à rendre grâces à tous les dieux de l'Olympe de lui avoir, au moins, évité ça. Car vraiment, il préfère se trouver dans une embuscade d'Autrichiens hurlants ou d'Anglais sanguinaires et même une horde de Chouans plutôt que d'être le témoin d'une rencontre impromptue entre Catherine Thomas et Sophie Trébuchet!

LES trois enfants, d'abord intimidés par ce père en grand uniforme de colonel, ce père qu'ils n'ont pas vu depuis près de quatre ans (Victor le découvre car il était trop petit à Elbe pour s'en souvenir vraiment), les enfants se jettent dans ses bras. Léopold a les larmes aux yeux. Comme ils sont grands, ces petits. Abel est un enfant des plus aimables. Il est poli, posé, plus qu'on est à son âge, et semble doué d'un excellent caractère. Eugène a la plus belle figure du monde et il est vif comme la poudre. Quant à Victor, il a un visage très doux. Il est plus posé, plus réfléchi que ses frères, il parle moins mais ses réflexions sont étonnantes.

Sophie, en retrait, n'a pas l'air très rassurée sur l'accueil qu'on lui réserve. Heureusement, les enfants sont là pour faire diversion.

A présent, ils escaladent Léopold sans façon, admirent son épée, les broderies de son uniforme et Victor, rêveur, soulève les franges dorées de ses épaulettes. Sophie ne peut s'empêcher de sourire à cette tenue de parade qu'a revêtue Léopold pour venir accueillir ses enfants et les impressionner. Les récits guerriers vont suivre, c'est sûr.

Pour l'instant, ce sont les enfants qui parlent. Tous les trois, très excités, racontent, en se coupant la parole, ce voyage qui les a enchantés par toutes ses aventures et ses mésaventures. La pluie fouettant la diligence et la neige au col du Mont-Cenis qu'ils ont passé, Eugène et Abel à dos de mulet, Sophie et Victor dans un traîneau dont les vitres étaient remplacées par des plaques de corne. Et Eugène, qui refusait d'enfiler ses bas de laine, les ôtait dès qu'on les lui avait mis parce qu'il disait que cela le grattait et le faisait ressembler à un paysan. Et la peur de Victor, obsédé tout le long du voyage à l'idée que la voiture allait verser. Son petit visage anxieux, son tressaillement au moindre cahot. Sophie, pour le tranquilliser et pour avoir la paix, avait fini par lui assurer que les voitures ne versaient jamais en Italie. Bien mal lui en avait pris car, à cet instant même, une voiture qui s'apprêtait à passer leur diligence avait versé presque sur eux.

« Tout était cassé, dit Abel. Et il y avait un cardinal furieux qui agitait ses bras à la portière comme Guignol. Victor pleurait. Nous, on riait. Et plus on riait, Eugène et moi et maman, plus Victor se fâchait de nous voir rire...

– Et on a mangé un aigle, dit Victor. Parce qu'on avait faim et que maman n'avait rien à nous donner à manger. Un aigle de la montagne. Rôti sur un feu. N'est-ce pas, maman?

– Je ne crois pas que c'était un aigle, dit Sophie. Une sorte de rapace qu'avait tué un berger.

– Si! C'était un aigle! dit Victor. Et je n'aime pas beaucoup ça. C'est dur.

– Et on a vu une ville noyée, dit Eugène, avec des paysans qui marchaient pieds nus dans l'eau pour ne pas user leurs souliers.

– Parme, dit Sophie. L'inondation.

– Et on a vu plein de morts pendus dans les arbres, dit Victor. Des morts tout mangés par les oiseaux. Des morts tout noirs... Qui faisaient la grimace, comme ça...

– Des bandits pendus dans la forêt, entre Itri et Fondi, dit Sophie. J'ai essayé de les empêcher de regarder ces horreurs mais tu connais les enfants...

– Et tu sais, dit Eugène, les paysans italiens, ils font le signe de la croix, chaque fois qu'ils voient une croix. Alors nous, quand on traversait les villages, on faisait des croix en paille qu'on collait aux vitres de la voiture pour leur faire faire des signes de croix. Ils sont un peu bêtes, tu ne trouves pas? Sûrement, ils croyaient qu'il y avait un évêque dans la diligence...

– Et on a dormi par terre sur des paillasses quand il n'y avait pas de lits dans les auberges. C'est très amusant.

– Oui, mais maman a attrapé des puces, dit Victor. Et elle n'aime pas ça. Moi, j'ai peur des cafards.

– Et puis on a vu une ville avec un grand pont et un château rose et des statues très belles et on a été embrasser les doigts de pieds d'un homme en statue avec un grand chapeau, dans une église grande, grande, et son pied était brillant à cause des baisers.

– Rome, dit Sophie. Il a fallu entrer à Saint-Pierre.

– Et on a vu la mer. Regarde la mer, bleue, bleue...

– Tu sembles fatiguée, dit Léopold.

– Je n'en peux plus », dit Sophie.

NAPLES, pouah. Ville grouillante, à la chaleur trop lourde, dès le printemps venu. Ville d'invectives, glapissante d'appels, de cris, de disputes auxquels la nuit ne met pas un terme. Ville puante et charognarde, du port à la rue de Tolède où des nuages de mouches s'abattent sur les étals des charcutiers, où des relents d'ail, de friture, de graillon imbibent en permanence les rues étroites, sales où des pavois de lessives douteuses s'exhibent d'un balcon à l'autre. Ville menaçante, à l'image de son volcan toujours fumant, ville inquiétante avec sa foule de mendiants agressifs, de *lazzarielli*, d'hommes vautrés à même le sol jusqu'aux seuils des palais baroques, dans les galeries, ou adossés le long des murs, une jambe repliée sous eux, éternellement désoccupés mais toujours prêts au mauvais coup, à la rapine. Ville malsaine, aux enfants faméliques, morveux, au crâne couvert d'impétigo où se régalent les mouches, enfants trop nombreux que des mères obèses harcèlent d'aboiements stridents, du haut des terrasses. Ville folle où les carrosses de la mort engloutissent en luxe délirant, en panaches funéraires, l'or de la vie. Ville hystérique où la violence appelle les miracles, où le sang des saints se liquéfie à volonté sous les hurlements, les insultes et les supplications.

La Bretonne Sophie déteste Naples où elle retrouve, en pire, en plus grand, en plus étourdissant, ce qu'elle a connu à Porto-Ferrajo. La chaleur, la vermine, le mouvement vertigineux de la ville la plongent dans un malaise sans espoir. Tout ce qu'elle touche lui semble gras, tout ce qu'elle voit la rebute, la misère acceptée comme un état de fait, la mer immobile, infirme, privée de marée, les regards insolents des hommes qui la toisent au passage, cette promenade de la Chiaïa où les attelages lancés au galop interdisent toute tentative de traversée à pied. L'odeur d'excréments et de poisson avarié qui monte du rivage l'écœure comme la poussière sur les fleurs sans parfum et le ciel d'un bleu éternel, désespérant.

Toute la journée, Sophie se canfouine à l'ombre de sa maison et, le soir, elle fait venir une calèche et emmène ses fils en promenade, le long de la mer. Les enfants adorent cette promenade. Victor pousse des cris de joie en voyant les petits chevaux nerveux, empanachés de plumes, de fleurs et de sonnailles comme des chevaux de cirque.

Pour entendre parler le français, Sophie a accepté de

revoir les Foucher qui habitent dans une maison en location, au flanc du mont Saint-Elme. Il y a là un jardin planté de cactus, d'aloès et d'agrumes où les enfants jouent aux boules avec des oranges, tandis que les parents devisent à l'ombre d'un toit de vigne qui couvre la terrasse.

Si Sophie se sent mal à Naples, ce n'est rien à côté de la désolation d'Anne-Victoire qui abomine tellement ce pays qu'elle y frise ce qu'on appelle aujourd'hui la dépression nerveuse.

Quant à Léopold, on ne peut pas dire qu'il soit encombrant. Il passe le plus clair de son temps à Avellino, requis, dit-il, par ses fonctions de gouverneur qui occupent tout son temps. Sophie ne l'appelle plus que « l'homme débordé ».

Quand il vient à Naples, il est à présent étrangement distant avec sa femme. Lorsqu'elle est arrivée, Sophie, craignant encore de sa part un importun « retour de flamme », s'est inventé une de ces mystérieuses maladies féminines qui tiennent si bien les hommes à distance. Et Léopold l'a crue d'autant plus que Sophie, fatiguée par une vieille bronchite dont elle n'arrive pas à se défaire malgré le climat, n'a vraiment pas bonne mine. Est-ce le respect de sa fatigue qui rend Léopold si peu démonstratif? Il l'embrasse à peine sur le front et réserve ses caresses aux enfants qui ne se lassent pas des récits de ce papa glorieux. Un papa qui cavalcade, à cheval sur son épée, pour les amuser, que tout le monde respecte, qui est l'ami du roi Joseph et qui a accompli tant et tant d'exploits.

Il faut dire que devant un auditoire aussi attentif et aussi bienveillant, Léopold s'en donne à cœur joie. Il multiplie les détails de sa capture de Fra Diavolo, raconte comment il a maté les brigands de la Pouille, montre la cicatrice de la blessure qu'il a eue à Boiano, à la suite de laquelle il est resté, dit-il, trente et un jours sans se coucher ni dormir.

Abel, Eugène et Victor écoutent, la bouche ouverte. Et Léopold achève la conquête de Victor en le faisant inscrire comme enfant de troupe sur les contrôles du Royal-Corse et en lui offrant un petit uniforme à sa taille. Quant à Abel et à Eugène, il les a fait entrer à l'Ecole royale de Naples.

S'il vient assez fréquemment voir sa famille à Naples, Léopold n'a visiblement pas très envie de leur faire visiter sa résidence d'Avellino. Mais les enfants sont impatients d'aller voir ce palais dont leur père est, en quelque sorte, le roi. Sophie, d'autre part, que les réticences de Léopold intriguent, insiste pour séjourner à Avellino dont l'inconfort, dit-elle, ne saurait dépasser celui des auberges où elle a gîté pendant son voyage.

Et Léopold doit s'exécuter. On part pour Avellino. Les enfants découvrent avec ravissement le vieux palais baroque dont les épais murs de marbre, lézardés par les tremblements de terre, ont des crevasses admirables pour jouer à cache-cache. A peine arrivés, ils ont pris possession de l'immense maison, de ses recoins, de ses escaliers multiples et du jardin qui l'environne avec son ravin profond, ombragé de noisetiers, si bien conçu pour faire des glissades ou pour jouer à la guerre.

Sophie est moins enthousiasmée que ses fils par ce palais qui lui a procuré, d'entrée, une angoisse indéfinissable, comme si ses murs lui étaient hostiles. L'attitude de Léopold est aussi très bizarre. Il est inquiet, nerveux, sur la défensive. Il demeure parfaitement courtois avec Sophie mais son regard est de plus en plus fuyant.

Un jour, dans l'appartement où il a installé Sophie, elle découvre, au fond d'un tiroir, un châle. Un châle trop beau pour appartenir à l'une des femmes de service. Un châle de Catherine Thomas oublié là, peut-être à dessein.

Et Sophie, tout à coup, comprend les réticences de Léopold et l'hostilité du palais. Elle comprend qu'il y a dans les environs une femme et que cette femme est Catherine Thomas. S'ensuit une scène violente qui se prolonge fort avant dans la nuit. Léopold qui a commencé par nier finit par avouer que oui, il vit avec Catherine Thomas, qui l'a suivi jusqu'ici. Mais à qui la faute?

Sophie, ulcérée, repart le lendemain pour Naples avec ses fils. Toute réconciliation avec Léopold est, désormais, définitivement compromise. Elle ne la souhaite pas, lui non plus.

Si sa situation conjugale se détériore, la carrière militaire de Léopold semble, cette fois, en bonne voie. En mars, Murat a pris Madrid. En mai, Charles IV et Ferdinand VII abandonnent la couronne d'Espagne à Napoléon. Le 23, toutes les provinces se soulèvent.

Joseph Bonaparte, nommé roi d'Espagne, appelle Hugo près de lui. Léopold quitte Avellino au début de juillet et arrive à Burgos le 6 août.

A Naples, Sophie se demande si de s'être fait passer pour malade ne lui a pas été néfaste. Elle ne se sent pas bien du tout. La fièvre la prend souvent et elle demeure très fatiguée malgré l'extrait de quinquina que le médecin lui a prescrit. Elle craint la turberculose.

En réalité, elle est de ces femmes que la tristesse rend physiquement malades. Et, en cette fin d'été 1808, la tristesse de Sophie est épouvantable. Depuis des semaines et des semaines, elle est sans nouvelles de La Horie et elle y pense sans cesse. Où est-il? Dans quel état? Que fait-il? Ne sachant où le joindre, elle lui a écrit à Paris, chez ses amis de la rue de Clichy, en lui donnant son adresse à Naples mais elle n'a pas reçu une seule lettre de lui et ce silence l'accable. Est-il seulement encore vivant?

Elle veut chasser cette idée par crainte de lui porter malheur mais plus elle s'y efforce, plus le pressentiment se raffermit. Si Fanneau ne lui écrit pas, c'est qu'il lui est arrivé quelque chose de grave. De vraiment grave. Alors Sophie sent ce qui lui reste de forces s'en aller. Elle se reproche d'avoir quitté Paris où elle aurait pu l'aider, le sauver. Peut-être a-t-il frappé à sa porte, un soir, blessé ou même mourant, comme il l'a fait déjà. Mais cette fois, la porte secourable ne se sera pas ouverte, il aura été trop faible pour échapper aux policiers et elle portera toute sa vie le remords de cet abandon.

A d'autres moments, elle se dit que si La Horie avait été pris, elle l'aurait su. Joseph Bonaparte, renseigné par Foucher, en aurait averti Léopold. Ou bien c'est La Mothe-Bertin qui, connaissant son adresse à Naples et ce qui la lie à La Horie, le lui aurait écrit. Donc, le silence des uns et des autres serait plutôt un signe favorable.

Dans le climat étouffant de cet été napolitain, dans cette ville étrangère où elle ne connaît plus personne – les Français sont partis pour l'Espagne et les Foucher sont rentrés à Paris – la solitude de Sophie est plus éprouvante que jamais. Certes, ses enfants sont près d'elle mais que peuvent des petits garçons de dix, huit et six ans au désarroi d'une femme? On a vite fait de croire que les enfants tiennent lieu de tout alors que les responsabilités dont ils sont l'objet ne font qu'ajouter un poids à un chagrin qui ne leur doit rien.

Quant à Léopold, il s'est tiré des flûtes avec un soulagement mal dissimulé. L'appel de Joseph Bonaparte et la guerre d'Espagne sont arrivés à point nommé pour le soustraire à une situation déplaisante. Et il est tellement content de cette échappatoire que, pour une fois, il a fait un effort en octroyant à Sophie une pension de 3 000 francs. Ainsi, sa conscience est tranquille. Quand il lui écrit, à présent, il se contente de lui souhaiter une meilleure santé, lui recommande d'élever leurs enfants « dans le respect qu'ils nous doivent. »

Pour Léopold, ces trois enfants sont désormais le seul lien qu'il veut avoir avec Sophie et il l'exprime clairement : « Rattachons-nous à eux puisque nous nous sommes prouvé les difficultés de nous rattacher l'un à l'autre. »

SOPHIE n'a vraiment plus aucune raison de rester à Naples et, puisque Léopold est d'accord (il est d'accord sur tout, à présent), elle va retourner vivre à Paris, avec ses enfants. Il est temps de s'occuper sérieusement de leurs études. Et puis aussi d'aller voir ce que devient La Horie.

Le 22 décembre, elle passe un marché avec un voiturier qui, pour trente louis, s'engage à la conduire avec Claudine et les trois enfants, de Naples à Milan, en dix-huit jours, en lui assurant une nourriture convenable et le coucher dans trois lits propres, tout au long du voyage.

Le 10 janvier, ils sont à Bologne, le 15 à Milan et le 7 février 1809, la malle-poste de Lyon les dépose, enfin, à Paris.

Les enfants, qui ont grandi, trouvent que tout a rapetissé dans la rue de Clichy. Mais Sophie n'a pas l'intention de rester longtemps dans ce logement. Pour les études de ses fils, elle veut se rapprocher du Quartier latin où sont les écoles qu'ils fréquenteront bientôt.

En attendant, à peine arrivée rue de Clichy, elle se précipite chez les La Mothe-Bertin où l'attend une excellente nouvelle : non seulement Fanneau n'est pas mort mais il est à Paris. Et ce sont les retrouvailles avec un La Horie dans lequel Sophie a peine à reconnaître l'homme qu'elle a quitté, il y a un an, tant il est amaigri, voûté, vieilli. Elle en a les larmes aux yeux mais quelle joie de le revoir sain et sauf.

Du coup, Sophie se sent tout à fait guérie. Finies la fièvre et les langueurs de Naples. Elle a trop à faire, à présent : trouver un logement agréable, mettre les enfants en classe et réconforter La Horie qu'elle ne veut plus jamais, jamais quitter, cette fois.

Etant donné la poursuite dont il est toujours l'objet, Sophie et lui ont arrêté d'éviter que les enfants le rencontrent pour l'instant. Ils ne savent pas que le parrain de Victor est à Paris et il est plus prudent qu'ils continuent à l'ignorer. Les enfants sont bavards et Sophie ne veut pas faire courir à Fanneau le risque de se faire prendre. Ils s'arrangeront bien pour se voir le plus souvent possible.

Cette fois, Sophie veut un vrai jardin, avec des arbres et de la terre où elle pourra faire pousser des fleurs, où les enfants pourront jouer comme en Italie.

Et elle en trouve un, rue Saint-Jacques, près de l'église Saint-Jacques-du-Haut-Pas. Un joli petit jardin clos, assorti d'une maison que Sophie a à peine visitée, tant elle était obnubilée par le jardin.

On s'y installe mais on s'aperçoit, très vite, que la maison est beaucoup trop petite. Il n'y a pas assez de chambres et tout y est étriqué, malcommode. Même si Abel est pensionnaire au lycée, toute la semaine, Sophie y est trop à l'étroit avec Eugène, Victor et Claudine, sans compter La Horie qu'elle ne saurait y accueillir plus tard.

Pourtant, le quartier est agréable. Le faubourg Saint-Jacques, c'est presque Paris sans être Paris. Les champs sont tout près. Il y a là de nombreux couvents que la Révolution a vidés; tous possèdent encore de vastes jardins. C'est un quartier calme, à l'air campagnard, avec des coqs qui chantent le matin et des charrettes de foin tirées par des bœufs.

C'est donc dans ce faubourg Saint-Jacques que Sophie cherche une autre maison. Inlassablement, elle furète dans les rues et les ruelles, interroge les voisins, les commerçants. Du moment que La Horie est vivant et qu'il n'est pas loin d'elle, l'énergie de Sophie est décuplée.

Justement, on lui signale qu'un certain citoyen Lalande, propriétaire de biens nationaux, loue des logements, non loin d'ici. Elle n'a qu'à se rendre à main gauche, près du Val-de-Grâce, au fond du cul-de-sac des Feuillantines.

Un jour de mai, Sophie pousse une grille, traverse une cour pavée, contourne des bâtiments qui semblent déserts et ne peut retenir un cri d'admiration.

Vision de paradis. Fouillis de verdure. Chants d'oiseaux innombrables. Parfums subtils de milliers de fleurs que le printemps a fait éclore à la diable, par terre et dans les arbres. C'est l'ancien jardin du couvent des Feuillantines, en friche depuis une quinzaine d'années. Les plates-bandes sont devenues prairie, et le fond du jardin où arbres et arbustes ont poussé en liberté est un véritable petit bois dans lequel on devine encore le tracé d'anciennes allées.

Il y a des chênes, des ormes, des tilleuls, une allée de marronniers, de vieux arbres fruitiers étouffés par des lianes de viorne, de douce-amère, de roncier et de chèvrefeuille qui s'entremêlent en un lacis de forêt vierge. Le couvert sent le champignon, la fougère, la jacinthe sauvage, la ciguë et le sureau en fleurs.

Et Sophie avance, comme en rêve, dans une débauche d'églantines, de liserons, de digitales et d'aubépines. Elle traverse un nuage de tilleul en fleur, devine avant de les voir un buisson de lilas, une touffe de seringa. Elle foule des nappes de boutons d'or, de pervenches et de pâquerettes. Et, tout au fond du jardin, au bout de l'allée de marronniers, elle découvre une petite chapelle abandonnée, aux vitres cassées et qui sert de remise. Là, Sophie tombe en arrêt.

Affaire conclue immédiatement. La nouvelle résidence de Sophie, située dans l'une des dépendances du couvent, ouvre de plain-pied sur le jardin, par un perron. Une salle à manger, un salon, des chambres. Les pièces sont spacieuses, claires, hautes de plafond et les arbres du jardin font comme des tapisseries à toutes les fenêtres.

Mais ce qui, plus encore que les arbres, les fleurs et la maison, a retenu l'attention de Sophie, c'est la chapelle dissimulée par les arbres, au fond du jardin. Y a-t-il un endroit plus sûr pour cacher un homme que la police recherche?

Dès le lendemain, elle amène Eugène et Victor aux Feuilllantines pour leur montrer sa découverte. Elle veut leur faire admirer leur nouvelle maison, la chambre qui sera la leur mais, déjà, les enfants ont disparu dans le jardin merveilleux dont ils ont, aussitôt, entrepris l'exploration. Une maison, c'est bien, mais un parc avec des buissons, des arbres, des oiseaux, des papillons, les ruines d'un cloître et un puisard asséché, c'est tellement mieux. Immédiatement, Victor trouve le marronnier avec la grosse branche horizontale qui semble avoir poussé tout exprès pour y accrocher la balançoire dont rêvent ses sept ans. Ce n'est pas Sophie qui la lui refusera; elle se souvient trop bien de son plaisir d'enfant à faire envoler l'escarpolette de *La Renaudière*.

On s'installe aux Feuillantines en juin. Eugène, Abel et Victor ne se font pas prier pour aider au déménagement. Sophie, qui dirige les opérations, les a chargés de s'occuper de *leurs* affaires et, pendant deux jours, ils font de joyeux va-et-vient dans la rue Saint-Jacques, transportant sur une brouette leurs jouets, leurs vêtements et leurs livres. Un voiturier s'est chargé du reste. Le déménagement est rapide car Sophie qui a toujours vécu dans des logements meublés ne possède pas grand-chose. Mais, cette fois, elle a l'impression de s'installer pour longtemps et, avec les économies qu'elle a réussi à faire, elle va acheter quelques meubles. Pour la première fois de sa vie, il lui semble posséder une vraie maison à elle.

Elle n'a pas oublié la petite chapelle, au fond du jardin. Plusieurs soirs de suite, dès que les enfants recrus de fatigue sont couchés, elle va y mettre de l'ordre avec Claudine. L'intérieur de la chapelle est séparé en deux pièces par une cloison avec une petite porte. Contre la cloison, dans la plus grande des pièces, on voit un reste d'autel en pierre. Cette pièce est en fort mauvais état. Les murs sont fendillés, du lierre s'est introduit par les vitres brisées où passent aussi des oiseaux qui nichent dans les poutres. Au-dessus de l'autel s'écaille une statue décapitée. On s'est débarrassé là d'un amas de chaises brisées et d'instruments de jardinage couverts de rouille, hors d'usage.

La plus petite des deux pièces, moins endommagée, devait être la sacristie car elle contient un placard. Un œil-de-bœuf aux vitres intactes l'éclaire. Après en avoir ôté la poussière, balayé et frotté le sol, Sophie meuble sommairement la sacristie avec un lit de camp, une table, une commode de toilette et deux chaises. C'est le refuge provisoire qu'elle destine à La Horie.

« Ecoutez-moi, les enfants. Vous pouvez jouer partout dans le jardin mais défense d'entrer dans la chapelle. Elle est en ruine et il y a là du danger. Une pierre pourrait vous tomber sur la tête et elle est remplie de grosses araignées dont les piqûres sont très venimeuses. C'est compris? PAS DANS LA CHAPELLE! »

Ce n'est pas, pour les enfants, une bien grande privation : il y a tant de choses à découvrir dans le jardin et il n'y a pas une minute à perdre car Sophie a prévenu Eugène et Victor : elle leur laisse encore deux semaines de liberté totale, ensuite, il faudra se mettre au travail car il est temps d'apprendre sérieusement quelque chose, après tous ces vagabondages. Eugène sait tout juste lire et Victor pas du tout, bien qu'il prétende le contraire.

Il y a, dans la rue Saint-Jacques, une petite école primaire tenue par un homme d'une cinquantaine d'années et sa femme, M. et Mme de la Rivière que les élèves appellent familièrement le père et la mère Larivière. On dit que cet instituteur serait un ancien oratorien qui aurait défroqué en 93 et épousé sa servante, préférant le mariage à la guillotine. En tout cas, c'est un homme fort instruit et bien au-dessus d'un simple instituteur. Dans l'école qu'il dirige, il apprend à lire, à écrire et à compter aux enfants du voisinage qui sont, pour la plupart, les fils des ouvriers qui travaillent à la cotonnerie, en face de l'ancien séminaire des oratoriens, devenu l'Institut des sourds-muets.

C'est une petite école familiale où tout se passe à la bonne franquette. La mère Larivière est une brave femme qui console et met des pansements aux enfants qui se sont fait du mal en jouant. Le matin, elle apporte jusque dans la classe le café au lait de son mari et l'aide en faisant des dictées ou en corrigeant des devoirs.

C'est donc le chemin de cette école que prennent Eugène et Victor, dès le mois de juillet. Régime scolaire assez souple puisqu'ils n'y sont retenus que deux heures le matin et deux heures l'après-midi, ce qui leur laisse du temps pour gambader dans le jardin.

C'est là qu'on découvre, non sans étonnement, que le petit Victor, comme il l'a dit, sait à peu près lire. Il s'est appris tout seul, en écoutant la chanson du b,a, ba à l'école de la rue du Mont-Blanc et, plus tard, en Italie, répétant après ses frères leurs exercices de lecture. Désormais, il va rivaliser avec Eugène, qui a deux ans de plus que lui, à qui apprendra le plus vite et le mieux.

Eugène et Victor sont inséparables. Ils dorment dans le même grand lit et jouent ensemble, tous les jours. Le dimanche, Abel les rejoint mais le pensionnaire de onze ans fait déjà figure de grande personne, auprès de ses deux petits frères.

L'amusement est à son comble quand Mme Foucher amène son Victor et Adèle pour jouer avec les petits Hugo, aux Feuillantines. Adèle, qui a six ans, partage les jeux des garçons. Elle participe aux attaques des cabanes à lapins qui figurent un fort à enlever à l'ennemi. Les assaillants s'adonnent avec une telle ardeur à cette opération que les pauvres lapins, affolés, se terrent en tremblant au fond de leurs clapiers et que Sophie, pour éviter qu'on se crève les yeux, est obligée d'interdire les lances de guerre, c'est-à-dire les échalas pointus dérobés au jardinier et qui en tiennent lieu. On joue au ballon, aux billes, à la pigoche, on déniche des oiseaux, on chasse des papillons, on fait des courses d'escargot ou on embête les fourmis. Depuis qu'on leur a fait apprendre La Cigale et la Fourmi, les enfants ont déclaré la guerre à ces petits bêtes affairées, avaricieuses, si méchantes pour les imprévoyantes cigales. Alors, on les écrase ou on les noie, sans pitié.

Quelquefois, on joue à perdre Adèle dans le jardin. On la charge dans la vieille brouette, on lui bande les yeux et, au bout de la course, elle doit dire où elle se trouve. Quand elle perd, on lui donne des gages inventés sur-le-champ : croquer une limace ou aller faire un pied de nez au jardinier.

La balançoire que Victor a obtenu qu'on accroche dans le marronnier les occupe aussi beaucoup. On y pousse Adèle qui crie de frayeur quand la planche s'envole trop haut et les garçons, dès que Sophie a le dos tourné, s'empressent – pour se faire admirer de la petite fille – de faire ce que défend leur mère : se balancer debout ou se jeter dans le vide quand l'escarpolette est au plus haut.

Mais le jeu préféré des garçons, c'est la chasse au Sourd. Le Sourd est un monstre mystérieux, inventé par Victor et dont le signalement est, pour le moins, flou. Ce n'est pas un lézard, bien qu'il ait des écailles sous le ventre; ce n'est pas tout à fait un crapaud malgré ses pustules sur le dos. Il est noir, velu, visqueux. Il rampe parfois à toute allure, parfois avec une lenteur inquiétante. Il ne crie pas mais son regard jaune est terrible. Ce qu'il a de particulièrement épouvantable, c'est que personne ne l'a jamais vu. Mais, comme on sait qu'il aime gîter dans les vieux trous, on est à peu près sûrs qu'il se cache, aux Feuillantines, dans le puisard asséché. Et c'est là qu'on va le traquer, qu'on essaie de le surprendre en sautant, par surprise, dans le trou, en fouillant les ronces. Victor affirme qu'un jour, il lui a glissé entre les doigts. Il s'échappe toujours, quand on croit le tenir. Adèle est terrifiée par le Sourd à tel point que, parfois, elle se met à pleurer. Alors, on joue à consoler Adèle. Eugène et Victor, qui se pincent et s'envoient des bourrades, luttent à celui qui la consolera le mieux. Cependant, on s'arrange toujours pour faire pleurer Adèle quand les mères ont le dos tourné.

Les petits Hugo, qui ont une vénération pour Sophie, la craignent cependant car elle peut avoir la main leste, si on lui désobéit.

Au vrai, elle défend peu de chose : manger les boules rouges de la douce-amère qui sont empoisonnées, marcher dans ses fleurs et grimper aux échelles. Et, bien entendu, *entrer dans la chapelle.* Elle ne plaisante pas non plus avec la politesse et la tenue à table. Elle déteste les enfants mal élevés qui prennent la parole sans qu'on les interroge. Elle n'aime pas, non plus, qu'on reste en sa présence à se battre les flancs. Encore moins qu'on prétende s'ennuyer car, dit-elle... « il n'y a que les ennuyeux qui s'ennuient ». Il y a toujours quelque chose à faire dans la maison ou le jardin. Sophie tient à ce que ses fils participent à tout. Ils font leurs lits, aident Claudine à servir à table, transportent les bûches, vont puiser de l'eau au puits et sont tenus de l'aider lorsqu'elle jardine; tant pis pour celui qui rechigne à brouetter les feuilles mortes.

Chaque fois qu'un menuisier ou un tapissier vient effectuer un travail dans la maison, elle veut que les garçons observent la façon dont il s'y prend, afin qu'ils sachent faire toutes sortes de bricolages.

Les garçons savent aussi qu'elle ne supporte pas qu'on pleure. Victor, qui aurait tendance à avoir la larme facile, en sait quelque chose. Le jour où il s'est mis à sangloter parce qu'il s'est pincé le doigt dans une porte, Sophie l'a soigné, cajolé mais, comme Victor continuait à pleurer, elle s'est fâchée et l'a prié d'aller cacher ses larmes où-le-Roi-va-t'à-pied. On souffre mais on ne pleure pas. Ou bien on va se cacher pour le faire.

« Est-ce que vous me voyez pleurer, moi, les enfants? »

Sophie gronde aussi lorsque ses fils lui reviennent – et cela arrive très souvent – avec des vêtements salis ou déchirés. Les habits coûtent cher et pèsent lourd sur son budget. Mais les trois endiablés n'en ont cure et viennent à bout du drap ou de la toile les plus solides qui ne résistent pas aux bagarres de la sortie de l'école avec les enfants des cotonniers. A la fin, Sophie se fâche pour de bon :

« Le premier qui déchire son pantalon, menace-t-elle, je lui en ferai tailler un comme aux dragons. »

Quelques jours plus tard, alors qu'ils reviennent de faire une course avec Claudine, Eugène et Victor voient passer une troupe de cavaliers dans la rue Saint-Jacques. Ils sont superbes avec leurs habits verts à parements jonquille, leurs épaulettes blanches et leurs casques à crinière noire dont le cimier de cuivre étincelle au soleil. Victor en est ébloui.

« Oh! dit-il, qu'est-ce que c'est?

– Des dragons », répond Claudine.

Si l'attention de Sophie est en éveil lorsqu'elle entend les garçons faire du bruit, elle l'est encore plus lorsqu'elle ne les entend plus. Ce silence inaccoutumé est, en général, le signe qu'une bêtise raffinée est en train de se mettre sur pied.

Justement, Victor et Eugène sont singulièrement silencieux, ce matin. De la fenêtre du salon, Sophie les observe depuis un moment. Ils sont accroupis derrière un buisson dont ne dépassent que leurs cheveux blonds.

Intriguée, Sophie avance doucement et découvre Victor qui a retiré son pantalon et qui est très occupé à le mettre en lambeaux, en agrandissant une déchirure, tandis qu'Eugène, fort intéressé, observe l'entreprise de destruction.

« Mais que fais-tu là, petit misérable? »

Victor sursaute, rougit, lève la guenille vers le regard courroucé de Sophie.

« C'est pour avoir un pantalon comme les dragons », dit-il.

LA HORIE n'est vraiment pas un pensionnaire exigeant. Il dit se trouver à merveille dans la petite sacristie où il dort sur son lit de camp, ses pistolets à son chevet. Dans la journée, à l'heure où les enfants sont à l'école, il traverse le jardin et se rend près de Sophie. Il retourne dans sa cachette, avant le retour des écoliers.

Quelques jours plus tard, un matin, Victor et Eugène arrivent en trombe dans le salon où Sophie est en train de coudre.

« Maman! Maman, dit Eugène, il y a un fantôme dans la chapelle!

– Un fantôme, dit Sophie, que me racontez-vous là? Etes-vous entrés dans la chapelle, par hasard? Je croyais vous l'avoir défendu...

– Pas nous, maman, le ballon... On jouait à le faire rebondir sur le mur et il est passé par un carreau cassé.

J'ai bien été obligé d'aller le rechercher... Mais je suis entré et ressorti très vite, à cause des araignées et des pierres qui tombent. Pendant que je cherchais le ballon, j'ai entendu tousser, dans le fond, derrière l'autel. Victor dit que c'est un fantôme, sans doute quelque prêtre guillotiné qui revient là... J'ai peur, maman!

– Vous n'êtes que des petits sots, dit Sophie. Les fantômes n'existent pas plus que la Bête de Béré. Tu auras sans doute entendu tousser M. de Courlandais qui nous est arrivé hier soir et qui va rester ici pendant quelque temps.

– Mon parrain?

– Oui.

– Il habite dans la chapelle? dit Eugène.

– Avec les araignées? dit Victor.

– Mais non, dit Sophie. La pièce du fond n'a pas d'araignées. Nous lui avons arrangé là une chambre. M. de Courlandais aime à vivre retiré. Il sera plus tranquille au fond du jardin que dans la maison où le bruit que vous faites pourrait le déranger. »

A dire vrai, Sophie est soulagée. Elle n'aurait pas pu cacher longtemps aux enfants la présence de La Horie. D'autre part, Fanneau se serait vite lassé de cette vie de reclus qui ne peut librement quitter sa tanière. Il continuera donc à dormir officiellement dans la chapelle mais puisque les enfants l'ont découvert autant le faire entrer dans la maison.

« Allons, venez, dit-elle, nous allons lui rendre visite dans son ermitage. Vous verrez que M. de Courlandais n'a rien d'un fantôme. »

JOURS de bonheur aux Feuillantines, jours de douceur, de rires, d'étude aussi. Le parrain de Victor, celui que les enfants avaient pris pour un fantôme est, pour eux, comme un père qui serait un ami, tantôt professeur et tantôt compagnon de jeux.

Parfois même, il aide le jardinier. Ou bien il se promène dans les allées du parc, un livre entre les doigts. Dans la journée, il reste souvent avec Sophie, dans la maison.

Quand il fait beau, on met la table sur le perron, pour les repas. On s'assoit sur les marches. Le parrain de Victor aide au service, découpe la viande. Les oiseaux viennent manger les miettes. Après le dîner, les enfants ont la permission de jouer dans le jardin jusqu'à ce que la nuit soit tout à fait tombée. Mais, malgré leur envie d'aller courir, ils préfèrent souvent rester à écouter M. de Courlandais.

Il sait beaucoup d'histoires, connaît les plantes, les animaux. Il aide les garçons à faire leurs devoirs. Souvent, il joue avec eux. On sort les soldats de plomb et il leur explique comment disposer les ailes d'une armée pour surprendre l'ennemi et assiéger une ville que figurent des bûches superposées.

Il les aime tous les trois, ces petits Hugo, mais celui qu'il préfère, visiblement, c'est le benjamin, Victor, son filleul. Cela se voit rien qu'à la façon dont il le serre parfois dans ses bras. Mais le jeu que Victor préfère, c'est que son parrain le jette en l'air et le rattrape à bout de bras.

Comme ils n'entendent jamais leur mère appeler son invité autrement que : Général... les enfants lui donnent ce grade comme un prénom : « Général, raconte-nous la guerre... Général, fais-moi la courte échelle, s'il te plaît... »

Ils se servent aussi parfois de lui pour obtenir de Sophie ce qu'ils désirent. Ils ont remarqué, en effet, que celle-ci se laisse toujours facilement convaincre par ce que dit le général. C'est pourquoi ils en font leur intercesseur ou leur avocat.

C'est lui qui a décidé, par exemple, qu'il est temps pour Eugène et Victor de commencer à apprendre le latin.

« Déjà? dit Sophie. Ne faut-il pas attendre qu'ils sachent un peu mieux le français?

– Au contraire, dit le général, on devrait d'abord apprendre le latin d'où vient le français. Ou, si vous préférez, soigner la racine pour que la plante soit belle. »

Et, le soir, quand les enfants rentrent de l'école du père Larivière, le général, avec une patience inlassable, leur fait répéter *rosa, rosa, rosam* et *urbs* et *hic, haec, hoc.* Il ouvre son vieux Tacite qui ne le quitte jamais, leur en fait recopier un passage et leur explique qu'il y a là un message secret à décrypter et que le verbe en est la première clef.

« Allons, les enfants, voulez-vous savoir si Plautius Silvanus a jeté sa femme Apronia par la fenêtre? Eh bien, traduisons... »

Mais, à Tacite, Victor préfère Virgile et ses mots qui chantent. Assis sur les genoux de cet homme qu'on dit être son parrain, il écoute les belles phrases nées de ce latin qu'il apprend à traduire.

« Reprenons, dit le général : « *Déjà la mer rougissait des rayons du jour et du haut de l'éther l'Aurore dans son char de roses brillait d'une teinte orangée, lorsque les vents expirèrent*[1]. »

Sophie, à présent, est rassurée : l'éducation de ses fils n'aura pas trop souffert de la vie errante qu'elle leur a fait mener. Aussi bien à l'école qu'aux Feuillantines, Eugène et Victor font des progrès surprenants. Après six mois d'école, Victor lit couramment et ne fait presque plus de fautes dans ses dictées. Il faut dire que les méthodes du père Larivière sont excellentes et que La Horie est un excellent précepteur.

Ce qui intrigue les enfants, chez le général, cet homme raffiné, cultivé et – ils le savent par Sophie – si courageux à la guerre, c'est sa surprenante timidité. Chaque fois qu'un visiteur vient aux Feuillantines, il s'esquive pour aller s'enfermer dans sa chapelle. Sauf

1. *L'Enéide*, livre VII, 25.

quand il s'agit du général Fririon ou du général Bellavesnes qui sont ses amis. Même avec les Foucher, il ne s'attarde pas. On dirait que les gens lui font peur. Et, s'il se promène souvent dans le jardin, il ne va jamais jusqu'à la cour, encore moins jusqu'à la rue.

« Mais pourquoi? demande Victor.

– Parce que, répond le général, je déteste le monde. Je n'aime, vois-tu, que les enfants, les livres et les jardins. »

TANDIS qu'on cueille les raisins dans l'automne des Feuillantines puis qu'on y roule des boules de neige, en Espagne, la carrière de Léopold Hugo prospère à la faveur de la guerre. Tous les honneurs sont pour lui. Le voici, à présent, général de brigade, comte de Siguenza, gouverneur d'Avila, sous-inspecteur général de l'infanterie et majordome de Sa Majesté Joseph.

Il a cessé de traîner à sa suite la fille Thomas déguisée en homme. Il vit avec elle à présent et affiche ouvertement celle qui, en toute modestie, se fait appeler Catherine de Hugo, comtesse de Siguenza, née de Salcano.

La période des vaches maigres n'est plus qu'un souvenir pour Léopold. Non seulement le roi Joseph lui a fait cadeau d'une somme d'argent importante pour lui permettre d'acquérir, en Espagne, un domaine à la hauteur de ses fonctions mais encore l'accumulation de ses soldes lui fait une rente très confortable.

Du coup, Léopold est moins pingre avec Sophie qui, sachant la situation aisée de son mari, n'hésite pas à faire appel à lui, quand elle en a besoin.

Il n'est guère plus question que d'argent, dans les lettres qu'ils échangent à présent. Lettres sèches de Léopold qui, la tête vraisemblablement montée par Catherine Thomas, a cessé définitivement de tutoyer sa femme. Lettres sans tendresse de la part de Sophie dont on sent que chacune est, pour elle, une corvée.

Pourtant, Léopold n'envisage pas encore une séparation officielle. Comme il n'a pas pu s'acheter, en Espagne, le domaine qu'il convoitait, il fait déposer une grosse somme d'argent à Paris, chez les banquiers Ternaux Frères, et prie Sophie d'investir cette somme dans l'achat d'une propriété en France, puisqu'il ne peut s'en occuper lui-même.

Mais, en cette année 1810, Sophie a d'autres chats à fouetter qu'à faire des opérations immobilières. La Horie l'inquiète. Il tourne de plus en plus dans le huis clos des Feuillantines comme un ours en cage. Ce n'est pas que la vie avec Sophie et les enfants ne lui plaise mais, les mois passant, il ne supporte plus d'être enfermé. Celui que ses camarades appelaient naguère « la Botte de sept lieues », tant il était rapide à se déplacer à travers la France, le bouillant général de Hohenlinden, La Horie, qui n'a encore que quarante-quatre ans, étouffe entre les hauts murs du vieux couvent. Ses chevaux lui manquent et ses cavalcades. Il veut ne plus se cacher. D'autre part, il en a assez de vivre, dit-il, aux crochets de Sophie.

Au début de l'année, il a reçu une lettre de sa mère qui, depuis quatre ans, s'évertue à faire lever le séquestre qui pèse sur ses biens. Pour cela, elle a rédigé une pétition qu'elle a fait présenter à l'Empereur par Defermon, conseiller d'Etat et président du corps électoral de la Mayenne. Et Mme de La Horie écrit à son fils que, à la grande surprise de Defermon, Napoléon lui a, paraît-il, répondu : « Mais où est La Horie? Pourquoi ne se présente-t-il pas? »

Voilà qui a réconforté Victor. Son cauchemar est, peut-être, enfin, sur le point de se terminer. Il y a, sans doute, de l'amnistie dans l'air puisqu'il vient d'apprendre, d'autre part, que Jean-François Normand – l'amoureux nantais de Sophie – après toutes sortes d'intrigues avec les royalistes, Normand qui a été arrêté après Moreau, banni puis expédié sous surveillance à Nantes, vient d'être réintégré dans l'armée.

Ce n'est pas exactement sur la mansuétude du Tondu que La Horie fonde son espoir; il est payé pour connaître la capacité de rancune du Corse. Mais il croit plus volontiers à son opportunisme. En ce moment, les hommes lui manquent. Les régiments ont subi de lourdes pertes et les états-majors sont décimés. La pénurie d'officiers : voilà ce qui incline Napoléon à l'indulgence. Il sait quel chef a été La Horie et la réponse faite à Defermon signifie qu'il songe à se l'attacher de nouveau.

Et Fanneau rêve. Il se voit déjà blanchi des injustes soupçons qui ont pesé sur lui. Il se voit réintégré dans ses fonctions. Peut-être même l'Empereur acceptera-t-il, enfin, de parapher sa nomination de général de division, bien gagnée à Hohenlinden. Alors, sa vie se recolore. Il va cesser d'être un homme inutile, trop jeune pour la retraite. L'espoir renaissant, il entend hennir ses chevaux et tonner à nouveau les canons de la gloire. Peut-être pourra-t-il retrouver Saint-Just si on lève le séquestre de ses biens. Il sera enfin un homme digne de Sophie et c'est lui, enfin, qui la protégera au lieu d'être protégé par elle.

En juin, un événement nouveau est venu conforter son espérance : Napoléon, agacé par son ministre Fouché qui se mêle un peu trop, à son gré, de ce qui ne le regarde pas, vient de le remplacer par Savary, au ministère de la Police. Il sera plus tranquille avec celui-ci car Savary ne brille pas par l'imagination et il le tient à sa botte, depuis qu'il l'a fait duc de Rovigo.

La Horie, lui, connaît le général Savary, depuis 93. Ils ont combattu ensemble à l'armée du Rhin, se sont retrouvés plus tard, à Paris, avec Desaix et leurs rapports ont toujours été cordiaux. La Horie, donc, augure bien de cette nomination d'un ancien compagnon d'armes qui, mieux que tout autre, peut l'aider à se justifier et à sortir du pétrin dans lequel il étouffe.

Mais Sophie ne partage pas son enthousiasme, c'est

le moins qu'on puisse dire. Le redoutable Fouché lui semblait moins à craindre – est-ce parce qu'il savait la liaison de La Horie avec Sophie Trébuchet que le renard nantais a fermé les yeux sur les allées et venues du proscrit? – que ce Savary, plat courtisan dont la balourdise est aussi notoire que la vanité. Et elle rappelle à La Horie comment ce grotesque, tellement bouffi de sa joie qu'il aurait pu s'envoler comme un ballon, arrêtait les inconnus dans la rue pour leur annoncer qu'il venait d'être fait « duc de Rovigo ». Peut-on se fier à un pareil imbécile et, surtout, peut-on se fier à ce malfaiteur de la plus vile espèce, coupable d'avoir précipité l'exécution du jeune duc d'Enghien et, d'après ce qu'on a dit, de lui avoir, en plus, volé sa montre une fois le crime accompli?

Surpris par cette avalanche, Fanneau trouve que Sophie exagère. Sa tête bretonne l'emporte. Savary n'est certainement ni une lumière ni un modèle de courage mais de là à lui prêter une âme aussi noire...

« Et puis, dit-il, ce que tu ne sais pas, et c'est normal puisque tu es une femme, c'est la force et la pérennité de l'amitié masculine. Quand deux hommes ont subi les mêmes épreuves, quand ils ont fait la guerre ensemble, la solidarité qui les unit est indissoluble. Ainsi, ce Savary que je n'estime pas outre mesure, s'il était en difficulté et moi susceptible de lui venir en aide, me trouverait à son service, uniquement parce qu'un jour, nous avons risqué la mort, côte à côte. Ne prends pas cet air, je t'en prie. »

Qu'elle est donc excessive! C'est aussi, peut-être, qu'elle ressent obscurément la crainte de voir partir cet amant dont elle s'est si bien accommodée qu'il vive dans ses jupes, qu'il dépende d'elle.

« Garder près de soi un amant captif, c'est un rêve de femme, dit-il. C'est flatteur pour ma vanité d'homme, je n'en disconviens pas mais, comprends-le, le soldat que je suis, depuis si longtemps et si injustement proscrit, ne supporte plus d'être ainsi cloîtré.

– Ah! dit Sophie, comment peux-tu, comment oses-tu m'attribuer un sentiment aussi bas? Dieu que les hommes les plus intelligents peuvent être sots, parfois! Ah! je sens qu'il vaut mieux briser ici, pour ce soir. Je sens qu'il vaut mieux que nous allions dormir, moi et mes pauvres idées de femme! »

Un amour sans dispute n'existe pas. En ce soir de juin, Sophie et Victor se quitteront fâchés. Mais ce sera le seul nuage orageux qui passera sur le soleil de leurs si brèves amours.

Mais, comme Victor est aussi têtu que Sophie, la nuit même de cette discussion, seul, dans son refuge de la chapelle, il s'installe à sa table et commence une très longue lettre destinée au ministre de la Police.

« Après plus de six ans de proscription, et tant de démarches vaines pour faire parvenir la vérité sur mon compte, tu imagines, mon cher Savary, avec quel plaisir j'apprends ta nomination au ministère de Police générale[1]... »

Suivent vingt-huit feuillets d'une écriture serrée dans lesquels La Horie se rappelle au bon souvenir de son « cher camarade », résume sa carrière militaire et se justifie minutieusement des soupçons portés contre lui. Lettre naïve, sincère, à laquelle il joint une requête plus brève destinée à l'Empereur. Et une adresse où faire parvenir la réponse : à son neveu Charles, clerc chez Me Antheaume, notaire, rue de la Verrerie à Paris. Prudence.

Bien entendu, il ne se vantera pas à Sophie de l'envoi de cette lettre. Ni de la seconde que, n'ayant pas reçu de réponse, il expédie à Savary, en juillet. La

1. Lettre citée par Louis Le Barbier, dans *Le Général de La Horie*, Dujarric 1904.

troisième, datée de décembre, n'aura pas plus de succès. Mais, dans celle-ci, La Horie annonce à Savary qu'il lui rendra visite à son hôtel, le 29 de ce mois, à une heure de l'après-midi.

Et, en attendant, il ne tient plus en place.

Quelques jours après l'envoi de cette lettre, le général Bellavesnes vient le voir aux Feuillantines et lui raconte que son nom a été prononcé, lors d'un dîner chez Savary. L'ayant pris à part, Savary lui a même demandé s'il savait où se trouvait La Horie. Et, comme Bellavesnes affirmait ne pas le savoir, Savary avait ajouté :

« Voilà bien longtemps qu'il se cache... Il avait raison de le faire après l'affaire Cadoudal mais, aujourd'hui, Sa Majesté ne lui en veut plus. Il n'a plus rien à craindre. Il peut réapparaître. »

Prudemment, Bellavesnes avait avancé qu'il croyait La Horie en Angleterre.

« En Angleterre, non, avait répondu Savary. Il est à Paris, vous le savez aussi bien que moi. Je ne vous demande pas où. Il ne me faudrait qu'une heure pour être renseigné à ce sujet, si je le désirais. Mais j'ai de l'amitié pour lui. Si, par hasard, vous le rencontrez, rapportez-lui donc notre conversation. Si vous le voyez, bien sûr... Et qu'il agisse en conséquence. »

En entendant cela, le visage de Sophie s'est assombri mais, cette fois-ci, elle se taira. Fanneau l'a tellement blessée, l'autre jour, en la soupçonnant de vouloir le garder près d'elle, qu'elle ne veut pas risquer d'encourir, une fois encore, ce reproche. Mais la mine qu'elle fait en dit long.

Une semaine plus tard, nouvelle visite de Bellavesnes. Il a revu Savary qui s'est étonné ouvertement de ne pas avoir encore reçu la visite de La Horie.

« Que comptes-tu faire? dit Bellavesnes.

– Je ne sais pas, dit La Horie. Je vais y réfléchir. »

Au vrai, il est tout à fait content. Ce qu'il vient d'entendre est sans doute une réponse discrète à ses lettres. Et si Savary a utilisé Bellavesnes comme messager, cela prouve aussi qu'il est tout à fait renseigné sur l'endroit où La Horie se cache. Il est donc temps de faire la visite qu'il a annoncée.

Sans être au courant de ce qui se prépare, la méfiance de Sophie est en éveil. Après la seconde visite de Bellavesnes, elle ne peut s'empêcher de dire à La Horie ce qu'elle pense. Elle n'a confiance ni en celui qu'elle appelle le Tyran, ni en ses sbires et surtout pas en ce pouacre de Savary, duc de Rovigo ou pas. La vieille défiance nantaise resurgit. Elle se souvient de ses Vendéens, de son cher chevalier Le Maignan d'Heurtebise. Qu'aurait-il fait en cette circonstance? Surtout pas confiance à des Bleus de cette espèce. Et elle tente, désespérément, de ranimer chez La Horie la prudence à quoi il doit, à ce jour, d'avoir la vie sauve. Elle le supplie de se tenir tranquille encore quelque temps.

Le samedi 29 décembre 1810, La Horie n'est pas là à l'heure du déjeuner. Sophie part à sa recherche mais il n'est ni dans le jardin ni dans la chapelle et elle est très inquiète.

Vers quatre heures, elle entend une voiture qui s'arrête dans le cul-de-sac des Feuillantines. La Horie descend du fiacre et se précipite vers elle, le visage épanoui.

« Faites-moi compliment, dit-il, je suis libre! »

Et il raconte la visite qu'il vient de faire à son vieux camarade Savary. Il lui a sauté au cou, tant il était content de revoir le proscrit. Il l'a grondé d'être resté si longtemps sans faire appel à lui. Il lui a dit que le danger était passé, qu'il pouvait désormais aller et venir comme bon lui semblait. En le quittant, sa poignée de main était chaleureuse. Il lui a dit : à bientôt.

Sophie est atterrée.

« Eh bien, ma chère, est-ce là tout l'effet que vous produit ma libération? »

Le lendemain, dimanche, on se réveille sous la neige

aux Feuillantines. Les enfants, très excités, ont expédié leur petit déjeuner pour aller faire un bonhomme de neige, laissant leur mère en tête-à-tête avec le général. Victor et Sophie ont l'air, ce matin, d'un paisible couple de bourgeois. La Horie est en robe de chambre et Sophie, en cotte ouatée et bonnet du matin, lui beurre ses tartines.

« Je connais bien Bonaparte, dit La Horie. Il est impitoyable quand il a peur mais lorsqu'il est rassuré, sûr de son pouvoir, il peut être très généreux... »

Sophie n'a pas le temps de répondre. Claudine vient de faire irruption dans la salle à manger.

« Monsieur, monsieur, dit-elle à La Horie, il y a là deux hommes qui veulent vous parler. »

La Horie se lève, va à la porte.

« Le général La Horie?

– C'est moi.

– Je vous arrête. Veuillez vous vêtir chaudement. Nous vous attendons. »

Ils ne lui ont pas laissé le temps de faire ses adieux. Déjà, on l'entraîne vers une voiture qui attend, derrière la grille.

Dans le jardin, les trois enfants ont suivi la scène, immobiles. Puis ils se sont précipités vers leur mère qui reste pétrifiée sur le perron, les doigts appuyés contre la bouche, le visage décomposé. Les trois enfants l'obligent à rentrer, tandis que Claudine jette un châle sur les épaules de sa maîtresse. Claudine est en larmes.

« Madame, dit-elle, ils l'ont emmené!

– Oui, dit Sophie, les dents serrées. Et je m'en doutais! »

SOPHIE, comme folle. Elle craint pour la vie de Fanneau et cela lui est mille fois plus douloureux que s'il s'agissait de la sienne.

Elle qui ne sait ni prier ni pleurer est rongée par l'acide corrosif de l'angoisse qui ne s'exprime pas. Elle n'a plus faim, plus soif, plus envie de rien. Si, la nuit, épuisée de retourner en sa tête d'affreux pressentiments, elle coule dans un sommeil trop agité pour être réparateur, c'est pour y voir tourner la tête d'une la Biliais qui, tantôt, grince des dents à se les broyer et, tantôt, éclate d'un rire bruyant, obscène et qui n'en finit plus. Sophie s'éveille, trempée de sueur et glacée à la fois. Alors, elle se lève, remonte la mèche de sa lampe, s'entortille dans un châle, va se faire du café à la cuisine et n'ose plus aller se recoucher, de peur de renouer son rêve. Elle s'installe dans un fauteuil pour y attendre l'aube, préférant encore les idées sombres de la veillée au cauchemar épuisant qui poignarde son sommeil.

Tantôt la colère l'emporte contre l'imprudent, le trop naïf, l'outrecuidant La Horie qui paie aujourd'hui d'avoir méprisé ses conseils; tantôt, elle voit à le toucher le visage de Fanneau, son dernier visage, sur le seuil de la porte, avant de disparaître avec les policiers venus l'arrêter. Elle voit son teint cireux et le petit bouton de fièvre qui a surgi brusquement au coin de sa lèvre. Et ce dernier regard vers elle. Et ce geste esquissé, refréné pour la prendre dans ses bras peut-être et l'embrasser, cet adieu manqué par pudeur et son léger haussement d'épaules avant de s'éloigner, encadré par les hommes de Savary.

Sophie revoit la silhouette sombre sur la neige et qui s'éloigne, les épaules voûtées, accablées, la démarche traînante et les jambes maigres, arquées, de l'homme qui, dans sa vie, a passé plus d'heures à cheval qu'à pied. « Qu'a-t-on fait de toi? »

Quand le jour se lève, Sophie s'habille en hâte et court dans Paris, aux nouvelles. Elle va à l'hôtel de Toulouse, chez les Foucher, suppliant Pierre de se renseigner sur le sort de La Horie. Elle tente de faire jouer ses relations et ses amitiés bretonnes. Elle court chez ceux dont elle est sûre qu'ils sont des amis du proscrit. Elle voit le général Fririon, elle voit Bellavesnes, étonné et furieux d'avoir été l'instrument, sans le vouloir, de l'arrestation de La Horie. Infatigable, elle sillonne Paris en fiacre, passe des heures dans des antichambres, monte d'innombrables escaliers, tire des sonnettes.

Elle apprend finalement que La Horie a été mis au secret au donjon de Vincennes. Nul ne peut lui rendre visite. L'Empereur se venge. Sophie réussit tout de même à faire passer des vêtements et des livres au prisonnier.

Que peut-elle faire de plus? Rien, lui dit-on de toutes parts. Attendre. Surtout, ne pas bouger. Attendre.

Alors, elle se claquemure aux Feuillantines où elle se fait passer pour souffrante, afin de ne voir personne et seuls ses enfants, parfois, parviennent à la faire sourire.

Les garçons ont compris, malgré l'insouciance de leur âge, à quel point leur mère est affectée par l'arrestation de La Horie. Que savent nos enfants de nous? Ont-ils deviné le sentiment réel de Sophie pour « le parrain de Victor »?

En cette fin d'année 1810, ils se relaient auprès d'elle avec une attention particulière. Ils évitent de faire du bruit tandis qu'elle repose et accomplissent l'exploit de se battre mais en silence. Et tous les trois rivalisent de tendresse et de drôlerie pour la distraire, s'il est possible, de son chagrin. C'est comme si, soudain, en quelques jours, ils avaient grandi.

Un soir du mois de janvier 1811, ils arrivent à la queue leu leu dans la chambre de Sophie, avec des airs mystérieux.

« Maman, dit Abel, si nous allions voir papa en Espagne?

– L'oncle Louis nous a dit qu'il habitait un palais, dit Eugène.

– Oh! oui, renchérit Victor, partons pour l'Espagne, s'il te plaît!»

L'Espagne. Voilà que ses enfants, à présent, veulent l'entraîner en Espagne. Ils ne sont pas les seuls.

Vers le milieu de décembre, avant l'arrestation de La Horie, l'oncle Louis Hugo a débarqué un jour aux Feuillantines en faisant sonner ses éperons devant les enfants, impressionnés par l'apparition de ce grand colonel étincelant. Ils ont cru, tout d'abord, que c'était là leur père qui revenait d'Espagne, ce père qu'ils voient si peu mais dont Sophie leur a dit qu'il était à présent général. Et les trois garçons qui jouent à la guerre avec des soldats de plomb ont été enchantés d'avoir à leur disposition un colonel *en vrai* et qui, de surcroît, leur arrive avec des histoires de batailles toutes fraîches.

Ils ont fait le tour du colonel, touchant timidement les boutons d'étain, les retroussis brodés de son habit, les épaulettes à franges, le cimier en cuivre du casque qu'il a posé sur un fauteuil.

Victor, surtout, a voulu tout savoir : comment on ouvre la giberne de buffle blanc et les bélières qui attachent le sabre au ceinturon à boucle de cuivre et le porte-baïonnette, et comment il faut s'y prendre pour sortir rapidement le sabre du fourreau lorsque l'ennemi surgit.

Avec une patience inlassable, Louis Hugo a répondu aux questions de ses neveux. Ce grand gaillard de trente-trois ans, qui s'est illustré à Eylau, combat à présent en Espagne, aux côtés de son frère aîné, Léopold. De tous ses beaux-frères, il est celui que Sophie préfère. Louis, de son côté, a une tendre amitié pour Sophie et il est sincèrement navré de sa brouille avec Léopold.

Ce jour-là, il lui a longuement décrit la brillante situation de son mari en Espagne et a tenté de la convaincre que sa place est auprès de lui. Oui, elle se doit de tenir son rang à ses côtés et aussi de rapprocher les enfants de leur père et de ne pas les priver des avantages que comporte à présent la position de Léopold. Sachant le différend des époux séparés, Louis a plaidé pour son frère : il est maladroit, certes, mais, au fond, bon homme, et si Sophie acceptait de faire un effort, sa vie, avec Léopold, serait loin d'être désagréable.

Louis ne savait pas, évidemment, ce qui, surtout, retenait Sophie à Paris.

Son passage a laissé une trace profonde aux Feuillantines : depuis sa visite, Abel, Eugène et Victor ne rêvent plus que d'Espagne, de soleil et de cavalcade, sabre au clair.

Il n'y a pas que ses fils qui poussent Sophie à partir pour l'Espagne. Le roi Joseph tient aussi singulièrement à ce qu'elle rejoigne son mari. Outre l'amitié qu'il porte à Sophie depuis Lunéville, il a des raisons précises pour souhaiter sa présence à Madrid.

Comme son frère cadet Napoléon, Joseph a, pour les dignitaires de sa cour, le souci d'une moralité, au moins de façade. Après la débauche et les mœurs corrompues du Directoire, la mode impériale est désormais au semblant de vertu. Comme tous les parvenus, la famille Bonaparte, qui s'efforce d'imiter les aristocrates de l'Ancien Régime mais y parvient mal, invente, faute de mieux, ce qu'on appellera plus tard l'hypocrisie bourgeoise.

Napoléon a décidé de refaire de la famille le pivot de la société française. C'est ce qu'il a exprimé dans le Code civil et c'est pourquoi il est pris d'une frénésie de mariage. Non seulement il se marie mais il tient à marier tout le monde, ses frères, ses sœurs, ses dignitaires. Et qu'ils fassent des enfants, nom de Dieu, la France en a besoin. Et qu'on les baptise. Tant pis si, par ailleurs, on traite le pape plus bas que terre.

Fini le temps des galipettes. Si l'Empereur considère d'un œil indulgent les liaisons passagères de son entourage – il ne s'en prive pas pour sa part –, il juge très sévèrement celles qui risquent de faire scandale.

La vie dissolue de sa propre famille lui donne bien du souci. Louis est vérolé jusqu'aux moelles; Lucien, quand il ne se compromet pas dans des pirateries ou des trafics de diamants, soupire en vain pour Juliette Récamier et se console avec des filles de théâtre; Jérôme, après avoir épousé une Américaine, est devenu bigame. Quant aux sœurs de l'Empereur, leur conduite dévergondée est bien propre à hérisser un frère, corse de surcroît. Bien qu'étant mariées toutes les trois, elles ont, sauf votre respect, le feu au derrière. Elisa, qui n'est pourtant pas très jolie, rôtit le balai comme une folle, le tempérament dévorant de la superbe Pauline lui vaut des amants innombrables et Caroline suit l'exemple de ses aînées.

Sur son trône d'Espagne, le gros Joseph ne donne guère, lui non plus, l'exemple d'une vertu rigoureuse. Il partage sa vie entre les bons vins – d'où le surnom de *Pepe Botella* que lui ont donné les Espagnols – et de nombreuses maîtresses, pendant que sa femme, la reine Julie, née Clary, vit à Paris. Mais Joseph considère que, pour un homme marié, il est moins choquant d'avoir un troupeau de maîtresses qu'une seule liaison affichée avec une créature impudente, surtout lorsqu'elle supplante une épouse et mère. Cela, sa mentalité corse ne peut l'admettre.

C'est pourquoi, dès janvier 1811, il va convoquer le général Hugo qui commence à lui chauffer les oreilles avec l'établissement officiel de sa fausse comtesse de Salcano. La volonté de Sa Majesté José Primero, roi de toutes les Espagnes, est formelle : que le général Hugo fasse venir de France sa femme et ses enfants. Il va d'ailleurs dépêcher à Paris le marquis du Saillant pour faire part à Mme Hugo de cette volonté. On lui fournira, pour son voyage, l'escorte et la protection dues à son rang. J'ai dit. Rompez. Et que la « comtesse de Salcano » s'en aille au diable. Ce qui n'empêchera pas, ajoute Pepe Botella radouci, que le général la rencontre quand il le désire mais il ne veut plus la voir installée avec le rang et les honneurs dus à la seule et légitime comtesse Hugo. Ce n'est même pas un désir, c'est un ordre.

Léopold est absolument fou de rage, mais le moyen de désobéir au roi Joseph, son protecteur, de qui lui sont venus tous les honneurs dont il jouit à présent? Il est forcé de s'incliner mais l'idée que Sophie va venir en Espagne le rend malade et il n'espère plus que dans un refus de celle-ci. Il se doute qu'elle n'a pas plus envie que lui de reprendre la vie commune et il compte sur son entêtement pour que le vœu du roi Joseph demeure sans suite. Ainsi, ce ne sera pas lui, Léopold, qui fera figure de coupable. Au besoin, il s'arrangera, pour ôter à Sophie l'envie de s'installer définitivement à Madrid.

Mais, encore une fois, celle qu'il n'appelle plus désormais que « Mme Trébuchet » va s'ingénier à lui déplaire et beaucoup plus rapidement qu'il le pense.

Est venu aux Feuillantines le charmant, le courtois marquis du Saillant, neveu de Mirabeau, attaché aujourd'hui à la cour d'Espagne. A salué très bas Mme la comtesse Hugo, femme du général et gouverneur d'Avila, de Ségovie et de Guadalaxara. Et de remplir sa mission : le roi veut, le roi désire...

Les marques désuètes de respect que lui prodigue du Saillant ne sont pas sans flatter Sophie. Les manières de ce quinquagénaire raffiné lui rappellent celles des gentilshommes nantais de l'Ancien Régime, du temps que sa tante Robin – pauvre tante Robin, morte à quatre-vingt-six ans, l'été dernier – lui apprenait à faire la grande révérence de cour. Ainsi donc, la petite

Sophie de Châteaubriant serait devenue grande dame?

Partir pour l'Espagne, pourquoi pas après tout? Sophie n'a pas grand-chose à faire à Paris, à présent. D'après ce qu'on lui a dit, elle n'est pas près de pouvoir approcher La Horie, toujours au secret dans son donjon de Vincennes. Elle ne peut donc lui être utile en rien et cela pour plusieurs mois, au moins.

D'autre part, il n'est pas impossible que l'hospitalité qu'elle a accordée au proscrit ne lui vaille des ennuis. On surveille ses allées et venues. A plusieurs reprises, Claudine a remarqué des hommes, sans doute des policiers en civil, qui rôdaient autour des Feuillantines.

A entendre le marquis, le roi Joseph tient vivement à la présence de Mme Hugo à Madrid et il ne serait sans doute pas habile de le contrarier. La carrière de Léopold pourrait en souffrir et, par contrecoup, l'avenir de ses fils.

A travers les propos enrobés du messager, Sophie a très bien compris pourquoi Joseph Bonaparte tenait tellement à ce qu'elle rejoigne son mari : Léopold a dû faire des siennes avec la fille Thomas. C'est même vraisemblable puisqu'elle n'a reçu aucune lettre de lui pour lui demander de venir le rejoindre.

D'autres raisons l'inclinent encore à ce départ. L'envie enfantine de faire valoir ses droits de comtesse Hugo, épouse du général gouverneur et mère de ses enfants. D'abord contre « l'infâme créature » avec laquelle Hugo l'humilie à distance. Ce n'est pas parce qu'on n'aime plus son mari et même parce qu'on a un amant qu'on supporte allégrement de se voir supplantée par une moins que rien. Si un homme entend difficilement ce raisonnement, n'importe quelle femme peut le comprendre.

Un petit coup d'orgueil au passage. Sophie a reçu à Châteaubriant l'éducation nécessaire pour tenir rang de comtesse, ce qu'elle n'a jamais pu faire jusqu'à présent. En effet, elle n'a pas été très gâtée, depuis son mariage et, si elle a partagé avec Léopold la pauvreté de leurs débuts, il est juste qu'elle partage aussi le lait de ses vaches grasses.

Et puis, partir est, quelque part, un besoin irrésistible pour la fille du capitaine Trébuchet. On n'est pas fille de marin sans avoir dans le sang le goût de l'espace, du mouvement, de la fuite qui console, ni sans éprouver l'attraction irrésistible des horizons nouveaux.

En mars 1811, la comtesse Hugo se décide donc. Elle l'annonce aux enfants en leur remettant un dictionnaire et une grammaire d'espagnol, en les engageant vivement à étudier cette langue le plus vite possible. Elle ne veut pas traîner avec elle trois empotés, incapables de s'exprimer dans le pays où ils vont. Les enfants sont tellement contents de ce départ qu'ils promettent de s'y mettre d'arrache-pied. Ils apprendraient même le chinois ou l'hébreu en huit jours, s'il le fallait.

Une fois la décision prise, Sophie s'active. Elle court à la banque des sieurs Ternaux et y prélève douze mille francs sur l'argent que lui a fait déposer Léopold pour les frais du voyage. Elle se fait établir un passeport au nom de « Mme Hugo, née Trébuchet de la Renaudière » (on est nantaise et bien de son époque!) et retient une diligence entière qui la conduira de Paris à Bayonne. Là, selon les instructions du marquis du Saillant, elle louera une autre voiture qui la mènera à Madrid, sous la protection du convoi du Trésor qui doit passer la frontière, à ce moment-là.

En effet, il est tout à fait impossible à une voiture isolée de s'aventurer sur les routes espagnoles, en ce moment, sans risquer le pire. Surtout dans le nord où les guérilleros harcèlent les Français avec une sauvagerie redoutable. On raconte, à ce sujet, des horreurs. Pour répondre à la barbarie des envahisseurs français qui pillent et brûlent les couvents et les villages, qui pendent et torturent les habitants récalcitrants, les Espagnols se montrent impitoyables avec les Français de passage. Rencontrer une de ces bandes, en voyageant sans escorte, c'est s'exposer non seulement à la mort mais encore à toutes sortes de tortures préalables. C'est pourquoi les voitures se regroupent à la frontière afin d'attendre le passage d'un convoi assez solidement escorté pour leur fournir une protection.

EFFERVESCENCE aux Feuillantines. Sophie a retiré Abel de son lycée et elle a fait descendre les malles du grenier. Cette fois, elle n'a pas besoin d'insister pour demander l'aide de ses fils. Excités à l'idée du voyage, ils sont d'une bonne volonté totale pour aider aux préparatifs de départ.

On range la vieille brouette, on décroche la balançoire, on pose des housses sur les meubles, on emballe. Sophie, qui compte bien ne pas passer toute sa vie en Espagne et qui ne veut pas perdre son beau jardin des Feuillantines, n'a pas résilié sa location. Elle s'est entendue avec le couple Larivière qui veillera sur la maison et arrosera les fleurs en son absence.

Il est entendu que les enfants s'occupent de leurs propres bagages mais, la veille du départ, Sophie est affolée par le volume impressionnant de ceux-ci.

« Comment, trois malles, sept paquets? Vous avez perdu la raison! La voiture est grande, certes, mais elle ne contiendra jamais tout cela. Qu'emportez-vous donc?

– Rien que l'indispensable, maman, dit Abel. Nos vêtements, nos jouets, nos livres.

– Nous allons voir cela, dit Sophie. Ouvrez-moi ces malles. »

Et elle supprime de l'« indispensable » des albums encombrants, un petit théâtre de marionnettes démontable avec tous ses accessoires qui appartient à Victor, une grande boîte de papillons au fragile couvercle de verre sans laquelle, à l'entendre, Eugène ne peut vivre, un faisceau de lourds morceaux de bois qui représentent, au dire d'Abel, les sabres et les pistolets de la tribu, une gigantesque Bible illustrée que les enfants ont découverte dans le grenier du couvent, un polichinelle, un tambour, un herbier pressé sous une lourde reliure, un tableau sous verre représentant une vieille tour, un filet à papillons, une paire d'échasses, un gros ballon, un jeu de nain jaune, plusieurs toupies, une collection impressionnante de soldats de plomb et même un petit vase de porcelaine auquel Eugène est très attaché.

Les enfants protestent, supplient mais Sophie demeure intraitable.

« Quand on voyage, dit-elle, il faut savoir être léger. Ne croirait-on pas, à voir votre chargement, que nous partons pour toujours? Ce sont les gens dépourvus d'imagination qui emportent avec eux leur maison. Des jouets, vous en trouverez d'autres. Des soldats, vous en verrez de vrais. »

Enfin, on va faire ses adieux aux Foucher, rue du Cherche-Midi.

« Ma pauvre Sophie, que je te plains de te lancer à nouveau sur les routes », dit Anne-Victoire qui ne s'est jamais remise de son voyage en Italie.

Qu'elle est donc agaçante, cette Anne-Victoire. Toujours le mot décourageant aux lèvres. Elle a encore épaissi et berce son dernier-né, Paul, qui a onze mois, d'un air languissant et satisfait à la fois. Elle ne sort de sa torpeur que pour gourmander ses aînés et, à ce moment-là, Sophie trouve qu'elle a l'œil rond et fixe des poules.

Sophie ne se fait aucune illusion sur la commisération d'Anne-Victoire dont elle sait qu'elle la juge à cause de ses relations avec La Horie. Au fond, ce n'est pas une bonne personne. Elle affecte une gentillesse bonasse mais elle est une envieuse molle et qui glisse du venin dans des propos mielleux. Aussi Sophie n'est-elle pas mécontente de lui river son clou en lui jetant un peu de poudre aux yeux, au passage.

« Mais non, dit Sophie, d'une voix suave, je suis très contente de partir. La position de Léopold est d'une telle importance à présent que le roi Joseph a insisté pour que je vienne le rejoindre.

– Oui, mais le voyage va être bien fatigant, insiste Anne-Victoire, surtout avec trois enfants! Mon Dieu, que je t'admire d'avoir un tel courage. Surtout que les routes espagnoles sont, dit Pierre, fort dangereuses en ce moment. Tu n'as pas peur?

– Oh! dit Sophie, cette fois, je dispose d'une diligence tout entière. Léopold a insisté pour que je ne lésine sur rien... En Espagne, nous serons protégés. Tu penses bien que la femme et les enfants du général Hugo ne manqueront pas d'escorte. Quant aux enfants, j'ai toujours pensé que les voyages étaient excellents pour leur formation. Je ne veux pas faire d'eux des petits français casaniers sans plus d'expérience que des berniques sur un rocher. »

Le visage d'Anne-Victoire se pince mais sa cervelle étroite lui fournit tout de même une question susceptible de faire pâlir Sophie.

« Au fait, as-tu des nouvelles de ce pauvre M. de La Horie? »

Le 15 mars au matin, on entasse les bagages sur la rotonde de la diligence et même dans le coupé, à l'avant de la voiture. Sophie, Claudine et les trois enfants tiennent à l'aise dans le compartiment clos prévu pour six voyageurs. Mais, au premier relais, Eugène et Victor supplient qu'on les laisse occuper les deux places à l'air libre du coupé d'où ils peuvent mieux voir le paysage, les manœuvres du postillon et les mouvements des chevaux. Sophie cède pour avoir la paix. Elle sait qu'il est difficile de rester longtemps enfermé, quand on a onze et neuf ans.

Abel qui en a treize, qui est plus calme et surtout qui tient à faire figure de grande personne, à côté de ses cadets, Abel a préféré demeurer avec les deux femmes. Au vrai, il veut pouvoir prendre ses aises pour dormir; la capacité de sommeil d'Abel est étonnante. Il va pouvoir s'en donner à cœur joie car le voyage sera long. Comme l'armée réquisitionne les meilleurs chevaux, ceux qui restent pour les transports sont assez poussifs et n'avancent qu'à courtes traites. C'est aussi pourquoi les diligences ne roulent que de jour.

Dans le coupé, Eugène et Victor ont inventé un jeu. Etant convenus que les deux chevaux de gauche sont à Eugène et les deux chevaux de droite à Victor, chacun compte dix points quand l'un de ses chevaux lève la queue pour lâcher son crottin. Les points sont arrêtés à chaque relais et il est entendu que le vainqueur final recevra un cadeau de l'autre.

On dort à Blois, à Poitiers, à Angoulême. Une semaine plus tard, un peu avant d'arriver à Bordeaux, nos voyageurs ont quelques émotions fortes, tandis qu'on embarque les chevaux et la voiture sur le bac pour traverser la Dordogne, faute de pont. La nuit est noire et des rafales de vent impriment au fleuve des vagues marines. Les chevaux prennent peur et se cabrent. On est obligé de les attacher solidement pour qu'ils ne se précipitent pas dans l'eau. Abel, alors, fait le fier et nargue ses frères qui ont encore plus peur que les chevaux, surtout Victor.

En arrivant à Bayonne, déconvenue : le Trésor et son escorte qu'on attendait pour le lendemain ont été retardés. Ils ne passeront que dans un mois. Bon gré, mal gré, il faut attendre. Alors Sophie loue tout le rez-de-chaussée d'une jolie maison dont la propriétaire, une veuve avec une petite fille un peu plus âgée que Victor, se réserve le premier étage. Les enfants ne sont pas trop déçus car, non seulement Bayonne est une ville très amusante, non seulement le printemps y ressemble déjà à l'été mais encore leur mère, ayant cédé à la sollicitation d'un directeur de théâtre, a loué une loge pour tout le mois.

Un mois de théâtre, quel luxe, quelle joie! Eux qu'on emmène au théâtre une ou deux fois par an seulement, voilà qu'ils vont pouvoir y aller tous les soirs. Leur excitation est à son comble et, le premier soir, on arrive au théâtre bien avant que le lustre soit allumé. On joue *Les Ruines de Babylone*, un sombre mélo en cinq actes de M. Guilbert de Pixérécourt, auteur fort à la mode. Le menton posé sur le rebord velouté de la loge, les trois petits Hugo dévorent le spectacle. Une histoire épatante vraiment, avec un bon génie déguisé en troubadour qui va subrepticement apporter à manger à la victime d'un abominable tyran. Le malheureux est caché dans une trappe et, quand le tyran avance à pas lourds pour saisir sa victime, le bon génie rabat prestement le couvercle de la trappe en sautant dessus, sous l'œil hébété du tyran qui ne comprend pas où est passé l'autre.

Le lendemain, les enfants reviennent au spectacle, avec Claudine cette fois. Ils se réjouissent de revoir le mélodrame dont certaines finesses leur ont échappé. Le troisième soir, ils s'y amusent un peu moins. Le quatrième, ils connaissent toutes les répliques par cœur. A la septième fois, ils n'en peuvent plus et supplient Sophie, puisque ce maudit théâtre ne change pas son affiche, de leur épargner une huitième vision des *Ruines de Babylone.*

Ils s'occupent à autre chose. D'abord, comme promis, ils étudient consciencieusement leur espagnol. Ils lisent ou vont se promener avec Sophie sur les Allées-Marines ou sur la jolie place de Grammont. On va goûter sous les arcades bayonnaises d'un délicieux chocolat chaud dont un verre d'eau glacée bue à la suite exalte le goût délicat. On va visiter le château de Marracq à une lieue de Bayonne, ou regarder les joueurs de paume. Quand il y a des exercices à feu, Abel et Eugène entraînent leur mère vers les remparts où ont lieu les manœuvres.

Victor, lui, préfère rester à la maison. Il y a là quelqu'un de beaucoup plus intéressant pour lui que toutes les manœuvres du monde : c'est Lise, la fille de la propriétaire, qui lui lit des histoires. Et ce ne sont pas les histoires qui attirent tant Victor mais leur lectrice. L'enfant est vraiment fasciné par la beauté de cette petite fille au teint pâle et aux longs cheveux noirs. Il s'assoit près de Lise sur le perron et, tandis qu'elle s'applique à lire dans un livre ouvert sur ses genoux, Victor ne détache pas son regard des paupières aux longs cils, de la bouche rose, du fichu qui se croise sur des seins naissants et des chevilles fines qui apparaissent sous le volant brodé de son jupon. Ainsi contemplant, adorant, il entend mais ne comprend pas les mots qu'elle prononce.

Evidemment, Eugène et Abel se sont vite aperçus de la fascination qu'exerce sur Victor celle qu'ils n'appellent plus que sa « bonne amie ». Et, bien entendu, ils ne lui ménagent pas les quolibets, ce qui fait monter des couleurs de cerise aux joues de Victor et le lance, fou de rage, contre ses frères.

Enfin, le mois d'attente se termine. Le convoi du Trésor va arriver incessamment à Irun où on doit aller le rejoindre. Pour la dernière partie du voyage, Sophie a trouvé chez un loueur un vieux carrosse rococo à cabriolet, traîné par six mules, qui doit dater du temps où la tante Robin était jeune fille. Mais cette voiture démodée et imposante que Sophie appelle en riant « mon vieux cabas » ne sera pas excessive pour transporter les nouveaux bagages de la famille Hugo.

En effet, Sophie a eu le temps d'acheter ce qu'elle a cru nécessaire pour compenser la crasse et la pénurie des gîtes espagnols dont elle a entendu dire pis que pendre. Elle a fait provision de jambons fumés, de gâteaux, de viandes en conserve et de fruits. Elle a même acheté une sorte de lit de camp avec un matelas pour ne pas avoir à dormir dans les lits douteux des auberges.

Le vieux cabas contient aisément ces nouvelles acquisitions mais, avant de quitter Bayonne, Sophie doit encore se bagarrer avec ses fils qui, en un mois, ont à nouveau accumulé une foule d'objets aussi encombrants qu'inutiles. Ainsi, elle refuse catégoriquement d'embarquer les six cages d'oiseaux que les garçons ont achetés avec leur argent de poche.

« Rendez-leur donc la liberté, dit-elle. Ainsi, ils se souviendront de vous avec amitié. »

La voiture de Sophie n'est pas la seule à vouloir se mêler au convoi du Trésor. Plus de trois cents véhicules sont rassemblés à Irun dont une centaine, seulement, auront l'autorisation de se joindre au convoi; sa protection ne peut être efficace que si la file des voitures n'est pas trop longue.

Le marquis du Saillant est arrivé de Madrid, comme il l'avait promis, pour escorter la voiture de Sophie, à cheval. Les enfants répriment un fou rire à la vue du vieux gentilhomme, poudré à blanc comme un Pierrot par la poussière du chemin. On dirait qu'il s'est roulé dans la farine. Comme il y a de la place dans la voiture, Sophie le prie d'y monter. Ainsi, il lui fera la conversation. Son cheval suivra.

Les enfants s'amusent ferme des querelles qui éclatent à propos de l'ordre de la marche. En effet, chaque voiture veut être le plus près de celle du Trésor pour être mieux protégée avec elle. On se bouscule, on s'injurie, les fouets claquent, les chevaux se mordent, les voitures s'accrochent en voulant se doubler.

Sophie, soucieuse de faire un voyage tranquille, utilise pour la première fois son privilège de femme de gouverneur : elle ordonne à son *mayoral*[1] de faire avancer sa voiture à la première place, derrière celle du Trésor. Mais cette place, une autre « grande dame » la convoite. C'est la marquise de Monte-Hermoso, l'une des maîtresses du roi Joseph, qui entend ne pas laisser cette Française, toute femme de général et comtesse soit-elle, la dépasser. Elle aussi a une famille à protéger. Elle se trompe si elle croit que Sophie va lui céder le pas.

Sophie dépêche du Saillant auprès du duc de Cotadilla qui commande l'escorte et celui-ci, galamment, donne la préférence à l'étrangère, femme du général Hugo. Murmures dans la foule quand l'énorme voiture de Sophie prend la tête du cortège qui, enfin, s'ébranle.

L'escorte est d'importance : quinze cents fantassins, cinq cents chevaux, deux canons en avant-garde du Trésor et deux derrière. Perchés dans le cabriolet du carrosse, Abel, Eugène et Victor regardent s'étirer la longue file des voitures vertes à roues dorées, aux couleurs de l'Empire. Les fantassins marchent le long du convoi. Parmi les cavaliers se trouvent le jeune colonel Lefèbvre, fils du maréchal, le colonel Montfort, d'une élégance raffinée, et une vingtaine de jeunes auditeurs au Conseil d'Etat, dont le duc de Broglie, envoyés à la cour de Madrid par Napoléon. Tout cela caracole, plaisante et bavarde avec les jolies dames accoudées aux portières des voitures.

Dans le carrosse de la générale Hugo, le marquis du Saillant a sorti une bonbonnière et il offre des pralines. Dans un éclat de soleil, la mer scintille une dernière fois, au loin, à l'horizon de Fontarabie.

LONG et fatigant voyage. Sophie, qui n'a que trente-neuf ans, a beau être d'une constitution robuste, elle

1. Le mayoral est une sorte de postillon, responsable de la voiture pendant tout le voyage.

en est tout épuisée. Les cahots de la voiture, pourtant bien suspendue – mais les routes sont atroces –, lui moulent le dos. Quand le marquis du Saillant quitte le carrosse pour aller faire un peu de cavalcade le long du cortège, elle en profite pour s'allonger un moment et se dégrafer, rideaux baissés, car la poussière et la chaleur augmentent au fur et à mesure que le convoi s'enfonce vers le sud.

Bientôt, elle ne supporte plus le grincement exaspérant des roues de charrettes espagnoles, nombreuses sur la route. Au lieu d'être, comme en France, allégées par des rayons, ces roues sont de bois plein, lourdes et font gémir l'essieu. Un bruit strident qui met les nerfs à vif. Sophie se bouche les oreilles dès qu'elle l'entend.

Le soir, à l'étape, quand le soleil est tombé, l'air est plus respirable. C'est le meilleur moment de la journée mais qui est gâché malheureusement par les préparatifs du coucher. Les Espagnols qui sont tenus de nourrir et de loger le convoi français s'exécutent avec une hostilité froide et silencieuse. Ils ont de sérieuses raisons de haïr les Français et mettent la plus mauvaise volonté du monde à remplir les obligations auxquelles ils sont soumis.

Ce que Sophie abomine par-dessus tout, ce sont les puces, les punaises et les moustiques qui prolifèrent partout. Il y a des puces jusque dans les décombres des villes brûlées par les Français.

« C'est à croire qu'en Espagne, dit Sophie, le feu a des puces ! »

On dort mal en se grattant et l'on s'éveille, le matin, couvert de cloques.

Un soir, Sophie a une idée pour empêcher les punaises d'envahir son lit. Elle le fait dresser au milieu de la chambre, ses quatre pieds trempant dans quatre seaux emplis d'eau. Ainsi isolée des murs et du plancher, elle s'endort tranquille mais, au bout d'une heure, elle s'éveille, dévorée par les punaises. Les sales bêtes sont venues par le plafond d'où elles se sont laissées tomber sur le lit. Sophie, enragée, tire son lit dans la cour où les punaises la suivent au clair de lune. Impossible de s'en débarrasser.

La nourriture aussi l'écœure. Non pas qu'elle fasse défaut, au contraire. A la première étape du voyage, on lui a apporté une quantité ahurissante de comestibles : un quartier de bœuf, un mouton entier, quatre-vingts livres de pain et même un petit tonneau d'eau-de-vie. On lui explique que cela représente les quatre parts dues réglementairement à son mari : une part comme général, une comme gouverneur, une comme inspecteur et une comme majordome du roi. Elle aura droit à cela, à chaque étape. Non seulement cette mangeaille alourdit la voiture mais encore elle attire les mouches et diffuse vite une odeur affreuse. Alors Sophie fait distribuer cette nourriture superflue aux soldats de l'escorte qui, eux, ne sont pas aussi gâtés.

Si ses fils dévorent avec un appétit que rien ne peut couper, Sophie, elle, ne mange presque pas. Il y a longtemps que son jambon, ses conserves et ses fruits de Bayonne sont épuisés. En revanche, elle éprouve des envies dont elle se souviendra longtemps. Elle rêve de légumes frais, de ces petits choux verts et de ces navets tendres qui poussent à *la Renaudière,* au printemps. Elle rêve de fromage blanc, de soupes légères et de fraises à la crème. Où est-il le muscadet de son pays qu'on mettait à fraîchir dans les ruisseaux courants? Les vins espagnols sont des poisons.

Un soir, à l'étape, Claudine lui a trouvé une salade mais l'huile d'olive qu'on presse dans ce pays est tellement puante que Sophie a eu l'idée de la remplacer par du beurre fondu. Elle ne fera qu'un seul repas convenable, pendant ce voyage, chez un traiteur français établi en Espagne. Mais à quel prix! Quatre-vingts francs pour un plat d'épinards. Il y avait six mois que l'aubergiste n'avait pas vu un client.

En arrivant à Madrid, Sophie sera obligée de faire ajuster toutes ses robes, tant elle aura maigri. Heureusement que Fanneau ne me verra pas dans cet état, songe-t-elle.

Outre la fatigue physique, il y a la fatigue nerveuse. Non seulement Sophie est tourmentée par le sort de l'homme aimé qu'elle a laissé à Paris en de si mauvaises conditions mais encore elle se demande comment va l'accueillir le mari qui se trouve à Madrid.

Et les émotions du voyage n'arrangent rien. Elle doit veiller sans cesse sur ses fils toujours prêts à faire quelque sottise.

Ainsi, à l'étape de Saladas, on dort à la belle étoile, dans les décombres de la ville. La nuit est claire et les enfants qui n'ont pas sommeil jouent à cache-cache dans les ruines. Soudain, des cris. On ramène Victor, le visage en sang. Il a glissé sur une pierre et s'est ouvert le front. Sophie est sur le point de s'évanouir en le voyant ainsi arrangé. Elle lave sa blessure comme elle peut et un chirurgien-major de l'escorte fait un pansement avec une feuille de pourpier. Plus de peur que de mal mais Victor en conservera la cicatrice toute sa vie.

Et puis cette crainte, cette angoisse qui rôdent sans cesse, non seulement dans le décor sinistre des villes et des villages incendiés mais encore tout au long de la route où, surtout quand vient le soir, les attaques et les embuscades sont à redouter. Peur pour rien, au défilé de Poncorbo, quand on prend une bande de paisibles muletiers pour des bandits. Peur justifiée à Salinas quand de vrais guérilleros, cette fois, tirent sur le convoi. Peur affreuse dans la montée et la descente de la butte de Mondragon. La côte est si abrupte qu'il faut ajouter quatre bœufs aux mules pour hisser la lourde voiture de Sophie jusqu'en haut, le tout sur une route bordée d'un précipice dont on ne voit pas le fond. Et les enfants sont tellement effrayés par ce précipice qu'ils se mettent à pleurer et veulent descendre de la voiture. Sophie que la fatigue rend irritable explose : « Petits peureux! Vous descendrez quand vous serez des filles! » et elle ordonne au *mayoral* de piquer ses bœufs et de sortir de là le plus vite possible.

Encore plus peur à la descente, le lendemain matin. Une descente si raide que les mules ont de la peine à retenir le poids de la voiture. Tout à coup, mules et voitures basculent dans le précipice, arrêtées miraculeusement dans leur chute par une borne qui accroche l'une des roues. La famille Hugo est suspendue au-dessus du vide. Il faut une bonne heure pour que les grenadiers de l'escorte réussissent à faire remonter les mules et l'attelage sur la route. Derrière, le convoi attend. A sa portière, la marquise de Monte-Hermoso ricane.

Dans le désert aride de la Vieille-Castille, la chaleur est intolérable. Pas un arbre, pas un buisson sur ces quatre-vingts lieues qu'on traverse au pas, sous un soleil torride. A midi, le convoi épuisé s'arrête pour une sieste indispensable. Dans l'ombre des voitures, les femmes se mettent en chemise et les cavaliers se couchent entre les pattes de leurs chevaux.

Parfois, le convoi croise un régiment d'éclopés qui reviennent de la guerre. Ils sont en guenilles et traînent ce qui reste de leurs carcasses. Certains ont des perroquets ou de petits singes sur l'épaule. Et des plaisanteries macabres s'échangent entre les soldats intacts du convoi et les soldats cassés qui rentrent chez eux.

Après Valladolid, une troupe de cavaliers, qui arrivent de Madrid, annonce au passage le convoi de la reine Julie qui s'en va rejoindre son mari à Paris, pour le baptême du petit roi de Rome.

Le duc de Cotadilla, pour faire du zèle et honorer la souveraine, ordonne aux soldats de l'escorte de se mettre en grande tenue. Mais où se changer, dans ce désert? On dit aux femmes de baisser leurs stores pour épargner leur pudeur. Les soldats qui étouffent sous leurs uniformes poussiéreux sont ravis de se déshabiller et batifolent tout nus sous les yeux ravis d'Abel, Eugène et Victor qui, étant des garçons, ont échappé aux stores.

Ils vont s'amuser encore plus quand, soudain, débouche le convoi de la reine Julie qu'on n'attendait pas si tôt. Stupeur : les deux mille soldats à poil n'ont pas eu le temps de se rhabiller. Et, tandis que passe le royal convoi, le duc de Cotadilla qui s'estime déshonoré gémit sur un talus, une touffe de cheveux à la main.

« Bah! dit en riant le marquis du Saillant, la fille du marchand de savon de Marseille en a sûrement vu d'autres! »

Et il offre à Sophie une prise de sa tabatière.

L'étape de Ségovie a un peu requinqué Sophie. D'abord, la ville est très belle avec ses maisons sculptées à clochetons et ses palais de jaspe et de porphyre. Ensuite, elle y a été accueillie en grande pompe par le comte de Tilly, gouverneur de la province, qui tient à honorer la femme et les enfants du général Hugo. Là, on se restaure, on se rafraîchit. Victor profite de ce qu'on ne le surveille pas pour avaler plusieurs verres de vin et prend, à neuf ans, la première cuite de sa vie.

Cependant, Sophie est contente de repartir pour Madrid et de pouvoir, enfin, se reposer. Elle en a vraiment assez, des mésaventures de la route.

Elle n'est pourtant pas encore au bout de ses peines. Son vieux carrosse, éprouvé par le voyage, n'en peut plus. En quittant Ségovie, elle a cru remarquer que le moyeu d'une des roues se fendillait mais le *mayoral* a dit que ce n'était rien.

On part. La fente du moyeu s'agrandit mais le *mayoral* ne veut toujours pas en tenir compte. Et Sophie s'inquiète. Cet homme, après tout, est espagnol, donc ennemi des Français. Il sait que celle qu'il transporte n'est pas n'importe qui. Et s'il manœuvrait pour que le carrosse soit en panne, que le convoi l'abandonne et qu'il puisse les livrer, elle et les enfants, à des guérilleros complices, afin d'en tirer rançon?

Toutes les histoires affreuses qu'elle a entendues, depuis le début du voyage, agitent sa tête, à cette heure du crépuscule qui affole l'imagination. Et du Saillant qui est parti en avant-garde avec des cavaliers n'est pas là pour la rassurer.

Et, crac, le moyeu, soudain, éclate. Voilà le carrosse arrêté, dépassé par le convoi. Au passage, la marquise de Monte-Hermoso, le buste sorti de sa portière pour mieux narguer la comtesse Hugo, ricane encore.

La voiture reste seule, en arrière. Le *mayoral*, vexé, essaie, sans y mettre trop d'effort, de réparer la roue. La nuit fonce de minute en minute et Sophie songe à planter là carrosse et bagages pour essayer de rejoindre le convoi à pied, avec les enfants et Claudine. Mais il est déjà trop tard, la dernière voiture du convoi a disparu au tournant de la route.

Assis sur le talus avec Claudine, les enfants, anxieux, ne quittent pas leur mère des yeux et Sophie, qui n'en mène pas large, s'efforce de faire bonne figure pour les rassurer.

Mais soudain, elle pâlit. Ce bruit, ce galop de chevaux qui approchent... Cette fois, c'est sûr, nous sommes perdus, les guérilleros...

La troupe de cavaliers arrive et Sophie reconnaît avec soulagement, à leur tête, le marquis du Saillant et le colonel Montfort. Le marquis s'est inquiété de ne plus voir le carrosse. On lui a raconté l'accident et il arrive avec de la corde pour réparer la roue.

Maintenant, il s'agit de rattraper le convoi, le plus vite possible. Mais le *mayoral* fait la mauvaise tête et prétend ne vouloir marcher qu'au pas, sans quoi, dit-il, la roue malade ne tiendra pas. Alors, le colonel Montfort pique une rogne, braque son pistolet sur l'Espagnol entêté et lui jure qu'il va lui brûler la cervelle si ses mules ne se mettent pas, sur-le-champ, à trotter. Argument décisif qui permet de rejoindre rapidement le convoi.

Enfin, voici Madrid.

JAMAIS, de sa vie, Sophie n'a été logée aussi somptueusement qu'à Madrid, dans l'appartement que le roi lui a fait réserver, au premier étage du palais Masserano. Elle dispose là d'une grande antichambre, d'une salle à manger ornée de dessins originaux de Raphaël et de Jules Romain, d'un salon tendu de damas rouge, d'un boudoir bleu ciel prolongé par une agréable terrasse, d'une chambre à coucher en damas bleu tramé d'argent et d'une autre chambre de brocatelle jaune lamée de rouge. Sans compter une immense galerie qui sert de salle de réception. Elle n'en croit pas ses yeux.

Elle choisit la chambre bleue et attribue la jaune à ses fils. Mais l'endroit qu'elle préfère, c'est le joli boudoir, situé à l'angle de deux rues, avec sa terrasse. Par ses fenêtres, elle aperçoit les maisons madrilènes, crépies, selon la mode, de vert tendre, de rose et de mauve.

Cependant, elle va très vite s'apercevoir que ce décor fastueux où abondent verres de Bohême, cristaux de Venise et vases de Chine, a ses inconvénients. Certaines pièces sont condamnées par des scellés car le prince Masserano, comme tous les Espagnols, se méfie des occupants français, même s'ils sont des dignitaires de celui qu'on désigne à Madrid sous le sobriquet méprisant de Napoladron[1].

Encore n'est-ce là qu'un inconvénient mineur à côté des puces et des punaises qui truffent les damas du palais, aussi abondantes ici que dans la plus pauvre des masures espagnoles.

Après une première nuit agitée passée sous le joli baldaquin de sa chambre, Sophie a fait remonter son lit de camp et ses seaux d'eau mais les insectes sautent des tentures. Sophie tentera même d'aller dormir à

1. Napo-larron.

l'étage des domestiques où les chambres n'ont ni tentures, ni rideaux, ni portières susceptibles de servir de nids à ses ennemies mais, là aussi, la vermine grouille. Alors, elle réintègre sa chambre bleue et son lit à baldaquin où elle se défend comme elle peut en disséminant des petits tas d'orpin[1] posés sur des assiettes et en faisant coudre des cousinières[2] pour envelopper les lits.

Si l'oncle Louis a accouru présenter ses hommages à sa belle-sœur et embrasser ses neveux, Léopold est absent, retenu, dit son frère, dans sa résidence de Guadalaxara, à treize lieues de Madrid. Il ignore l'arrivée de Sophie, et Louis s'étonne :

« Mais pourquoi ne l'as-tu pas prévenu?

– Nous sommes en si mauvais termes, dit Sophie, et je pensais que le roi l'avait fait. »

Et Louis, qui est l'amabilité même et qui a très envie de voir se raccommoder le ménage de son frère, accepte de servir de messager. Que Sophie ne se tourmente pas, il ira lui-même à Guadalaxara, annoncer à Léopold que sa famille l'attend à Madrid.

Le bel été pour les petits Hugo. Ils jouent dans le palais avec Armand et Honorine Lucotte, deux des enfants du général Lucotte comte de Sopitran, qui, comme Léopold, est aide de camp du roi. Il y a aussi Amato qui a l'âge d'Abel, enfant adoptif des Lucotte. Et puis il y a la petite Pepita, fille de l'arrogante marquise de Monte-Hermoso à qui Sophie s'est affrontée à Irun. Son mari, dit-on, doit sa « grandesse » à ses relations avec le roi Joseph. Mais autant la mère est insupportable, autant sa fille Pepita est exquise et Victor, pour la seconde fois, tombe en adoration.

1. Orpin ou orpiment : sulfure jaune d'arsenic qu'on utilisait comme insecticide.
2. On dit aujourd'hui : moustiquaires.

Cette joyeuse bande galope à travers les escaliers du palais et les terrasses. On joue à chat-perché, à la guerre, à colin-maillard. La cour du palais, avec sa fontaine, ses cascades et ses jets d'eau offre des possibilités de barbotage assez intéressantes. Mais l'endroit que les enfants préfèrent par-dessus tout, c'est la grande galerie qui semble avoir été conçue spécialement pour jouer à cache-cache avec ses portières, ses recoins, ses statues et même ses deux immenses vases de Chine. Pepita, un jour, s'est cachée en se laissant glisser tout entière dans l'un d'eux.

Victor, surtout, a une prédilection pour cette galerie. Il lui arrive d'y venir s'asseoir tout seul et il y contemple sans se lasser les sombres portraits des ancêtres du prince Masserano. Il raconte à Eugène que les hommes et les femmes dont les traits sont figés, durant le jour, au fond de leurs cadres, se raniment la nuit et se promènent dans le palais. Et comme il sent que son frère n'est pas convaincu, il lui fait partager une découverte très étrange : les yeux des portraits sont vivants. La preuve : où qu'on se trouve dans la galerie, leurs regards vous suivent. Eugène est bien obligé de se rendre à l'évidence, Victor a raison. Ces gens-là ne sont pas tout à fait morts.

Au récit de son frère, Léopold, une fois encore, a failli trépasser d'un coup de sang. Quoi, Sophie à Madrid? Et sans le prévenir? Cette maudite femme le poursuivra donc toute sa vie! Il s'attendait à tout, sauf à cela.

Après les remontrances du roi, en janvier, Léopold s'était dit qu'il avait bien le temps de mettre à exécution ce qu'il avait promis. En mai, Sa Majesté était partie baptiser le roi de Rome à Paris et pensait sûrement à autre chose qu'au ménage Hugo. Quant à lui, Léopold, il avait assez de besogne à poursuivre les troupes de l'Empecinado[1] qui empoisonnaient la province de Guadalaxara, pour penser à faire revenir Mme Trébuchet. En plus, depuis le printemps, sa santé le tourmente. Une de ses blessures se rouvre de temps à autre et rejette des esquilles, ce qui le fait cruellement souffrir. Les officiers de santé lui ont conseillé d'aller prendre les eaux à Barèges mais il n'en a pas encore trouvé le temps.

Et voilà que Mme Trébuchet débarque à l'improviste. Si encore elle avait eu la bonne idée d'envoyer ses fils à Madrid mais seuls, quel bonheur ç'aurait été pour lui de retrouver ses garçons. Mais Sophie, c'est trop.

« Je t'assure que tu as tort, dit Louis. Elle me paraît animée des meilleures intentions.

– Ah! dit Léopold, tu ne connais pas la perfidie de cette femme-là! »

Il est bien obligé d'avertir Catherine Thomas de l'arrivée de Sophie. Malheur! Catherine qui sent sa situation menacée réagit violemment. Elle fait alterner les larmes et la colère, les crises de nerfs et les supplications. Elle menace, en toute simplicité, de se poignarder si Léopold rejoint sa femme.

Et celui-ci ne trouve qu'une solution pour éviter le scandale qui se profile. Il se précipite chez don Antonio Pardo y Vara, alcade major de Sa Majesté et président du tribunal de première instance de Guadalaxara. Là, il dépose une requête en divorce contre Sophie, requête qu'il a fait rédiger par le procureur, en bonne et due forme. Onze pages bien tassées dans lesquelles il expose tous les griefs qu'il accumule contre son épouse, depuis des années. Il y dénonce son humeur ambitieuse, impérieuse, ses refus de le suivre, ses dépenses exagérées, ses injures répétées dont son arrivée à Madrid sans le prévenir est la dernière. Bref, il demande le divorce et la garde de ses trois enfants. Ah! elle va bien voir de quel bois il se chauffe!

1. Ou El Pecinado (l'Empoissé), célèbre chef de guérilleros insurgés contre les Français.

QU'IL fait doux à Madrid, en ce mois de juillet. Après la sieste, quand la chaleur est tombée, Sophie fait atteler une grande voiture découverte et va se promener au Prado avec ses fils.

Quand vient la nuit, on s'installe, après le dîner, sur la terrasse, pour regarder la comète flamboyante qui traverse le ciel, en ce moment.

Parfois, le général Lucotte et sa femme viennent les rejoindre. Sophie aime beaucoup Rosalie Lucotte qui est une très jolie jeune femme blonde aux yeux noirs, gracieuse et frivole. Avec cette rieuse, elle retrouve une gaieté qu'elle avait oubliée, celle-là même qu'elle partageait dans son adolescence avec sa chère Marie Le Maignan et, plus tard, avec sa jeune tante Louise qui a si mal tourné. Quant aux garçons, ils sont tout à fait séduits par cette jolie dame blonde qu'entre eux ils ont surnommée « Vénus ». Victor prétend qu'il sent son parfum longtemps avant qu'elle apparaisse et il rivalise avec Eugène et Abel pour lui apporter sur la terrasse le verre de sirop d'orgeat dont ils la savent friande.

10 juillet 1811

SOPHIE sidérée. On vient de lui remettre la requête en divorce que Léopold a faite contre elle. Silence. Attendre la suite. Ne rien dire aux enfants.

Le lendemain matin, un cavalier de la garde royale lui apporte une lettre aux armes d'Espagne. Sophie l'ouvre et lit :

Madrid, le 11 juillet 1811

« Madame,

« M. le général Hugo désire faire placer dans un collège les trois enfants mâles qu'il a eus de son mariage avec vous. M. Ricardo Arroyo, procureur de Guadalaxara, est chargé par lui de retirer ces enfants et de leur chercher une maison d'éducation.

« Je ne puis vous taire que M. de Hugo, prévoyant des difficultés de votre part, a invoqué l'autorité des lois et qu'elles ont parlé en faveur de ses désirs. Je suis dans l'obligation de contribuer, s'il est nécessaire, à leur exécution. Je vous prie instamment, Madame, de ne pas vous opposer aux volontés de votre mari, et de remettre de bonne grâce les enfants à un chargé de pouvoirs. Epoux et père moi-même, je remplis avec regret un pénible devoir. J'espère que vous ne l'aggraverez pas par une opposition qui, dans l'état où sont les choses, serait aussi inutile que fâcheuse.

« Veuillez, etc.

« Le général gouverneur de Madrid,

« LAFON-BLANIAC[1] »

D'abord, elle ne veut pas croire ce qu'elle a sous les yeux. Que Léopold demande le divorce contre elle, cela c'est possible et, à dire vrai, elle ne s'en soucie guère. Mais qu'il prétende, en plus, lui ôter ses enfants, cela n'est *pas* possible. Elle est tellement troublée qu'elle en parle toute seule.

« Non, dit-elle, non! Cela, jamais! »

Et, du plus profond d'elle-même, monte la colère bretonne à nulle autre pareille. C'est une vague grondante qui enfle lentement, inexorablement. Qui monte, monte, bouillonne, explose avec une force à fendre le granit.

« JAMAIS! » hurle Sophie.

Puis, un peu calmée par cet état, elle prend du

1. Lettre citée par Louis Guimbaud, *La Mère de Victor Hugo*, Librairie Plon.

papier, une plume et écrit à ce – comment donc? – Lafon-Blaniac qu'elle n'a encore jamais vu et le supplie de différer son exécution. Qu'il attende, au moins, le retour du roi!

Mais le gouverneur de Madrid refuse d'attendre et, deux jours plus tard, Sophie préfère conduire elle-même Abel, Eugène et Victor, dans le sinistre Collège des Nobles, rue Ortolezza.

Les enfants ne comprennent rien à ce qui leur arrive.

« Mais pourquoi, proteste Victor, pourquoi nous emmènes-tu là?

– C'est votre père, dit Sophie, qui en a décidé ainsi. »

ARRIVÉ le 18 juillet à Madrid, le roi Joseph trouve sur son bureau une supplique de Mme Hugo. Elle lui expose sa situation, la requête en divorce formulée contre elle et le retrait de ses enfants. Habilement, Sophie lui rappelle que c'est à sa demande qu'elle est venue à Madrid et qu'elle ne s'attendait guère à un tel accueil de la part de son mari. Elle réclame donc instamment sa protection.

Le Roi la reçoit, l'écoute, est ému par le désarroi de la jolie comtesse Hugo. C'est bon, qu'elle ne se tourmente plus. Il va mettre bon ordre à tout cela. Et Sophie se retire dans une révérence, la grande, celle que lui a apprise autrefois la tante Robin, trois pas, rond de jambe et plongeon. La révérence pour le Roi.

Et, tandis qu'elle monte dans sa voiture pour rejoindre le palais Masserano, un sourire satisfait flotte sur ses lèvres. Puisque le général lui a déclaré la guerre, il va l'avoir et il n'en sortira pas forcément vainqueur. Elle est prête à tout pour reprendre ses enfants et, puisque Léopold ne craint pas d'user des pouvoirs redoutables que la loi lui donne, elle n'aura, elle, pas la moindre vergogne à lui opposer ces deux armes redoutables que les femmes savent si bien manier : la ruse et la mauvaise foi.

Sa démarche n'aura pas été vaine. Joseph Bonaparte, furieux de n'avoir pas été obéi, convoque Hugo et lui lave la tête de la belle façon. Le résultat ne se fait pas attendre car Léopold craint encore plus la défaveur du roi Joseph que les colères de Catherine Thomas. Non seulement il retire sa requête en divorce mais encore il ordonne que l'on fasse sortir ses fils du Collège des Nobles.

Le 5 août, il envoie au palais Masserano un détachement de soldats westphaliens qui ont pour mission d'y porter ses armes, ses uniformes et ses chevaux ainsi que deux caisses d'oranges pour Sophie et les enfants et enfin, une lettre, deux jours plus tard.

« Je n'ai fait que courir, depuis ce matin, et j'aurais été te voir, si je ne devais me trouver de bonne heure à la Casa del Campo. J'ai vu le général Lafon-Blaniac et il donnera l'ordre pour que les fonds soient de suite versés à tes soins. Le Roi est informé que nous sommes contents; je l'ai vu et lui ai parlé. Ce soir, après le dîner de Sa Majesté, j'irai te voir. Je t'envoie une caisse de bougies. Crois à mon attachement. »

A la bonne heure. Voilà un ton nouveau.

On ne peut pas dire que la réconciliation de Sophie et Léopold dégage une chaleur intense mais elle existe, officiellement, du moins. Catherine Thomas a été mise au rancart, pour l'instant.

Pour consacrer cette réconciliation, on prépare la présentation à la cour de la générale Hugo, comtesse de Siguenza.

Revenus au palais Masserano, les trois petits Hugo y trouvent une excitation qui leur semble tout à fait plaisante. On attend leur père d'un moment à l'autre et l'on s'occupe à loger les soldats westphaliens de sa garde et leurs soixante chevaux pour lesquels on transforme en écuries plusieurs salles du rez-de-chaussée. Les enfants aident à transporter les bottes de foin dont on recouvre les dalles de marbre pour en faire des litières.

L'ouverture des malles du général est un autre plaisir : uniformes brodés, épaulettes, tricornes à plumes, sabres et pistolets. Dès que Sophie a le dos tourné, on enfile les habits prestigieux qui gardent dans leurs plis, dit Victor, l'odeur de la gloire qui est celle de la poudre.

L'arrivée de Léopold émeut fort les petits garçons, tellement intimidés par ce père dont tout, ici, leur dit l'importance depuis six semaines, qu'ils hésitent avant de lui sauter dans les bras. Il est, à leurs yeux, si grand, si fort, si brillant et ils le connaissent si peu.

Et puis, il y a tout le remue-ménage qui précède la présentation de leur mère à la cour. Aux marchands d'étoffes succèdent les couturières qui doivent faire la robe de cérémonie de Mme la comtesse. On déballe des tissus plus beaux les uns que les autres, soies couleur de flamme, satins pailletés, dentelles espagnoles épaisses et souples à la fois. Le boudoir et l'antichambre sont transformés en ateliers de couture. Là on ajuste les baleines d'un bustier de velours; ici, on coud la traîne. On taille, on brode, on drape. Sophie, montée sur une table, tourne sur elle-même, les bras en l'air, tandis que les femmes vérifient l'aplomb et l'arrondi de ses jupes. On annonce le bottier, le joaillier, le perruquier. Rosalie Lucotte est venue aider Sophie de ses conseils. Pas un faux pli ne lui échappe et elle choisit avec elle des fleurs artificielles et les perles qu'elle portera dans ses cheveux.

Le matin de la présentation, juste avant le départ de Sophie pour le Prado, les garçons sont admis à venir admirer la comtesse de Siguenza dans tout l'éclat de son habit de cour qu'elle porte comme si elle n'avait fait que cela toute sa vie. Et les enfants trouvent leur mère si belle dans sa somptueuse robe qu'ils en ont le souffle coupé. Ce n'est plus leur mère, c'est un personnage de conte qui tient de la fée, de la reine et de la déesse.

« Que vous êtes belle! » dit Victor.

Comme Victor, Abel et Eugène n'osent plus la tutoyer.

SALLE à manger du palais Masserano. Le dessert vient d'être servi. A table : Sophie, en face d'elle, Léopold. Entre eux, Victor, Eugène et Abel.

Léopold écarte les assiettes, dégage un espace sur la nappe, pousse un compotier.

« Ici le village », dit-il, en soulevant puis reposant le compotier.

Il renverse le sucrier sur la table, aligne les morceaux de sucre le long du compotier.

« Sur la droite, la cavalerie ennemie, deux mille fantassins en ligne couverte par des tirailleurs. » (Il émiette une croûte de pain pour figurer les tirailleurs.)

Cinq porte-couteaux sont alignés en vis-à-vis.

« Ici, mes troupes en parallèle mais, comme j'ai moins de monde, je ne peux attaquer partout à la fois. Alors, je fonce sur le centre... »

Il fait avancer son porte-couteau vers la ligne de sucres.

« ... au pas de charge, j'enfonce la ligne espagnole, Royal-Etranger sur flanc droit, bataillon d'Irlande sur les compagnies de gauche... »

Sophie, le menton sur sa main, regarde Léopold faire la guerre sur la nappe, tandis que les enfants, captivés, voient avancer les troupes de leur glorieux papa vers le village du compotier.

« ... A la tombée du jour, dit Léopold, c'est la déroute espagnole.

– La guerre s'arrête tous les soirs? demande Victor.

– Quand la nuit est venue, les manœuvres sont impossibles, dit Léopold.

– Alors on ramasse les blessés, n'est-ce pas? dit Abel.

– Oui, dit Léopold. Tenez, cela me rappelle une histoire, les enfants. Un soir, après la bataille, je rentrais avec mon ordonnance. La plaine était couverte de morts. Soudain, j'entends un bruit, au revers d'un talus, une espèce de râle et la nuit tombait. C'était un Espagnol moribond. Il suppliait qu'on lui donne à boire. Savez-vous ce que j'ai fait, les enfants?

– Tu l'as tué, dit Eugène.

– Tu l'as fait prisonnier, dit Abel.

– Vous n'y êtes pas, dit Léopold. J'ai donné ma gourde de rhum à mon hussard pour qu'il aille le faire boire. Mais, au moment où il se penchait vers lui pour lui tendre la gourde, le moribond qui tenait encore son pistolet à la main m'a tiré dessus en criant: « Caramba! » Par miracle, la balle n'a fait que traverser mon chapeau. Je crois que j'ai été sauvé parce que mon cheval, effrayé par la détonation, a fait un écart en arrière.

« Ah! cette fois, tu l'as tué, l'Espagnol? dit Eugène.

– Pas du tout, dit Léopold en tapotant ses épaulettes. J'ai dit à mon hussard de lui donner tout de même à boire. Je ne tue que les Espagnols vivants et en bonne santé. »

Sophie, les yeux au ciel, lentement, hausse les épaules.

MAIS qui donc, quel pouacre, quelle langue de vipère a bien pu aller raconter à Léopold que, à Paris, Sophie et La Horie... L'Europe est toute petite sous l'Empire et les ragots cavalent d'une capitale à l'autre à franc étrier. Sophie soupçonne fort la fille Thomas qui se morfond dans un exil provisoire et a sûrement juré de se venger.

Léopold laisse éclater une fureur triomphante. Il tempête, postillonne, apostrophe. Il est moins jaloux que vexé de n'avoir pas, une seconde, soupçonné, dit-il, son infortune. Ainsi donc, tandis qu'il risquait sa vie pour la patrie, que les balles sifflaient à ses oreilles, sa femme, la mère de ses enfants, l'infâme Sophie Trébuchet se vautrait dans l'infamie. Et avec qui, s'il vous plaît? Un vil conspirateur, un ennemi de la République! Pire : un homme qu'il croyait son ami. Dans le palais Masserano, les portes claquent et les injures pleuvent.

Léopold s'indigne d'autant plus et d'autant plus fort qu'il n'a pas la conscience tranquille en ce qui le concerne. Cependant, à travers le voile rouge de sa colère, il voit poindre, enfin, sa délivrance. Désormais, la réconciliation qui lui a été imposée n'a plus de raison d'être. Ce qui ne l'empêche pas de dissimuler le soulagement qu'il en éprouve sous l'indignation douloureuse et gémissante du mari berné.

Pour commencer, il va raconter ses malheurs au roi Joseph. Et il lui fait remarquer perfidement que, non seulement Sophie l'a déshonoré en se conduisant comme la dernière des dernières mais encore qu'elle est une sorte de criminelle nationale puisqu'elle a choisi pour amant un homme accusé d'avoir conspiré contre l'Empereur. Au premier abord, ce dernier argument touche davantage Joseph que le premier et Léopold se croit assuré, cette fois, de la sympathie du Roi.

Reste la vengeance. Léopold achète une jolie maison dans l'une des rues les plus fréquentées de Madrid et y installe ostensiblement Catherine Thomas qui attendait en se rongeant dans l'ombre. Puis, il fait remettre Eugène et Victor au collège tandis qu'Abel entre chez les pages du roi. Enfin, Léopold prévient Sophie qu'il ne lui versera plus un réal. Double et classique revanche des maris cocus : priver la coupable de ses enfants et de ses moyens d'existence.

Triste hiver 1811 et triste Sophie qui erre dans un palais Masserano glacé. Elle a si froid que, parfois, elle se met au lit en plein jour pour se réchauffer. Adieu belles robes et fringants équipages. Elle utilise le peu d'argent qui lui reste pour acheter des confitures, des fruits et des pâtés qu'elle va porter à Eugène et à Victor. Les enfants accueillent ces suppléments avec joie car la disette qui s'est abattue sur l'Espagne rend plus maigres encore les mauvais repas du collège.

Chaque visite de leur mère est une joie pour eux car la vie de pensionnaire leur est singulièrement pesante après la liberté qu'ils ont eue jusqu'alors.

Il faut dire que cette immense bâtisse noirâtre, humide, avec ses hautes murailles et qui n'abrite que vingt-quatre élèves alors qu'elle a été conçue pour en contenir cinq cents, n'a rien de réjouissant.

Le collège Saint-Antoine qu'on appelle aussi Collège des Nobles car on y élève des fils de grands d'Espagne, pour la plupart ralliés au roi Joseph, est tenu par des pères des Ecoles Pies, ce qui ne plaît pas du tout à Sophie dont on sait la vieille répulsion pour les moines.

Les deux enfants se sentent là complètement exilés. Non seulement ils y sont les seuls Français mais encore ils ne parlent pas encore très bien la langue de leurs condisciples. On les fait lever à six heures du matin pour assister à la messe que chaque élève doit servir à tour de rôle. Sophie s'y est opposée dès le début et, pour couper court à toute discussion avec le moine qui dirige le collège, elle a déclaré tout simplement que ses fils ne peuvent servir la messe, puisqu'ils sont *protestants*.

Les enfants sont isolés aussi par leurs connaissances, surtout en latin, infiniment supérieures à celles des élèves espagnols de leur âge. Grâce à l'enseignement du père Larivière et aux répétitions de La Horie, Eugène qui a onze ans et Victor qui en a près de dix traduisent déjà le *De viris* à livre ouvert et se débrouillent très bien de Virgile et de Tacite. Jalousie des petits copains et stupeur des moines. En une semaine, on doit les faire passer de la septième à la rhétorique.

Ici, tout les dépayse : l'éducation, les coutumes, la nourriture. On leur a changé jusqu'à leurs noms. Eugenio pour Eugène, Bittor pour Victor. Ils subissent l'hostilité des collégiens espagnols qui les narguent en souhaitant à haute voix l'expulsion des Français et de leur roi. Ou bien ils se moquent des deux petits Français parce que leur mère les embrasse, ce qui n'est pas, ici, la coutume. Eugène, un jour, se bat avec un plus grand que lui qui lui plante des ciseaux dans la joue. Victor, lui, a un ennemi personnel qui s'appelle Elespuru.

Le jeudi et le dimanche, on les emmène en promenade dans les environs de Madrid où pas un Français n'ose s'aventurer à cause des guérilleros. Ou bien on mène les enfants prendre l'air dans un cimetière à une lieue de la ville.

Quand leur mère vient les voir, Victor et Eugène se plaignent à elle de la saleté du réfectoire, du froid qui règne dans les salles mal chauffées par de trop rares braseros. Eugène a des engelures, Victor souffre d'une otite. Le soir, ils pleurent dans le grand dortoir des petits dont dix lits seulement sur cent cinquante sont occupés. Sinistre dortoir dont chaque tête de lit est surmontée d'un grand Christ effrayant et où la mauvaise lueur de quinquets fumeux engendre des ombres de cauchemar. Et les enfants ne comprennent pas pourquoi leur père, dont le sourire est si doux et qui semblait tant les aimer, les a fait jeter dans cette prison. Un jour, Victor demande à Sophie :

« Maman, quand allons-nous retourner aux Feuillantines ? »

Revenir aux Feuillantines, Sophie ne pense qu'à cela. Mais où trouver l'argent pour le voyage et, surtout, pour subsister à Paris ?

Alors, encore une fois, elle va réclamer sa protection à Joseph Bonaparte. Elle lui écrit une longue supplique. Evidemment, elle ment pour se justifier de l'accusation d'adultère. Elle dénonce la cruauté de Léopold. Comment peut-il lui reprocher d'avoir donné asile au général de La Horie qui, naguère, l'a tant aidé dans sa carrière, qui l'a empêché d'être destitué, lors de la malheureuse affaire Guestard, La Horie auprès de qui Léopold l'envoyait lui-même, elle, Sophie, intercéder en sa faveur? La Horie qui est le parrain de son fils Victor et pour lequel son mari affichait tant d'amitié? Fallait-il refuser d'aider un homme à qui sa famille doit tant de bienfaits? Non, Léopold n'a écouté de méchantes rumeurs que pour avoir une bonne raison de vivre avec sa catin. Elle dit au roi le dénuement dans lequel il la laisse. Elle lui dit son cœur brisé d'être séparée de ses enfants et de les savoir mal portants dans cette pension. Elle dit que son plus cher désir est de repartir pour Paris avec, au moins, Eugène et Victor puisque Abel, à présent, a l'honneur d'être page de Sa Majesté...

Et Joseph, une fois encore, est sensible à Sophie qu'il préfère de beaucoup à son gros général braillard. Il a fini par comprendre que la finesse de la jeune femme, son élégance sont incompatibles avec la balourdise de Hugo à qui, finalement, cette Catherine Thomas est mieux assortie.

Joseph n'est pas tout à fait dupe de la façon dont Sophie présente ses relations purement amicales avec La Horie. Il se souvient que Fouché lui avait déjà touché deux mots de cette histoire-là... Mais il la comprend car il ne manquait pas d'estime pour ce La Horie qu'il avait appris à connaître à Lunéville. Il se souvient de lui comme d'un fin lettré avec de l'esprit et du meilleur. Oui, il comprend parfaitement l'attrait exercé par La Horie sur Mme Hugo.

Joseph, d'autre part, commence à être fatigué des brouillaminis perpétuels du général Hugo. Combien de fois a-t-il dû intervenir, déjà, pour réparer les effets de ses diverses maladresses? Cet homme a le génie de la perturbation. Aujourd'hui, tout Madrid retentit de ses disputes avec sa femme. A-t-on idée, quand on est cocu, d'aller ainsi clamer son infortune sur tous les toits? On croirait qu'il est le premier à qui cela arrive. Surtout quand on a le front d'afficher une gourgandine telle que cette prétendue comtesse de Salcano.

Bon, décide Joseph, nous allons arranger cela et au trot. Que Mme Hugo retourne donc habiter Paris avec ses enfants. Après tout, la reine Julie elle-même a choisi de résider à Paris. Est-ce que son mari s'en porte plus mal? Pas du tout. L'espace n'est pas nuisible à la conservation des ménages. Et puisque Sophie Hugo a envie de porter des oranges au donjon de Vincennes, il va lui en faire livrer une caisse avant son départ, en la priant de transmettre son bon souvenir à La Horie. Que cette charmante, tout de même, ne s'imagine pas qu'il se laisse aussi facilement enquinauder... Et, parce que Joseph a, vis-à-vis des femmes et surtout vis-à-vis des mères, le sens protecteur qu'on possède naturellement à Ajaccio, il va obliger ce pingre de Hugo à lui octroyer une pension qui permettra au moins à son épouse et à ses enfants de vivre décemment. Il en a les moyens, à présent.

La chance revient à Sophie. A la fin de décembre, elle reçoit une lettre très mystérieuse. Le commandant de la gendarmerie impériale lui fait savoir qu'il est chargé de lui remettre une somme de 19 000 réaux, soit environ 4 750 francs en monnaie de France. D'où vient cet argent? D'... « une personne qui n'aimerait pas que vous fussiez dans le besoin... », dit seulement la lettre. Une personne de France. Une personne qui ne peut pas dire son nom mais qui a eu l'habileté de mettre son envoi sous la protection de la police impériale... Sophie est très émue. Qui donc, en France, peut ainsi prendre soin d'elle, sinon La Horie?

Et sa joie est grande car cela signifie aussi qu'il est libre, à présent.

Ce viatique est arrivé à point nommé car, en janvier 1812, Léopold ne lui a versé qu'une somme misérable pour huit mois de séjour à Madrid et il faut qu'elle attende la fin de mars pour recevoir la pension trimestrielle de trois mille francs que le roi Joseph a contraint Léopold à lui donner désormais.

Grâce à ce secours de La Horie, elle va pouvoir revenir à Paris avec Eugène et Victor. Justement, le maréchal de Bellune s'en retourne en France, le 3 mars. Elle profitera de son escorte.

TANDIS que Sophie remonte lentement vers la France dans le convoi du maréchal, que les enfants Hugo sont épouvantés au passage par les horribles tortures que s'infligent Français et Espagnols, visions abominables que Francisco de Goya y Lucientes est justement en train de graver à l'eau-forte en quatre-vingt-deux images inoubliables, à Paris, Victor Fanneau de La Horie est dans le fin fond du désespoir.

Non seulement il est toujours emprisonné à Vincennes mais encore il n'a plus la moindre lueur d'espérance d'être libéré un jour. Depuis quinze mois qu'il est emprisonné – dont cinq mois au secret – personne n'a pris la peine de l'interroger et La Horie se demande vraiment pourquoi on a pris la Bastille avant tant de fracas pour commettre à présent des injustices pires que celles de l'Ancien Régime.

Ce n'est pourtant pas faute d'avoir supplié qu'on l'interrogeât. Depuis quinze mois, il écrit lettre sur lettre pour qu'on l'admette au moins à se justifier, à se disculper, pour qu'on lui rende sa liberté et qu'on lève le séquestre qui pèse sur ses biens.

En novembre dernier, il a, une fois encore, clamé son innocence aux conseillers d'Etat chargés de l'inspection des prisons : qu'on lui dise, au moins, précisément ce qu'on lui reproche!

On a fini par lui répondre que le seul grief retenu contre lui est de ne pas s'être exilé aux Etats-Unis comme le souhaitait l'Empereur et comme l'a fait Moreau. Mais pourquoi ne lui a-t-on pas, comme à Moreau, signifié nettement cet ordre d'exil? C'est bon, il accepte, à présent, de partir, puisque tout le monde, ici, l'abandonne.

L'absence de Sophie le mine. Il est obsédé par la dernière vision qu'il garde d'elle, sur le seuil des Feuillantines, le jour de son arrestation. Il sait qu'elle est partie rejoindre son mari à Madrid avec ses enfants. Que pouvait-elle faire d'autre? Il a appris, aussi, qu'elle y est très malheureuse et que le général Hugo la laisse sans ressources. A-t-elle seulement reçu l'argent qu'il lui a fait porter, il y a quelques semaines? Ah! que ne donnerait-il pas pour la voir, ne serait-ce que quelques instants!

Il semble à Victor qu'il a tout perdu, à présent : son honneur de soldat, sa mère qu'il aimait tant et qui est morte, l'été passé, sans qu'il puisse l'embrasser une dernière fois. Il a perdu la terre et la maison où il était heureux et il désespère de revoir un jour la femme qui est tout pour lui. Alors, à quoi bon vivre? Malheureusement, on lui a ôté ses pistolets et il ne peut que dépérir lentement. Il ne bouge plus de sa paillasse, ne se lave plus, ne se rase plus. Il a l'air d'un vagabond, à présent. Il mange à peine et n'a même plus le goût de lire. Victor Fanneau de La Horie est en train de sombrer dans ce qu'on appelle, aujourd'hui, une profonde, une grave dépression nerveuse.

Un jour de la fin avril 1812, il a une hallucination. Son gardien le fait lever, l'emmène au parloir où l'attend, lui dit-il, une visite. Une dame. A-t-il seulement entendu qu'il s'agissait d'une dame? Il s'est laissé mener, indifférent, s'est effondré sur une chaise, pris de vertige d'avoir fait trente pas. Et, dans un brouillard, il voit soudain, près de lui, un visage qu'il connaît, un chapeau dont les bords sont écrasés le long du visage par un ruban, de la dentelle, une robe de faille puce, un châle rouge, des yeux que l'émotion fait trembler de larmes contenues. Est-ce là Sophie? Est-ce toi? Il a levé la main comme pour effacer la vision et sa main est retombée.

Mais soudain, il entend la voix, *sa* voix et, lentement, Victor remonte de l'enfer. Sophie est là : il est sauvé.

VICTOR et Eugène en sont convaincus à présent : il n'y a pas de plus bel endroit au monde que les Feuillantines. Grâce aux bons soins des Larivière, ils ont retrouvé leur maison et leur jardin aussi beaux que dans leur souvenir. Un peu plus petits, sans doute, mais c'est qu'ils ont grandi.

Quand ils sont arrivés, la mère Larivière, prévenue par Sophie, avait mis un rôti à la broche et des draps dans les lits. Le lendemain, on a retrouvé le trou du Sourd, les vieilles statues dans leurs niches à moitié éboulées. Le printemps qui avance commence à rendre le jardin feuillu et les oiseaux contents. Le lilas est fleuri et les cerises blanchissent. Quel bonheur de raccrocher la balançoire à sa branche de marronnier.

Les Feuillantines exercent même un pouvoir magique sur leur mère. Elle que ses fils voient souvent si triste, si renfermée, depuis un an, voilà que ce matin, elle riait. Et même ils l'ont entendue chanter dans sa chambre. Une drôle de chanson :

Bouton de rose
Tu seras plus heureux que moi
Car je te destine à ma Rose
Et ma rose est ainsi que toi
Bouton de rose...

Mais, un peu plus tard, Sophie les a convoqués pour leur parler de leurs études. Elle entend qu'ils les reprennent le plus vite possible.

Eugène et Victor, profitant de la bonne humeur de Sophie, lui ont fait promettre que, jamais, elle ne les enverra à nouveau en pension.

Promis. Pas même à l'école. Ils sont encore trop jeunes pour le collège mais trop avancés pour l'école du père Larivière. C'est lui, désormais, qui viendra leur donner des leçons à domicile. Et l'on commencera pas plus tard que le lundi suivant. Ainsi, ils pourront profiter du jardin qu'ils aiment tant.

« Mais, attention », dit Sophie...

Cette fois, elle ne rit pas, ne chante plus. Elle a repris son air sérieux qui impressionne toujours ses fils.

« ... je vous éviterai le pensionnat mais à une condition : que votre travail soit sérieux. J'y tiendrai la main. Si vous paressez, vous aurez de mes nouvelles. De plus, j'exige qu'on m'obéisse sans discuter et qu'on m'aide à entretenir le jardin. Vous êtes assez grands, maintenant, pour vous rendre utiles. A nous trois, nous remplacerons le jardinier. Vous le verrez, bêcher n'est pas toujours une partie de plaisir. »

UNE fois la maison remise en route, quand le programme d'études des enfants est fixé, Sophie court à sa grande préoccupation : La Horie.

Les dimanches et jours de fête, elle va jusqu'à Vincennes où elle peut le voir et parler avec lui, pendant deux heures. Elle lui porte du linge, des livres ou quelque gourmandise qu'elle a cuisinée elle-même, avec amour, pour son cher prisonnier.

Mais, ce qui réconforte le mieux Victor, c'est la présence de Sophie. Cette petite femme minuscule le galvanise. Elle a le don de réchauffement et, dès qu'elle pose son regard sur lui, il se prend à espérer que tout est encore possible.

Grâce à elle, il est sorti de sa torpeur délétère. Il ne reste plus prostré dans son coin. Il mange, à présent, et il a même retrouvé une sorte de coquetterie. Il parle aussi avec les autres prisonniers politiques qu'il avait négligés jusqu'alors.

Il y a, depuis quelques mois, sous les verrous de Vincennes, une quinzaine d'ecclésiastiques français et italiens, évêques, cardinaux ou simples abbés qui paient, là, d'avoir soutenu le pape, lors de l'excommunication de Napoléon. Tout ce petit monde bavarde et tient presque salon dans la forteresse.

Les ecclésiastiques, étonnés de découvrir un général républicain doublé d'un homme de grande culture, ont très vite sympathisé avec La Horie, victime, comme eux, du Corse.

Et La Horie découvre aussi très vite que la conversation ne roule pas seulement sur les Grecs et les Latins. On espère beaucoup la chute de l'Empereur et même un retour des Bourbons qui remettrait enfin les tiares à l'honneur. Bref, si on ne complote pas encore, on est tout prêt à le faire.

Les religieux essaient de dissuader le général de partir en exil. Il y a, peut-être, pour lui, une autre solution. Un coup de force se prépare, non loin d'ici, dans le faubourg Saint-Antoine, près de la barrière du Trône, sous le couvert d'une discrète maison de santé, dirigée par un certain docteur Jacquelin Dubuisson « qui pense bien ». Mi-pension de famille, mi-clinique, cet établissement n'est pas le seul dans Paris. Ce sont des espèces de prisons ouvertes, agréées par le gouvernement, où l'on consigne des prisonniers privilégiés, malades ou fatigués, en résidence surveillée. Ils ont le droit de sortir dans la journée mais ils doivent revenir tous les soirs car les directeurs sont responsables, devant les autorités, de leurs pensionnaires. La Horie devrait essayer de s'y faire transférer. On le recommanderait à l'abbé Lafon qui y fait, en ce moment, un travail très utile. On ne peut pas lui en dire plus.

La Horie, que cette perspective intéresse au plus haut point, s'adresse donc à Desmarets, son ancien condisciple de Louis-le-Grand, devenu chef de la Sûreté, pour lui demander d'appuyer sa demande de transfert, soit à la maison de santé Dubuisson, soit, faute de mieux, à la prison de la Grande Force où les geôliers, dit-on, savent fermer les yeux quand on leur graisse la patte. Il donne, comme raison de ce transfert, qu'il a besoin d'être plus libre de ses mouvements pour réunir les fonds nécessaires à son départ en exil.

On lui refuse la pension Dubuisson mais on accepte de le transférer à la Grande Force où, grâce à la protection de Desmarets, un traitement de faveur lui sera même accordé. Pour son malheur et celui de Sophie.

Tous les jours, après le déjeuner, tandis que les enfants étudient sous la direction du père Larivière, dans le calme des Feuillantines, Sophie se fait belle. Que peut-elle offrir de mieux à Fanneau que l'image d'une jolie femme en fraîche robe de percale brodée, parfumée à l'essence de vanille? Dans la rue Saint-Jacques, elle trouve toujours un fiacre, un coucou ou un cabriolet de place qui l'emmène au petit trot jusqu'à la rue Saint-Antoine.

Elle frissonne toujours un peu en passant la porte basse de la Grande Force, dans la petite rue des Ballets. C'est là, exactement à l'angle de la rue du Roi-de-Sicile, qu'en septembre 92, la malheureuse princesse de Lamballe a été assommée, décapitée et étripée avant que ses bourreaux lui arrachent le cœur et s'en aillent le faire cuire pour le manger dans un restaurant du Palais-Royal[1]. Et dire que la rue du Roi-de-Sicile s'appelait à l'époque la rue des Droits-de-l'Homme!

Mais la prison de la Grande Force n'est plus ce qu'elle était en 1792. Grâce à la corruptibilité des gardiens, rares et mal payés, un certain relâchement rend la vie plus douce aux prisonniers. Certains privilégiés peuvent même y donner à dîner à leurs amis.

En juillet, La Horie a sollicité du baron Pasquier, le préfet de police, l'autorisation de recevoir ses visiteurs dans la pièce qu'on appelle le « salon ». Permission accordée. Sophie y rencontre Etienne Bodin, ami et homme d'affaires de La Horie et aussi son jeune frère, Fanneau-Reynier, juge de paix à Couptrain, dans la Mayenne, et qu'on a surnommé malicieusement, dans la famille, « le père la Justice ». Fanneau-Reynier viendra s'installer à Paris au début d'août et, presque tous les jours, il rend visite à son frère Victor.

Avec son grand jardin et ses airs de province, la paisible maison de santé du docteur Dubuisson est, en réalité, un nid de monarchistes. Elle recèle quelques gentilshommes qui ont eu le tort de manifester un peu trop haut leur attachement aux Bourbons et certains qui ont été graciés, lors du complot de Cadoudal. Il y a là le marquis de Puyvert, Bertier de Sauvigny, les frères Polignac, Alexis de Noailles, etc. Il y a là, surtout, le général Claude Malet, suspendu de ses fonctions pour malversations, lors de la campagne d'Italie, incarcéré à la Grande Force lors d'un premier complot raté contre l'Empereur, puis à Sainte-Pélagie, lors d'un second complot également éventé, et transféré finalement à la clinique Dubuisson où il ne décolère pas contre Napoléon. Il veut sa peau et trame un troisième complot, aidé de l'abbé Lafon. Cet abbé

1. Toute femme qui passe aujourd'hui dans cette rue des Ballets, rebaptisée rue Malher, éprouve encore un malaise indéfinissable mais certain.

qui, en réalité, n'a reçu que les ordres mineurs, a été arrêté à Bordeaux, en 1809, alors qu'il diffusait à travers la France la bulle d'excommunication papale. Beaucoup plus intelligent que Malet, Lafon est un tacticien. Il a de l'esprit, le sens de l'intrigue et celui du détail. Son but est précis : établir une alliance entre royalistes et républicains pour renverser le tyran corse. Il prétend, pour cela, avoir à sa main tout ce qu'il y a de monarchistes dans l'Ouest et le Midi.

Il a, avec le général Malet, de longs conciliabules qui font quelque peu sourire les aristocrates de la maison Dubuisson. Après tout, si ce foutraque de Malet veut faire un putsch – comme on dit de nos jours –, ils ne sont pas contre. Cependant, un peu fatigués par leurs mésaventures personnelles, ils considèrent cela de loin, sans trop s'y mêler.

Mais, pour mener à bien une conjuration, il faut des hommes capables de l'animer et Malet est en train de rassembler une fine équipe.

Des complices, il en a dans Paris. Il a, d'abord, ses anciens acolytes des complots précédents : Rigomer Bazin, journaliste et homme de lettres, Lemare, professeur de grammaire et directeur de l'Athénée de la Jeunesse; Eve, dit Demaillot, auteur dramatique; Philippe Corneille, arrière-neveu de l'autre et qui se croit, lui aussi, poète. Il y a des médecins, le docteur Gindre et Saiffert qui a été le médecin de Kellermann. Il y a le décorateur Baude qui fabrique des masques de théâtre, un anarchiste de la rue des Gravilliers, des commerçants et Liébaud, jurisconsulte et membre du collège électoral à Paris. Plus quelques officiers supérieurs, accusés de concussion ou d'escroqueries diverses. Tous ces hommes ont été membres, naguère, de l'association secrète des Philadelphes (dont faisait aussi partie La Horie) qui recrutait ses membres dans l'armée et les départements.

La plupart sont encore internés, soit à Sainte-Pélagie, soit à la Grande Force comme Dumaillot, par exemple, qui, avec un ancien guichetier, Ducatel, sert d'agent de renseignement à Malet, par l'entremise de sa maîtresse, Adélaïde Simonet, ouvrière corsetière de son état.

Ainsi, sans quitter la maison Dubuisson, Malet est au courant de tout ce qui se passe dans les murs de la Grande Force. Un jour d'août 1812, la jeune Adélaïde lui tend un billet de Demaillot. Le message est bref : « *J'ai trois trésors. Il y a, ici, de parfaites dispositions que je cultiverai, si vous le permettez.* »

Les « trois trésors » détenus à la Force sont : le général Guidal, sorte de Tartarin complètement pourri, arrêté à Marseille, alors qu'il se disposait à livrer l'arsenal de Toulon aux Anglais, un Corse, Boccheciampe, d'une intelligence plus que modeste, arrêté en Toscane comme agent des Bourbons, et Victor Fanneau de La Horie, proscrit injustement depuis huit ans, au trou depuis un an et demi, pour avoir été, au temps de sa jeune gloire militaire, l'ami du général Moreau.

MALET est enchanté de ces nouvelles recrues. Surtout de La Horie dont il connaît la valeur, et il leur fait demander, par Demaillot, de se joindre à son entreprise.

La Horie, pour sa part, n'est pas très chaud. Si l'idée de renverser ce régime qui le traite si mal ne lui déplaît pas, il se méfie de Malet qu'il considère comme un cerveau brûlé, redondant et trop obséquieux pour être honnête. D'autre part, la compagnie de Guidal dont la vulgarité le révulse quotidiennement ne lui dit rien qui vaille.

Toutefois, il parle à Sophie des ouvertures qu'on lui a faites. Celle-ci saute de joie. Non seulement elle hait violemment ce Bonaparte à qui elle doit tant de malheur mais encore elle entrevoit, si le coup d'Etat projeté réussit, le seul moyen d'empêcher l'exil de Victor en Amérique.

Il y a des jours et des jours que l'idée de ce départ la tourmente. Des jours et des jours qu'elle cherche comment l'éviter. Elle a même pensé l'accompagner en emmenant ses enfants avec elle. Mais, outre le fait qu'elle n'a pas d'argent pour ce voyage, elle ne veut pas alourdir la vie de Fanneau par le poids d'une famille. Elle a pensé aussi à le faire échapper, quand il irait prendre son bateau à Nantes et à le cacher, par exemple à *La Renaudière* – vivre à *La Renaudière* avec lui, quel bonheur ce serait! –, mais la police aurait vite fait de les retrouver là. D'autre part, elle sait par expérience que Fanneau n'est pas homme à s'accommoder longtemps d'une vie en cachette.

C'est pourquoi le projet de Malet lui semble venir à point nommé. Et puis, un coup de force, un complot, voilà qui va tout à fait au tempérament de Sophie Trébuchet. Elle est d'avis qu'il faut accepter et vite. Déjà l'été finit et La Horie a été prévenu que son passeport pour l'Amérique va lui parvenir d'un jour à l'autre.

« Si tu pars, dit Sophie, nous serons séparés pour toujours, tu le sais bien. Est-ce donc cela que tu souhaites?

– Ne m'afflige pas, dit La Horie, et comprends-moi, je t'en prie. Je n'ai jamais reculé devant le danger. Et puis, au point où j'en suis... Je souhaite autant que toi la chute de Bonaparte mais l'affaire est délicate à mener si on veut qu'elle réussisse et je n'ai pas confiance en Malet. Nous aurions besoin d'un homme habile et nous ne disposons que d'un bravache. Je ne sais même pas quel est son plan...

– Si tu le permets, je vais le savoir, moi, dit Sophie. Je vais aller chez Dubuisson et je te dirai ce qu'il en est.

– Soit, dit Victor. Mais sois prudente, je t'en supplie. Les hommes de Savary rôdent partout. »

L'AUTOMNE est venu et les feuilles tombent aux Feuillantines. Si les hommes de Savary faisaient leur devoir, ils auraient remarqué que, presque tous les jours, en début d'après-midi, une femme de petite taille, modestement vêtue et le visage dissimulé par le voile de son chapeau, descend d'un fiacre à la barrière du Trône et gagne, à pied, la maison de santé du docteur Dubuisson.

Sophie y rencontre Malet mais c'est surtout avec son âme damnée, l'abbé Lafon, qu'elle aime à s'entretenir. Tout de suite, elle a apprécié l'intelligence et la précision de ce Bordelais de trente-huit ans. Lui a compris très vite, de son côté, que l'adhésion souhaitable de La Horie au complot qui se trame dépend de cette petite femme énergique que l'amour transfigure. Et, tandis qu'il lui explique les grandes lignes de la conjuration, elle le reprend parfois sur un détail sans importance au premier abord mais lourd de conséquences possibles, à la réflexion. Est-ce parce qu'elles font de la dentelle que les femmes ont le don de minutie? Cette petite Bretonne suscite son admiration. N'est-ce pas elle qui a eu l'idée folle de lancer la fausse nouvelle de la mort de l'Empereur afin de rendre plausible la création rapide d'un gouvernement provisoire?

« N'oubliez pas, dit Sophie, que les circonstances nous servent pour accréditer ce bruit. Le Corse a passé le Niemen en juin avec plus de 600 000 hommes qui, à cette heure, doivent patouiller dans les steppes. Cette campagne de Russie devient très impopulaire. Les Français sont fatigués de la guerre. La conscription est honnie et les déserteurs se multiplient. N'oubliez pas, non plus, que la dernière récolte a été très mauvaise. Le commerce va mal. La nourriture est de plus en plus chère, c'est une mère de famille qui vous parle.

J'entends, en faisant le marché, ce que disent les petites gens qui sont la majorité du peuple. La victoire de la Moskova, ils ne s'en soucient guère. Ce qui les touche, c'est qu'il y a eu beaucoup de morts, trop de morts. Avez-vous remarqué, dans la rue, le grand nombre de femmes en deuil? Dans la plupart des familles, on attend anxieusement des nouvelles d'un soldat. Ces nouvelles sont lentes à venir et cela peut servir votre projet. Les estafettes mettent deux semaines, quelquefois plus, pour revenir du front. Imaginez, monsieur, que l'on apprenne tout à coup à Paris, la mort de l'Empereur... Un accident ou bien il aurait été poignardé par un fanatique... je vous laisse le choix de son agonie. Imaginez Paris à l'aube de cette nouvelle qui ne peut être démentie avant quinze jours. Quinze jours pour prendre la France en main! Ce qui peut se passer, monsieur, en quinze jours! »

Lafon est ébloui par cette idée. Et – on est méridional, après tout – il va l'exposer, dès le soir même, au général Malet, en la présentant comme venant de lui.

Tandis qu'à la pension Dubuisson, on travaille d'arrache-pied à l'élaboration du coup d'Etat, Sophie vient quotidiennement au rapport à la Grande Force et explique à La Horie le projet de Malet.

Il a déjà établi la liste du gouvernement provisoire. On donnera la présidence au général Moreau (qu'on fera revenir d'exil). Vice-président : Carnot. On y ajoute deux ex-législateurs : Brigonet et Guyot. Le général Augereau, des sénateurs : Destutt de Tracy, Lambrecht, Volney et Garat. Frochot, le préfet de la Seine. Jacquemont, un ex-tribun. Il y aura Mathieu de Montmorency, Alexis de Noailles, le vice-amiral Truguet et, bien entendu, le général Malet qui se réserve le poste de gouverneur de Paris. A La Horie, on propose le ministère de la Police.

« Quel mélange, dit La Horie! C'est de la folie! Imagines-tu Carnot associé à Noailles et Montmorency?

– Et maintenant, le coup d'Etat, continue Sophie, très excitée. Un : annonce à grand fracas de la mort de Napoléon à Moscou et du gouvernement provisoire qui remplace l'Empire. Deux : les conjurés prennent la tête des troupes casernées dans Paris. Trois : on vient te délivrer ainsi que Guidal et Boccheciampe. Quatre : vous allez arrêter Savary, le préfet de police, le chef de la Sûreté et le ministre de la Guerre. Tout ce joli monde est mis à l'ombre. Tu deviens ministre de la Police. A partir de ce moment, tout va de mieux en mieux. Malet prend le commandement, place Vendôme, le Palais de Justice, la Préfecture, l'Hôtel de Ville tombent, Paris est à vous et toute la France. »

La Horie, accablé par l'énergie enthousiaste de Sophie, a pris son front à deux mains.

« C'est de la folie, dit-il. De la pure folie! »

Cependant, il ne peut s'empêcher de sourire à l'idée de l'ignoble Savary au fond d'un cachot et le suppliant de le remettre en liberté.

« J'oubliais, dit Sophie. Il y aura une proclamation et la lecture d'un sénatus-consulte en dix-neuf articles, faux évidemment mais signé Sieyès. Il ne contient pas de mauvaises choses : arrêt des guerres, amnistie générale pour les délits d'opinion politique, retour des émigrés, liberté de la presse rétablie, excuses faites au pape (ça, c'est Noailles et Lafon), etc.

– C'est de la folie, répète La Horie.

– Vraiment? dit Sophie. C'est de la folie de destituer cette crapule de Savary? C'est de la folie? Allons, tu feras plaisir à tant de pauvres gens!... C'est de la folie que de vouloir être libre?... Eh bien, soit, dit-elle, subitement chaleureuse, c'est de la folie, je te l'accorde. Le projet est audacieux, c'est vrai. Mais rappelle-moi, je t'en prie, mon cher Fanneau, cette phrase de Salluste que tu m'as apprise, jadis, à Nancy... Cette si belle phrase... « *L'audace sert de rempart.* » C'est bien cela, n'est-ce pas? »

DEMEURÉ seul, La Horie arpente nerveusement sa chambre de la Force. Tantôt, il trouve que Sophie a raison. L'a-t-elle possédé, la finaude, avec Salluste! Après tout, les projets les plus fous ont souvent plus de chances de réussite que les plus sages. S'il ne prête pas son concours à la conjuration, il a le choix entre la prison et l'exil. S'il aide Malet, le choix est différent : la liberté ou la mort, ce qui ne manque pas d'allure.

Tantôt, il raisonne avec la logique du diplomate et du stratège qu'il a été. Que peut-on attendre de bon de cette équipe rassemblée par Malet et dont le moins qu'on puisse dire est qu'elle ne comporte pas de très brillants sujets : cet ivrogne de Guidal, ce Boccheciampe qui ne parle même pas le français et dont toute l'habileté consiste à séduire les bonnes d'enfants et les repasseuses du quartier? Et les autres! Ce jeune Rateau, neveu du concierge de Dubuisson dont Malet veut faire son aide de camp. Et cet étudiant famélique, Boutreux...

Alors, Fanneau, pour en finir, décide de s'en remettre à l'oracle de ses chers Latins. Ira-t-il? N'ira-t-il pas? Il ouvre au hasard son Cicéron et ses yeux tombent sur cette phrase de Catilina : « *Puisque, environné d'ennemis, on me pousse vers l'abîme, j'éteindrai sous des ruines l'incendie qu'on me prépare... Nous ne demandons ni le pouvoir ni la richesse, ces grands, ces éternels mobiles de combat entre les mortels mais la liberté à laquelle un homme d'honneur ne renonce qu'avec la vie.* »

La réponse est claire. Il ira.

NUIT du 22 au 23 octobre 1812. Il est trois heures du matin. Paris est noyé sous la pluie.

L'adjudant sous-officier Rabutel qui est de semaine à la caserne Popincourt où loge la Xe cohorte de la garde vient d'être réveillé en sursaut par un planton. On le demande. Ronde d'officier général. Il arrive, les yeux collés de sommeil, et se met au garde-à-vous. L'adjudant Rabutel est un bon soldat, respectueux de la hiérarchie, même à trois heures du matin. C'est pourquoi il n'hésite pas à introduire le général de division en grand uniforme et suivi de son aide de camp qui demande à voir de toute urgence le commandant Soulier de la Xe cohorte.

Mais l'adjudant Rabutel est aussi très curieux et, dans l'ombre, il écoute de toutes ses oreilles ce que le général annonce solennellement au commandant : l'Empereur a été tué le 7 octobre, devant Moscou, le régime impérial est renversé, le Sénat réuni dans la nuit a promulgué un sénatus-consulte que voici et décidé la constitution d'un gouvernement provisoire. Le commandant Soulier est nommé général de brigade, il doit faire prendre immédiatement les armes à sa cohorte et gagner l'Hôtel de Ville pour se mettre aux ordres du préfet.

L'adjudant Rabutel, abasourdi, s'enfonce dans l'obscurité pour aller annoncer la bonne nouvelle à ses camarades.

Exécution! On fait lever les hommes et Malet se retrouve au milieu d'un carré à qui il lit le pseudo-sénatus-consulte et sa proclamation :

« *Citoyens et soldats, Bonaparte n'est plus! Le tyran est tombé sous les coups des vengeurs de l'humanité! Grâces leur soient rendues! Ils ont bien mérité de la Patrie et du genre humain...* »

Et il se hâte de terminer sa lecture car la pluie qui tombe délave l'encre de ses papiers.

Des applaudissements, d'abord timides, puis plus vifs, éclatent dans la troupe. La nouvelle qu'on vient d'entendre est tellement énorme que personne ne songe, un instant, à la mettre en doute. Et Malet emmène cinq compagnies qui le suivent, subjuguées, vers la prison de la Grande Force.

Il dissémine ses hommes autour de la prison et, flanqué du capitaine Steenhower, à la tête de la 1re compagnie, il donne ordre au concierge de la Force de libérer, sur-le-champ, Guidal, La Horie et Boccheciampe. La rue est pleine de troupes; le concierge obtempère.

Tandis que le jour se lève, La Horie et Guidal, appuyés par la force armée vont, rue de Jérusalem, arrêter Pasquier, le préfet de police, le chef de la Sûreté, Desmarets, rue de la Planche et, enfin, le ministre Savary qu'on surprend en plein sommeil, dans son hôtel du quai Voltaire.

La Horie jouit tellement de cette revanche qu'il se donne les gants de la magnanimité.

« Ne crains rien, dit-il à Savary, et félicite-toi d'être tombé entre mes mains, il ne t'arrivera pas de mal... »

Et il ajoute sèchement en se tournant vers le capitaine qui l'accompagne :

« ... vous m'en répondez sur votre tête! »

Cette recommandation n'est pas inutile car Savary est tellement détesté que les hommes de la troupe sont visiblement prêts à lui faire sa fête. Il y a un instant, le lieutenant Régnier a même brandi son épée en menaçant le duc de Rovigo effaré de « l'enfiler comme une grenouille ». C'est pourquoi La Horie s'empresse de faire enfermer le ministre à la Force où il va retrouver Pasquier et Desmarets. Ainsi, il sera en sécurité et hors d'état de nuire.

Et La Horie, à qui Malet a conféré le titre de ministre de la Police, s'installe illico dans le bureau de

Savary et commence à rédiger des lettres pour les préfets des principaux départements.

Pendant ce temps, Guidal est parti, à la tête de quatre compagnies, pour arrêter Clarke, le ministre de la Guerre, et se substituer à lui. Ensuite, il s'occupera de cette grande tata de Cambacérès.

Malet, lui, se dirige vers la place Vendôme, à la tête d'une centaine de soldats, pour investir le quartier général de Paris et se substituer au général Hulin, commandant des grenadiers de la Garde consulaire et qui fait office de gouverneur. Il est huit heures et Paris s'éveille.

Jusqu'à présent, tout marche comme sur des roulettes. La nouvelle de la mort de l'Empereur se répand lentement à travers la ville où elle est accueillie par des réactions diverses. Si certains pleurent, beaucoup se livrent à des plaisanteries et même tiennent ce qu'on appellera plus tard d'« odieux propos » qui insultent déjà à la mémoire de Napoléon. On commente les nouvelles, au fur et à mesure qu'elles arrivent. Stupeur, quand on apprend que le chef de la Sûreté, le préfet de police et même le ministre sont arrêtés[1]. Des fenêtres, des balcons, des cafés, des carrefours, on regarde les mouvements de troupe, de plus en plus nombreux. A cette heure, tous les points stratégiques de la capitale sont occupés par l'armée, sur les ordres de Malet.

Tout se déroule selon les plans de celui-ci, à part quelques bavures : le Corse Boccheciampe s'est enfui, terrorisé à l'idée de prendre la place du préfet à l'Hôtel de Ville, et Guidal qui, après l'arrestation de Savary, a décidé qu'il en a fait assez pour aujourd'hui et s'en est allé boire chez un ami, au lieu d'arrêter Clarke et Cambacérès.

C'est place Vendôme que la belle machination, soudain, s'enraie. Le général Hulin, un rogneux qui

1. On imagine, de nos jours, Paris se réveillant et apprenant que Defferre, Badinter, Hernu et consorts sont au trou...

n'a pas la crédulité des autres militaires, résiste à Malet qui lui fait sauter la mâchoire d'un coup de pistolet. Puis, tranquille, croyant l'avoir expédié *ad patres,* il va se heurter à deux autres « incrédules » : le colonel Doucet et son adjoint Laborde, chef de l'espionnage militaire. Ces deux irréductibles ne « marchent » pas et, alors que Malet, pour la seconde fois, va faire usage de son pistolet, il est ceinturé par Laborde et promptement garrotté par les gardes appelés au secours de leur colonel.

Malet vient de manquer, de justesse, son troisième putsch.

La situation se renverse aussitôt. Dans la foule, la vérité revient aussi lentement que le mensonge s'est répandu. Voilà qu'on dément la mort de Napoléon et il s'ensuit une grande confusion. Ceux qui, déjà, s'en réjouissaient se hâtent de crier : « Vive l'Empereur! » D'autres ne savent plus qui croire et mélangent tout. Rue des Saints-Pères, M. de Chateaubriand, qui rédige ses Mémoires depuis un an, est réveillé par son hôtesse, Mme Lavalette :

« Monsieur! Monsieur! Bonaparte est mort! Le général Malet a tué Hulin. Toutes les autorités sont changées. La Révolution est faite[1]. »

On va délivrer les ministres emprisonnés et l'on arrête les conjurés dont La Horie, installé au bureau de Savary et qui est en train d'écrire :

« Mon cher Malet,

« J'ai arrêté le ministre de la Police et le préfet. J'ai été obligé, pour plus de sûreté, de faire... »

On ne saura jamais la fin de cette lettre interrompue par l'irruption des gendarmes qui l'arrêtent et vont le jeter à la prison de l'Abbaye où se trouve déjà Malet, où vont le rejoindre, plus tard, la plupart des conjurés,

1. Chateaubriand ajoute : « *Napoléon était si aimé que, pendant quelques instants, Paris fut dans la joie, exceptées les autorités burlesquement arrêtées.* » *Mémoires d'outre-tombe,* livre 22, chap. 1.

sauf l'astucieux abbé Lafon qui s'est évanoui dans la nature.

Vendredi 23 octobre 1812, 11 heures du matin

Il pleut sur les Feuillantines et Sophie, morose, regarde par la fenêtre les arbres qui se défeuillent lentement. Soudain, elle entend le bruit d'une voiture qui s'arrête à la grille. Un instant plus tard, un homme traverse le jardin à grandes enjambées, enveloppé dans un manteau dont le col relevé et le chapeau baissé dissimulent le visage. Victor? Sophie, bouleversée, se précipite à la rencontre du visiteur.

Ce n'est pas Victor mais son frère Fanneau-Reynier, le visage décomposé. Avant qu'elle ait eu le temps de poser une question, il y répond :

« Rassurez-vous, il n'est pas mort... mais cela ne vaut guère mieux, ajoute-t-il, les dents serrées... Ah! Sophie, il se passe des choses, des choses!

– Mais enfin, allez-vous parler! »

Et Fanneau-Reynier lui apprend ce qui s'est passé la nuit dernière et ce matin. A l'heure qu'il est, toute la bande est écrouée à la prison de l'Abbaye et Paris est en ébullition.

« Vite, vite, dit-il, je suis venu vous chercher. Allons au conseil de guerre. Vous y avez des amis, n'est-ce pas? Nous y aurons sans doute des nouvelles plus précises. »

Il y a eu des changements à l'hôtel de Toulouse. Pierre Foucher, nommé chef de bureau du recrutement au ministère de la Guerre, a cédé sa charge de greffier à son beau-frère Asseline avec lequel il partage désormais son logement de fonction, assez spacieux pour abriter deux familles.

Le nouveau rapporteur, le capitaine Delon, n'est pas un inconnu pour Sophie. Elle a fait sa connaissance chez les Foucher en rentrant d'Espagne. C'est un homme courtois, réservé, qui forme un couple discordant avec sa femme, une petite commère marseillaise, cancanière et bruyante dont la voix suraiguë perce les murs épais de l'hôtel de Toulouse.

Les Delon viennent parfois aux Feuillantines. Ils ont un fils, Edouard, plus âgé que Victor et Eugène, mais qu'ils aiment beaucoup car Edouard est un casse-cou dont les exploits défraient la chronique du quartier. On l'a vu se promener jusqu'à la rue d'Assas par les toits et les gouttières; il se laisse dégringoler jusqu'au fond du puits en se mettant dans le seau et n'emprunte jamais les marches des escaliers pour les descendre, préférant les dévaler à toute vitesse, à cheval sur la rampe. Victor, Eugène et les enfants Foucher béent d'admiration devant cet intrépide. Dès qu'Edouard arrive aux Feuillantines, la balançoire s'envole plus haut que jamais et la niche des lapins connaît des assauts dignes de ceux que raconte l'oncle Louis. Sophie, parfois, n'est pas mécontente que le capitaine Delon vienne à sa rescousse pour rétablir le calme dans les jeux bruyants des enfants énervés.

C'est le capitaine Delon qui a été chargé de faire le rapport de l'affaire Malet et c'est pourquoi Sophie veut le voir personnellement pour connaître exactement la part prise par La Horie à la conjuration. Pour essayer aussi de le prévenir en sa faveur.

Un animation singulière règne autour du Luxembourg. Les badauds s'attroupent un peu partout et, visiblement, le coup d'Etat manqué est le sujet de toutes les conversations. Il y a des soldats et des policiers partout et le fiacre a bien de la peine à se frayer un passage.

Mieux vaut tard que jamais, l'hôtel de Toulouse est

cerné par un bataillon de la garde impériale qui a mission de protéger le Conseil de guerre.

A la vue des gardes, Sophie s'inquiète pour Fanneau-Reynier.

« Il vaut mieux que vous me laissiez seule, dit-elle. Si l'on contrôle nos papiers, votre nom et votre parenté avec Victor risquent de vous faire jeter en prison. Croyez-moi, quittez Paris le plus vite possible! »

On a du flair pour la vie, quand on a vécu la Terreur à Nantes. Quelques heures plus tard, la police ira au 12 de la rue Charlot où habite Fanneau-Reynier pour l'arrêter et ne le trouvera pas[1].

Il y a un contrôle, effectivement. N'entre pas qui veut à l'hôtel de Toulouse mais le nom de la générale Hugo lui sert de laissez-passer et Sophie se rend tout droit chez les Foucher.

Anne-Victoire est en train d'allaiter Julie, sa fille nouveau-née. Pierre est enfermé au Conseil de guerre avec le capitaine Delon pour l'aider à dépouiller les nombreux procès-verbaux qui s'amoncellent d'heure en heure. Impossible de les déranger.

La seule chose qu'Anne-Victoire peut dire à Sophie, c'est que le Conseil des ministres, réuni en urgence, a ordonné de faire juger les conjurés par une commission militaire dont le capitaine Delon sera le procureur. Et de mener l'instruction tambour battant.

Pour l'instant, Clarke, ministre de la Guerre, et Savary, épouvantés par la colère inévitable de l'Empereur, se rejettent mutuellement la responsabilité de ce qui n'aura été, finalement, qu'un désordre passager. Clarke ne comprend pas comment Savary a pu avoir l'imprudence de laisser un trublion tel que Malet dans une prison ouverte et Savary accuse les militaires de s'être laissé berner comme des enfants.

1. Archives de la préfecture de police, dossier A 320.

Sophie ne quittera guère l'hôtel de Toulouse dans les jours qui suivront. Le dimance 25 octobre, elle parvient à avoir une entrevue avec le capitaine Delon. Entrevue brève. Delon, visiblement, est très gêné. Il a beau avoir de la sympathie pour la générale Hugo, il est avant tout un fonctionnaire, et cette affaire Malet est trop grave pour qu'il ait l'imprudence de s'y compromettre. Il sait l'intérêt que Cambacérès, Clarke et Savary ont au châtiment des coupables. Les uns et les autres rivalisent de zèle pour prouver à l'Empereur qu'en son absence, la France n'est pas en de mauvaises mains. Et aussi pour se venger du ridicule dont cette affaire les a éclaboussés. Surtout Savary, détesté par l'armée, à cause des mesures draconiennes qu'il a prises contre les déserteurs, et détesté aussi par les femmes du monde, outrées qu'il se mêle un peu trop de leur vie privée. Déjà courent épigrammes et calembours. La police tout entière est brocardée. On s'aborde en disant : « Connaissez-vous les nouvelles? – Non. – Vous êtes donc de la police? »

L'indulgence n'est pas à l'ordre du jour.

Le capitaine Delon reste donc impassible et ne répond au plaidoyer de Sophie que par ces mots :

« Madame, je ne puis faire que mon devoir. »

Il va le faire très bien, son devoir. C'est lui qui fera consigner dans les procès-verbaux la trouvaille faite dans les papiers de La Horie d'une lettre de Mme Hulot, belle-mère du général Moreau et antibonapartiste notoire. C'est lui aussi qui, au terme de son réquisitoire, réclamera la mort pour la plupart des conjurés. Cela lui vaudra d'être nommé chef de bataillon à la fin de l'année. Cela lui vaudra aussi la haine implacable de Sophie qui interdira à ses enfants de jouer désormais et même d'adresser la parole à Edouard Delon.

Quand elle arrive aux Feuillantines, ce soir-là, le visage ravagé de Sophie est plus éloquent pour Eugène et Victor que la plus douloureuse des plaintes et ils en sont très impressionnés.

Pour ces enfants élevés sans père, Sophie représente la force, la sécurité, l'autorité. Combien de fois l'ont-ils vue se débattre dans des situations difficiles que, toujours, elle a fini par dominer? Cette femme d'apparence fragile mais douée d'une singulière énergie, ils savent, ses fils, que sa volonté toujours fait loi même quand elle s'oppose au si chamarré, au si glorieux général Hugo. Elle a toujours été, à leurs yeux, invincible. Ils n'ont même pas été étonnés le jour où le carrosse de la duchesse espagnole a dû céder le pas au sien. Sophie, pour eux, est une sorte de divinité toute-puissante contre qui ne prévaut ce qui blesse, ce qui menace, ce qui chagrine. Il faut les entendre prononcer ces mots : « Je vais le dire à maman », « Appelons maman » ou « Maman arrangera cela »! Et ils tirent du pouvoir infini qu'ils lui croient une profonde assurance.

Mais voilà que ce soir, pour la première fois, ils la voient désemparée. Ils sentent que, cette fois, elle s'est heurtée à un obstacle infranchissable, à quelque chose de plus fort qu'elle, qui la rend friable, presque à leur merci et cela leur fait peur.

Ils se serrent l'un contre l'autre, la regardant, n'osant l'interroger. Des larmes glissent des yeux du sensible Victor. C'est plus que Sophie ne peut en supporter. Elle se redresse.

« Ce n'est rien, dit-elle. Il ne se faut jamais inquiéter. Encore moins pleurer. Si bonne que soit l'épée, Victor, les larmes la rouillent... Allons, les enfants, à table. »

En attendant, elle ne sait plus à qui s'adresser pour essayer de sauver Fanneau. Elle ne connaît ni le comte

Dejean qui va présider la commission militaire ni aucun des cinq juges.

Seuls les Foucher l'assistent, en ces jours terribles. Si Pierre a deviné la nature de ses relations avec La Horie et la part qu'elle a prise au complot, il n'en laisse rien paraître.

Durant tout le temps des interrogatoires qui vont durer quatre jours, Sophie attendra dans le salon des Foucher avec Anne-Victoire. La grande salle du Conseil de guerre[1] n'est séparée de l'appartement des Foucher que par un couloir et quelques murs. Parfois, des éclats de voix parviennent jusqu'à Sophie, prostrée dans un fauteuil, auprès de la cheminée. Quand il y a des suspensions d'audience, Pierre vient raconter ce qui se passe là-bas. Elle apprend ainsi qu'il n'y aura qu'un seul avocat pour les vingt-quatre accusés prévenus de conspiration et d'atteinte à la sûreté de l'Etat.

Le 28, La Horie est interrogé sur les circonstances des faits. Il se plaint de la saisie de ses papiers qui l'ont empêché de bâtir ne serait-ce qu'une défense rapide. La nuit précédente, on lui a refusé de la lumière à la prison de l'Abbaye, sous prétexte que le règlement l'interdit. Il prétend n'avoir joué que le rôle d'un conspirateur sans le savoir. Il affirme hardiment que, lorsque Malet est venu le délivrer à la Force, il ignorait tout du complot. Ce qui s'est passé ensuite? Il l'assimile au 18 brumaire, étant donné l'absence d'obstacles rencontrés et la tranquillité qui régnait dans Paris.

« J'ai suivi Malet comme on a suivi Bonarparte », dit-il.

Au vrai, La Horie a compris très vite que les jeux étaient faits et qu'il était bien inutile d'essayer de se défendre. Puisqu'il est perdu, autant reprendre de l'insolence. Tandis que l'un des accusés, croyant se faire bien voir du tribunal, ne cesse de crier : « Vive

1. Où, dix ans plus tard, aura lieu le repas de noces de Victor et d'Adèle.

l'Empereur! », La Horie ajoute froidement : « ... et vive sa justice! »

Pierre Foucher raconte à Sophie que Malet, lui aussi, a eu une fière réponse. Alors que Dejean lui demandait qui étaient ses complices, il a répondu :

« Toute la France, monsieur, et vous-même si j'eusse réussi!

– Oh! oui, dit Sophie, toute la France! »

On reprend à onze heures du soir la séance interrompue à huit heures pour le réquisitoire du capitaine Delon. A deux heures du matin, on fait sortir les accusés de la salle pour les délibérations. A quatre heures, le jugement est rendu : dix des accusés sont acquittés et quatorze condamnés à mort; le jugement doit être exécuté dans les vingt-quatre heures.

Quelques instants plus tard, Pierre Foucher arrive pour prévenir Sophie. Elle comprend tout en voyant son teint gris et ses mains tremblantes. Alors, elle se redresse dans son fauteuil, s'enveloppe dans son châle. Son visage s'est durci. On voit aux muscles de sa mâchoire qu'elle serre les dents. Elle dit :

« C'est pour aujourd'hui?

– Oui, dit Pierre en baissant la tête. Quatre heures. Dans la plaine de Grenelle. »

29 octobre 1812, 11 heures du matin

DEUX mille affiches ont été placardées dans Paris, pour annoncer le jugement de la commission militaire qui condamne à mort les nommés MALET, LA HORIE, GUIDAL, ex-généraux de brigade; RABBE, colonel; SOULIER, chef de bataillon; STEENHOUWER, BORDERIEUX et PICQUEREL, capitaines; FESSART, LEFEBVRE, RÉGNIER et BEAU-

MONT, lieutenants; RATEAU, caporal et BOCCHECIAMPE, prisonnier d'Etat.

Une de ces affiches sera collée sur le mur de l'église Saint-Jacques-du-Haut-Pas. Eugène et Victor la liront parmi les badauds attroupés.

2 heures de l'après-midi

Dans sa cellule de la prison de l'Abbaye, La Horie relit une lettre qu'il vient d'écrire à Savary :

« A son Excellence le duc de Rovigo.

« Vous vous étonnerez peut-être de recevoir encore une lettre de moi, au moment où je suis.

« Je me rappelle avec tant de plaisir ma conduite envers vous dans une circonstance où vous pouviez en craindre une autre que, revenant sur d'autres temps, j'ai une sorte de besoin de me rappeler à votre bon souvenir. A présent que je suis sans intérêt là-dessus, et que vous pouvez m'en croire, je vous avoue que je perds la vie pour un éclair d'absence de jugement, pendant lequel j'ai cru à une folie, et non comme un conspirateur.

« Ma conduite l'a assez prouvé, et il est certain qu'à ma sortie de la Force, je n'en savais pas plus que vous des extravagances de Malet. D'après ce qui m'arrive, on devrait presque croire à la Fatalité! Vous vouliez me jeter loin de mon pays... une sorte d'instinct m'y retenait; et j'aurai fini par gagner ce malheureux procès... mais aux dépens de ma tête – c'est ce à quoi nous n'avions songé ni l'un ni l'autre.

« Je vous renouvelle ma prière de remettre à ma mort les quatre mille et quelques cents francs trouvés chez moi ou sur moi à ma famille. Je vous jure, sur mon honneur et ma mémoire, que c'est elle qui m'avait prêté ces fonds, savoir : ma mère, mille francs, autant mon frère Régnier, et le reste par mon beau-frère Desloges, chef d'escadron au 8e régiment de chasseurs. Cette faible somme est fort indifférente au ministère, et je désire d'autant plus qu'elle soit rendue que ma famille sera dans le cas de renoncer à ma mauvaise succession.

« Je vous demande au moins de remplir l'objet de cette lettre, comme un souvenir des premiers mots que je vous ai dits en vous voyant. Vous ne pouvez douter que je péris pour avoir accepté une mission où je n'ai eu pour but que de vous sauver la vie, et particulièrement pour l'ordre de votre transfèrement qui, seul, pouvait vous sauver. Je ne vous le rappelle point pour moi, mais pour l'intérêt de ma famille qui souffre déjà trop pour moi... Je vous ai donné l'exemple de la générosité...

« A Dieu, Savary.

« de La Horie »

Puis, il prend une autre feuille de papier, y écrit : « Ma Sophie... » et s'arrête. Il ne peut rien ajouter. Il froisse la feuille et la jette. On ne dit pas adieu à ceux qu'on aime.

A trois heures, sept fiacres, escortés d'une troupe nombreuse de gendarmes et de dragons – on se méfie – viennent chercher les condamnés à la prison de l'Abbaye. Malet est dans la première voiture avec La Horie. Le cortège se met en route. Il est arrêté bientôt par une estafette qui apporte, *in extremis*, un ordre de sursis pour deux des condamnés : le colonel Rabbe (protégé de Savary) et le caporal Rateau (qui a beaucoup dénoncé). Les deux rescapés sont ramenés à l'Abbaye.

Le convoi, toujours encadré par les gendarmes et les dragons qui maintiennent la foule à distance, gagne lentement la rue de Grenelle-Saint-Germain. Un ciel gris d'automne s'accroche aux toits bleus des Invalides. Le convoi passe devant l'Ecole militaire, traverse le Champ-de-Mars pour gagner le camp de Grenelle où ont lieu les exécutions militaires. Une foule silencieuse regarde passer les condamnés.

Dans le camp attendent un miller de soldats, venus de toutes les garnisons parisiennes. Ceux des corps dont les officiers vont être exécutés portent leurs vestes d'uniforme à l'envers en signe de honte.

Les tambours battent. On lit le jugement. Il y a des curieux jusque dans les arbres. On aligne les douze condamnés le long d'un mur[1], en trois groupes de quatre, avec, en vis-a-vis pour chacun, un peloton de douze tireurs. Dans le premier groupe, La Horie est à la droite de Malet, Guidal est à sa gauche, Soulier et Boccheciampe aux extrémités. Les tambours, encore. Trois salves retentissent.

Trois salves qui déchirent l'air jusqu'à la barrière des Paillassons, derrière les Invalides, où une petite silhouette de femme, enveloppée d'un châle sombre et chaussée de gros souliers, soudain, se bouche les oreilles.

C'est Sophie qui attend là le passage des trois tombereaux remplis de paille qui vont porter les corps des suppliciés jusqu'à la fosse commune du cimetière de Vaugirard[2]. Elle a supplié Pierre Foucher de lui dire par où ils passeraient et elle est venue.

Le soir tombe déjà sur Paris quand elle entend les clochettes accrochées aux cous des chevaux et le grincement des roues. Et, seule, sans pleurer, à pied sous la bruine qui a dispersé la foule, elle suit le corps du seul homme qu'elle aura aimé à la folie.

31 octobre 1812

Ce qu'il y a de pire encore que de voir tourner la tête de Mlle de la Biliais, c'est de se trouver sur la place du

1. A l'emplacement du métro Dupleix.
2. A l'emplacement du lycée Buffon.

Bouffay parmi la foule haletante, de savoir que le corps décapité a basculé et de *ne pas voir tomber la tête.* C'est l'horreur suspendue, l'attente insupportable, l'épouvante qui monte, qui monte et se dissout dans le hurlement qui déchire la nuit des Feuillantines, faisant, comme naguère la tante Robin, accourir une Claudine en chemise, tremblant de ce qu'elle va découvrir, dans la chambre de Madame. Les enfants, heureusement assommés par un sommeil de leur âge, n'ont rien entendu.

Au réveil, Sophie a *oublié* ce qui s'est passé la veille au camp de Grenelle. Seul demeure en sa mémoire engourdie son vieux, son éternel cauchemar de jeune fille. Puis, comme à un opéré dont l'anesthésie se dissipe, lui revient la douleur, par éclairs poignants puis par vagues si douces, si régulières qu'on ne peut croire à leur vitesse finale, de cheval au galop. Car le chagrin est un poison lent pour ceux qui ne savent pleurer.

Elle sait que Fanneau est mort, que plus jamais elle n'entendra sa voix, ne le verra, ne le touchera. Elle le sait mais ne l'a pas encore très bien compris. Pour l'instant, le poison s'infiltre, se diffuse, la contamine jusqu'à la nausée et l'intolérance. Elle s'en prend aux lieux, aux choses. Elle ne tolère plus de voir le fauteuil où s'asseyait La Horie et le fait porter au grenier. Elle ne tolère plus d'apercevoir, au fond du parc dénudé, la chapelle en ruine où il dormit. Ni cette gravure qu'il aimait. Ni cette veste oubliée qui garde vivante dans ses manches la courbure de ses bras. Elle ne supporte plus la marche du perron où il s'asseyait, ce jardin où il marchait en lisant; ni, dans la glace, son propre reflet, cette Sophie égarée, aux traits tirés, et qui était sa femme. Elle sait qu'elle ne pourra même pas, aujourd'hui, supporter le visage de Victor, l'autre, son enfant chéri.

Elle sort. Qu'on ne l'attende pas. Elle reviendra tout à l'heure. Il faut qu'elle marche à pied dans des rues qui n'appartiennent pas à Fanneau. Elle a le choix, dans Paris : ils ont vécu si peu ensemble!

Elle descend la rue Saint-Jacques, d'un pas régulier de somnambule, longe le Luxembourg, se fait insulter par le cocher d'un fiacre qui a failli l'écraser en débouchant de la rue du Pot-de-Fer.

Elle sait, en y arrivant, où ses pas la menaient : à l'hôtel de Toulouse. En franchissant la porte cochère, le motif de sa visite matinale lui devient évident : officiellement, elle est venue remercier les Foucher de la sollicitude dont ils ont fait preuve à son égard. Ainsi, elle n'est plus une personne malheureuse qui erre dans les rues mais une femme polie qui remplit ses devoirs. Et elle espère un apaisement de la conversation lénifiante de Pierre Foucher qui a le don de parler pour ne rien dire. Elle espère aussi (pour une fois!) qu'Anne-Victoire va l'abrutir de ses histoires de couches et de tétées.

Mais Pierre est absent et Anne-Victoire est sortie pour faire des achats avec sa fille, Adèle. La servante prie Sophie d'attendre au salon; Madame ne saurait tarder.

Demeurée seule, Sophie ne peut s'empêcher de franchir le couloir pour aller dans cette salle du Conseil où Fanneau a passé les dernières journées de sa vie. Mais ce n'est vraiment pas le moment de s'y recueillir. Portes et fenêtres y sont grandes ouvertes et des domestiques sont en train de briquer sol, meubles et lambris comme si le procès qui vient de se dérouler là y avait laissé des amas de pourriture.

Sophie reflue vers le salon et, pour occuper son attente, prend sur une table *Le Journal de Paris* du matin. Elle y retrouve le nom de La Horie dans le compte rendu du jugement et l'annonce de son exécution. Quelques lignes, là, pour douze cadavres qu'on oubliera demain et, dans les colonnes voisines, la vie continue. Tandis que le corps criblé de balles de son amour se putréfie dans la fosse de Vaugirard, on annonce aux baigneurs parisiens que les Bains Vigier des Tuileries ont été descendus jusqu'à leur place d'hiver, au-dessous du pont. Chez Gagliani, libraire, rue Vivienne, miss Edgeworth fait paraître son nouveau roman en quatre volumes, *Fanny ou Mémoires d'une orpheline et de ses bienfaiteurs.* On joue *Aucassin et Nicolette* à l'Opéra-Comique, la *Jérusalem délivrée* à l'Académie impériale de musique et *L'Avare* au Théâtre-Français. A Moscou, en septembre, le gouverneur militaire, comte Rostopchine, a prévenu les habitants de la ville, contre les troupes françaises : « *Armez-vous, n'importe de quelles armes mais surtout de fourches qui conviennent d'autant mieux contre les Français qu'ils ressemblent, pour le poids, à des bottes de paille; à défaut de les vaincre, nous les brûlerons dans Moscou, s'ils ont l'audace d'y entrer.* » Puis, dit le journal, il a fait sortir des prisons de l'Ostrog et du Yaman huit cents criminels. En échange de leur liberté, on leur demande de mettre le feu à la ville, vingt-quatre heures après l'arrivée des troupes françaises. Sophie, soudain, a la vision apaisante du petit Corse rondouillard qui se tord en grésillant dans les flammes.

Il y a, dans la rue Saint-Jacques, un loueur de livres qui s'appelle Royol. C'est un vieux bonhomme qui continue à s'habiller comme avant la Révolution, avec des culottes à la française, un habit de bouracan, des bas chinés, des souliers à boucles et à talons et une perruque poudrée. L'étonnant fossile a gardé aussi toutes les petites manières et les afféteries de sa jeunesse. Quand elle est arrivée aux Feuillantines, Sophie, grande dévoreuse de livres, a pris chez lui un abonnement à l'année.

Elle ne va jamais dans son antre car elle prétend qu'il dégage une odeur de trente-six diables mais elle a chargé Eugène et Victor de lui rapporter des livres et même de les lire avant elle, pour lui éviter des lectures ennuyeuses. Les deux garçons sont tout à fait flattés d'avoir à choisir les livres de leur mère. Aussi fous de lecture l'un que l'autre, ils ont déjà passé des heures chez le vieux Royol. Ils y découvrent là le meilleur et le pire, le pire étant des romans sentimentaux sans aucun intérêt, comme les œuvres périssables de Ducray-Duminil ou de Pigault-Lebrun. En peu de temps, ils ont épuisé le rez-de-chaussée du loueur. Ce qui les attire, c'est l'entresol que le vieux appelle « l'enfer » et où il consigne, à l'abri du tout-venant, les livres qu'il juge licencieux ou d'une philosophie trop hardie. Et cet entresol est d'autant plus attirant pour Eugène et Victor qu'il est fermé à clef.

Un après-midi où le père Royol, les voyant sages, les a laissés seuls en oubliant la clef sur la porte de l'enfer, les enfants y pénètrent et découvrent une littérature tout à fait nouvelle pour eux. Il ne s'agit plus des *Voyages du capitaine Cook,* de Grimm ou de Walter Scott, ou des *Voyages* de Spellanzani, mais de certaines œuvres peu répandues de Diderot, de Voltaire, de Rousseau ou de Restif de la Bretonne. Il y a les *Amours du Chevalier de Faublas*, des contes de La Fontaine qui n'ont rien à voir avec les fables qu'on leur fait étudier et même des poèmes où les mots les plus inattendus sont imprimés, noir sur blanc. Certains de ces livres comme *Organt*, poème licencieux de Saint-Just, sont illustrés de délicates gravures qui leur mettent le feu aux joues.

Les enfants sont absolument enchantés de leur découverte. Ils se sont emparés, l'un des *Bijoux indiscrets* de Diderot, l'autre de *La Paysanne pervertie* de Restif et, à plat ventre sur un vieux tapis, les poings dans les joues, ils tournent avidement les pages. Ils sont tellement absorbés qu'ils n'entendent pas revenir le père Royol. Colère du vieux qui leur arrache les livres des mains et les fait redescendre de l'enfer qu'il referme à clef.

Le lendemain, il se précipite aux Feuillantines où, dès ses premiers mots, Sophie se demande s'il n'a pas perdu la raison.

« Madame, madame, dit-il, les enfants sont entrés dans l'enfer dont j'avais, par mégarde et j'en suis confus, laissé la clef sur la porte. Je vous prie d'accepter mes excuses. Je les en ai chassés promptement; ils n'auront pas eu le temps de se pervertir...

– Quel enfer? dit Sophie. Quelle clef? Quelle perversion? Que me racontez-vous là, monsieur Royol? »

Il le lui explique, l'entresol, les mauvais livres...

« Il n'y a pas de mauvais livres, dit Sophie, agacée. Je suis pour l'éducation en liberté, monsieur Royol. Laissez-les donc lire ce qu'ils veulent.

– Mais, madame, Diderot, Restif... Ils sont bien jeunes!

– Laissez, vous dis-je. Ou ils sont trop jeunes et ne comprennent pas ce qu'ils lisent ou ils comprennent et ne sont donc pas trop jeunes. La liberté, monsieur Royol, la liberté! »

*

Outre son goût pour la liberté, Sophie a des soucis plus graves que de censurer les lectures de ses fils. Malgré l'obligation qui lui en a été faite, Léopold n'a presque pas envoyé d'argent, ces mois derniers et, une fois encore, elle se débat dans des difficultés matérielles de plus en plus angoissantes. Il est vrai qu'en Espagne, tout va de mal en pis pour les Français mais, tout de même, Léopold exagère de se préoccuper aussi peu, sinon d'elle, du moins de ses enfants. Comment faire, avec les 2 500 francs qu'elle a reçus en un an pour payer son loyer, Claudine, les cours du père Larivière, la nourriture de quatre personnes, ses vêtements et ceux de ses enfants? Alors, de temps à autre, elle va, comme une voleuse, prélever de petites sommes de secours sur le capital que Léopold lui a fait déposer chez ses banquiers parisiens et sur lequel elle a une procuration. On le lui reprochera par la suite.

Abel, aussi, la préoccupe, Abel qui a quinze ans à présent et qui est sous-lieutenant avec son père, dans l'armée d'Espagne en déroute. Le général Lucotte lui a écrit à ce sujet. Ce bon père de famille s'inquiète de voir l'adolescent traîner, oisif, dans une armée désorganisée et il le trouve trop jeune encore pour être lancé dans la carrière militaire. Il est d'avis que Sophie devrait reprendre Abel à Paris pour lui faire terminer ses études dans un bon collège. Il ajoute que le général Hugo, débordé par ses fonctions, n'a guère le temps de surveiller les études et la conduite d'un jeune garçon. Sûrement, il accepterait de s'en séparer pour son bien.

Sophie est très contente à l'idée de récupérer Abel dont le charmant caractère et la solidité l'enchantent. Elle écrit à Léopold pour le lui demander. Mais celui-ci, décidément mal disposé à l'égard de Sophie, va préférer envoyer Abel, en pension, au lycée de Pau. Sophie ne le reverra qu'à l'automne.

En juillet, elle reçoit, aux Feuillantines, la visite d'un sinistre individu qui se présente comme étant le proviseur du collège Napoléon[1]. Ce vilain homme au regard chafouin serait honoré, dit-il, que les fils du général Hugo fissent partie de son établissement. Il a entendu dire qu'ils étaient fort doués mais malheureusement trop livrés à eux-mêmes (coup d'œil sévère sur le jardin où Eugène et Victor, adossés à un marronnier, sont en train de lire en mâchouillant des brins d'herbe). Certes, il sait que, pour une femme, élever, seule, des garçons n'est pas tâche facile. C'est pourquoi il s'est permis, lui, pédagogue averti, de venir lui donner quelques conseils. Sûrement le général Hugo approuverait sa démarche. N'est-il pas temps, pour ses deux fils, de quitter une liberté dangereuse pour se soumettre à la profitable discipline d'un collège? Peut-on faire des études sérieuses dans un jardin?

Sophie, qui se contient à peine, reconduit l'affreux proviseur en le remerciant beaucoup de la peine qu'il

1. Aujourd'hui, lycée Henri-IV.

s'est donnée. Elle va réfléchir et le tiendra au courant de sa décision.

Bien qu'elle ait éprouvé une grande répulsion pour ce sombre personnage, cet entretien l'a troublée. Elle tient essentiellement à ce que Eugène et Victor fassent des études sérieuses. Elle veut de tout son cœur les armer pour un avenir brillant et, en même temps, elle les sent si heureux dans le jardin des Feuillantines qu'elle se demande si ce n'est pas cela qui est important pour l'avenir : une enfance sans contraintes débilitantes, un emploi du temps où les jeux se mêlent à l'étude. Dans un an ou deux, peut-être, mais maintenant?

A d'autres moments, elle se dit que le proviseur a peut-être raison, que son expérience d'éducateur n'est pas négligeable. Peut-être est-il nécessaire aux hommes d'avoir été élevés dans une stricte discipline que, seul, un collège peut établir. Ne risque-t-elle pas, en les en dispensant, par amour, de gâcher ces jeunes vies? Problème : doit-elle, au risque de compromettre leur avenir, les laisser en liberté ou bien doit-elle, pour leur bien, les conduire à ce sinistre collège? Que Fanneau lui manque, à cette heure! Il saurait lui donner un avis sage. Il l'aiderait à décider ce qui est le mieux.

Eugène et Victor, consultés, sont atterrés. Ils n'osent pas protester trop fort car ils savent que Sophie ne supporte pas ces manières-là mais Victor, doucement, lui rappelle la promesse qu'elle leur a faite, lorsqu'ils ont quitté le Collège des Nobles, de ne plus les mettre en pension. N'est-elle pas satisfaite de leur travail, des progrès qu'ils font tous les jours?

Pendant une semaine, Sophie se promène, soucieuse, dans le jardin. Est-ce, dans les allées, l'ombre de La Horie qui lui souffle que la liberté, seule, compte? Est-ce la splendeur estivale des arbres, des fleurs, qui influe sur sa décision ou peut-être aussi la prescience que tout cela ne durera guère? Elle choisit :

« C'est décidé, dit-elle aux enfants. Vous n'irez pas en pension. »

Elle a bien fait de les laisser profiter de ce bel et dernier été aux Feuillantines. En automne, on apprend que le jardin va disparaître, coupé par les travaux qui doivent être faits pour prolonger la rue d'Ulm. Elle peut continuer à louer la maison mais, outre que le loyer dépasse, en ce moment, ses possibilités, c'est au jardin qu'elle tenait surtout. On va donc quitter les Feuillantines. Les enfants sont navrés, Sophie moins. Elle a là trop de souvenirs heureux pour ne pas en être tourmentée. Elle est même presque contente de savoir que la petite chapelle, au fond du jardin, bientôt n'existera plus pour personne.

Le 31 décembre 1813, on déménage une fois encore. Grâce aux Foucher, Sophie a trouvé un logement à louer, à côté de l'hôtel de Toulouse, rue des Vieilles-Thuileries[1]. C'est, dans un hôtel Louis XV, un rez-de-chaussée et un tout petit jardin : une pelouse minuscule, trois arbres et un potager de poche. Une dérision comparé à celui des Feuillantines mais le loyer est beaucoup plus abordable. Elle loue même le second étage pour les garçons, tandis que la famille Lucotte, qui vient de revenir d'Espagne, occupera le premier.

Entre les Lucotte et les Foucher, Sophie se sent moins seule. Quant aux enfants, le plaisir de retrouver leurs compagnons de jeux de Madrid compense un peu la perte des Feuillantines. Avec les petits Foucher, une joyeuse bande se reconstitue. On joue au navire avec la calèche du général Lucotte, garée sous la remise. On se partage en deux groupes. Le premier monte dans la voiture : ce sont les passagers. Les autres, ce sont les flots. Ils se glissent sous la voiture qu'ils secouent tant qu'ils peuvent, agitant les ressorts de mouvements de

1. Aujourd'hui, 44, rue du Cherche-Midi.

roulis, jusqu'à ce que le général Lucotte, pour sauver sa calèche, fasse mettre des cadenas aux portières.

Infatigables, les enfants trouvent vite autre chose : ils construisent un bastion dans la cour avec des caisses d'emballage. Cette fois, les mères se fâchent à cause des échardes, des bleus et des pleurs qui en résultent.

A TRENTE-HUIT ans, Rosalie Lucotte est toujours éblouissante. Elle attire beaucoup de monde dans son salon par son esprit, ses manières charmantes et ses dons de musicienne. Pourtant, sa vie n'a pas été facile. Issue d'une famille noble d'avant la Révolution, son père et son grand-père ont été guillotinés sous la Terreur et sa famille dispersée. Rosalie, à quinze ans, n'a échappé à la mort qu'en consentant à un « mariage de Révolution » avec un tabellion qui s'était épris d'elle dont elle a eu deux enfants, Armand et Honorine. En 1801, à vingt-cinq ans, elle a épousé par amour le général Lucotte, après avoir fait « casser » légalement son premier mariage. Elle a eu, avec lui, quatre autres enfants dont deux sont morts en bas âge. Elle achève aussi d'élever Amato, fils naturel du général.

C'est un excellent ménage que les Lucotte, et Sophie, souvent, envie cette harmonie. Le général, fier de sa femme, en est très épris et ne cesse de chanter ses louanges, en prose et en vers.

Il ne sera pas le seul. Rosalie est l'idole des frères Hugo. La sensualité précoce de Victor, surtout, est émue par le mouvement gracieux de ses volants, sa poitrine haute dont les décolletés à la mode ne laissent rien ignorer et les accroche-cœurs de son joli cou.

L'enfant, qui apprend à faire des vers avec le père Larivière, a écrit ce dizain qu'il a offert à Mme Lucotte, pour le 1er janvier 1814 et en rougissant fort :

Madame, en ce jour si beau
Qui nous annonce un an nouveau
Je vous souhaite de bonnes années
Des jours de soie et d'or filés,
Et surtout en votre vieillesse
De bons enfants et des richesses.
Ainsi, Madame, pour en finir
C'est avec bien du plaisir
Que je vous présente en ce jour
Et mon hommage et mon amour.

Quant à Sophie, elle retrouve avec Rosalie les vitamines du fou rire si efficaces contre les horreurs de la vie.

TANDIS que les enfants jouent à la guerre pour rire, dans la cour du Cherche-Midi, les armées russe, autrichienne et prussienne qui se sont coalisées contre la France marchent sur Paris, débordant les troupes napoléoniennes. L'invasion semble désormais inévitable. Paris s'y prépare avec plus de curiosité que de passion défensive, bien qu'on reforme la garde nationale dans les quartiers et qu'on ressorte les uniformes civiques. On ne crie pas encore : « Vive le Roi » mais on ne crie plus : « Vive l'Empereur ».

Rue des Vieilles-Thuileries, on va, plusieurs fois par jour, chercher les bulletins d'information à l'hôtel de Toulouse et le général Lucotte a épinglé sur les murs de grandes cartes d'état-major où l'on marque les mouvements des troupes.

Un matin de la fin mars, grand branle-bas dans Paris. Depuis l'aube, les canons tonnent. Sur les boulevards défilent des convois de soldats blessés. Dans les rues, on colle en hâte de grandes affiches qui mettent les habitants en garde contre les terribles

Cosaques. Ils ont, paraît-il, des lances rougies de sang, des bonnets poilus et des colliers d'oreilles humaines. Vers le milieu de la journée, on apprend que la barrière du Maine a été franchie par les coalisés. Du coup, on crie : « Vive le Roi » en agitant des mouchoirs blancs. Des cavaliers font claquer des drapeaux blancs. Des cocardes blanches sont distribuées aux passants et le bonheur de Sophie est ourlé de mélancolie : Si Fanneau avait vécu deux ans de plus... On dit que, déjà, la majeure partie des sénateurs et des autorités civiles et militaires s'est ralliée aux royalistes.

Mais voilà que les monstres annoncés débarquent dans la cour même de la maison. Paris a capitulé et il faut loger les vainqueurs. Le général Lucotte est absent. Sophie et Rosalie se voient sommées de loger un colonel et quarante soldats.

« J'ai une chambre pour vous mais pas une caserne! » dit Sophie en tapant du pied à un colonel deux fois grand comme elle.

Les enfants qui regardent la scène pensent que, décidément, leur mère n'a peur de rien. Cependant, ils sont déçus car les monstres ne sont que des soldats très ordinaires, sans la moindre oreille humaine en sautoir. Ils iront docilement dormir dans la paille et dans la rue.

TANDIS que l'Usurpateur a été relégué à l'île d'Elbe, Rosalie Lucotte entraîne son amie Sophie dans le passage des Panoramas où se trouve un bottier qui fabrique les plus jolis souliers verts de ce printemps. Les souliers verts font fureur car le vert est la couleur de l'Empire qu'on se plaît désormais à fouler aux pieds. Rosalie, qui a encore quelques bribes de fortune personnelle, ne résiste pas aux caprices de la mode, surtout si celle-ci est séditieuse. Et, comme elle sait que Sophie n'a pas d'argent pour s'habiller en ce moment, elle la couvre de cadeaux qu'elle la supplie d'accepter « pour lui faire plaisir ».

Elles sont donc revenues du passage des Panoramas avec une collection de souliers verts, vert tendre, vert pomme, vert bronze et de la percale blanche et des dentelles et du chocolat de chez Debauve qu'on est allé acheter, en passant, rue des Saints-Pères.

Le jour du Te Deum d'action de grâces à Notre-Dame, les trois fils Hugo sont fiers de leur mère qui, à quarante-deux ans, a l'air d'une jeune fille. On va se poster à la fenêtre qu'a louée Pierre Foucher, à la tour Saint-Jean du Palais de Justice, pour regarder passer le cortège royal. Abel, Eugène et Victor Hugo qui viennent de recevoir l'ordre du Lys – lys d'argent pendu à un ruban de moire blanche – ont aussi épinglé une cocarde blanche à leur chapeau. Cela à la mémoire du pauvre duc d'Enghien et aussi à celle de Victor Fanneau de La Horie, le « parrain » de Victor dont celui-ci conservera toute sa vie le petit livre de Tacite, cadeau de La Horie, à la veille de son arrestation[1].

CETTE fois, Léopold n'envoie plus un sou à sa famille. Sophie a appris qu'en rentrant d'Espagne, il a été chargé de la défense de Thionville où il s'est installé avec la fille Thomas qu'il présente partout comme « la générale Hugo ».

En mai, Sophie confie Eugène et Victor à la garde des Lucotte et des Foucher et part pour Thionville avec Abel. On va voir ce qu'on va voir.

Elle aurait mieux fait de rester à Paris car son mari la reçoit comme une chienne enragée. Cette fois, le roi Joseph n'est plus là pour la défendre et Léopold va en

1. On peut le voir aujourd'hui, dans une vitrine du musée Victor-Hugo, place des Vosges.

profiter. Sans se soucier de la présence d'Abel, il insulte copieusement Sophie et la menace même de lui casser bras et jambes. Comme elle est loin « ma Sophie de Châteaubriant »! Autant Léopold peut être doux au repos, autant la colère lui fait dépasser toutes les limites permises. Le pauvre Abel est obligé, à plusieurs reprises, de s'interposer pour protéger sa mère.

Sophie, avec le caractère qu'on lui connaît, le prend de très haut, ce qui ne l'empêche pas d'être humiliée de toutes les façons, à la fois par Léopold et par Catherine Thomas d'autant plus furieuse que l'arrivée inopinée de Sophie a révélé au Tout-Thionville qu'elle n'est pas la vraie générale Hugo.

Léopold parque Sophie et Abel dans un coin de la maison et ordonne qu'on les serve comme des pestiférés. Puis il loue un petit château près de Thionville, au nom de Catherine, et s'y retire avec elle, laissant Sophie et Abel, seuls, à Thionville.

A Paris, Eugène et Victor s'ennuient de Sophie et lui envoient une lettre déchirante pour qu'elle rentre vite. Mais elle ne veut pas rentrer avant d'avoir obtenu ce pour quoi elle est venue à Thionville ; de quoi vivre et élever ses enfants.

Cependant, Léopold est tellement odieux avec elle que, au début de juin, Sophie dépose une demande de séparation de corps assortie d'une demande de pension de 3 000 francs. Léopold riposte par une requête en divorce. Motif : adultère. Le nom de La Horie reparaît. En même temps, Léopold lui prépare un coup très cruel.

Sophie reçoit une lettre de Paris lui annonçant que Léopold a donné procuration à sa sœur – la Goton Martin-Chopine qui la détestait tant à Nancy – pour qu'elle fasse apposer des scellés sur l'appartement de Sophie, jusqu'à la vente de son mobilier. Il a aussi demandé à sa sœur – et cela fait bondir Sophie – d'enlever Eugène et Victor de chez les Foucher et de les garder chez elle, rue du Vieux-Colombier, jusqu'à nouvel ordre.

On devine avec quel zèle la Martin-Chopine va s'exécuter!

Sophie saute dans la première diligence mais arrive trop tard à Paris. Son appartement est sous scellés. Eugène et Victor ont disparu. Désespérée, elle se réfugie alors chez les Foucher, ulcérés par ce qui s'est passé.

Pierre, qui pourtant a horreur de se mêler des affaires des autres, a tenté en vain de s'interposer, en l'absence de Sophie, pour éviter au moins l'enlèvement des deux enfants, complètement ahuris par ce qui leur arrivait. Et, tout de suite, il a écrit à Léopold, pour tenter de le modérer.

Paris, le 18 juin 1814

« Mon général,

« Je vous écris le cœur brisé. Hier soir, appelé chez Mme Hugo, j'y ai vu Mme Martin qui, munie de votre procuration, s'empressait de faire apposer les scellés. Elle avait déjà fait conduire les enfants chez elle. Ce n'est point l'éclat fâcheux, le mauvais effet de cette scène qui m'afflige le plus. J'envisage le sort de vos jeunes garçons livrés à Mme Martin, dont vous connaissez mieux que moi le caractère, les manières et surtout le cœur. J'éprouve aussi la crainte de voir ce mobilier, ce ménage que Mme Hugo avait monté de ses économies, vendu à l'encan et vendu moins à votre profit qu'à celui des gens qui se chargent de compter avec vous du produit de cette vente. Je parle de vente, parce que j'en ai entendu chuchoter comme chose devant arriver sous quelques jours.

« Si vous entendez vos intérêts, ne précipitez rien. Il sera toujours temps d'en venir à des voies extrêmes.

« La démarche de Mme Martin nous prouve que l'union est loin d'être rétablie dans votre maison. Cette idée nous afflige tous et nous chagrine bien cruellement. Si vous ne pouvez pas vivre en bonne intelligence, du moins ne vous ruinez pas l'un l'autre, en procès, ne vous mettez pas sur la paille! Oh! mon général, si vous étiez le témoin du désespoir de vos malheureux enfants, si vous pouviez entrevoir le sort qui les attend, vous arrêteriez le cours désastreux que prend une désunion dont vous serez la principale victime. Vous pouvez avoir des ennemis, des envieux : ils ne manqueront pas de tirer parti, pour vous nuire dans votre avancement, d'une procédure semblable à celle qui paraît devoir s'entamer à Thionville. Votre état sera compromis en même temps que votre fortune dissipée.

« Pardonnez à un vieil ami ces réflexions. Je révère Mme Hugo. Je vous aime et vous estime. Il n'y aurait rien que je ne fisse pour vous réconcilier, mais, encore une fois, si cela était impossible, demandez, de concert, une séparation de corps et de biens. Pourvoyez à l'entretien, à l'éducation, à l'avancement de vos trois enfants. Que des tribunaux n'aient pas à prononcer sur des accusations réciproques! Que rien ne ternisse, mon général, la belle réputation militaire que vous vous êtes faite.

« Ayez confiance en moi. Le langage d'un homme qui recommande la concorde ne peut être suspect. J'estime, mon cher général, que vos deux enfants d'ici sont mal, extrêmement mal, sous tous les rapports, dans l'endroit où ils se trouvent maintenant. Il doit entrer dans vos vues et il convient qu'en attendant le retour de Mme Hugo, vos enfants soient placés dans une bonne maison d'éducation.

« Mme Hugo devait nous écrire. Nous n'avons reçu aucune lettre d'elle. Ce silence achève nos inquiétudes. Je vous parle franchement; nous lui sommes vivement attachés, et cela sans doute ne doit ni vous étonner ni vous formaliser. C'est à un brave militaire que j'écris et c'est à lui que je demande des nouvelles de Mme Hugo[1]. »

1. Lettre de la collection Louis Barthou, citée dans l'introduction des *Souvenirs de Pierre Foucher*, Librairie Plon, 1929.

Lettre habile dont l'argument de la nuisance possible à son avancement ne devait pas être le dernier à émouvoir Léopold. Il acceptera plus tard, en effet, de transformer sa demande en séparation de corps.

En attendant, Sophie est séparée de ses enfants et à la porte de chez elle. Il lui faut attendre le 5 juillet pour qu'un référé du tribunal de la Seine fasse ôter les scellés de son appartement et lui permette de récupérer provisoirement Eugène et Victor.

Léopold ne décolère pas quand il apprend que Sophie a gagné sur ce point. Son humeur est d'autant plus belliqueuse qu'au début de septembre, il a été remplacé au gouvernement de Thionville par le général Curto. Cette disgrâce va lui laisser tout le temps nécessaire pour accabler légalement Sophie dont il clame partout qu'il ne l'a jamais autant *abhorrée* et qu'il ne traite plus que de *démon*, de *mère maudite*, de *femme insatiable d'argent*, etc.

En septembre, il vient s'installer à Paris avec Catherine Thomas dans un logement au nom de cette dernière et il en loue un autre, à son propre nom, pour éviter toute accusation de concubinage. Etant sur place et excité par la haine de Catherine qui ne désarme pas, il va livrer à Sophie une guerre impitoyable. Non seulement il va essayer encore de la faire jeter à la rue et de lui prendre ses trois meubles, non seulement il va réussir à mettre Eugène et Victor dans une pension de son choix, mais encore il va venir faire d'atroces scènes à Sophie, hurlant, l'insultant, lui crachant au visage devant les Lucotte, le portier de la maison et les badauds attirés par tout ce vacarme.

Cette violence finit par se retourner contre lui. Un référé lui assigne un domicile séparé, permet à Sophie de garder ses meubles et son logement, ordonne que Léopold lui serve une pension de cent francs par mois. En ce qui concerne les enfants, Abel restera avec Sophie et poursuivra sa carrière militaire, les deux autres, confiés à leur père, seront mis en pension à ses frais, dès février 1815.

Cette pension Cordier où Léopold a fait enfermer Eugène et Victor n'est pas un collège de luxe. Située dans l'étroite et sombre rue Sainte-Catherine-Saint-Germain[1], on dirait une annexe de la prison de l'Abbaye, sa voisine. Un corps de logis à un seul étage, entre deux cours dont l'une, plantée d'un noyer des Indes, accueille les récréations.

L'établissement est dirigé par un curieux vieillard qu'on appelle l'« abbé Cordier » bien qu'il n'ait jamais reçu la prêtrise. C'est un ex-franc-maçon, fanatique de J.-J. Rousseau dont il copie, avec sa pelisse et son bonnet, le costume arménien. Le vieux ne se sépare pas d'une énorme tabatière de métal dans laquelle il puise toute la journée du tabac en poudre qu'il se fourre dans le nez. Il s'en sert aussi pour cogner la tête des élèves paresseux ou insolents. Mais ce n'est pas un mauvais homme, comparé à M. Decotte, son adjoint, professeur de mathématiques qui se permettra de crocheter le tiroir de Victor pour lui confisquer ses cahiers de poésie.

Il y a peu d'élèves à la pension Cordier : une vingtaine dont six pensionnaires seulement. Eugène et Victor, à la demande du général, ont une chambre personnelle, petite cellule inconfortable où l'on étouffe en été et gèle en hiver car, bien entendu, elle n'est pas chauffée.

Selon la loi en vigueur, les établissements privés comme la pension Cordier doivent envoyer leurs élèves de plus de dix ans prendre leurs cours dans un établissement d'Etat. C'est pourquoi Eugène et Victor, pensionnaires chez Cordier, seront en même temps externes à Louis-le-Grand. On les mène en promenade

1. A peu près, aujourd'hui, à la jonction de la rue Gozlin et de la rue de Rennes, à Saint-Germain-des-Prés.

à l'Institut, dans le dôme de la Sorbonne, pour regarder les mouvements des troupes alliées dans les plaines de Vaugirard, au Champ-de-Mars ou au bois de Boulogne. Le dimanche, ils vont écouter la messe à Saint-Germain-des-Prés, l'église aux trois clochers. Peu de congés. Les grandes vacances débutent fin août et s'achèvent à la mi-octobre.

Les deux enfants sont fous de tristesse d'être ainsi parqués entre des murs sombres, habitués qu'ils sont depuis toujours à l'espace. Décidément, si leur mère évoque, pour eux, l'idée de liberté, c'est celle de la prison qui s'attache à leur père.

Que peut faire Sophie? Rien. La garde des enfants a été confiée provisoirement à Léopold (cela durera jusqu'en 1818) et c'est de lui qu'ils dépendent. Elle ne peut que leur rendre visite, comme au collège de Madrid, ce qu'elle fait tous les jours. Elle y envoie aussi Abel qui continue à servir de tampon entre ses parents.

Léopold exploite les possibilités que lui donne la loi pour un raffinement de méchanceté. Afin d'humilier encore plus Sophie, ce n'est pas à elle mais à sa sœur Martin-Chopine qu'il confie l'argent de poche de ses enfants et les soins de leur entretien; cela afin de mieux déposséder Sophie de ses prérogatives maternelles. Quand, en mars 1815, il est rappelé à Thionville, il prend ses précautions :

« Ma chère sœur,

« Une commission très honorable pour moi m'oblige à m'absenter de la capitale. Je te confie le soin de mes deux jeunes enfants, placés chez M. Cordier, et sous aucun prétexte je n'entends qu'ils soient remis à leur mère ni sous sa surveillance. C'est à toi seule que je les confie et c'est à toi que M. Cordier doit en répondre... »

La Goton Martin-Chopine est une veuve aigre et méchante. Elle hait sa belle-sœur et reporte son agressivité sur ses deux neveux envers lesquels elle use d'une sévérité exagérée. Comme elle habite rue du Vieux-Colombier, tout près de leur pensionnat, elle les a sous la main. Léopold sait parfaitement que sa sœur a le cœur exigu mais, en ce moment, il est davantage soucieux de se venger de Sophie que du bonheur de ses enfants.

Eugène et Victor détestent cette tante avare et sournoise qui leur dit pis que pendre de leur mère. Ils l'appellent « madame » et sont, avec elle, d'une grande froideur.

En plus, elle cafte, comme en témoigne cette lettre de Hugo :

« Ma chère Goton, (...) je t'avoue que j'ai été révolté de leur stile (*sic*) et de leur exigence envers toi. Ils semblent, ces messieurs, qu'ils se déshonoreraient en te donnant le titre de tante et en t'écrivant avec attachement et respect. C'est à leur maudite mère qu'il faut attribuer la conduite des enfants. Aussi, je ne leur en donne pas toute la faute, mais il ne faut pas qu'ils s'imaginent qu'ils détruiront un vêtement neuf tous les six mois et que je le leur remplacerai par un autre. Il faudra faire boucher les trous avec des pièces et alors ils s'en prendront à eux seuls s'ils n'ont pas une tenue décente... »

Léopold pousse même la bêtise et la rancune jusqu'à écrire à ses fils des lettres injurieuses pour leur mère. Eugène et Victor, révoltés, le remettent à sa place.

... « Quant à la fin de ta lettre, nous ne pouvons te cacher qu'il nous est extrêmement pénible de voir traiter notre mère de malheureuse et cela dans une lettre ouverte qui ne nous a été remise qu'après avoir été lue... Nous avons vu ta correspondance avec maman : qu'aurais-tu fait dans ces temps où tu la connaissais, où tu te plaisais à trouver le bonheur près d'elle, qu'aurais-tu fait à la personne assez osée pour tenir un pareil langage? Elle est toujours, elle a toujours été la même et nous pensons toujours d'elle comme tu en pensais alors.

« Telles sont les réflexions que ta lettre a fait naître en nous. Daigne réfléchir sur la nôtre, et sois assuré de l'amour qu'auront toujours pour toi.

« Tes fils soumis et respectueux,

« E. HUGO
« V. HUGO »

Ils ont quinze ans et treize ans!

Si Sophie ressent durement l'ostracisme dont elle est l'objet, les deux enfants en souffrent aussi. Les « fils soumis et respectueux », l'amour qu'ils portent à leur père, sont des formules épistolaires. En réalité, la maladresse rancunière de Léopold lui nuit considérablement dans l'esprit de ses fils. Privés de leur mère qu'on insulte, ils se prennent pour elle d'une passion redoublée. Ils n'ont qu'une envie, qu'un espoir : la rejoindre.

Dans les murs sombres de la pension Cordier, ils se défoulent – surtout Victor – par la poésie. Pendant les quatre ans de son internat, Victor bourrera ses cahiers d'écolier de poèmes. Sophie y partagera, avec Rosalie Lucotte, le rôle de muse.

A MAMAN, POUR LE JOUR DE SA FÊTE : SAINTE-SOPHIE

Chère et bonne maman, toi qui dès mon enfance
M'élevas, me nourris
Accepte ce tribut de la reconnaissance
Que t'offre un de tes fils.
C'est en vain que le soir, le malheur qui m'oppresse
M'ôte la liberté
Je vais faire éclater la joie et la tendresse,
De ce cœur enchanté
Que ne te dois-je point? O mère tant chérie,
Tu me donnas le jour
Me nourris de ton lait et je ne dois la vie

Qu'à ton prudent amour,
Lorsque je me retrace avec reconnaissance
Le prix de tes bienfaits,
Je t'admire et ne peux t'offrir en récompense
Que de tendres souhaits.

Sophie fond quand elle lit cela et n'en souffre que davantage de la séparation. Sûr, elle aime *tous* ses enfants. Mais ce Victor, comme il est cher à son cœur. Pour mille raisons et une : il a exactement les yeux de Fanneau.

PENDANT les Cent-Jours, Léopold, rappelé à Thionville, n'a plus le temps de harceler Sophie. Bien qu'elle ne puisse pas davantage voir ses enfants, confiés par leur père à la Martin-Chopine, Sophie se sent moins oppressée.

Le soir, quelques monarchistes bon teint, inquiets de la tournure des événements, ont pris l'habitude de se rassembler dans son salon pour commenter les informations du jour.

Dire que Sophie tient salon est une façon de parler car ses maigres ressources ne lui permettent pas de donner des réceptions fastueuses mais, si le décor est modeste, les invités sont de bonne compagnie.

Outre les Lucotte qui passent souvent en voisins, il y a là le comte Cornet, originaire de Nantes et qui est sénateur et pair de France. Il y a le comte Volney, également pair de France et « pays » de Sophie dont il a partagé les idées de 89 et la cruelle déception de 91. Il est, aujourd'hui, tout à fait dévoué aux Bourbons. Etant sans héritier, il songe à léguer sa paierie au plus jeune des fils de Sophie, Victor, qu'il trouve un enfant génial et pour lequel il a un faible.

Les discussions politiques s'animent toujours dès que paraît le marquis de Coriolis dont l'esprit et la truculence méridionale réjouissent beaucoup Sophie. Lui aussi a reformé ses idées jacobines de naguère. Ce cousin de Mirabeau qui a siégé très jeune aux *Amis de la Constitution* reconnaît ses erreurs : « J'y ai siégé, dit-il, obscur et fervent, quelque temps abusé, vite désabusé. J'ai idolâtré puis exécré le peuple. »

Viennent aussi des amis de La Horie qui lui sont restés fidèles, comme Etienne Bodin ou son frère Fanneau-Reynier, quand il vient à Paris.

Quand elle va les voir à la pension Cordier, Sophie raconte à ses fils ce qu'elle sait de la situation politique. Elevés dans la haine de l'Usurpateur, Eugène et Victor sont de fervents petits royalistes. Eugène a composé une ode sur l'assassinat du duc d'Enghien et Victor ne se contente pas d'écrire : « Vive le Roi » sur ses cahiers. A quatorze ans, il vient de faire une tragédie en vers, intitulée *Irtamène*, bien entendu dédiée à sa mère et qui se termine par le vers suivant : « *Quand on hait les tyrans, on doit aimer les rois.* » Autrement dit : A bas Bonaparte qui a fait mourir mon parrain et vive Louis XVIII!

L'exil et la claustration seraient-ils profitables aux jeunes poètes? Eugène et Victor se consolent d'être pensionnaires en faisant des vers. Victor bourre ses cahiers d'odes, de ballades, d'épigrammes, de fables, de chansons, de nouvelles, d'acrostiches et autres élégies. Sa première lectrice, c'est Sophie. Il attend ses visites avec impatience pour lui lire ce qu'il a écrit depuis la veille.

Sophie est très attentive aux balbutiements littéraires de ses fils et les encourage dans cette voie. D'abord, par goût personnel, ensuite par esprit de contradiction. Elle sait que Léopold les destine à Polytechnique et veut, comme dit Victor, les « condamner aux mathématiques à perpétuité ». Elle, les pousse donc vers les lettres. Victor, lui, a une ambition très claire qu'il formule sur l'un de ses cahiers de 1816 : « Je veux être Chateaubriand ou rien. » Sophie l'imagine déjà pair de France ou académicien.

Celui de ses trois fils qui l'inquiète le plus, c'est Eugène dont le caractère ombrageux s'assombrit de jour en jour. Il a toujours été extrêmement jaloux de nature et particulièrement de Victor dont il est le plus proche. Jalousie que ce dernier provoque souvent par taquinerie. Sophie se souvient de scènes en Espagne, à propos de grappes de raisin. Eugène comptait les grains de la sienne pour s'assurer que celle de Victor n'en avait pas trois de plus. Si une affection réelle les unit, une émulation perpétuelle les divise, émulation souvent profitable à Victor, plus rapide et plus brillant que son cadet. Et Sophie qui a un faible pour Victor s'oblige souvent à favoriser Eugène qu'elle sent plus fragile.

Janvier 1818

LA pythonisse de la rue de Tournon qui avait deviné de nombreuses maisons dans le destin de Sophie avait vu juste. La voici qui déménage encore car le loyer de la rue des Vieilles-Thuileries est devenu trop cher pour elle. Elle a trouvé un appartement au troisième étage d'un immeuble dans la rue des Petits-Augustins, entre la Seine et la rue Jacob[1]. Tant pis, elle se passera de jardin, cette fois.

Le 3 février, le tribunal civil de la Seine prononce enfin la séparation de corps et de biens entre Sophie et Léopold. Ce dernier fulmine car la garde des trois enfants, cette fois, est confiée à Sophie et il doit, en plus, lui verser une pension annuelle de trois mille francs.

En fait, les enfants sont devenus grands. Abel, qui a vingt ans, a passé deux ans dans l'armée royale. Il est à présent lieutenant en demi-solde et partage son temps

1. Aujourd'hui, rue Bonaparte.

entre la littérature et les affaires. Ce gros garçon rieur gagne déjà sa vie et aide Sophie et ses frères dans la mesure de ses moyens.

Eugène et Victor, qui ont respectivement dix-huit et seize ans, terminent une année de mathématiques spéciales (imposée par Léopold qui les croit toujours sur le chemin de Polytechnique), après avoir fait leur philo. Sophie leur a conseillé d'attendre la fin de l'année scolaire, qui sera aussi la fin de leurs études secondaires, sans heurter Léopold. A la rentrée prochaine, ils s'inscriront à la faculté de droit.

Au mois d'août, enfin, Sophie les voit revenir chez elle. C'est la joie rue des Petits-Augustins. Les trois jeunes hommes s'efforcent de lui faire oublier les dures années qu'elle vient de passer.

Le soir, Sophie se promène, accompagnée de ses trois « pages ». Ou bien, on reste à la maison et Eugène et Victor soumettent au jugement d'Abel et de Sophie leurs dernières créations. On discute ferme.

Sophie a des goûts classiques et continue de tenir les tragédies de Voltaire pour des chefs-d'œuvre inégalés. On se dispute à propos de Chateaubriand. Sophie n'a pas aimé *Atala* que les garçons, surtout Victor, portent aux nues. Elle le dit franchement, cette histoire de sauvages lui semble très ennuyeuse et elle hurle de rire quand paraît une parodie d'*Atala*, intitulée *Ah! la! la!* Le jour où l'on choisira, en famille, de décerner une palme au livre le plus ennuyeux, Sophie choisira *Atala*, tandis que les garçons plébisciteront *La Nouvelle Héloïse* dont Victor dit que sa lecture obligatoire fera sûrement partie des punitions de l'enfer.

Sophie a aussi de très bonnes idées, de journaliste, pourrait-on dire. Elle encourage vivement ses fils à puiser leur inspiration dans l'actualité. Par exemple, en août 1818, elle insiste pour qu'ils aillent participer, sur le Pont-Neuf, à la remise en place de la statue d'Henri IV, décidée par le gouvernement royal. Elle applaudira aussi à l'ode de Victor sur l'assassinat du duc de Berry et l'encouragera à rendre visite à Chateaubriand, pensant que cela ne peut nuire à son avenir littéraire.

Cette femme, qui n'a eu qu'une brève vie amoureuse, consacre désormais toute son énergie, tous ses soins, à l'avenir de ses fils, celui de Victor, en particulier. Faire de lui un grand écrivain c'est, pour Sophie, faire revivre Fanneau.

L'HIVER 1819 est particulièrement rude. Les petites cheminées de l'appartement de Sophie n'arrivent pas à réchauffer les pièces. Quand on se réveille, le matin, l'eau est gelée dans les pots de toilette.

Presque tous les soirs, après le dîner, elle va à l'hôtel de Toulouse avec Eugène et Victor. Abel, lui, sort de son côté.

On marche vite jusqu'à la rue du Cherche-Midi, pour se réchauffer. Sophie, vêtue d'une robe de mérinos amarante, s'emmitoufle dans un châle de cachemire jaune à palmes, qu'elle ne retire pas de la soirée.

On s'installe dans la chambre d'Anne-Victoire, plus facile à chauffer que le salon. Les deux fauteuils près de la cheminée sont réservés à Sophie et à Pierre Foucher dont la santé est déficiente. Les trois femmes : Sophie, Anne-Victoire et sa fille Adèle qui a seize ans, brodent en silence car la conversation fatigue Pierre Foucher. Tandis que s'écoule la veillée, on n'entend que le craquement des bûches, les bruits de la pendule ou le cri d'un oiseau dans le parc. De temps à autre, Sophie pose son aiguille, ouvre une petite tabatière d'argent – cadeau de Fanneau –, la tend à Pierre Foucher qui prise comme elle.

De temps en temps, on entend aussi glousser Victor et Eugène qui s'ennuient et se livrent à toutes sortes de facéties muettes. Adèle lève alors le nez de son ouvrage et les regarde en souriant.

Sophie n'a pas une sympathie débordante pour Adèle. Cette grande jeune fille brune, un peu grassouillette, avec son profil de médaille et ses petites manières de bourgeoise effarouchée, l'agace. Elle la trouve mijaurée. Ses révérences, ses rougeurs, son regard qui ne se pose jamais franchement sur le vôtre, indiquent une nature sournoise. Elle ressemble à sa mère. Elle a toujours ressemblé à sa mère.

Ce qui est étrange, c'est que ces soirées, finalement peu amusantes pour de jeunes garçons, ont l'air de passionner Eugène et aussi Victor qui trépigne, dès sept heures du soir, pour qu'on se mette en route vers l'hôtel de Toulouse. Les deux garçons ont, pour cela, une raison que Sophie ignore : ils sont amoureux d'Adèle Foucher. Eugène, secrètement; Victor, ouvertement. Mais Sophie ne s'en est pas aperçue.

A neuf heures, on se dit bonsoir. Sophie et ses fils regagnent la rue des Petits-Augustins. L'entêtée Bretonne qui refuse d'ôter son châle, chez les Foucher, passe alors du chaud au froid. Résultat : en février, une grave pneumonie la met au lit. Et, malgré les soins de ses fils, elle va traîner sa convalescence jusqu'au printemps. Mais elle refuse d'admettre que ses imprudences vestimentaires l'ont rendue malade. Elle accuse son appartement mal chauffé, trop humide en hiver, étouffant l'été. En réalité, elle ne peut se passer de jardin et n'aime pas cet appartement en hauteur. Abel, qui la sent fragile, lui promet de chercher un nouveau logement selon ses vœux.

Les Foucher ont loué une maison avec un jardin, pour les vacances, à Issy, près de Paris. Victor n'est pas content car il ne peut plus voir Adèle tous les soirs mais ce n'est pas la raison qu'il donne à Sophie, quand il la supplie d'aller dîner à Issy. Plusieurs fois par semaine, on loue une voiture, on achète en route des corbeilles de fruits et l'on part pour la campagne des Foucher dont l'air redonne des couleurs à Sophie et le sourire à Victor. Eugène, lui, fait la tête. Confident de Victor, il sait désormais qu'il n'est pas l'élu d'Adèle. Décidément, son cadet lui fait de l'ombre sur tous les plans. Au printemps dernier, il a obtenu le Lys d'or de poésie aux Jeux floraux de Toulouse et lui, Eugène, rien. A présent, Adèle...

26 avril 1820

APPARTEMENT de Sophie. C'est la fin de la matinée. Sophie est seule. Il y a une bonne demi-heure déjà qu'Anne-Victoire et Pierre Foucher sont partis mais Sophie est encore sous le coup de ce qu'elle vient d'apprendre. Quoi, Victor et Adèle?

Tout de suite elle s'est méfiée quand elle a vu débarquer Anne-Victoire, la première, avec son chapeau à brides, sa poitrine en avant et suivie de Pierre, plus gourmé que jamais. Elle s'est méfiée mais pas encore assez. Anne-Victoire lui a assené la nouvelle qui lui est tombée dessus comme la vérole sur le bas clergé. Comme on disait à Nantes.

ADELE ET VICTOR SONT AMOUREUX.

Les mains nouées dans le dos, Sophie arpente sa chambre en faisant virevolter sa robe dans les tournants. Victor et Adèle? Son beau, son blond Victor et cette espèce de grande escarbille? Victor amoureux fou d'Adèle? Et qui lui écrit? Et qui veut l'épouser? Et qui passe son temps à rôder autour de l'hôtel de Toulouse quand on le croit à ses cours? A son âge? Ah! son flair ne la trompait pas lorsqu'elle se méfiait, sans trop savoir pourquoi, de cette Adèle! Sûrement, Anne-Victoire se sera trompée. C'est elle, Adèle, qui doit rêver d'épouser Victor, qui lui aura fait des agaceries et l'autre nigaud n'aura su se défendre. Ça ne l'étonne pas. Déjà quand ils étaient petits, aux Feuillantines, Dédèle (Dédèle!) ne cessait de le tarabuster, pour qu'il la pousse sur la balançoire, pour qu'il la traîne dans la brouette. Non, ce n'est pas possible que ce soit Victor qui... Mais Anne-Victoire affirme qu'elle a lu une lettre qu'Adèle, par maladresse (en plus, elle est maladroite!), avait laissé tomber. Une lettre enflammée de Victor. ENFLAMMEE. Il est vrai que Victor s'enflamme facilement et écrit n'importe quoi. Et Anne-Victoire prétend qu'Adèle n'est plus la même. Qu'elle est pâle, nerveuse et qu'elle a perdu l'appétit (et, en plus, elle n'a pas de santé!).

Ce qui vexe le plus Sophie, c'est de n'avoir rien remarqué du manège de ces deux-là qui dure, paraît-il, depuis un an. Et pourtant, Dieu sait si elle est attentive à tout ce qui a trait à ses fils, surtout à Victor. Apparemment, cette bêtasse d'Anne-Victoire est plus finaude qu'elle puisque c'est elle qui a découvert le pot aux roses et pris l'initiative de venir lui en parler.

Curieuse démarche, si l'on y songe. Est-il donc d'usage, à présent, que les parents d'une jeune fille viennent demander un garçon en mariage? C'est nouveau, vraiment. Pierre, lui, avait l'air tout gêné.

Sophie a été tellement estomaquée par cette révélation que sa réaction a été plutôt brutale. Marier Victor et Adèle, jamais! Pourquoi? D'abord, parce que Victor est trop jeune et d'un. Ensuite, parce qu'il débute dans une carrière littéraire qui s'annonce brillante, certes, mais nécessite toute son attention et toute sa liberté, et de deux. Et de trois, il n'a pas un sou. Comment pourrait-il, le malheureux, entretenir une femme, des enfants?

Anne-Victoire – pourquoi est-ce toujours elle qui parle, alors que Pierre, les yeux baissés, se tait? – Anne-Victoire a fait tout de suite machine arrière. Elle ne désire pas non plus que les deux enfants (ah! elle convient donc qu'ils ne sont que des enfants...) se marient tout de suite, bien sûr. Mais puisqu'ils s'aiment et se voient un peu trop à son gré pour que cela ne soit pas imprudent – tu me comprends, n'est-ce pas... – on pourrait, au moins, les fiancer. Ce qui aurait l'avantage de faire taire les commérages que les visites fréquentes de Victor commencent déjà à susciter dans le quartier.

Sophie a été intraitable. Elle ne veut entendre parler ni de mariage ni de fiançailles. Et si Anne-Victoire a peur pour la vertu ou la réputation de sa fille, eh bien, qu'on les sépare. D'ailleurs, elle va en dire deux mots à Victor et pas plus tard que tout de suite.

Appelé au salon, Victor est devenu tout rouge, quand il a vu les Foucher, en visite à cette heure matinale. Et quand Sophie lui a signifié, d'un ton sans appel, qu'elle lui interdisait désormais de poursuivre Adèle de ses assiduités et même de la voir, il est devenu très pâle et a quitté la pièce, sans un mot.

Et, depuis, Sophie s'agite comme une lionne fâchée.

En fait, elle n'a pas dit *tout* ce qu'elle pense aux Foucher. Si elle a refusé aussi vivement l'idée même d'un futur mariage entre Victor et Adèle, c'est que, dans son orgueil de mère, elle rêve de tout autre chose pour Victor que la fille d'un petit fonctionnaire au Conseil de guerre. Certes, elle ne manque pas d'amitié pour Pierre Foucher mais de là à laisser Victor épouser sa fille, il y a du chemin.

Quoi, cet enfant qu'elle a sauvé de la mort avec tant d'acharnement, son bébé Victor qui a les yeux de Fanneau et dont elle a surveillé l'éveil, la croissance, avec un tel amour, irait enterrer sa jeune gloire avec cette petite dinde? Ce n'est pas possible.

Sophie est si troublée qu'elle en parle tout haut.

« Moi vivante, jamais! » dit-elle.

Désormais, on n'ira plus passer les soirées à l'hôtel de Toulouse où languit Adèle à qui ses parents ont dit que Victor ne veut plus la voir pour obéir à sa mère. Adèle lui en veut d'être aussi obéissant.

Rue des Petits-Augustins, ce n'est pas non plus la gaieté. Sans revenir sur ce qu'elle a dit, Sophie est désolée de voir Victor traîner son âme en peine. Car il traîne son âme en peine, ce dadais. Plus jamais il ne prononce le nom d'Adèle Foucher mais Sophie devine que la jeune fille l'obsède. Alors, elle essaie de le pousser à sortir et même à se dissiper, elle qui, toujours, a mis ses fils en garde contre le monde, son bruit et ses vanités.

Elle se dit que le temps arrangera tout et que, de cette idylle d'adolescents cassée dans l'œuf, il ne restera bientôt plus rien. Paris ne manque pas de jeunes filles (« as-tu remarqué, Victor, comme la petite Lucotte devient jolie? »).

Elle n'a pas compris, la maladroite Sophie, qu'au contraire, la séparation qu'elle a imposée à Victor et Adèle va faire d'une passionnette une passion dont l'aboutissement, plus tard, ne les rendra heureux, ni l'un ni l'autre.

En ces jours, seul, Eugène sourit. Il y a longtemps que cela ne lui arrive plus.

En janvier 1821, dernier déménagement de Sophie. Abel a tenu sa promesse : il a trouvé et loué un appartement en rez-de-chaussée avec un petit jardin, rue de Mézières, tout près de Saint-Sulpice. Il y habitera avec sa mère et ses frères.

A la vue de l'herbe, des arbres qu'on voit des fenêtres, Sophie ne se tient plus de joie. Malheureusement, cet appartement, inoccupé depuis longtemps, n'est pas en très bon état. Les peintures s'écaillent, les tapisseries défraîchies se détachent des murs et les plafonds craquelés se sont assombris. Quant au jardin abandonné et envahi de ronces, il n'a plus de forme. Il faudrait, pour bien faire, qu'une équipe d'ouvriers passe par là.

« Eh bien, dit Sophie, puisque nous sommes pauvres, les enfants, nous allons faire les ouvriers. »

Et, sans vouloir plus attendre, elle fait transporter ses meubles rue de Mézières. Elle prétend que les travaux vont plus vite quand on est sur place. On campera un peu, au début, ce n'est pas grave. Et l'on se met à nettoyer, à scier, à clouer, à gâcher du plâtre, à tendre des étoffes et coller du papier. On s'occupera du jardin plus tard.

Ce n'est pas la première fois que les fils Hugo travaillent de leurs mains. Sophie, en fille du XVIIIe siècle qui a lu l'*Emile*, les a habitués, dès leur enfance, à manier des outils pour qu'ils sachent se débrouiller seuls si, par hasard, comme Robinson, ils étaient jetés sur une île déserte.

Peu à peu, l'appartement s'éclaircit, rajeunit. Victor et Eugène, grimpés sur des échelles, sont venus à bout des plafonds. Abel transporte les lourdes charges et va faire les courses.

On va parfois prendre conseil chez l'un ou l'autre des nombreux artisans du quartier qui sourient de voir cette femme et ses trois fils se transformer en menuisiers, en peintres, en tapissiers. C'est ainsi que Victor a appris à assembler deux morceaux de bois « à queue d'aronde » et à faire du vernis Martin, ce qui est très difficile.

Pendant ce temps, Sophie s'active à teindre en jaune des mètres de basin qu'elle a achetés au rabais pour tendre les murs du salon. De trop petite taille pour dominer la haute bassine de teinture qui bout sur le feu, elle s'est juchée sur un petit banc. Elle appelle souvent l'un ou l'autre des garçons pour qu'il l'aide à soulever l'étoffe brûlante avec un bâton, à la déployer dans le bain safrané afin que la couleur y morde uniformément. Sophie aime beaucoup teindre. Le tissu qui change de couleur comme par magie lui procure une joie enfantine.

A quatre, le travail va bien. Au printemps, l'appartement est habitable.

« Et maintenant, le jardin », dit Sophie.

Elle est infatigable. Les garçons, que le jardinage

amuse moins que le bricolage, feraient volontiers une pause, mais Sophie leur fait remarquer que c'est au printemps qu'on prépare les fleurs de l'été et, pour lui faire plaisir, ils s'y mettent.

La tâche est rude. Il faut couper les broussailles, arracher les mauvaises herbes qui ont pris une étonnante vigueur, bêcher, ratisser, tailler les arbres.

Des quatre jardiniers amateurs, c'est Sophie la plus active. Sa passion pour les jardins est telle et elle a tant souffert d'en avoir été privée qu'elle ne se plaint pas, comme Victor, des ampoules que le manche de la bêche laisse dans ses paumes ni, comme Eugène, d'avoir les reins brisés. A près de quarante-neuf ans, Sophie redevient la paysanne de dix-huit ans qui, à *La Renaudière*, s'acharnait sur une plate-bande, jusqu'à ce qu'elle soit impeccable.

Mais, cette fois, elle en fait trop. Elle est en nage. Abel remarque soudain ses traits tirés et la sueur qui colle des mèches à son front. Il la supplie d'arrêter, pour aujourd'hui. D'ailleurs, le ciel se couvre, il va pleuvoir.

Mais Sophie, impatientée, l'envoie promener. Elle s'arrêtera quand elle voudra et elle voudra dès qu'elle aura fini de planter le rang de dahlias pourpres et celui de roses trémières blanches, le long du grand mur. Et s'il pleut, tant mieux, cela la rafraîchira.

Abel, qui sait que, de toute façon, elle n'en fera qu'à sa tête, s'éloigne en haussant les épaules.

La pluie tombe fort à présent mais Sophie, à genoux le long de la plate-bande, continue à enfoncer ses bulbes dans la terre molle. Quand elle rentre, une heure plus tard, elle est trempée mais contente.

« Vous verrez, dit-elle en tordant ses cheveux, vous verrez, à l'automne, comme mes fleurs seront belles! »

Le soir même, elle est prise de frissons et se couche, brûlante. Dans la nuit, la fièvre augmente. Sa tête flambe. Elle est oppressée. Elle ne peut plus respirer qu'assise et, ainsi, attend le matin, ne voulant pas réveiller ses fils. C'est Victor qui la découvrira à demi inconsciente, un mouchoir rougi à la main.

Le coup de froid de la veille sur ses poumons fragiles a rallumé la congestion. Le médecin qu'on a appelé n'est pas optimiste. Il ordonne une saignée, des ventouses sèches, des sinapismes et des vésicatoires.

Les trois garçons se relaient auprès de Sophie mais, plus les jours passent, plus la malade s'affaiblit. Elle ne mange presque plus et a à peine la force de prendre les boissons acidulées que le médecin a prescrites en abondance.

Le 27 juin 1821, elle est plus calme et s'endort. Profitant de son sommeil, Eugène et Victor se sont installés pour lire dans le jardin. De temps à autre, ils vont jeter un coup d'œil sur la malade.

Vers trois heures de l'après-midi, Sophie ne s'est toujours pas réveillée. Sa tête amaigrie creuse à peine l'oreiller, ses bras sont sagement allongés sur le rabat du drap. Avec sa natte allongée sur son épaule, elle a l'air d'une enfant sage.

« Je crois qu'elle va mieux, dit Eugène, elle ne s'est pas réveillée depuis midi.

– Elle sera guérie bientôt », dit Victor.

Il dépose un baiser sur le front de sa mère et se redresse, épouvanté.

Sophie Trébuchet ne verra pas fleurir ses dahlias pourpres à l'automne.

EPILOGUE

Après la mort de sa mère, Eugène s'est enfermé dans sa chambre, refusant de parler à qui que ce soit.

Abel et Victor se sont occupés des funérailles, avec l'aide d'Etienne Bodin. Dès le lendemain, 28 juin, Sophie a été enterrée au cimetière de Vaugirard, après un service religieux dans la chapelle de la Vierge à Saint-Sulpice. Des années plus tard, Victor la fera transporter au Père-Lachaise où elle repose sous le nom de comtesse Hugo.

Dans sa rancune, le général refusera d'accorder à ses fils le moindre sou pour les funérailles de celle qui avait été pourtant « sa Sophie de Châteaubriant ». Trois semaines plus tard, il épousera civilement Catherine Thomas qui attend cela depuis dix-huit ans.

Un an, exactement, après la mort de sa mère, Victor Hugo épousera Adèle Foucher à Saint-Sulpice. Son repas de mariage aura lieu dans la salle même du Conseil de guerre où Victor Fanneau de La Horie son « parrain » a été condamné à mort. Victor et Adèle auront beaucoup d'enfants et beaucoup d'ennuis.

C'est pendant leur repas de noces qu'Eugène Hugo, déjà très ébranlé par la mort de sa mère, sera pris de sa première crise de folie furieuse. Il mourra, quinze ans plus tard, après avoir traîné d'asile en asile.

Abel, lui, épousera Julie Duvidal de Montferrier, jeune femme peintre de grand talent qui est une amie d'Adèle Foucher.

POSTFACE

Alors que tous les personnages proches de l'illustrissime Victor Hugo, même les moins intéressants, ont fait couler beaucoup d'encre et de pellicule, un seul est resté dans l'ombre : celui de sa mère, Sophie Trébuchet, épouse du général Hugo.

La plupart du temps, on l'évoque rapidement dans les biographies de l'écrivain. On la mentionne parce qu'il fallait bien que « le grand-père de la République » eût une mère mais toujours en privilégiant son rôle maternel au détriment de sa vie de femme. Pourtant, la brève existence de Sophie Trébuchet, née à Nantes, dix-sept ans avant la Révolution et morte à quarante-neuf ans, pendant la Restauration, ne manque ni de mouvement, ni de piquant.

Pourquoi ce silence? Tout simplement parce que Sophie Trébuchet n'a pas eu une vie compatible avec ce qu'exigeait la morale traditionnelle du XIXe siècle et la moitié du nôtre. Sophie, en effet, a eu un amant qu'elle a aimé passionnément. C'est pourquoi, pendant longtemps, pour ne pas ternir l'image d'Epinal du héros national qu'était devenu Victor Hugo, on a escamoté la vie de cette femme, jugée trop peu convenable pour la mère d'un tel monument.

Il a fallu attendre 1930 pour qu'un biographe, Louis Guimbaud, lui consacre un ouvrage. Il est le seul jusqu'à maintenant. Et encore, sa biographie intitulée

La Mère de Victor Hugo[1], *limite son propos. Mais il a le mérite d'avoir été le premier à dire la vérité, encore qu'il le fasse en déculpabilisant son héroïne, d'une façon qui nous semble quelque peu excessive, aujourd'hui. Exemple : « Si lourde que fut la faute de cette femme, on ne peut lui marchander, à ce moment, ni la pitié, ni la sympathie, ni même quelque admiration » (p.208).*

Victor Hugo lui-même, sacré menteur quand cela arrangeait sa légende ou ses intérêts, contribua beaucoup à épaissir le brouillard. De même qu'il s'inventa une noble ascendance paternelle (jusqu'à ce qu'Edmond Biré rétablisse la vérité, en 1902[2]*), il falsifia, la vérité en ce qui concerne sa mère, notamment dans ses souvenirs dictés à sa femme Adèle, et qui parurent en 1863 sous le titre :* Victor Hugo raconté par un témoin de sa vie[3].

Que surent exactement les enfants Hugo de la liaison de leur mère avec Victor Fanneau de La Horie, qui fut le parrain, et peut-être plus, de Victor? Que savent nos enfants de nos vies? Sûrement plus que nous le pensons.

Victor avait dix ans, lorsque son « parrain » fut exécuté avec les conjurés du complot fomenté par Malet en 1812. Nous ne saurons jamais ce que cet enfant avait compris, surpris ou deviné des relations de sa mère avec La Horie. Mais on peut le supposer, connaissant sa curiosité, sa précocité et, surtout, ses mensonges par omission.

On peut deviner le trouble du petit garçon, jaloux de sa mère comme ils le sont tous, partagé entre l'image d'un père absent mais dont les exploits glorieux flattaient sa jeune vanité et ce « parrain » qui lui servit de père aux Feuillantines, orienta ses études et qu'il connut en situation de maître de maison. La Horie

1. Plon, 1930.
2. *Victor Hugo avant 1830*, Librairie Académique, Didier, Perrin et Cie, 1902.
3. Librairie internationale, Paris.

a-t-il été, en réalité, le vrai père de Victor Hugo? Il me plaît de le croire.

Il est impossible d'imaginer que, quelles qu'aient été les précautions prises par Sophie pour dissimuler ses sentiments à l'égard de La Horie, ses trois fils n'en aient pas compris l'importance.

Les biographes postérieurs à Edmond Biré et Louis Guimbaud ont rétabli à peu près la vérité qui contredit souvent celle de Victor Hugo raconté par un témoin de sa vie, *en ce qui concerne Sophie. Ils ont dit, entre autres, que « ma mère vendéenne, amie de Mme de la Rochejacquelein » n'a sans doute jamais rencontré celle-ci; que Léopold Hugo n'a pas pu aller demander la main de Sophie à son père en 1797, pour la bonne raison que celui-ci était mort depuis quatorze ans; que Jean-François Trébuchet n'était pas un « armateur » ni « un de ces honnêtes bourgeois qui ne sortent jamais de leur ville » mais un pauvre capitaine au long cours, employé par des armateurs de Nantes pour faire le trafic « de bois d'ébène » et de produits divers, ce qui le maintenait plus souvent au bout du monde que dans sa ville. Enfin, ils ont rétabli la vérité en ce qui concerne le très mauvais ménage de Sophie et Léopold, ce « héros au sourire si doux » et qui ne l'eut, surtout, que pour ses enfants.*

Il faut noter aussi que tous les biographes qui ont écrit sur Sophie Trébuchet sont des hommes. A part Guimbaud et Maurois, ils se sont indentifiés, soit à Victor Hugo, soit au général Hugo. Sophie faisait donc, pour eux, figure de mère ou d'épouse coupable. D'où l'impasse pudique sur le rôle de La Horie dans sa vie. On dit de lui que c'est « un ami de la famille » ou « un ami du général Hugo » que, « par charité » ou « sur l'ordre de son mari », elle a caché aux Feuillantines. J'en connais encore, aujourd'hui, qui condamnent Sophie, se sentant cocus, par personne interposée!

On ne choisit pas l'héroïne d'une biographie par hasard. Si j'ai entrepris de raconter la vie de Sophie

Trébuchet c'est, d'abord, parce que toutes les ombres portées sur cette histoire ont attiré mon attention sur le destin de cette femme, sur son courage à braver les interdits de son époque. Ensuite, parce que j'ai été frappée par le thème tragique qui se développe tout au long de sa vie, depuis la mort de sa mère, la disparition de son père, jusqu'à l'exécution de son amant, en passant par les visions abominables de la Terreur qui assombrirent son adolescence.

Enfin, parce que j'ai aimé les contradictions de cette Sophie Trébuchet, voltairienne et royaliste, amicale aux Vendéens mais qui épouse un Bleu; économe par nécessité mais qui jette l'argent par les fenêtres pour ceux qu'elle aime, cette Sophie brutale et douce à la fois, capable de fidélité absolue et si habile dans l'art de tromper un mari qu'elle n'aime pas. J'ai aimé son obstination à obtenir ce qu'elle veut, son tempérament réactionnaire et ses idées d'avant-garde, enfin la force qu'elle puise dans la solitude.

J'ai donc entrepris de raconter son histoire, à ma façon. Pendant trois ans, j'ai procédé à la fois comme pour un repérage de film, un reportage et une enquête policière dans le passé. Je suis allée dans les endroits où elle a vécu pour respirer son air et regarder ce qui reste de ce qu'elle voyait. J'ai rencontré un Fanneau de La Horie (descendant du frère de l'amant de Sophie) qui m'a montré des papiers de famille et notamment un portrait de son propre grand-père qui ressemble tout à fait à Victor Hugo.

Avec mes sens, mon instinct et ma logique de femme, j'ai essayé de deviner ce qui, de Sophie, était resté obscur, pour les hommes qui ont tenté de comprendre son histoire. Partant de faits et de détails vrais, précis, d'un propos rapporté ou d'une lettre, j'ai extrapolé à la façon d'un détective, complétant mon information par l'effet de la médiumnité propre à tout écrivain. Ainsi, jour après jour, mois après mois, je suis devenue Sophie Trébuchet et, pour mieux lui redonner vie, je l'ai fait parler.

Il en est résulté ce livre qui n'est pas une biographie classique mais qui n'est pas non plus un roman.

J'entends, d'ici, aboyer les hugolâtres dont la rigueur scientifique tient lieu d'imagination. On va sûrement me chicaner sur des dialogues dont on va me demander de fournir les preuves (qu'on me fournisse la preuve qu'ils n'ont pas été!). On va me tenir rigueur d'affirmer ce qui n'est qu'une supposition, notamment en ce qui concerne la filiation de Victor Hugo. Victor Hugo, nourrisson maigrichon, ne ressemblait pas à ses deux frères aînés, gros bébés joufflus, répliques du général Hugo. Victor s'appela Victor, à cause de son « parrain », choisi par Sophie, et il fut toujours son enfant préféré. Cela me suffit. Je ne réclame pas que l'on change en La Horie le nom de Hugo qui figure sur tous les boulevards de France.

Mon ambition n'a été que de raconter une histoire qui m'a passionnée et qui fera peut-être sortir de l'ombre cette Sophie Trébuchet, tellement méconnue. La preuve : à Nantes, sa ville natale, une petite place triste porte son nom avec sa date de naissance et celle de sa mort. On s'est trompé sur cette dernière date : Sophie est morte en 1821, pas en 1819.

Paris, le 13 juin 1982

BIBLIOGRAPHIE

D'ALMERAS (Michel), *La Vie parisienne sous la Révolution et le Directoire*, Albin Michel.

– *La Vie parisienne sous le Consulat et l'Empire*, Albin Michel.

– *La Vie parisienne sous la Restauration*, Albin Michel.

BARRAS, *Mémoires*, Ed. littéraires et artistiques.

BARTHOU (Louis), *Le Général Hugo*, Librairie Hachette, 1926.

BENOIT-LÉVY (E.), *La Jeunesse de Victor Hugo*, Albin Michel, 1926.

BIRÉ (Edmond), *Victor Hugo, avant 1830*, Librairie Académique, Didier, Perrin et Cie, 1902.

CHIAPPE (Jean-François), *Georges Cadoudal ou la Liberté*, Librairie académique Perrin.

FARGE (Arlette), *Vivre dans la rue à Paris au XVIIIe siècle*, Archives Gallimard-Julliard.

FLOTTES (Pierre), *L'Eveil de Victor Hugo*, Gallimard, 1957.

FOUCHER (Pierre), *Souvenirs* (1772-1845), Plon, 1929.

FOUQUET (Mme), *Recueil des remèdes faciles et domestiques.* Lyon – Jacques Certe – 1757.

FUNCK-BRENTANO (Frantz), *Légendes et Archives de la Bastille*, Hachette, 1898.

GABORY (Emile), *Le Voyage à Paris des 132 Nantais*, Librairie académique Perrin, 1933.

– *Le Pays nantais*, J. de Gigord.

GODECHOT (Jacques), *La Vie quotidienne en France sous le Directoire*, Hachette.
GOUDE (abbé Ch.), *Histoire de Châteaubriant, baronnie, ville et paroisse*, 1870, Laffitte, reprint 1980.
GUIMBAUD (Louis), *La Mère de Victor Hugo*, Plon, 1930.
Mémoires du Général Hugo, Exelsior, 1934.
JOUHAUD (Pierre), *Paris dans le XIXe siècle*, J.G. Dentu, 1809.
JUIN (Hubert), *Victor Hugo (1802-1843)*, Flammarion.
LE BARBIER (Louis), *Le Général de La Horie,* Dujarric et Cie, 1904.
MADELIN (Louis), *La France de l'Empire*, Flammarion.
MAUROIS (André), *Olympio ou la vie de Victor Hugo*, Hachette.
MELCHIOR-BONNET (Bernardine), *La Conspiration du général Malet*, Del Duca.
MERCIER (Louis-Sébastien), *Le Tableau de Paris*, François Maspero.
REICHARD (Henri Auguste Ottocar), *Guide des voyageurs en France*, édition de Weimar de 1810, reprint 1970, Ed. Les Yeux ouverts.
ROBIQUET (Jean), *La Vie quotidienne au temps de Napoléon*, Hachette.
SAINT-PIERRE (Michel de), *Monsieur de Charette*, La Table Ronde.
VENZAC (Géraud), *Les Origines religieuses de Victor Hugo*, Bloud et Gay.
– *Les Premiers Maîtres de Victor Hugo*, Bloud et Gay.
Victor Hugo, raconté par un témoin de sa vie, t. 1 et 2, Librairie internationale, 1863.
WISMES (Armel de), *Nantes et le pays nantais*, France-Empire.
WISMES (Gaétan de), *Les Le Loup de la Biliais*, Imprimerie Lafolye à Vannes, 1893.
YOUNG (Arthur), *Voyages en France*, Armand Colin.

Je remercie vivement pour leur aide :

M. François-Xavier Fanneau de La Horie qui m'a communiqué des documents concernant son ancêtre.
M. le baron Armel de Wismes, historien et romancier, mémoire vivante des siècles passés à Nantes.
M. Xavier Lalloz qui m'a permis d'entrer dans le parc et le château de Saint-Just.
M. le curé du Petit-Auverné qui m'a ouvert la porte de *La Renaudière.*
Mlle Luce Courville, de la Bibliothèque municipale de Nantes.
Mme Noëlle Ménard, de la Bibliothèque municipale de Châteaubriant, qui m'a montré la *vraie* maison de la tante Robin et de Sophie Trébuchet.
Et Jean-François Chiappe que j'ai souvent dérangé pour boucher mes trous de culture.

DU MÊME AUTEUR

Aux Éditions du Seuil :

LA FANFARONNE, 1959.

LE CHEMIN DES DAMES, 1964.

LA PASSION SELON SAINT JULES, 1967.

JE T'APPORTERAI DES ORAGES
(Prix des Quatre Jurys), 1971.

LE BATEAU DU COURRIER
(Prix des Deux Magots), 1975.

MICKEY, L'ANGE, 1977.

FLEUR DE PÊCHÉ
(Grand Prix de la Ville de Paris), 1980.

IMPRIMÉ EN FRANCE PAR BRODARD ET TAUPIN
58, rue Jean Bleuzen - Vanves - Usine de La Flèche.
LIBRAIRIE GÉNÉRALE FRANÇAISE - 14, rue de l'Ancienne-Comédie - Paris.

ISBN : 2 - 253 - 03464 - 9 30/5940/9